莽荒诡境

无意归
著

北京理工大学出版社
BEIJING INSTITUTE OF TECHNOLOGY PRESS

图书在版编目（CIP）数据

莽荒诡境. Ⅳ / 无意归著. -- 北京 : 北京理工大学出版社, 2018.4
ISBN 978-7-5682-5294-2

Ⅰ. ①莽… Ⅱ. ①无… Ⅲ. ①长篇小说—中国—当代 Ⅳ. ①I247.5

中国版本图书馆CIP数据核字(2018)第025730号

出版发行 / 北京理工大学出版社有限责任公司
社　　址 / 北京市海淀区中关村南大街5号
邮　　编 / 100081
电　　话 / （010）68914775（总编室）
（010）82562903（教材售后服务热线）
（010）68948351（其他图书服务热线）
网　　址 / http: //www. bitpress. com. cn
经　　销 / 全国各地新华书店
印　　刷 / 玉田县昊达印刷有限公司
开　　本 / 710毫米×1000毫米　1 / 16
印　　张 / 18.5
字　　数 / 233千字
版　　次 / 2018年4月第1版　2018年4月第1次印刷
定　　价 / 35.00元

责任编辑 / 高　坤
文案编辑 / 高　坤
责任校对 / 孟祥敬
责任印制 / 李志强

一

行走在空荡荡的采矿场中，大家都产生了一种微妙的感觉。这是数千年前的古人留下来的宏伟遗存，在一座大山里掏出了这么大的一个矿场，就地取材、就地淬炼，再输出到神农架这片神奇土地的其他山头，或者埋入地下、或者沉入江底，总之，不为世人所知道。数千年的时光过去了，冷寒铁他们是第一批重新踏临此地的人。于是他们所面对的是——历史与科技重大断裂产生的强烈空白感。

王微奕扶住微微发眩的头，喃喃道："真是不可思议，难以置信。这么浩大的工程。老夫要是能够破解出此间的奥秘，死而无憾。"

众人听到王微奕的话，不觉都泄了气。他们原本指望着学识最为渊博的王微奕可以洞悉这里面的奥秘，为大家找到答案，可是他也跟大家一样目瞪口呆，说明这只是个妄想。

不过无解也有一个好处，那便是短时间内大家全都放空头脑，只想好好地睡上一觉，让先前始终绷得紧紧的神经得到彻底的放松、让筋疲力尽的身体得到完全的休息。

巴库勒强撑着，收拾出一处较为干净的平地，将依然处于昏迷状态的冷寒铁小心翼翼地放在地上，再从罐头瓶中倒出一点内丹粉末，用水灌入他的腹中。见冷寒铁呼吸平缓下来，他才略微安心了点。

另外一边，林从熙、陈枕流等打开从金字塔中抢出的罐头，分给每人一个。大家囫囵吞枣地吃完后，不顾地上的灰尘，一个个和衣躺下。

不多时，鼾声四起。所有人全都进入酣甜的梦乡中了。

第一个醒来的依然是花染尘。她灵敏的耳力成了她进入深度睡眠的最大障碍。在睡眠中，她混沌的灵台里依稀听到从遥远的地方传来天崩地裂的声音，中间夹杂着魔鬼的号叫。一阵心悸传来，她刹那间惊醒。四周一片沉寂，除了此起彼伏的鼾声，什么动静都没有。

花染尘下意识地扭头去看冷寒铁，只见他鼻息沉沉，面容憔悴，眉峰即便在梦中依然紧锁，无法解开，心头不觉微微抽动了一下。她轻微地叹息了一声，坐将起来。心头间慌乱不已，仿佛有一头野猪在心田里乱拱，狼藉不堪。她花了几分钟时间，让自己静下心来，凝聚起心力，侧耳倾听。她听到了石头从高处掉落的声响、听到了流水的淙淙声音，甚至听到了风的声音。这些声音都无法验证她心头的恐慌感。于是她更加努力地倾听，终于她听到了风所带来的信息：黄色。

"黄色"两个字就像两个小精灵在她的脑海中跳跃。她竭力地平复心绪，就像端着一把笊篱在大海里筛着目标信息。终于，她感觉笊篱下沉，新的两个字浮现了出来：毒烟！

她惊得一下子跳了起来，用力地推了推睡在一旁的林从熙。可是他睡得像头猪一般。无奈之下，她只好又伸手推了推巴库勒。

巴库勒一下子警醒过来，定睛看清眼前的人是花染尘，骤然蹦至嗓子眼间的心重新回落了下去，"怎么了？"他问道。

花染尘忽然感觉不知道该如何组织语言了，只好结结巴巴地说道："毒烟……"

巴库勒如同被丢进冰窟里一般，陡然清醒过来："你说什么？"他下意识地朝着来时的方向望去，心头不由得一震—— 一阵黄烟正像不屈的冤魂一般，从石壁拐弯处涌了出来。

巴库勒一把抓起身边的防毒面具戴上，又提起一个背囊，同时踢了一脚仍然在昏睡状态的楚天开，大叫道："有毒烟，快起来！"说完，他如踩着风火轮一般朝着冒黄烟的地方飞奔而去。

赶到洞壁中狭道的出口处，巴库勒不觉神色一凛，只见滚滚浓烟正如同涨潮的海浪一般从洞口汹涌冒出。可以想象，他们原本待过的石洞，此刻定被黄烟、毒气悉数占领。可是仅仅一个夜晚的时间，石洞里的黄烟怎么会陡然增添这么多呢？

巴库勒原本打算用背囊堵住洞口，让毒烟不再扩散进采矿场，然而目睹毒烟的浓烈程度，他知道区区一个背囊根本无法阻挡住毒烟的渗透。他想了一下，一咬牙，从背囊中摸出一枚手雷，用力往通道里扔了过去。几秒之后，从通道处传出一阵沉闷的爆炸声，整个山洞似乎都随之一颤。花染尘听到稀里哗啦的声音，似乎是石头被炸之后的哭泣声。石头如雨滴般纷纷坠下，将他们来时的路封堵住，但仍有黄烟不屈不挠地从石头缝隙间挤了过来。

巴库勒在心头盘算了下，又摸出了三枚手雷，用衣服上扯下的布条捆绑在一起，猛地一拉手环，丢了进去。更强烈的爆炸声传了出来，连整个采矿场都被震得摇摇欲坠。无数的灰尘漫天飞舞，遮迷了人的视线。

强烈的爆炸将通道震塌了。坍塌了的通道成了一道天堑，成功地截断了黄烟的“攻势”。它们不再从通道里冒出。

巴库勒长出了一口气，转身跑回大队伍。所有人都被剧烈的爆炸声惊醒了，集体朝着远离通道的方向走去。巴库勒虽然拦截住了黄烟，可是却无法消除掉已经进入采矿场的那些浓烟。他们只能寄希望于采矿场巨大的空间，可以将黄烟的毒性稀释到忽略不计。

巴库勒赶上唐翼等人，他们相互间短暂商量了一下，很快定出策略：巴库勒、唐翼和陈枕流、林从熙兵分三路，各自查探一个方向，看能否找到通往外面的通道；花染尘、王微奕以及虚弱的楚天开则留在采矿场的中央，守候犹然昏迷的冷寒铁。

巴库勒从背囊中找出四把手枪，每人分配一把，并相约如果遇到危险就连开两枪，如果有找到出口或者意外发现则开一枪，其他人听到枪响后将赶往一处作为支援。分配好了线路之后，三路人马各自散开，很快就消失在了采矿场的尽头。

第一个有所发现的是陈枕流与林从熙组。相比于巴库勒和唐翼，他们的个人能力要逊色许多，于是他们便组合在一起以应对可能发生的危机。虽然从采矿场地面上的尘埃痕迹可以判断出这里数千年间从未有人踏足，但经历过一系列的云谲波诡，谁也不敢掉以轻心。他们两个沿着西向行走了大概有半个多小时，才走出了采矿场的主体空间，发现有一个山洞，山洞上方斜架着两根电缆，一直通向未知的尽头。“莫非这里就是发电的地方？”二人好奇心大起，相互壮着胆，继续往前走。洞并不深，大概二十米就到了尽头，一扇金属门挡住了去路。这金属门与采矿场的机器一样，不知是什么金属制成的，竟然几乎不受时间的影响，千百年过去了依然崭新如故。金属门上挂着一把硕大的锁，同样是光闪闪的，看不出岁月的痕迹。

陈枕流望着“铁将军”把门，本来想要叹息将无功而返，不料林从熙从身上翻出一根铁丝，插入锁眼中小心地搅动，不多时，锁“吧嗒”一声打开了。陈枕流惊异地看着他，道：“你竟然还有这等绝技？”

林从熙淡淡一笑，说道：“三脚猫的江湖功夫，不足为奇。如若我等能活着走出这片神农架，你有心想学，我可以解囊相授。”

陈枕流的眼睛发亮了：“真的吗？你可不许反悔哟！”

林从熙原本只是一句戏言，见陈枕流如此兴奋，不觉微微笑了：“自然当真，就怕你家王教授不许你来学这些鸡鸣狗盗之术？”

陈枕流挠了挠头，不好意思地道：“林大掌柜过虑了。老师鼓励我们去接触各个行业不同的人，多向他们学习，包括锁匠。因为老师说过，在地底下、在考古中，任何一项技艺都可能拯救自己的一条命。我也学过开锁技术，但不知是我天性愚笨，还是教我的锁匠不得法，总之学了三天只学了个皮毛，平常的铁锁勉强可以打开，倘若是复杂一点的锁我就无能为力了。”

中国的用锁历史已有5000多年。最初为木锁，距今5000年的仰韶文化遗址中，就曾发现过早期的木质锁。周朝已有关于木仓锁和钥匙的文字记载。早期的木质锁结构简单、形体笨重，多采用竹竿之类作钥匙，容易开启。春秋战国时期，经公输班（即鲁班）改进后，保密性得到了增强，并开始用铜材制作钥匙。到了汉代，开始出现铜质簧片结构锁，俗称三簧锁或簧片锁，利用两三片板状铜片的弹力起到封关和开启的作用。由于簧片装置能作多种变化，并可用钥匙孔形来决定钥匙的式样，安全性能、保密性较木质锁前进了一大步，使用范围也更加广泛，因此有广锁之称。这种锁自唐代开始经不断改进发展，一直沿用至 20 世纪的 50 年代，出现了 120 余类不同款式，有的采用暗门、定向、二开、无钥、文字密码等特殊技术，使锁具保密程度大大提高。如果没有掌握一定的技艺，想要打开各种锁并非易事，何况考古中所遇到的锁主要用于防范盗墓贼，多半都是当时最为先进、最为复杂的锁。陈枕流曾试过多次，没有一次能够成功打开。眼见林从熙可以轻松地打开金属门上的锁，他不禁十分佩服。

金属门十分沉重。林从熙与陈枕流一边交谈，一边合力推门，费了九牛二虎之力终于将其推开了一道 30 厘米左右的缝隙。里面跟外面一样灯火通明，但却多了“呼呼”的嘈杂声。出于安全方面的考虑，两个人没有贸然进去，而是朝里面探了个头。只一眼，林从熙和陈枕流就全都呆住了：只见房间大概有两三百平方米，除了大门外的三面墙全都是铁矿石，中间有个卡车一般大小的机器，外面裹着一层与门相近的金属，看不见里面有什么，机器的末端安装着一个类似于风车的东西，在“呼呼”地快速转动着。整个机器就像某个巨人的玩具，只是那一拨之力何其惊人，竟然可以催动“风车”转动了数千年。

林从熙和陈枕流面面相觑。他们原本以为里面会有什么宝贝，没想到竟然会是这么一副怪异景象。“这个鬼东西是用来做什么的呢？”林从熙嘟囔着，想要往房间里面走去。谁知他刚踏前一步，整个身体突然如痫风发作般，抖动了一下，紧接着就软绵绵地趴了下去。

陈枕流大惊失色，急忙试图将他拖拽出。就在他的手指接触到林从熙的身体时，一溜的蓝色火花突然闪动起来，他顿时感觉半身麻痹。“有电！”他强忍住刺痛、发麻的感觉，死死拽住林从熙的身体不放手，将其硬拉了出来。

离开了金属门，那种被电到的感觉顿时就消失了。陈枕流低头察看林从熙，只见他脸色发青，嘴唇发紫，一副被强电击过的模样，心中不由暗暗叫苦。犹豫了下，他捏住林从熙的鼻孔，口对口地做起人工呼吸，紧接着又用双手按压胸部，帮他做心肺复苏。如此重复了大概三分钟后，林从熙一声呻吟，睁开了双眼：“发生了什么事？”

陈枕流心头的一块石头落了地。他跌坐在地上，瞪视着林从熙：“你……嘴巴太臭啦！”

林从熙抹了下嘴，将手掌靠近鼻孔，一股恶臭直冲脑门，不由得惊惶道：“你对我做了什么？是不是我中毒了，然后你喂我吃大便催吐？要不怎么会这么臭？”

“呸呸呸！”陈枕流恼羞成怒道，“你真是猪八戒倒打一耙，如果不是我抢救及时，恐怕你早已经去见阎王爷啦！”

前事浅浅地从林从熙的脑海中划过。他艰难地坐起身，回头看了看金属门内的世界，难以置信地道：“这是发电设备？这么简单就发电了？那风车怎么会转呢？房间里哪来的风？而且几千年里，这里的照明就是靠这个玩意儿？我的娘咧，这什么技术啊？要是我能掌握的话，随便复制个万儿八千台拿来卖电，岂不是生生世世的好生意？”

陈枕流的思维被林从熙感染了，只见他随口附和道：“对哦，这岂不是跟传说中的永动机差不多？能弄一个回去的话就值大钱了。”

两人的眼中都流露出贪婪的神色，仿佛盯着的不是一个机器，而是一只会生金蛋的母鸡。“那怎么弄回去？”

这个问题顿时令两个人泄了气。他们想起先前触电的感觉，忍不住倒吸了一口冷气：“唉！搞这么个玩意儿真是有钱赚没命花。也是奇怪，这门什么材质的呢，竟然可以防电。”林从熙边说边摇摇晃晃地站起身，重返到门前，伸手敲了敲门。

陈枕流急忙将其拉住：“你不要命啦，还想再被电一次？这次我可不救你了。刚才那一下子，我到现在全身都还是麻的呢！”

林从熙神色一凛，低头沉思了一下，道：“算了，我们还是把门关好吧！”

两个人又费了九牛二虎之力，总算将门合拢紧。林从熙将锁重新扣上。

就在林从熙他们费力关门的时候，另一个方向的巴库勒正使出吃奶的力气，打开了另外一扇金属门，只不过在他眼前呈现的是另外一个场景：宏大的石室中，凌乱地散落着数不清的黄金制品，有人面蛇身的雕像、古怪面具、巨鼎、弓箭、长剑等，另外还有一些巴库勒从未见过的奇形怪状的制品，有的尚是半成品。如果先前巴库勒他们所见到的空荡荡的石室属于采矿场兼加工场的话，那么这里则更像一个仓库。所有在前面石室加工好的黄金制品就被运送到这里来。

与林从熙他们的遭遇差不多一样，这里并非太平，而是同样设置了杀人的陷阱：在洞壁上，插着一些约有 0.5 米长、黑色的棍状物，“黑棍”的末端连接着电线。浓浓的黄烟就从“黑棍”与洞壁相交接的地方涌了出来。很显然，巴库勒他们先前在金字塔里面所遭遇到的有毒黄烟，就是这样被生产出来的。而在金属门的对面，有另外一道长约 3 米、宽约 2 米的巨大金属门，不知通往何处。巴库勒虽然戴着防毒面具，可是身上的衣服却并非专业的防护服，因此对黄烟仍然十分忌惮。尽管对另外那扇金属门背后的世界充满好奇，可他也只能匆匆撤离，将门重新关上。这时他突然听到一声清脆的枪响，心头不禁震颤了一下：难道有人找到了出口？然而还没等他做出反应，矿场深处又接连传来了几声枪响。

枪声是从唐翼处传来的。在与巴库勒、林从熙和陈枕流分开后，他独自一人往东边走去。几个人之中，他的脚步最为沉重，一方面是肉体上的创伤影响所致，但最主要的还是精神上的打击。整个行动小组中，他与柳四任的关系最为密切，可是柳四任却又死得那般凄惨，连尸体都不得保全。从理智上，他知道冷寒铁当时的做法并没有过错，因为生者永远要比死者更为重要，但从情感上，他心头始终像压着铅块，难以呼吸。人非草木，有着七情六欲。作为受过特别训练的战士，他们只能说心肠比常人要坚硬一些，但却做不到铁石心肠——冷寒铁是个例外，某些时候他与机器战士相似，眼中只有完成任务，为此可以不惜一切手段。这让他有几分胆战，也有些泄气。“是否我永远无法达到他的境界？”他追问着自己。这个念头折磨着他，以至于让他浮起了一个恶念，“他现在处在昏迷中，是不是下手的最好机会？”

但这样的念头就像一名惨遭溺杀，尽管可以挣扎着探出个头，可是很快就被一股更加强大的力量按压了下去。无论如何，冷寒铁终究是他的队友，更是良师、恩人。冷寒铁教过他格杀术、对敌技巧，还曾在战场上救过他。如果不是心底的那一个疙瘩无法化解，他并不拒绝乃至很乐意与这样一名铁血战士并肩作战。只是那一个疙瘩逼迫着他狠心切断与冷寒铁之间的种种情谊，将他推离到冷寒铁的对立面——或许有一天他们将正面相对，来场真正的决斗吧！可是那一天真的到来的话，无论胜败，他都可以卸下心头的枷锁吗？他茫然了。

这些念头交织在一起，令他的脚步似有千斤重。可是团队的使命感如同挂在驴眼前的胡萝卜，指引着他步步向前，走向充满诡异、充满未知的矿场深处。

就在唐翼精神恍惚之际，忽然眼前闪过一道白影。他条件反射般地举枪便射。手枪的后坐力几乎崩开了他做过手术的伤口，之后手就再也提不起来了。他只能用眼球追踪着白影的行动轨迹，然后万分惊讶地发现，那竟然是白狐！在西青林中与他们反复较量过多次、最后“和平道别”的白狐！

白狐与唐翼一行最初的相逢，是在西青林的古墓中。当时白狐指引着王微奕、林从熙等人进入古墓，随后它率着众多子孙组成了“狐梯”，跃过深渊天堑，从王微奕等人的眼皮底下夺走了狐面人口中的内丹；后来它为报复青狐被杀、狐面人尸体惨遭破坏之仇，将冷寒铁一行引诱进入了沼泽中，企图利用大自然的陷阱将他们一网打尽，不料反倒遭遇巨蛇的伏击，被其击落进沼泽中。巨蛇后来被冷寒铁用黄金匕首杀死了，白狐则借灰衣人手下的性命逃离生天。为报冷寒铁他们帮忙复仇的恩情，它便指引着冷寒铁他们走出了西青林。唐翼以为他们与白狐的恩怨就此了结，未曾想到竟然在这地底下再度重逢。

他不觉有几分喜出望外。这种感觉，类似于“他乡遇故知”。“白狐，白狐，你是过来帮助我们的吗？你能否指点一下我们该往哪里走才能走出这个洞穴？”

白狐仿佛听得懂他说的话，停住了脚步。它瞥了瞥唐翼的四周，确定没有其他人之后，“嗷呜嗷呜”地叫了两声，然后如同一个阅历颇丰的长者一般，用后爪点着地，上半身直立起来，前爪拢在一起，不紧不慢地朝唐翼“走”了过来。不知道为什么，唐翼看着它，心中竟然升起了一种虔诚之意，仿佛面对的并非一种动物，而是一个智者。他急忙朝着它快步走去。受过伤的手软弱无力地抓着手枪，在身体惯性的带动下，高低起伏。

白狐止住前进的步伐，警觉地看着唐翼。

唐翼不明就里，见状下意识地小跑了几步，带动手臂震荡的弧度就更大了，枪口在白狐的身上上下比画着。谁知他的这个行为激怒了白狐，它骤然暴起，伸出利爪朝着唐翼的脸上抓了过来。

唐翼大惊失色，急忙伸出左手阻挡。反倒被白狐尖利的爪子在他的额角、手背上挠出数道血痕。所幸他及时护住了眼睛，否则恐怕一只眼球都要被白狐抠出。他惨叫一声，忍住痛，右脚如闪电般的朝白狐踢去，却被白狐一个闪身躲了过去。他莫名地挨了一爪子，不觉心头无名火动起，双手擎起枪，毫不犹豫地对准白狐扣动了扳机。

白狐动作迅如闪电，即便唐翼处于巅峰状态时都未必可以击中它，更何况他现在双手半废？接连躲过数枪后，白狐没有被吓退，反倒被彻底激怒了。它的咽喉中发出低低的吼叫声，身上的毛发竖了起来，一个转身，如同一支破空的长箭般冲着唐翼的脸面抓来。唐翼已来不及对它扣动扳机了，只好将手枪当作一个暗器朝它掷过去。白狐的身体在空中竟然神奇地再次升高了数寸，不仅躲过了手枪的袭击，前爪还准确无误地抓中了唐翼的眼角，并划开了一道约 2 寸的伤痕。

唐翼狂躁了。自己不是冷寒铁的对手，这个结论已令他很沮丧了，可是如今自己竟然连一只畜生都打不过，这实在是个奇耻大辱！他大吼一声，以臂为棍，脚为锤，狂风暴雨般地朝白狐攻去。可白狐就像惊涛骇浪中的一叶扁舟，凭借着高明的手段始终牢牢地屹立在风口浪尖，丝毫不受其害。

一通拳脚下来，唐翼累得气喘如牛，可是却连白狐的一根寒毛都没有伤到，反倒被白狐找机会又挠了几下，颜面上再添了两道伤痕，后脑勺处的一簇头发也被连根拔起，疼得他“嘘嘘”直冒冷气，心头的恼怒更甚，状若疯狂，只欲与它同归于尽。

白狐似乎很满意自己可以让唐翼气急败坏，也决意与他继续周旋下去。它瞅准时机，趁唐翼喘息之际，再度腾空跃起，对着唐翼的眼睛处狠狠地挠了下去。

说时迟那时快，唐翼突然一口浓痰从喉中吐出，直接命中白狐的面门。白狐为之受惊，原本矫健的身躯沉顿了一下，直直地往下坠去。唐翼抓住这千载难逢的时机，双手出击，在空中兜住白狐，用强健的双臂将它紧紧箍住，紧接着整个身体往前一扑，就地几个滚翻，将白狐紧紧地箍住在双臂间，死死地压在身底下。

白狐胜在行动伶俐，论体形、力气哪是唐翼的对手？如今被唐翼制服，一时间动弹不得，它不由得心焦起来，扭动身躯一口朝着唐翼的鼻子咬去。唐翼腾不出手阻挡，情急之下，也张开大嘴，以牙还牙，对着白狐一口咬下。白狐的嘴是细长型的，并不及唐翼的嘴大，一时间被他咬了个正着。

白狐大概未曾想到有这等局面，顿时惊慌失措起来。唐翼咬住白狐实乃无奈之举，但很快他就后悔了：狐狸原本就有一个强烈的骚臭味，而它的嘴巴不知刚吃过什么，更是腥臭无比。唐翼的胃里顿时翻江倒海起来，胃酸混合着先前吃过的食物直喷而出。不过他担心白狐会趁机偷袭，因此仍然咬住它不放，如此的话，他的呕吐物就喷在了白狐的颜面上。

胃酸的气味混合着狐狸的臭气，简直可以熏晕人。唐翼实在受不了，就张开嘴，放弃了与白狐的“舌吻”。白狐借机用力一挣，从唐翼的紧箍中脱身开来，狂奔了数十米后，也狂吐起来，一边吐一边看着唐翼，眼神中流露出厌恨的神色，仿佛在破口大骂：“死变态！太恶心了！”

唐翼也在不停地“呸呸呸”中，他试图将残存在口腔中的那股恶心气味连同狐狸的皮毛一起吐掉，然后强撑起身子，准备远离呕吐物。

白狐对唐翼的“流氓”行径心有余悸，一见他起身，吓得头也不回地飞奔而去。

不远处，巴库勒气喘吁吁地狂奔过来，关切地问：“发生了什么事？”

唐翼艰难地转头问他：“有水吗？”

巴库勒闻着空气中难闻的味道，皱起了眉头道：“水在王教授那边。怎么吐成这样？”

唐翼不觉又“呸呸”了两声，怒道：“别提了！老子咬了一口那白色的狐狸，真是骚臭！难怪人们都说狐骚味，简直可以把人熏晕过去！”

巴库勒的脸上现出一丝古怪的神色，不解地问：“你为什么咬狐狸？哪来的狐狸？”

唐翼没好气地道：“就是先前我们在西青林遇见的那只白色狐狸，也不知道它怎么搞的竟然跟到这里来了。我为什么咬它？我不咬它，它就咬掉我的鼻子了！那还能怎样？只能先下手为强了。不行，我受不了了，我要回去找点水漱漱口。”

巴库勒走到白狐呕吐的地方，看了一眼，道：“这也是你吐的吗？”

唐翼摇摇晃晃地往回走去，有气无力地说：“那只死狐狸的啦！”

巴库勒从白狐的呕吐物中拈起一些白色的结晶，仔细观察着。这些结晶与粗盐有几分相像，但比其洁白许多，擦干净了之后，甚至透露出一种晶莹之色。直觉上它不像食物。“那狐狸为什么要吃它呢？”他想了想，决定带它去找王微奕，也许王微奕的博学可以给出一个答案。

在他们出发的起点处，王微奕半眯着眼睛，正在听林从熙和陈枕流讲述他们所见到的“发电装置”。临了他睁开双眼，叹道：“一座在地底下运转千年的发电站……古人的智慧真的是远远超出了我们的想象。有时候真怀疑与古人相比，我们就是生活在荒蛮时代。”

陈枕流试探着问道：“老师你想说，人类存在着数世说，而且每世都比前世要退步落后，所以人类文明最辉煌的一刻只存在于远古时代？恰如道家所言的复命？”

王微奕点点头道：“不错，老子曰复命，要人们顺应天命。为何呢？因为‘大曰逝，逝曰远，远曰返’。那些离我们远去的辉煌文明，终究是要以‘返’的姿势重回世间。换句话说，今天人类科技无限走远，也不过是在顺应着地球文明的轮回罢了。”

林从熙没有心思去听这些学理深奥的内容，他更加好奇于那个发电机的发电原理——如果真能破解开，运用在现实社会中，可是个无限大的商机。这个想法令他心痒难挠，于是忍不住打断了王微奕师生的对话，“那个，王教授你博学多识，能否给指点一下那个发电装置的发电过程是怎么完成的呢？连续发电几千年，这简直是神灵的杰作啊！”

王微奕苦笑着说道：“林大掌柜你实在太抬举老夫了。老夫是一个历史学家，仅在历史方面浸淫的时日多了点，比常人多懂一点往事。可是这发电系统原理，涉及的可是最为高深的物理原理，即便是当今世界上最顶尖的物理学家过来都未必能够研究清楚，老夫岂可能凭你们的三言两语描述给出答案？如果能做到的话，那么老夫出了这神农架即可改行去当电力学家了。”

林从熙闻言不觉有些泄气，但仍然不死心，恭维道：“可是你学贯中西，上知天文下晓地理，总能说出一个大概吧——不一定就是符合真实的科学，只消一个说法，要不我接下来好多天都睡不着。”

王微奕无奈地说道：“看来老夫不胡诌一二，林大掌柜你是不会放过我的。那行吧，老夫就在这里胡乱猜测一下。依老夫之见，这个发电体系应当是利用了电力与磁场之间可以相互转换的原理。诚如先前我们所见识的，这条山脉里攒聚了至少以百万吨计的磁铁矿脉，这些矿脉都是发电的原材料。你们见到的那套机器，便是将磁铁矿脉中所蕴含的磁性转换成电力。矿脉的磁性蕴含量惊人，因此可以支撑这么多年的消耗而不断绝。”

林从熙呆住了，揣摩着问：“你的意思是，这套机器只有在磁铁矿脉里才可以使用，而不能用在寻常环境下？”

“老夫是科学上的门外汉，这个纯属随意臆测，林大掌柜当不得真。具体的真相，需要将来有一天真正的物理学家进驻这里，进行深入研究始能揭晓答案。”

就在林从熙与王微奕对话间隙，唐翼和巴库勒业已返回。林从熙从“永动机”美梦的破灭中挣扎出来，热切地问他们：“你们怎么样，找到出路了吗？”

唐翼和巴库勒将他们所看到及所经历的场景描述了一遍。

王微奕的眉峰又锁了起来，“以巴长官所描绘的情形来看，那个黄色毒雾应该就是在那个石室里被制造出来，并且极有可能存在开关，只有外人踏进来或者是某个平衡被打破时，才能启动，阻杀入侵者。”

林从熙插嘴道：“而且我怀疑毒气制造系统，它跟我们所发现的电力系统关联在一起，或者说，毒气的制造离不开电力提供的能源。”

巴库勒看了一眼林从熙，若有所思地说，“你的意思是，只要我们切断了电源，就可以让毒气的制造过程停止下来？”

林从熙耸了耸肩：“这只是我的胡乱猜测，当不得真。王教授说这里面存在一个玄秘的平衡系统，打乱了就可能酿成大祸。真要是断了电，造成什么后果，我可承担不起。”

一直缄默着的花染尘忽然开口道："你们说出现了白狐？"

众人听到花染尘开口，不觉有几分意外，因为花染尘一直不参与任何的讨论，而今她能够主动搭话，显然是有她的个人见解，于是他们不觉产生了一种期待，屏息凝神地听她继续讲述："巴长官，我能确定下，我们的入口处是被你完全炸死了吧？"

巴库勒点了点头，道："这个，不叫炸死吧，不过应该是堵死了。"

花染尘流露出一丝羞赧之色，说道："不好意思，我用词不当。"随即又正色道，"既然入口已经堵死，而白狐能够进来，就说明有其他的通道通往外面。"

众人闻言精神大振，眼神里流露出赞许的神色。

花染尘转向唐翼，问道："唐长官，先前你与白狐相遇时，有没有发现它身上存在什么异样呢？比如说毛发、眼睛或者身上的气味等？"

唐翼陷入回忆中，他竭力想将那些不愉快的感受剔除出去，他喃喃说道："让我想一想……好像它身上皮毛的颜色不再那么纯白，而有了淡淡的一层黄色，至于它身上的气味，骚臭，还有点……我想起来了，它身上有毒烟的气味！"

唐翼他们身上的衣服沾染过些黄烟的尘末，经花染尘提醒，他顿时醒悟过来：白狐乃是穿过了黄烟区进到了矿场中！那么有两种可能：白狐一直尾随着他们进入到了石洞内，并在黄烟开始蔓延之际沿着石洞的罅隙进到此间，毕竟白狐的体积要比他们小得多，可以比他们更加轻松地找到其他的通道；另外一种可能就是有其他通道直接通向这个矿场，只是通道内同样布满了黄烟毒气。

如果是第二种情形，那么就意味着众人有逃出生天的机会。黄烟毒气固然可怕，但他们手中还有七个防毒面具，可以顺利穿越。

唐翼不无期待地看着花染尘："染尘姑娘，你可以动用你的耳力，听听有什么异响吗？或许大家可以从中找到一些线索。"

花染尘沉默了片刻，扬起头来，目光中无喜亦无悲："我已经丧失了特别的耳力。”

“什么？”林从熙几乎跳将起来，“这是什么时候的事？”

“就在今天。”花染尘平静地说，就像在叙述着中午吃了什么饭般，“大概是毒气伤害的缘故吧！”

在他们撤退进入矿场的时候，花染尘将自己的防毒面具给了冷寒铁，吸入了些许毒烟进入体内。毒烟会麻痹人的神经系统，包括听力。之后一觉醒来后，花染尘与巴库勒前去截断毒烟的通道，手雷爆炸时催动了许多毒烟飘出，又被花染尘吸入了一点，加重了病情。现在的花染尘听力甚至比一般人还要低下。

林从熙跌坐在地，面色惨白。

花染尘见状，心中不忍，以手轻拍了下他的手背，宽慰道：“不打紧的。我一直都为自己有特别的耳力而感到困恼，能够去除掉它这是上天的慈悲见怜，你应该替我开心才是。”

林从熙的嘴唇掀动了几下，却什么话都说不出来。

王微奕亦过来安慰：“塞翁失马焉知非福。染尘姑娘能够看开此事，乃大智慧。林大掌柜也不必太过介怀。老夫怀疑，黄烟毒气是岩石中的某种成分与巴长官所看到的条棒状的催化剂产生化学反应，释放出来的。古人极有可能是在开采矿石的过程中无意间发现的，恰如远古时代的人类，在闪电引发的火灾过后，捡食被烧死的动物尸体，发现其更加美味，才萌生了用火煮熟食物的意识。白狐既然可以穿过黄烟毒气来到此地而安然无恙，说不定就是找到了解毒剂。只要我们耐心寻找，总会有所发现。”

巴库勒心头一动，给大家看他手掌中所握住的白色结晶：“会不会是这个？”

众人凑近了上前察看。林从熙捻起一粒放进嘴中尝了下：“哦，味道有点酸，还有点苦，巴长官你哪里找到的？”

巴库勒脸上挂着笑容，道：“这是从白狐的呕吐物里捡到的。”

林从熙的手指僵在空中，整个五官拧巴在了一起，嗫嗫道：“你说什么？”

巴库勒耸着肩膀道：“我说的是实话，没骗你的。”

林从熙“啊啊”地大叫着，奔向一旁，以手抠着咽喉，用力地呕吐起来。

巴库勒在一旁“好心”地提醒他：“林大掌柜的，你抠吐的手可是抓过白狐呕吐物的哦，这个好像不太卫生吧？”

林从熙狠狠地瞪了他一眼，呕吐的越发得厉害。

花染尘默默地走上前，他拍着他的后背，轻轻说道：“没事。这个比起我们一路上吃过的苦又算得了什么呢？”

林从熙感激地看了她一眼，小声道：“我知道也没什么，只是我这样出丑的话他们几个当兵的心里会舒服点儿，所有人的心情也会好一些。”

花染尘的身体微微颤动了下：“原来你是这般想法。不过何苦要作践自己来讨好他们呢？”

林从熙的眼中闪过复杂之色，淡淡地说：“只要能安全走出神农架，其他的委屈就都算不了什么。”

花染尘从腹腔深处挤出了一个叹息。这个叹息如泡沫一般，升腾起来，然后很快便消散在空气中，顷刻间就无影无踪了。

那边，巴库勒、唐翼、王微奕等人在热烈的讨论中，最后得到的结论是：除了虚弱的楚天开留下来照顾昏迷的冷寒铁外，其余的人两两一组——唐翼和陈枕流一组，巴库勒与王微奕一组，林从熙和花染尘一组，前去寻找白色结晶和出口，等寻到了白色结晶后就截断电源，阻断黄烟毒气的蔓延。

很快，大家四散而开。不过这次倒不再兵分三路了，而是集中在白狐先前出现的东边。在经过白狐的呕吐物时，王微奕和巴库勒再次蹲下来仔细观察，他们很快就有所得：在白狐的呕吐物中，他们找到了一些尚未完全消化的野果——很显然，野果不可能生长在暗无天日的地底下，只可能来自于外面的天地。而野果还没有被胃酸完全溶解掉，说明其进食的时间应该是在三四个小时之内。这意味着，他们距离出口并不太远！

盘旋在他们心头的一个疑问是：既然白狐并非一直暗中跟踪他们，那么它又是如何寻觅到他们踪迹的？要知道他们一路上从垂直距离算来，至少可下降到地底下七八百米，又有山脉岩石和地下暗河的干扰，就算是再灵敏的嗅觉与听觉，都不可能对他们进行定位的。莫非狐狸真的拥有通天的本领？

不过对于眼下的他们，当务之急便是找到毒气的解药和出口。有了狐狸带来的线索，巴库勒和王微奕全都精神大振，抖擞起精神继续往前走了。一路上他们仔细观察着地面，希望能够找到狐狸的脚印。只是很遗憾，这些地段的地面上，干干净净的，全都是裸露的岩石，并没有浮土覆盖，因此找不到狐狸经过后留下的蛛丝马迹。

巴库勒的嗅觉不错，加上狐狸呕吐过产生了一股特别的气息，因此他能够捕捉住空气中飘浮的些许气味，用于指导前行。如此再行走了约莫半个小时，路面陡然发生了变化，失去了原来的平整，恢复成了正常的岩洞曲折起伏，那些灯光也全都消失不见了，视野处一片漆黑。幸好巴库勒随身携带着手电筒，可以照亮道路，艰难行进。王微奕经过先前的休整，精力恢复了大半，勉强能够跟得上巴库勒的步伐。

两个人在黑暗中跌跌撞撞地走了四五百米后，巴库勒隐隐地嗅到空气中浮动着一丝腥臭的气息，不觉警惕起来，提醒王微奕一起戴上防毒面具，然后将手电筒交由给他来照明，自己则掏出手枪，小心翼翼地摸索着前行。

令巴库勒稍感欣慰的是，腥臭味并非来自想象中的猛兽。他们目光所及，依然是各式怪石嶙峋，其中还夹杂着苔藓、地衣等贴地的植物。不过温度明显降低，而且不时有水珠滴落。在这种环境下，是不可能生活着猛兽的，因为缺乏足够的食物。巴库勒唯一担心是毒蛇。不过他们穿着靴子和厚衣，除非是眼镜蛇一类的毒蛇可以扑起来攻击，否则威胁并不大。

一行人越走越深入，巴库勒排除了蛇类。因为温度已经降至0℃左右。

这样的温度蛇类只进入冬眠状态，是不可能出来活动的。不过他心头的惴惴感并未消除：那空气中的腥臭气息与阴寒之气究竟来自何方呢？这个疑问在他再度前进了约 50 米之后，便得到了答案：一道足有 3 米宽的裂缝便出现在了他们面前，准确地说，是一道峡谷！

如果不是亲眼所见，谁都难以想象地底下竟然会藏着一道峡谷。它就像某位巨人持利斧劈向山脉，硬生生地砍出了一道裂缝。有凛冽的罡风像一条狂暴的巨龙，凶猛地席卷而上。在风的尽头，是他们暌违已久的天空！只是他们所看到的仅是一线天。巴库勒他们分辨得出来，现在是个阴天的清晨，阳光无力，无法突破乌云的遮挡。这一线天光让他们激动起来，仿佛出口近在咫尺。但待他们看清四周的环境后，很快就又泄气了：峡谷的下边，仿佛藏着一个巨大的鼓风机，不停地朝上吹着冰冷透骨的罡风。罡风是如此的强烈，即便是巴库勒他们站在悬崖边都站不稳，冰寒砭骨。可以想象，人如果坠入风口中，恐怕身上的每一滴血液都会冻僵的，遑论沿着光滑的石壁往上爬行。而在峡谷的另外一头，黑魆魆地立着个洞口，就像一条被掏空了的巨型蚯蚓，裸露着空洞的腹腔。在它的中间，黄烟翻滚，却是与金字塔里一样的毒气，但其浓度却超过金字塔里的 10 倍以上。许多浓烈的黄烟越出洞穴，立刻就被强烈的罡风带走了。3 米的深渊，如刀子般的烈风、蚀骨的毒烟，共同构成了一道不可逾越的天堑。

如果说白狐先前是从这里进入的话，那么它又是如何跨越过这道天堑的呢？就算白狐再天赋异禀，也不可能顶着罡风“飞纵”这 3 米的距离。巴库勒眯起眼，顶住强风的吹袭，仔细观察起来，很快他就发现了端倪：一根电缆跨过悬崖，从他们这头的岩洞地面直通往对面的岩洞。只是这拇指粗细的电缆可以承受得住白狐三四十斤的体重，绝对无法承受起成人上百斤的体重。

巴库勒不觉有几分失望。盼顾了良久，却始终找不到可以“登岸”的天梯，不觉牙根都恨得痒痒的。

王微奕的身体比巴库勒羸弱，被强烈的罡风吹得久了，感觉衣服都变成了冰碴儿，牙齿都在打战。他哆哆嗦嗦地对巴库勒说：“巴长官，要不我们撤回吧！老夫这把老骨头，受不住风吹，感觉整个骨骼都快要被吹开裂了。”

巴库勒不无歉意地道：“对不起，忽略了你老的身体。我们这就返回。”

只是真的这样空手而归，他又觉得心有不甘，于是回眸看了一眼电缆，犹豫着对王微奕道：“这些黄烟是不是利用电力来催化生产的呢？如果我们摧毁电力，是不是也就可以制止住黄烟的继续生产呢？这里的风这么强劲，应该很快就可以将它吹散。”

有许多个念头在王微奕的心头掠过，但最终只化作了一句话：“太冷了！”他嘴唇乌青打着寒战道：“巴长官，你如果真想切断电力，那就快一点吧！”

巴库勒从腰间拔出手枪，瞄准电缆扣动扳机。子弹呼啸着嵌入了电缆中。一阵火花四射。巴库勒抬手再度发射出两粒子弹。三颗子弹成品字形，切断了电缆，在罡风的推波助澜下，电缆“啪”的一声，从中断为两截。

电缆断裂的声响看似轻微，却盖过了凛冽的罡风。巴库勒感觉心弦上似乎也“啪”的一声响，有根弦断了，不安感如同从峡谷深处吹上来的寒气一般，立刻在四肢百骸内扩散。

伴随着电缆的断裂声而起的，是“噼里啪啦”的放电声。金属的子弹头成为导电体，让电流发生了短路，进而产生火花。巴库勒眼疾手快，将电缆扯住，远离开子弹头。电缆就像一条被削掉头的蛇，扭动了一下身躯，随即悄然无声了。但很快就有一阵褐色的烟雾扑腾而起——岩石的地面上埋着一些细小的金属丝，一直通往岩壁上。而在岩壁的隐蔽处，同样插着几根黑色的棒条。这些棒条在电流的催化下，发生了反应，散发出褐色浓烟。瞬间整个石洞里烟雾滚滚，几乎遮迷了人的视线。更要命的是，那些从峡谷深处吹来的疾风竟成了推波助澜的帮凶，将浓烟往他们来处的方向吹灌而去。

再看对面的岩洞，黄烟停止了骚动，然而却聚而不散。仿佛有一张大网，将它们紧紧地箍住，不会往外泄漏。

巴库勒他们带着防毒面具，一时间分辨不出褐色烟雾是否有毒。不过视其凶猛之势，并非“善类”，心头不由得叫苦不迭。这真是才驱虎豹，又迎豺狼。这个石洞早被人为了地打造成为一个龙潭虎穴，他们注定是不得安宁。

王微奕见到浓烟之势，心头暗叹一声，知道木已成舟，回天无力了，于是扯了下巴库勒，示意他速速往后奔跑。眼下的局势，只有一个选择：尽快切断电源。虽然切断电源但可能带来其他的危险，可是如果不破除这些烟雾，他们根本就无法离开这个石洞。

借着手电筒的光，巴库勒两人深一脚浅一脚地一路狂奔。山洞弯弯曲曲，高低不平，人行走在上面十分不便，但也有一个好处，那便是阻挡了风与褐色烟雾的行进速度，烟雾被他们远远地甩在了身后。在确定没有烟雾跟随的情况下，巴库勒摘掉了防毒面具，大口地喘息了几下，便又带着王微奕奔跑起来。眼下他最为担心的就是手电筒的电池不够，有些后悔先前撤退时，没有多带走些日军遗留下来的干电池。一旦他们切断了整个电源，那么石洞将重新笼罩于黑暗之中，手电筒将成为他们唯一的照明来源。在这样暗无天日的地底下，失去光源，他们就可能成为无头苍蝇，在胡乱碰撞之间，死神随时都是伫立在侧的。

所幸日军的军用物资质量过硬，在手电筒的光芒变暗但尚未完全熄灭之际，巴库勒和王微奕气喘吁吁地奔跑回了矿区，有电灯照明的矿区。巴库勒沿途开了一枪，用于召唤队友，于是在他们抵达白狐的呕吐物位置时，唐翼、林从熙等人都纷纷赶到。

巴库勒来不及向他们解释，抓住林从熙的手，道：“带我去发电区，切断电源！要快！”

林从熙听其语气，便知道事态的严峻，当下里不敢怠慢，急忙带着巴库勒奔跑起来。待两人奔到发电室时，林从熙已累如牛喘。他早年行迹江湖，饱经风霜，加上勤学苦练，身手不凡，但年岁见长，且耽迷于古玩之中，不仅让耍杂技艺荒废，就连身子骨也大不如前了。

面对紧闭的石门，巴库勒皱起了眉头，焦急地问："这个怎么进去？"

林从熙喘息甫定，强撑着起来，重施故技，掏出铁丝，三下五除二，将门锁打开："巴长官，搭把手吧，这门死沉死沉的，我一个人根本没有能力打开。不过，小心别跨进屋，提防被电流击到。"

石门打开了，巴库勒倒没有林从熙他们先前的震惊。在他脑海中想得更多的是：该如何将这玩意儿搞断电？一个简单的做法就是将电线弄断，但他深恐像先前的遭遇一样，断掉的电线又引发出什么黑烟、黄烟、青烟、白烟，加剧困局。可是他站在门口看了数遍发电机组，却如同狗咬刺猬一般，根本无处下手。王微奕说这个发电的原理可能是利用磁场与电场之间的相互转换作用，可是想要切断这种转换关系的话，就需要将磁场搬移开——谁有那神力能够移开这满山含有磁性的铁矿石？

无奈之下，巴库勒不得不把求助的目光投向林从熙讪讪地问："你有什么看法和建议？"

林从熙耸了耸肩，道："我能有什么看法和建议？只要不把我投进去就可以，其他的你随便。"

巴库勒咬了咬牙道："你确定只要不是死在发电室里就可以了，对吧？"

林从熙吓了一跳，惊恐地问道："你什么意思？死在发电室外也不行！不对，是任何可能死在这里的行为都不行！"

巴库勒牙根紧咬："生死由命，我们就来赌一把吧。"

惊恐在林从熙的瞳孔里扩散，急急说道："你个瓜娃子，想要做啥子啊？"

未等他扑上前，一道黑色的光芒便从巴库勒的手中飞了出去。紧接着，巴库勒一个虎跃，扯过林从熙躲在金属门的背后，同时捂住了双耳。

那是一枚手雷！

惊天的爆炸声响了起来，地动山摇，整座山仿佛是一叶被惊涛骇浪包围的扁舟，被巨浪狠狠地抛进了半空中。巴库勒感觉五脏六腑全都飘移起来，脑袋则像被用力晃荡的果汁，脑汁几乎都要从七窍里溢出。在他的感受中，脚下的岩石不再是真实的，头顶的空间也全都消失了，整个人都像进入了一个圆形、光滑的甬道，快速地下滑，却抓不住任何可以依附的东西。

所有的感觉都是在第一瞬间迸发而成。岩洞内真实的情形是：光明消失了。硝烟味弥散开来。发电室坍塌过半。那个如风车一般的组件被强烈的爆炸气流甩出，摔在石洞外。最重要的是，爆炸引发了连锁反应。顶上的岩石掉落如冰雹，在更深远的地底下，传出崩裂的声音；而在距离他们头顶近百米的上方，有巨大的建筑物崩塌，并引发了强烈的共振。

巴库勒觉得自己是处于正在崩发的火山底部，即将被滚烫、厚实的火山灰所掩埋。他实在难以想象，一枚小小的手雷，怎么可能会产生如此惊人的威力？这样的爆炸效果，至少是要上千斤的 TNT 炸药才可能形成的啊！难道放电室会扩大手雷的威力？抑或是，手雷只是一个引子，引发了放电室内部的能量释放，才形成了如此惊天骇地的爆炸？

但不管怎样，巴库勒首先要庆幸的是自己从这场剧烈的爆炸中存活了下来。待那延绵不绝的震荡感渐渐平息之后，他从地面爬起身，伸手拂去身上的石屑灰尘，然后在黑暗中摸索，哑声道：“林掌柜，你还活着吗？”

一阵咳嗽声起，紧接着从黑暗中传出振动衣衫的窸窣声，林从熙的声音传了出来：“我说巴长官，你这投的是炸弹吧？我看你的目标不是摧毁这发电室，而是搞垮整座山脉。”

巴库勒心头的一块石头落了地，但随即想到冷寒铁等人，心不由得又提了起来，惊呼道：“糟糕，我们快去看看其他人怎么样了。”

林从熙道：“巴长官，你好歹也先看看自己的战果吧？”

巴库勒想想也是，拧开已经变得昏暗的手电筒，只见发电室早就面目全非、一片狼藉，整套发电设备在先前的剧烈爆炸中死无全尸——倘若不是金属门够厚、够结实，挡住了四溅开的碎片，恐怕巴库勒已变成个筛子了。

林从熙在心头连叹可惜，想要进发电室看能否捡到一点儿宝贝，可是想及先前被电晕的经历，又心有余悸——谁知道发电室内会不会有辐射呢？不过就这么空手而归，他又心觉不甘。待目光落定在状若风车的发电轮组上，不禁眼前一亮，“巴长官，你不觉得我们好歹也应该拿点战利品回去，好跟别人证明一下我们确实炸掉了发电室？哦，我看这个大风车就不错，说不定王教授也有兴趣留作纪念呢！”

巴库勒本想骂他掉进钱眼里了，命都不知道能留到哪天，现在却还惦记着这破铜烂铁，忽然一个念头跃入了大脑中，忍不住转怒为喜：“好，如果你不嫌累，就拖着吧！”

林从熙如同得到圣旨般，喜滋滋地将压在“大风车”上的石块扒拉掉，将其拖了出来，揶揄道：“哎哟，这东西怎么死沉死沉的？”

“大风车”的直径约为 1 米，那些扇叶不知道是用什么金属铸就的，禁受住了爆炸的摧残而没有破裂，只有与其他组件相连的轴承处断了，整个风轮加上 1 米左右长的轴承合计约莫有七八十斤。林从熙就像孙悟空扛芭蕉扇一般的将其扛在肩膀上，被压得忍不住“哎哟”一声叫起来。

巴库勒骂了一声：“你真是娘们儿的身体。自己想好了，如果嫌重就丢这儿，别拿了。”

林从熙忍痛道：“得得得，你就别说三道四了，反正这是我的东西，我自己拿，你回头别眼馋就行。”说完便从地上捡起一段电缆，找巴库勒借过军用匕首，使出吃奶的力气将其割断，捆绑在“大风车”的扇叶上，在另外一头打了个死结，套在肩膀上，拖拽着“大风车”往前走。断裂的轴承与地面摩擦在一起，发出刺耳的声音。

巴库勒心头牵挂着他的那些兄弟，但又不愿打消利用林从熙这个免费苦力的念头，于是晃晃悠悠地跟在他的身后，看着他哼哧哼哧地拖着“大风车”一步一挪地往前走，直至林从熙累得像条被抽去骨头的狗一般的瘫倒在地，巴库勒才结束观望的状态，将手电筒扔给他，轻轻松松地扛起“大风车”，大步流星地往前走。

林从熙难以置信地看着巴库勒。这个多次里用皮带抽过自己、一度险些将自己剥皮的冷血动物，竟然会主动伸出援手？他忽然醒悟过来，追赶上巴库勒：“你娘的，这个大风扇你是不是对你有用？你是故意让我替你当苦工，傻拉吧唧地扛着它？”

巴库勒难掩心头的得意，却又竭力地绷紧着脸，可是骤然轻快的脚步还是将其心情出卖了。

自己竟然真的被这个大块头算计了？林从熙怔了下，随即跳起来，想要破口大骂，可是嘴巴张大了，却没有骂词出来——不是他控制得住自己的情绪，而是他需要控制自己的体力。他们剩余的食物和水有限，又被困于这如石牢一般的地底下，可以想象得到接下来的日子将是特别地难熬。他只能垂头丧气地跟在巴库勒的身后就像一条斗败了的土狗。

七八十斤的“大风车”搁在孔武健硕的巴库勒肩上，就像一根烧火棍。他脸不红气不喘地就将它扛到了与冷寒铁他们分开的地点。令他异常惊喜的是，在刚刚的那场“浩劫”中，除了花染尘脚被一块石头砸伤，起了鸡蛋般大小的肿块外，其他人竟然奇迹般的安然无恙。更令他惊喜的是，冷寒铁竟然苏醒了过来，尽管看上去十分虚弱，但至少眼睛是睁着的。

巴库勒将“大风车”一把丢落在地，小跑着来到冷寒铁的面前，想要伸手去拥抱他，但又觉得不妥，于是只顾着憨厚的傻笑。

楚天开见状，摇了摇头，道：“你傻乐啥呢？我还以为你看见我们都还活着，很失望才。”

巴库勒张大着嘴，不解地看着楚天开。

“你把整座山都要炸塌了，不就是想把我们活埋在地底下吗？”

巴库勒咧开干裂的嘴唇，抱歉地笑了笑，露出了几道血痕：“就一个小鸟蛋，谁知道竟然折腾出这等动静。也许那不是发电室，而是弹药库。”

王微奕不无忧虑地看着巴库勒暗如萤火的手电筒，哀叹道：“没有了电力支撑，我们该怎么走出这里呢？”

楚天开安慰他道：“车到山前必有路，会有办法的。再说了，我们都还有干粮、饮用水和干电池，还可以撑上几天。”

王微奕将目光移向冷寒铁，欲言又止。

楚天开的眼睛也跟着黯淡了下去。冷寒铁虽然醒了过来，但并未脱离危险——虽然直接击倒冷寒铁的是强电流，但加剧他身体恶化的乃是毒气和浓烟。他所幸吃了半颗巨蛇内丹，护住了心脉。可是巨蛇内丹治标不治本，无法彻底清除冷寒铁体内的毒素。如果他们无法找到白狐呕吐物里的那种白色结晶，恐怕冷寒铁的生命之光将在这地底下渐渐地熄灭。

这时楚天开将眼神投向巴库勒扛回的“大风车”上了，好奇地问道：“你带它。来做什么呢？”

巴库勒看了林从熙一眼,眼神中流露出戏谑之色,道:“山人自有妙用,就让我卖个关子，迟些你们自然就会懂得。”

这时一直都咬紧牙关不说话的冷寒铁呻吟了一声，众人的注意力立即被他吸引了过去，只见他面如金纸、唇如枯蜡，面带痛苦之意，很显然此刻他体内正五脏俱焚，忍受着刮骨剔肉般的苦痛，否则以他的钢铁意志绝不会发出声音的。

见状，众人的神色不觉黯淡了下去。

林从熙忽地惊叫起来，“染尘姑娘，你怎么了？”

大家不由自主地将目光移至花染尘的身上，只见她亦软绵绵地趴在地上，与冷寒铁一般，脸色枯黄，嘴唇发白，并且全身上下都在不停地打着摆子，仿佛得了疟疾一般。花染尘先前将自己的防毒面具转给了冷寒铁，使自己失去了防护，吸入了黄烟和毒气，如今开始发作了。

林从熙焦急与心痛溢于言表。他忍不住哀求楚天开道：“楚长官，你可否将那个内丹分一点给染尘姑娘？你报个价，无论多贵都行，等出了这神农架，我猴鹰儿就算是砸锅卖铁也定然给你凑足这钱。”

楚天开注视着花染尘的痛苦，脸上亦流露出一丝不忍之色，歉疚地说：“抱歉，不是我不肯给你，只是那个内丹我已经全部灌给冷大吃了，连渣都不剩了。”

林从熙跌坐在地，面色如土。

巴库勒默默地从口袋中掏出三粒白色的结晶——那是他从白狐的呕吐物里捡到的，然后倒出一点宝贵的水，将其冲刷了一下，再分成两份：一份一粒，一份两粒，将一粒的那份递给了林从熙：“这个或许有效，你喂染尘姑娘吃下。”

林从熙望着那只有大头针眼般大小的白色结晶，脸上抽搐了一下，抱怨道：“这个就算有效，也未免太少了吧？巴长官你不如将三粒一并给我，多少钱我照付便是。”

巴库勒勃然大怒，吼道“我能给你一粒，已算是恩赐，你竟不知好歹，还要讨价还价。既然如此，我宁愿喂狗也不会给你！”说完，他将三粒白色结晶一并递到了冷寒铁的唇边，准备喂他吃下。

林从熙一看急了，扑了过来，大呼道：“一粒就一粒，你先给我！”然而他刚一动，就被楚天开如铁钳般的大手紧紧拽住了，动弹不得。

冷寒铁额角的青筋剧烈跳动着，勉强挤出一句话：“我不当狗，给她吃！”

巴库勒这才意识到自己有点口不择言，急忙用断臂打了一巴掌，“冷大，是我嘴臭。你别计较，把这个吃了吧！”

冷寒铁牙关紧闭，双眼合上，再不发一言。

巴库勒惶恐不已，脸上一片颓丧之色。

王微奕叹息了声道：“巴长官，你就听从冷长官的意愿，把药给染尘姑娘服下吧！老夫想冷长官并非是有意责怪你，只是心疼……呃，绅士风范，把求生的机会让给女士。”

巴库勒嘴唇翕动了数下，终没有言语，悻悻然地将三粒白色结晶拍在林从熙的手上悻悻地说道：“算你小子走运，都给你。不过我可不白给，你回头至少给我扛那钢铁疙瘩 1 000 米。”

林从熙大喜过望，点头如鸡啄米，下气怡声道：“行行行，你要我做什么都行。”说完急忙掰开花染尘的嘴唇，将三粒白色结晶塞了进去，又灌进去一口水。

白色结晶对毒气真有奇效，花染尘的神色很快便舒展下来，似乎体内的痛苦有所缓解。只是三粒白色结晶的剂量实在太小，只能去除一点症状，要彻底除掉毒气，恐怕需要增多于 10 倍的剂量。

但不管怎样，众人总是看到了一点希望。

巴库勒环顾着其他人，问道：“你们先前可曾找到这种白色结晶？”

众人全都摇头。

巴库勒失望了，继续问道：“那找到什么新线索没，比如出口？”

众人又都摇摇头。

王微奕苦笑道：“巴长官，看来你我找到的应该是唯一的通道。只是里面塞满了黄烟，又有朔风狂啸不止，实在不知该如何跨越。”

唐翼等人的眼前一亮，喜滋滋地问：“王教授你们发现了出口？”

王微奕将他们所见到的情景描绘了一遍。众人听到地底下的罡风如钢刀般凛冽，不由得全都泄了气。很显然，即便不考虑毒气因素，人体也是很难穿过那么强烈的罡风的，跨越到 3 米多的对岸。

“天无绝人之路。”巴库勒缓缓说道，“我们无法消除那地底冒出的风，但可以改变风向，让风不再是向上狂吹，而让它顺着我们前进的方向，吹入对面的洞中，将那些毒气全都赶跑。”

王微奕的眼前一亮，明白了巴库勒拖拽“大风车”的意图，称赞道：“不错，这倒是一个绝佳的方法。既然如此，事不宜迟，我等就立即着手去做吧！”

“走吧，林大掌柜。”巴库勒看着林从熙说道。他本以为依林从熙奸猾的本性，定然会找借口来百般推诿，谁知道他竟然二话不说，拖起“大风车”，默默地往前走。

倒是王微奕叫住了他，劝慰道：“林小兄弟，你且歇息会儿，吃点东西吧！”

简单的一餐饭，吃得每一个人心头都有点沉重：他们带出来的罐头干粮还有不少，可是饮水却所剩无几了。谁都清楚这意味着什么。巴库勒甚至在心中做好了最坏的打算：要是实在没有办法，就只能刨开他先前炸塌的通道，重返金字塔的那层，接引水底旋涡里喷流下来的水来解渴。

稍事休息后，巴库勒背起冷寒铁，唐翼背着花染尘，胸口各挂着一个背囊，林从熙则拖着沉重的“大风车”，虚弱的楚天开手执手电筒照明，同时身背一个背囊，王微奕与陈枕流相互扶持着，一行人就这样重新踏上了征程。

先前剧烈的爆炸对整个矿场的破坏作用有限。巴库勒他们注意到，矿场的穹顶被涂上了一层类似松脂的物质，它似乎带有很强的黏性，配合全场上百根柱子，可以抵抗得住七八级的地震。这样的话倒是给巴库勒他们的行动省去了不少麻烦。

林从熙大概是豁出去了，一声不吭地拖着“大风车”埋头前行。不多时他的掌心被电缆勒出了血泡，肩膀也被磨得褪了层皮，但他始终咬牙不叫苦。如此走了大概 500 米，他实在精疲力竭，倒在了地上，大口地喘着粗气道：“受……受不住啦。休息……休息一下吧！”

巴库勒看了下，只见前方百米处隐约有褐色的烟雾，当即放下冷寒铁，令其他人全都停下，再踌躇了下，对楚天开和陈枕流道：“要不我们三人继续前进，其余人就在此地等待？”

三人都点头应允，只有林从熙从地上艰难地爬起，道：“我跟你们一起去。”

巴库勒有几分讶异地看着他，惊呼：“你不休息了？”

林从熙摇了摇头，喃喃说道：“不了，我还支撑得住。”

巴库勒点了点头，满意地说：“既然如此，就随我来吧！”四个人戴上防毒面具，依旧是巴库勒扛着“大风车”走在前面。很快，四人走进了茫茫褐色烟雾之中。隔着防毒面具，他们闻不见褐色烟雾的气味，可是看着其浓密如炼乳的形态，都不觉暗自惊心——倘若先前没有及时切断电源，即便褐色烟雾没有毒，恐怕也会将人活活呛死。

越往后面，褐色烟雾越加浓厚，路也变得曲折起伏。四个人齐心协力，连扛带拽，几乎耗尽全身的最后一丝力气，终于带着“大风车”抵达断崖处。一线天外，应该时间已是中午，正是一天中最为明亮的时刻。光线从山峰顶部泄下来，部分遗落在断崖处，带来了光明，于是不必利用手电筒的照明他们亦能够影影绰绰地看清四周的影像了。

浓烈的罡风依旧如刀般的刮着，几乎要吹进人的骨头深处。林从熙他们出了一身汗，被劲风一吹，顿时全身起了鸡皮疙瘩，不由自主地叹道：“好冷哪！”

罡风强劲，也有个好处，那么就是断崖边的有毒烟雾全都被吹得飘散开了。巴库勒试探着去掉了防毒面具，确认在距离断崖 10 米之内，呼吸无碍，于是示意其他三人一起摘掉防毒面具，着手行动。

巴库勒的设想是：利用“大风车”扇叶的转动，改变风向，将由下向上吹起的罡风送进对面的岩洞中，吹散开里面的黄色毒烟，最重要的是，由此减少风的阻力，他们可以顺利地穿过“风墙”，从断崖的这边跳入对岸，而不会像一片纸一般被风卷起乃至扯碎。

这是一个疯狂而又大胆的想法，却也是他们逃出生天的唯一办法！重要的是，巴库勒猜度，白狐腹中的白色结晶应是存在于对面的岩洞中。因为他注意到，对面岩洞呈上窄下阔，罡风虽然凛冽却被下边的巨石所遮挡，无法吹入洞中，因此洞中的黄色烟雾缭绕不去，可是在他切断电源并离开的这段时间里，黄色烟雾被稀释了近半，可见里面存在着“生生相克”之道。

如何将“大风车”安装在断崖边，成了一个棘手的难题。“大风车”有长约 1 米的轴承作为把柄，理论上只要能够有重物压住并固定，就可以让其正常工作，将风吹向对面的岩洞中。可是断崖处的罡风如此强烈，就算是金属制成的“大风车”，在它的眼中也不过是一片树叶，可以轻松卷起。要想压住它，至少需要上千斤的重物才行。

岩洞中能够找到的重物唯有石头。可是所有的石头都是与地面或者是岩壁连成一体的，并无散落的石块。他们也没有搬山卸岭的本领，可以将巨石从地面上拔离开，于是唯一剩下的冒险方案就是：用手雷炸！

冒险对于常年提着脑袋执行任务的巴库勒他们来说只是家常便饭。他们用黄金匕首切割下断电的电缆，将它们穿过“大风车”，反复捆绑了三匝，将电缆的末端捆绑在一块如同朝天笋的石头上。巴库勒试了试，感觉足够结实，然后招呼着林从熙、陈枕流和唐翼一起紧紧攥住电缆，他自己则扛起“大风车”朝着断崖走去。“大风车”仿佛对于自己的命运有所感应似的，在湍急的气流推动下，开始转动，从最初的和缓逐渐加速，直至达到惊人的转速。巴库勒感觉自己简直就是身处小型飞机的螺旋桨前，巨大的气流令他寸步难行，甚至几乎要“倒行逆施”。无奈之下，他只能拼尽全身的力量，勉强将“大风车”转了个方向。顿时剧烈的气流卷入，拍打着“大风车”，拖动着巴库勒与“大风车”持续转动，与断崖由原来的5° 斜角不断扩大，一直变成了接近180° 。“大风车”的扇叶更是如同发疯了一般的凶猛转动。巨大的推力成了离地力，拖拽着整个“大风车”及巴库勒齐齐地撞向岩壁的最左端石壁。如果撞上的话，不仅“大风车”将粉身碎骨，巴库勒恐怕也要被拍成肉饼了。

在这危急之际，林从熙等人使出吃奶的力气拼命拖拽着“大风车”，巴库勒也展开自救，咬紧牙关，气沉丹田，完好的手掌几乎抠进了“大风车”的轴承中，左边的断臂则竭尽全力地压在“大风车”上，以自己身体的重量为砝码，勉强地扭转开“大风车”前进的方向，让其避开前面的石壁。就在他的身体贴着石壁擦身而过时，他的左脚用力一蹬，将整个“大风车”往来时的路上推进了几厘米，同时右手扬起，一枚手雷飞出。

他虽然躲过了“车毁人亡”的命运，可是却也将自己连同“大风车”

带入了断崖的气流中。顿时他与“大风车”如同一个巨大的风筝一般，被强劲的罡风带上了断崖的上空。“大风车”亦掉转方向，变成了头朝上，如同直升机的螺旋桨，瞬间又攀高了一米有余。此刻的巴库勒好像一只壁虎，攀附在光滑的“大风车”轴承上。如果不是向上的气流托着他，他肯定支撑不住，会摔落下来。

捆绑“大风车”的电缆虽然弹性、韧性十足，可是毕竟经历了数千年的岁月侵染，而且又是铺设在地上，被侵蚀得有些厉害。在巨大风力的拉扯下，有一根电缆“啪”的一声断了。强劲的弹力令其如同如箭矢一般飞射而出，不偏不倚刚好落到“大风车”的扇叶上。高速旋转的“大风车”足以绞断拇指粗细的铁棒，可是面对韧性十足的电缆却有些拳头击打在棉花上的无力感。很快，电缆就像一条捕捉住猎物的章鱼，牢牢地缠绕住了扇叶。原本袅袅升空的“大风车”，失去了向上的动力，瞬时往下一顿。

几乎就在同一时间，眼见形势不妙的林从熙不顾一切地跃起，用双脚与左手勾住电缆，右手则揪住在石笋上，使出吃奶的力气，拼力拽住电缆，希冀将升空的“大风车”和巴库勒拽回地面。可是与大自然的力量相比，他的这点儿重量和力量根本就是微不足道的。他只勉强地稳了下电缆的升势，但很快就被那股力量拖拽得一起上升了二三十厘米，整个胳膊几乎被撕断。

这一切描述起来繁复，但实则距离巴库勒丢出手雷的时间只过去了两三秒钟——“轰”的一声巨响，手雷结束了延时，爆炸开来。巴库勒先前早观察好了地形，利用他长期从马背上抛套马索养成的手劲与准度，准确地将手雷送入了岩壁的一条缝隙间。手雷爆炸所产生的冲击力，在狭小的空间里得到了放大效果，威力不亚于一个小型的炸药包。被强风侵蚀的岩石原本就有点儿脆弱，在强冲击力的作用下，顿时坍塌了足有五六平方米的面积，数十吨的石块如泥石流一般倾泻而下，将电缆埋了个严严实实。

罡风的吹力固然强悍，但被束缚住扇叶的“大风车”怎么都无法对抗得过数十吨的重量压制。原本飘在空中的巴库勒顿时就像断了线的风筝，猛然被扯向回悬崖的边缘。好一个巴库勒，临危不乱，借助于这股强大无比的后拽力，瞅准石头间有个空隙，竭尽全力稳住“大风车”，将尾部的轴承如同一把利剑，狠狠地刺向石缝间。金属与石头剧烈摩擦，冒出一溜的火光，发出刺耳的声音，让人牙根发酸。攀附在“大风车”上的巴库勒感觉心头如同受到巨锤撞击，再也坚持不住了，从“大风车”上跌落下来，在乱石堆里滚出了七八米，直至双脚抵住了石笋，这才稳住了身躯。此时的他，已经全身遍体鳞伤，衣裳更是零碎如布条。所幸他皮糙肉厚，且在性命攸关之际，大脑瞬间放空，进入他在雅鲁藏布江的喇嘛处习得的龟息法中，整个身体如同一片轻盈的羽毛，避开了与坚硬、尖锐石块硬碰硬，只是受了些皮外伤。

巴库勒顾不上身上的伤痛，捡起陈枕流被震落在地上的手电筒，朝“大风车”的方向照去。令他欣慰的是：他的冒险行动成功了！“大风车”大半没入了乱石堆中，扇叶露在断崖外。“大风车”的轴承与石头先前之间的强烈摩擦，绞断了所有的电缆。而由上而下冲起的罡风，对于斜逸横出的扇叶所产生的推动力，远远超出了半截断裂了的电缆的约束力。只听“啪”的一声脆响，电缆节节寸断，坠落在了断崖之中。扇叶重新启动，并且达到了每分钟数千转的惊人速度。扇叶的转动，形成了一股略微斜向下的超强气流，与向上的断崖罡风碰在一起，产生了效应——“大风车”的气流，虽然无法完全化解掉罡风的凌厉气势，却也牵扯住了很大一部分风力。两股强风冲撞在一起，形成了一个气流旋涡，径自冲向悬崖对面的山洞。

眼见自己的策略成功，遍体鳞伤的巴库勒心头的重负顿时落了地，眼前一黑，便晕了过去。

不知昏过去了多久，他被一阵清凉之意撩拨醒了。借助断崖一线天所漏下来的一点光，他勉强看清林从熙正站在他的面前，用一条充满汗渍的手帕擦拭着他脏兮兮的脸庞、干涸的嘴唇以及伤痕累累的躯体，手帕很快就脏了。林从熙就默默地伏下身体，小心地避开“大风车”高速旋转的扇叶，将手帕罩在“大风车”的轴承上。“大风车”的高速转动使得金属轴承位置温度升高，触及断崖罡风所吹送上来的冰冷空气，很快就在轴承表面结成了一层霜雾。林从熙就这样不辞劳苦，揣着条手帕一遍一遍地往返，替巴库勒擦干净了身上所有的污渍，包括血痕。

巴库勒安静地躺着，悄然把眼睛闭上，动也不动。这一刻，他的心底涌动着一股感动，乃至一种久违的亲情。一刹那，他恍惚回到了小时候，在外面淘气，满头大汗、浑身是泥地回家，母亲毫无怨言，将他剥得光溜溜的，再轻柔地用毛巾蘸着水，将他身上的脏污全都擦干净。整个世界在此刻都变得温柔起来了。坚强的面具滑落了。他感觉心底最柔软的部分被悄悄拨动了，一种名叫泪水的液体从他的心间一直抵达到咽喉，再涌向了眼眶处。林从熙，我的兄弟……他在心头默默地念着，然后在一种无边的宁静中，再次进入了梦乡。

再次醒过来时，巴库勒发现身边站齐了所有的人，甚至包括冷寒铁，而且冷寒铁的脸上褪去了大部分的灰败色，这令他惊喜不已，欢喜地叫道：“冷大，你好了？”

冷寒铁微微点了点头，道：“嗯。我好了，你且好好休息。”

巴库勒翻身而起，目光泫然，哽咽着说：“我不必休息。冷大，能看到你平安无事，我就算是下地狱也都值了。”

冷寒铁的眼光中闪过一丝柔情，悦然说道：“哪来的地狱？我们要去的可是金殿。”

五大三粗的巴库勒脸上流露出罕见的羞赧，欣然说：“说的是，我们的目的地只在金殿。”他随即又追问道，“是谁找到了那种白色结晶？”

冷寒铁的眼睛瞥向了唐翼。在巴库勒昏迷的时间里，唐翼等人齐心协力将冷寒铁、花染尘等转移到断崖边，以躲避褐色烟雾的侵袭。不过比起褐色烟雾来说，更让他们难受的是断崖处吹出的酷冷罡风。幸好有那一个石笋可以挡风，于是他们就都集中在石笋的背面。

冷寒铁、巴库勒昏迷，楚天开体内余毒未解，于是所有的重担就落在重伤未愈的唐翼身上。他几乎未加思考就走到断崖处，顶着烈风，奋力一跃。巴库勒所布置的“大风车”成功抵消了过半的罡风作用力，并且将大量的气流送入断崖对面的岩洞中，把里面原本密布翻滚的黄色毒烟全都驱散一空，等于替唐翼扫除了两大障碍。唐翼虽然双手手筋被挑断，但未伤及脚力，因此 3 米多的距离对他来说并非难事。他很容易地就穿越过罡风的风墙，进入到了对面的岩洞。在岩洞内搜索了十多分钟之后，他在一株石钟乳上找到了大量像盐巴的白色结晶，不过最外面的一层已经变成了微灰色。唐翼用军用匕首刮掉外层，剥取了里面晶莹透白的部分结晶，装在衣兜里，然后再次纵身跃回断崖此端。

白色结晶果然是黄色毒烟的克星。唐翼先是给花染尘喂食了一捧白色结晶，不多时她就起身呕吐了一堆秽物，紧接着脸色逐渐红润起来。唐翼大喜，给冷寒铁及其他所有人分食了一把白色结晶。不多时，各人或多或少，全都呕吐出了黄绿相间的黏稠物，整个人也顿时感觉轻松了许多。唐翼又将剩余的白色结晶洒在每个人的衣服上揉搓着，以此消毒。

巴库勒在睡梦中牙关紧咬，无法喂服白色结晶。见他并没有什么中毒迹象，大家就不再勉强他。于是众人就都或倚或躺，一边休息，一边讨论在这地底下的一路奇闻异见，大家议论最多的，还是究竟是谁打造了这么一个地下世界，又是怎么做到数千年间的持续供电。

王微奕眯着眼睛问陈枕流，“枕流，你还记得帕拉斯墓穴的电灯吗？”

在先前架设“大风车”的行动中，陈枕流虽然不似巴库勒和林从熙那般拼命，却也耗费了不少精力，有些虚脱，但面对老师的询问，又不好不回答，只能强撑着回答道：“可是在罗马的那个帕拉斯墓穴吗？”

王微奕见状，道：“你先且休息吧，老夫来梳理一下。15 世纪初，考古学家在罗马发掘古罗马国王之子帕拉斯的墓穴时，发现整个墓穴被一盏明灯照得一片通明，直到考古学家把墓穴全部打开后它才自动熄灭了……”

林从熙忍不住插嘴道："是不是跟传说中的秦始皇坟墓内的长明灯差不多？"

王微奕摇摇头，说道："秦始皇坟墓内的长明灯，传说中用的是人鱼的脂膏为燃料，而且是明火点燃。可是帕拉斯古墓里找到的灯，里面并没有灯油。遗憾的是，这盏灯已经被毁灭了，我们无从考证它是否与当代电灯相一致。"

"会不会是有人故意搞恶作剧，偷偷放进去的呢？"林从熙仍然不死心地问道。

王微奕苦笑道："林小兄弟你可知道当代电灯是什么时候发明的吗？人类历史上的第一盏电灯乃是1809年，由英国皇家研究院教授汉弗莱·戴维爵士制成的，他用了2 000节电池和两根炭棒，制成了世界上第一盏弧光灯。但这种灯产生的光线太强，只能安装在街道或广场上，普通家庭无法使用。后来真正发明出价廉物美、经久耐用的家用电灯的是伟大的发明家爱迪生，也是他将电灯引入千家万户的。就算从1809年弗莱·戴维制成的第一盏灯算起，迄今不过200余年；而帕拉斯古墓至今则有2000多年的历史。挖掘它的时间是15世纪，那时电灯对于人类而言都还是一个闻所未闻的新鲜事物。"

林从熙听得有点呆了："那……古墓里的电灯是哪里来的呢？难道电灯的发明历史要被改写？"

王微奕没有回答他的问题，继续说道："无独有偶，1845年4月人们在罗马附近发掘出一个古代年轻女子的石棺，当移出女尸时，这女子宛若活着一般，同时发现在穴坑深处也有一盏明亮的灯。"

林从熙挠着头，迷茫地问："又一盏灯呀！还有其他的吗？"

王微奕道："公元527年，叙利亚在东罗马帝国的统治之下。据说，当时在叙利亚境内的东罗马十字军士兵曾发现了一个关隘的壁龛里亮着一盏灯，灯被精巧的罩子罩着。根据发现时的铭文可知，这盏灯是在公元27年被点亮的。士兵们发现它时，这盏灯已经持续亮了500年！遗憾的是，野蛮的士兵们很快就毁坏了它，于是这盏神秘的长明灯的原理从此便无法被人知晓。此外，古埃及人在修建金字塔的过程中究竟是采用何种手段照明的，亦是难解之谜。按照人类的文明历史来说，四五千年的古埃及人，能够使用的照明工具只有蘸了植物或者动物油脂的火炬、火把。可是今天的科学家在最为宏伟的胡夫金字塔内，对其封存的灰尘进行了检测，并没有找到黑烟或者烟油的微粒，也没有发现一丝一毫使用过火炬或油灯的痕迹。而到过胡夫金字塔内的人，都会被塔内精美的雕刻与绘画所吸引。你能想象到如此精致的艺术品会是在黑暗中完成的吗？答案断然是否定的。那么不排除一个大胆的假设：古埃及人掌握了类似于电灯的照明工具！”

“这也太不可思议了吧。”林从熙张大嘴巴，道，“可是这些都是想象的，并没有科学证据吧？”

王微奕颔首道：“不错，这些都无实物来验证，只能当作一个科学的猜想。不过1936年在伊斯兰文明的重地巴格达，筑路工人挖到了一个由巨大的石板砌成的古代坟墓，石板上刻有古代波斯文字。考古学家从古墓的石棺内，找到了大量从公元前248年到公元前226年波斯王朝时代的器物，其中包括一些奇特的陶制器皿、锈蚀的铜管和铁棒。一名德国科学家悄悄将这些东西带回了德国。经过组合，他惊讶地发现，陶制器皿、铁棒、沥青绝缘体和铜管可以组成10个电池。他推测道：古代人很可能是把这些电池串联起来，制造电力，用电解法给塑像和饰物镀金的。”

林从熙还是觉得有点不可思议，惊问道：“王教授，你的意思就是说，电灯是古人发明的？”

王微奕长叹了口气，道：“说到底，因为缺少实物，只能算是推理吧，谈不上严谨的历史推定。也是奇怪，历史上那些在古墓里出现的长明灯，一旦现身就会以某种方式很快就被毁坏掉了。例如，被野蛮的掠夺者和挖掘者毁坏了。比如说，17世纪中期，在法国的格勒诺布尔，一位叫杜·普瑞兹的瑞士士兵偶然发现了一个古墓的入口。在这与世隔绝的坟墓内，他找到了一盏正在燃烧的玻璃灯。惊异之余，他把这盏神秘的灯带出了坟墓，送给了当地的修道院。修道院里的僧侣们同样目瞪口呆——这盏灯至少已经燃烧了千年。他们像宝贝一样保存着它，可惜的是，几个月后，一位老年僧侣竟然不小心把它碰掉在了地上，摔碎了。还有一次是在英格兰，同样是在墓穴里找到一盏灯，然而当人靠近灯时，一个身着盔甲、原本固定的雕像开始移动，举起手中的武器，击毁了这盏灯。有时候我们不能不怀疑古人是在利用某种魔咒来保守他们的技术秘密。”

林从熙眨巴着眼睛，竭力从大脑深处提取出一些有用的信息，卖弄道：“在我行走江湖的时候，也听过一点有关长明灯的传说，但大家都认为那是一种幻术，或说障眼法。因为任何灯——无论是油灯还是电灯——总是需要充足的燃料或者是持续供应的电能，如果是油灯，燃烧还需要有空气。而墓穴都是在地底下，而且长期封闭，根本没有空气流通，所以不可能存在燃烧千年的油灯。只是不瞒各位，我猴鹰儿做的是古董生意，偶尔也会跟一些土夫子（盗墓贼）打交道。据他们讲，在他们下地干活的时候，真的碰到过古墓里燃烧着一盏灯的情况。初时，他们以为是鬼灯，后来又以为是宝灯，可是仔细观察却发现那就是平常的油灯，不平常的是在灯芯位置放置了白磷。众所周知，白磷遇到空气就会自燃。古墓封闭多年，平常里面是没有空气的。土夫子在打开墓穴后，新鲜空气灌了进去，白磷便会自燃点亮油灯。而土夫子至少要等待半炷香的时间，待墓中浊气、秽气散尽之后，方才进入，这时骤然在地底下见到明灯，往往就会被惊退。但若是明白了里面的玄机，也就不值一提了。”

王微奕点头道：“不错，你说的这有几分道理。只是我们前面说的这几种灯，都并非油灯，可以用明矾点燃。特别是那盏被送至修道院的灯，着着实实燃烧了几个月后才被毁灭。可见它确实具备长明的特征。所以有人怀疑，古人是掌握了用电的技术，灯碗里那看似为燃料的液体可能就是用来导电的汞，因此燃料看起来永不见少，并且不怕风吹雨打，无惧墓穴缺氧。据说希伯来人就保存着这种制造电灯的技术。据描述，

13 世纪，一个名叫杰彻利的法国人拥有一盏灯，没有任何油或灯芯。通常灯被放置在他房间的前廊，每一个人都可以看见。当杰彻利被问及灯为什么会亮时，他总是笑而不语。杰彻利还做过许多与电有关的实验，包括通过按钮将电流引向门的铁把手上，保护自己家园不被外人入侵。遗憾的是这种技术到了后来就失传了。人类的文明进程中存在着许多断裂之处，让人扼腕叹息不已。”

林从熙摆出一副打破砂锅问到底的架势，继续问：“王教授，你说的这些都是发生在国外的事，那在我们中国有没有同样的记录呢？”

王微奕沉默了下，答道：“有些事情老夫不宜对你说出，老夫只能回答说，有过类似的长明灯。老夫知晓你定然又要问这些长明灯从何而来，平心而论老夫亦无法给你答案，只能在这里讲述另外一件事。十余年前，老夫有一名考古界的朋友，名叫纪蒲泰，他和另外的考古学家一起到青海南部的巴颜喀拉山地区考察时，在一个不太显眼的山洞里挖出了 716 块花岗石圆形体，中间稍凹无孔，每块的厚度约为 2 厘米，从中间向四周辐射出许多十分规则的水波纹线条，上面还刻有许多现代人无法解读的符号。经过测定，这些石盘是大约 1 万多年以前的东西。后来，石盘几经辗转到达苏联，在莫斯科所作的各项科学分析表明，这些石盘含有大量的钴金属和其他金属元素，而且石盘的振荡频率特别高，这说明它长期被用于高电压之中，仿佛石盘曾经带电，或者是某种电路的组成部分。科学家怀疑这些石盘与巴颜喀拉山地区传说中的特罗巴人有关。传说在很早的时候，有一群丑陋的入侵者乘坐着一个像圆盘一样的机器，从云彩中飞来，后来撞到了巴颜喀拉山脉上。那些幸存的入侵者就只好从摔碎的机器里出来，并与当地的居民发生了激烈的冲突，最后被赶进了深山的山洞中。事实上，在西藏地区曾经生活过两个十分特殊的部落：一个叫朱洛巴；一个叫康巴，这两个部落的人种与世界其他地区的人种都不一样，他们就生活在巴颜喀拉山一带，平均身高 1.2 米，瘦小柔弱，骨骼纤细，眼眶奇大，脑颅容量比一般人平均大 100 毫升，而且血型独一无二。这两个部落1935年被首次发现，后来政府曾组织过一支考察队前往考察，但结果嘛，不足为外人道也。”

林从熙陷入了思索中，若有所思地问道：“王教授你的意思是，人类文明的火苗，乃是由地球以外的文明所传播过来的；又或者是，在人类的历史长河中，曾经有过数次轮回，各级轮回文明逐渐递减，亦即今天的人类在古文明人的眼中，只是个低能儿？那是否还有一种可能，前几世文明虽然毁灭了，但仍有一些幸存者生活在我们的地球上。那些后世文明见到这些地球先祖，因为文明水平的巨大差异，于是就把他们尊为了神？”

王微奕意味深长地道：“我个人支持这样的大胆猜测，因为科学往往是因为某些人的异想天开才获得长足进步的。但作为历史学家，我并不能直接支持你的猜测，因为缺少足够的证据。如同古代那些长明灯一般，并无直接的证据流传下来——当然，这两日我们见到的灯火足以构成实实在在的证据。但你们有没有意识到，这些长明灯依旧难逃厄运，一旦出现就要被毁坏？如果后来人进入这片山洞中，你跟他们说这片废墟上曾数千年间彻夜灯火通明，他们能够相信吗？他们只能当作是一个天方夜谭。这就类似于你们今天听我讲其他长明灯故事的心情一般，半信半疑。”

林从熙心底开始接受了王微奕的答案，喃喃道：“那我几天前在地底下看到的灯火通明景象，难道也是另外一种文明真实存在的证据？”

王微奕斟酌着字句，道：“老夫没有亲眼所见，仅凭你的只言片语，无法做出确切的判断。不过恰如特罗巴人的传说一样，有人从天外来到地球上，最后被地球上的人类驱赶进了山洞中。我们不能排除他们已深入地底。事实上，当今有人向达尔文的进化论提出了质疑，其中一个观点便是：在人类的进化过程中，并非只有猿猴成功了，还存在着其他的进化途径与结果。比如说，其中一族可能存在于深海之中，美人鱼或叫鲛人便是他们中的一员；另外还有一部分人类迁徙到了地底，他们的文明高度发达，乃至于可以人为地制造太阳与月亮，模拟我们地球在太空中的生存环境。而后一部分人，他们的文明极有可能要比我们先进得多。”

林从熙抛出了心头的终极疑问：“王教授，我们来到神农架，究竟是为寻找金殿，还是为寻找这些失落的远古文明？”

王微奕幽幽叹道：“这两者之间还能分得开吗？或者说，你还会认为金殿是远古时期的野蛮人建造的吗？”

所有的人和声音都沉坠在无边的黑暗中。众人相互依偎着取暖，不知不觉间就陷入了梦乡。

“大风车”虽然克制住了部分罡风，可是仍然有大量的风涌进岩洞里，它们带来了寒冷。岩洞内的温度只有0℃。众人尽管尽可能地靠紧在一起，并用背囊堵住了风口，可是却仍然受不住骨缝里渗进来的冷意，睡了一两个小时后大家就相继被冻醒了。尽管只是小憩，可是服用过白色结晶的众人一觉醒来，都觉得神清气爽，特别是原本陷入昏迷状态中的冷寒铁，不仅神智恢复了，脸上也增添了一抹血色，体力亦恢复了一两成。

不多时，外伤最重的巴库勒亦醒了过来。楚天开喂他服下一点白色结晶，让他继续休息。他们所携带的干粮勉强还可以支撑一个星期，饮水则可以利用“大风车”上凝结的水珠来解决，只有身上的衣服有些单薄，被罡风吹得有些难受。他们有心退回岩洞的深处，乃至回到先前的矿场中，可是又担心那些褐色的烟毒与黄色的毒烟并非同一类型，白色结晶对其不奏效，一旦吸入将无药可解，又要将众人拖进万劫不复之地，于是只好相互找一些话题说着话，以此来对抗身上的寒冷。

就这样，几个人相互扶持与鼓励着，在寒冷的岩洞里苦苦地挨着时光。大家都知道自己等待的是什么——等着最为强壮的冷寒铁和巴库勒的伤病好转。断崖之间的间距是3米多一些，唐翼等人可以顶着罡风的阻力跃过，可是花染尘、王微奕等人则力有不逮，只可能是有人带着他们一起过去。唐翼、楚天开虽然没有中毒，可是都受过伤，身体虚弱，没有力气，唯一的指望便落到冷寒铁与巴库勒的身上。

在苦熬期间，唐翼再次跃过断崖，独自前往对面的山洞探察。他重新刮取了部分白色结晶，然而往里走去，手电筒光线逐渐变得昏暗，他担心电池不足，只好转身返回。

其间，林从熙试探着问大家是否愿意去巴库勒先前探寻到的密室里去查看下，因为从理论上讲，那里可以通往金字塔。在林从熙的想象中，里面定然存在着无数的黄金宝藏。如果能够将它们挖掘出来，何苦还要冒着生命危险去寻找金殿呢？

不过他的提议遭到了众人的一致反对，反对的理由是：第一，大家的物资所剩无几，尤其是手电筒里电池的电量，一旦没有光源，在这样暗无天日的地下环境中，只能是如盲人骑瞎马夜半临深池，必死无疑；第二，日本人为何会将金字塔的地板打开后又将其封死？绝不只是里面有毒烟这么简单，肯定是存在着更大的危险。贸然进去，就如同羊入虎口，上门送死；第三，就算里面有黄金，众人也根本没有能力将其运出去，依然要回到这里来寻找出口。

面对众人的一致反对，林从熙只能无奈地接受，只是心中的痒痒感更加强烈。他开始谋划着如何在逃出这片死地之后，按照井上所描绘的日军行进路线，重新回到这里，开挖宝藏。对他来说，金殿的价值固然绝世无双，可毕竟是水中月镜中花，杳渺不可期，而这里面的黄金却是真实存在的。一鸟在手胜于十鸟在林。他骨子里就是一个商人，盘算的都是利益。

于是林从熙比任何人都更期盼冷寒铁和巴库勒早日康复，可以及早离开眼前的困境，之后他再找个合适的时机偷偷溜走，好筹划他个人的寻宝之旅。

冷寒铁和巴库勒都进入了一种闭目养神的状态。冷寒铁师从传统的武学名家，内外兼修，外家开猛，内力也十分深厚，这令他的伤势恢复得极快。至于巴库勒，他从西藏喇嘛处习得的屏息法更为神奇，对于治疗身体的内外伤有着奇效。于是三天里，他们反倒比其他人过得更舒适，至少寒冷并未给他们带来多大的困扰。

三天后，冷寒铁和巴库勒的伤势已经恢复了六七成，振衣而起，命令道："我们前进吧！"

几乎所有的人都大喜过望，除了花染尘。她身体原本就虚弱，先前又中了毒，加上温度过低，使得她感冒发烧，处于昏沉沉的状态。

冷寒铁很快做好了分配：他背着王微奕，巴库勒负责背花染尘，其余的人自行"跳崖"。

对此决定，陈枕流面带苦色，嘟囔道："要是被风吹落下去怎么办？总不可能说生死由命吧？"

冷寒铁沉吟了下，道："我先过去，然后找根绳子从对面断崖抛过来，你等绑缚腰间，如此就算没能跳过去，至少还能捡回一条命。"

陈枕流一听这般安排，一颗心落了地。

巴库勒又委婉地提出了抗议："染尘姑娘病成这样，基本上没有意识，而我只剩下一只手，怕背不好她。我还是背王教授吧！"

冷寒铁明白他的心意，也懒得反驳，便点头应允了。

按照冷寒铁的安排，熟悉断崖的唐翼率先携带着手电筒跃到对岸，紧接着是背负花染尘的冷寒铁。他取下事先捆绑在腰间的绳索，将其一端缠在自己的手腕上，再奋力将绳索抛向对岸。巴库勒将背囊缠在绳索上，让冷寒铁拖拽过去，自己则背着王微奕，纵身一跃而过。紧接其后的是陈枕流。有了绳索壮胆的他小跑了几步，顺势跃起。他只觉得身体好似穿透了一堵强硬的墙，就像坐在战机里一个急剧拉升，呼吸艰难，身体后挫。所幸冷寒铁助他一臂之力，在对岸用绳子拉扯了他一下 。于是他顺利地突破了风力阻碍，跌落在了彼岸。

就在这时，只听得"嘎啦"一声，将众人的心狠狠地扯动了一下。唐翼将仅剩微弱光芒的手电筒转向响声处："大风车"在罡风气流的强力推动下，如同孙悟空在五指山下不停地拱动，所不同的是，五指山上有着如来佛的"唵、嘛、呢、叭、咩、吽"六字真言咒语镇压，即便孙悟空再用力的挣扎也无法撼动，而“大风车”上压着上千斤的石块，只是石块间存在着缝隙，在气流的持续摇撼下，“大风车”松动了，于是发出了“嘎啦”的声音。一旦大风车松脱，罡风将重新占领断崖，形成一堵仿若铜墙铁壁的气墙。即便是修炼有为的白狐也需要借助于电缆才可以通过，笨拙的人类想要顺利通过几乎比登天还难。

断崖这边，仍然有林从熙和楚天开两人。生死时刻，楚天开体现出了一名军人的本色，大度地说：“你快上！”

林从熙却毫不犹豫地将楚天开推出，谦让道：“你受过伤，你先上！”

楚天开深知此时推让已无任何意义，于是毫不迟疑地纵身一跃。几乎就在同一时刻，“大风车”再度发出“嘎啦”的声音，以及乱石滑落坠地的响声——“大风车”在罡风的协助下，摆脱了巨石的压迫。而失去了“大风车”掩护的楚天开，顿时觉得身体就像撞上了一块铁板，全身的骨骸几乎都要散开，最重要的是，他原来的方向感被破坏掉了，在罡风的强劲挟裹下，径自撞向石洞的边缘。眼看着他就要撞得头破血流、脑浆迸裂了，突然间一条绳索就像一只章鱼的巨大触须一般，朝着他的身体席卷了过来，硬生生地将他从强气流的手中拽了过来。

手电筒最后的一缕光芒消失了。黑暗中，楚天开感觉自己撞到了一个柔软之物，紧接着他的整个身体失去了平衡，跌倒开来。他下意识地伸出手去，以缓冲身体的坠势。令他欣喜的是，他的手触碰到了坚硬的岩石——这说明他平安着地了！

在众人看不见的地方，原来的“嘎啦”声变成了“哗啦”声。“大风车”彻底甩掉了石头的镇压，重获自由。无数的石头被罡风所形成的巨大力量掀动，滚落下了断崖，发出“轰隆隆”的声响。这个声音混杂着罡风的“飕飕”声，形成了地狱的回音。

花染尘忍不住失声道：“林从熙，林从熙他过来了吗？”

所有的人心里一沉。楚天开从地上爬起，扯开嗓子冲着悬崖对岸高声大喊：“林从熙！你在哪？”不过他的声音甫一出来，就被凛冽的罡风撕扯得七零八落，都不知有几缕能够飘送到断崖对面。而对面却悄无声息，无人应答。

没有了“大风车”、没有了灯光，倘若林从熙紧随在楚天开的身后准备跃过断崖，那么要想穿越罡风的阻挡，克服视觉上的盲区，准确地落足到断崖这边的岩洞里，其成功的概率几乎为零！

花染尘恸哭起来。王微奕顺着声音的方向，来到她身旁，握住她的手，劝慰道：“林小兄弟吉人天相，先前数次陷入险境却都能够化险为夷，相信这次定然也会福大命大。染尘姑娘你不必伤心。也许等我们走出这洞口，就会发现林小兄弟正在等着我们呢！”

花染尘抽泣不止。

冷寒铁问唐翼：“再没有电池了吗？”

唐翼无奈地说道：“全都用光了。接下来我们只能摸黑行走。”

冷寒铁无声地叹息了下，道：“你可记得走过的路？”

唐翼道：“记是记得，不过我也只走了一小段，不曾走完整个山洞，恐怕……”

巴库勒提醒道：“我们还有夜明珠可以照明呀！”

在他们从水底旋涡进入岩洞之际，曾在洞口发现了数颗用于照明的夜明珠。之后林从熙随众人进入山洞时，觊觎着夜明珠的价值，于是将它们偷偷取下，塞进了自己的口袋里。不过后来在石鼎中，林从熙被鬼影迷失了本性。巴库勒等不得已将他捆绑起来。在挣扎的过程中，这些夜明珠从林从熙的口袋里滚落了出来，被巴库勒捡起放进了背囊中。

谁也不曾想到，林从熙一时的贪念，如今成了众人的活命之道，真是世事白云苍狗，实在难测。

冷寒铁从巴库勒的手中接过一颗夜明珠，奋起神力，对着断崖对面用力掷去。夜明珠在空中划过一道微弱的光芒，依稀照见彼岸的情景：“大风车”消失了，林从熙亦消失得无影无踪，只余下一堆乱石凌乱地堆积在那里。站在此岸观看彼岸，真的会让人产生一种恍若隔世的感觉。

先前在对面岩洞里所经历的一切，仿佛并不存在。他们只是从时光隧道，一路滑了过来。金字塔、石鼎、灯火通明的矿场、无比先进的发电装置，全都在记忆中不断地缩小，直至凝缩成一个点，停留在人记忆的角落里，如同一粒尘埃居住在房间里，你会忽略它的存在。

在这座岩洞里，存在着一股神秘的力量，在抹杀着人的记忆。以至于一瞬间，冷寒铁都有了一丝恍惚：我是在找寻着什么呢？

林从熙，从空间里消失了，也从人的记忆中消失了。

众人对着断崖彼岸呆立了片刻，然后转身。冷寒铁下命令道："继续前行吧！"

夜明珠发出的光芒远不及手电筒，而且岩洞里怪石崚嶒，地面凹凸不平，曲径通幽，阴冷恐怖。众人只能排成一列，紧紧地盯着脚下的路，顾不上参观四周的景色，亦步亦趋地跟着前人的脚步行走。

他们兜兜转转地穿过了瑰奇的钟乳石阵，乳白色的雾气笼罩其中。谁也分辨不清楚究竟走了多远的路，因为钟表全都在铁矿石的磁场引诱下错乱了，无法显示时间，大家只觉得这条路仿佛无穷无尽，走不到尽头。他们饿了就啃一点儿干粮、渴了就喝些从石壁上渗出的水，困了就彼此相互依靠着小憩会儿。冷寒铁就像羊群中的狼，不停地驱迫着众人起来，继续行走。他深知，在这样的环境下，只要人的意志涣散了，就很容易被寒冷和疲惫渗透入骨，就像凝固剂固定住人的四肢百骸，让人一口气吐了出去，却再也收不回来，于是就把命留在了这里。

最后一点干粮也吃完了。众人开始啃食青苔。绝望就像黑色的阴影笼罩在每一个人的头上。只有冷寒铁始终保持着冷毅的目光，驱策着这支队伍保持着行走的姿势。就在众人一个个脚底磨出血泡、双脚形同灌铅、整个人如行尸走肉一般时，一缕光芒进入了众人的眼帘。

如果说这个世界上存在希望曙光的话，那么就是这一缕光芒！

众人沸腾了，如发疯了一般，拼尽最后的一丝力量沿着光明的方向奔跑着。跌倒了，爬起来。手脚磨破了，没关系。光明是最好的良药，是神迹存在的象征。他们奔跑着，泪流满面。

光明渐渐在扩大，直至侵占了整个视网膜。洞外世界的轮廓，在瞳孔里渐次澄清。终于，他们来到了洞口。有和煦的风吹拂过来，吹在人的身上，就像是世界上最温柔的抚摸；他们闻见了草木的香气，肺泡里的每一个细胞都舒张开来，贪婪地捕捉着每一种进入的气味；更有青色的草木进入视线之中，每一片叶子上都挂着盈盈的笑意，每一个树干上都书写着“欢迎”二字。

王微奕、陈枕流和花染尘全都瘫倒在地。陈枕流更是亲吻着地面，久久都不愿起身。巴库勒、楚天开与唐翼亦一个个眼中闪烁着欣喜的光芒，折射出七彩的眼泪。只有冷寒铁始终保持着冷静。生死、成败，似乎对他全都无关紧要。他的生命沉浸在另外的一个世界里。他的目光则紧紧地锁在距离洞口约有 300 米之远的一座山峰上，从口唇缝间吐出了清晰的三个字：日穿针！

二

展现在冷寒铁等人眼前的，是一副旭日东升的壮丽景象：红色的太阳，正从云海的包围中挣脱而出，就像一个淘气的红肚兜小孩睡得正香时被人叫醒，于是暴怒地从被窝里探出头，将镶着金边、帷幔似的云彩扯得七零八落，又将其推得上下翻动，踉跄不已。之后，他将无数橘红色的光芒如同红缨枪一般四处投射去。光芒带着尖锐的锋芒穿透了云海，刺穿了山岚，撩破了氤氲的雾气，待落到草木上、露珠上时，便失去了锐气，变得柔和起来。

而吸引住冷寒铁目光的，是阳光制造的另外一个奇观：在他们对面约 300 米处矗立着一座山峰，山峰上有两块巨石并列，中间仅余一个 0.5 米左右宽的缝隙。当太阳游弋到山峰这边时，无孔不入的阳光就从缝隙间穿梭而出，在冷寒铁他们所在的岩壁上投下一个红色的小圆圈。太阳很快就升高了，更多的阳光挤了过来，将大片的山峰占满了。岩壁上出现的，不复是小圆圈，而是一整片的光明。

在冷寒铁的脑海中，自然地跳出了沈亦玄生前所留下的最后一句秘笈“日穿针，沿金行”！他的心狂跳起来：莫非真的祸去福来了，他们无意中再度窥破了天机？或者说冥冥之中有一股神秘的力量在庇佑着他们，为他们隐隐约约地指出通往金殿的道路？

冷寒铁的目光紧紧地锁定在先前第一缕阳光穿过巨石的缝隙投射在彼峰的位置：那是一块类似于鹰嘴的岩石，凸出于齐整如刀削的岩壁有 2

米左右。鹰嘴岩的上方长着一棵古老的迎客松，将其遮住了。如果是从山峰顶部向下遥望，根本发现不了鹰嘴岩的存在。

冷寒铁将整个身子探出岩洞，仔细观察起了四周的景象，这才发现他们处在半山腰。整座山峰有七八百米高，由上往下逐渐收窄，有几分类似于葫芦口。冷寒铁朝下俯视，只见下面云蒸霞蔚、氤氲缭绕，依稀可见绿色的丛林逶迤数里，至于丛林里隐藏着什么凶险，却无法看清。他再仰头望去，头顶上的山岚几欲摧折，沉沉地压在人的头顶，给人一种很强烈的窒息感。他朝侧边望去。在他的左边约莫 100 米处，就是阳光所照射到的鹰嘴岩。在平地上，100 米的距离对冷寒铁不过是几个纵身的距离，可是在这呈倒仰的半山腰上，充沛的地下水汩汩地从岩石缝间溢出，将岩壁冲刷得平整如镜，而且长满了滑腻的青苔，即便是一只壁虎，恐怕都难于攀爬而上。而在他们的右边，同样长着一棵迎客松，虬枝盘结，不知它生存了几千年。

冷寒铁在心中默默地估算着自己的身手以及身边的装备，不得不哀叹一声，从他们所处的岩洞到鹰嘴石，可谓是行路难，难于上青天。唯一的办法，就是借助于绳索缠住鹰嘴岩上边的迎客松，再将人吊过去。

可是冷寒铁他们手头上所拥有的，仅是一段二三十米长的绳索，距离迎客松完全属于“鞭长莫及”，只能是望而兴叹。不过即便他们能找到上百米长的绳索，也没有力气将绳索掷向百米外的迎客松——当然了，如果他们的梭枪尚在的话，还有这个可能。可惜之前在对付帝宫蛛时，梭枪被用于引导闪电了，之后因为楚天开和巴库勒双双受伤，于是梭枪就顾不上收回了，只能弃置在树上。

而眼下最紧迫的事，是要将王微奕等人平安地送至地面。因为几天在岩洞内没日没夜地赶路，加上食物和饮水严重不足，所有的人都已经虚弱到了极点。这半山腰对于众人而言，都成了一个难以逾越的天堑。

冷寒铁坐在洞口，估量着眼前的形势。如何找到食物可是亟待解决的问题。他皱着眉头，望着峡谷深处的云雾出神。巧妇难为无米之炊，一钿逼死英雄汉，这是极为无奈的事。他觉得自己就像一只母鸟，疲于奔命，为一窝嗷嗷待哺的幼鸟的口粮操碎了心。

“母鸟……他的眼前忽然一亮，目光转向洞口右侧的松树上。可是尽管初阳如火红、朝霞如锦灿，奈何浓雾太重，他的目光无法顺畅抵达松树，更别说探清里面的虚实。他转过头，看着花染尘，轻轻咳了一声，神色有些尴尬，开口道：“染尘姑娘，能否劳烦你一件事？”

花染尘勉强睁开沉重的眼皮，虚弱地问道：“有什么事，说吧！”

冷寒铁看着已经疲弱不堪的花染尘，一丝温情涌上了心头，但随即从小锤炼出来的冷血又占了上风，冷冷地说：“能否借用下你的耳力，看能否听到附近有鸟鸣？”

花染尘默然不作声，调整了下坐姿与呼吸，重新闭上了双眼，大概一分钟后，她睁开了眼睛，脸色惨白如纸，声音比先前越加微弱——很显然动用耳力几乎耗尽了她最后一点精力：“有，在我们的右边大概10米处。”

冷寒铁微微点了下头，再度问道：“能听出是什么鸟在叫吗？”

花染尘垂下了眼睑，带歉意说道：“恕我无能为力，我只能分辨得出好像是幼鸟在叫。”

“幼鸟？”冷寒铁在心头过了一遍对鸟的习性认知，隐隐有了答案：莫非是乌雕？

乌雕是一种中大型猛禽。成年的乌雕体长有0.5米多，重达四五斤，主要以野兔、鼠类、野鸭、蛙、蜥蜴、鱼和鸟类等小型动物为食，一般栖息于低山丘陵和开阔平原地区的森林中，特别是河流、湖泊和沼泽地带的疏林和平原森林。它们一般营巢于森林中的松树、槲树或其他高大的乔木树上，有时也会选择在悬崖峭壁上筑巢。乌雕繁殖期为5～7月，每次产卵1～3枚。掐指算来，眼下正是它的幼儿破卵长成时。

冷寒铁紧了紧身上的衣裳以及脚上的鞋，将黄金匕首咬在牙齿间，再去整理手边的绳索。

巴库勒见状，大声问道：“冷大，你要做什么？”

冷寒铁从牙缝间挤出了两个字：“捕鹰！”

巴库勒为之一震：“这个……会不会太危险？”

在草原上出生、成长的巴库勒，对于老鹰的习性十分熟悉。他曾亲眼见过草原上的燕隼轻而易举地将一条眼镜蛇抓到了空中，再丢下去将其活活摔死后作为美食；也见过草原雕啄死牧人放养的羊；至于老鹰啄死小孩的事也时有耳闻。据说有些老鹰甚至可以攻击成年的牛乃至人类。

当然了，若是在平地上，就算是最凶猛的老鹰，都远远不是佩带武器的冷寒铁的对手，但如今身在半空中，胜负就有几分悬念了。毕竟老鹰在空中可以进退自如，而冷寒铁稍有不慎就可能坠落悬崖。

“如果害怕危险，那就躺着等死。”冷寒铁淡淡地说道，“再说了，天上能掉食物下来吗？连老鹰都知道只有外出捕食才可养家糊口，难道我们还不如一只畜生吗？”

巴库勒羞愧地垂下了脑袋，请求道：“我是草原上的绵羊，一时无法领略雄鹰翱翔天际的壮阔情怀。那请准许我与你一起出发，或许我可以助你一臂之力。”

冷寒铁想了下，道：“你就在洞口替我看着母鹰，必要时可以开枪。不过你要记住一点，我们的目标是猎食，并非射杀，所以出手时一定要慎重，不要让它掉落深渊。”

巴库勒点点头，领命而去。

冷寒铁深呼吸了下，竭力压抑住腹中因强烈饥饿所带来的灼烧和不适，转身面向左方，手中的绳索如根长枪般地掷出了，戳中了悬崖峭壁上的水窝，卷起了一溜的水花。无奈距离太过遥远，那些水花溅起约莫1米的高就飘散了下来。冷寒铁并不介意，他迅速收回绳索，用干裂的嘴唇舔舐湿润的绳索末端。冰冷的水汽让他的气息平静下来了。他将军用匕首绑在绳索的末端，蓦地振臂，绳索再次飞跃而出，穿透了空气与阳光，抵达身侧右边的迎客松一棵海碗口粗细的树干上，再来回打了数个旋，牢牢地缚在树干上。紧接着，冷寒铁就像一只大鸢一般地飞了出去，迎着初出的阳光，在空中划过了一道弧线，径自超出迎客松的位置。不过很快绳索的力量就将他拉扯了回来。他顺势一荡，在空中一个鹞子翻身，稳稳地骑在松树上。

一声刺耳的怪叫声响起，紧接着一阵阴风从冷寒铁的身边掠过。一只乌雕几乎是贴着他的耳朵斜飞而起，刺向天空。但很快，它在空中一个折返，在距离冷寒铁约莫30米处盘旋，高声尖叫，仿佛是在警告冷寒铁，不要做下什么蠢事。

冷寒铁丝毫不为乌雕的威胁所动。他解下绳子，将其一圈一圈地缠绕在自己的手臂上，迎着晨曦，缓缓地在迎客松上行走。

乌雕的叫声更加尖锐。它几次从天空中扑落下来想要袭击冷寒铁，但仿佛知道冷寒铁的厉害，在距离他一二十米的地方又戛然而止了，重新拔高冲向了天空。

踏过迎客松的主干，冷寒铁扎到乌雕的巢穴——在迎客松与悬崖相接的地方，两个树根盘结在一起，形成了一个天然的凹槽。乌雕又衔来了树枝、树叶，将其填充成一个巢穴。这是一个温暖而又安全的家，高高在上，远离任何敌人，同时又不受风雨侵袭，几乎可以说是完美之选。可是如今它却遭遇到了冷寒铁这个不速之客。这大概也是它命中的劫数吧！

巢穴内有两只幼小的乌雕不知道危险迫近，只是不舍母亲的离开，加上熬了一夜，腹中饥饿，发出“咻咻”的鸣叫声。

冷寒铁的眼中泛起一丝寒意，朝着乌雕幼鸟步步逼近。

成年乌雕眼看儿女即将遇害，焦躁起来。它在空中扯过一声凄厉的呼喊，蓦地俯冲下来，挟着寒风，如箭一般朝着冷寒铁的后脑勺扑了过来。倘若被它的利爪抓中，或者是尖喙啄中，不死即残。

但冷寒铁是何等人物，怎会惧怕区区一只乌雕？若不是他想要将其生擒活捉，至少是留住它的尸体作为食物，只需要一粒子弹就可以将其射杀。面对乌雕的偷袭，他头也不回，依旧自顾自地往前行走。待后脑勺处的风很凛冽，他才朝着身后一挥手，捆绑在手臂上的绳索连着末端的军用匕首，以比乌雕至少快上一倍的速度，朝着它飞射而出。

乌雕也不愧是鸟中的战神，仿佛预知到冷寒铁将要发起雷霆一击，在距离他尚有 5 米时，翅膀奋力往下一压，止住了俯冲之势，同时斜斜地拉起身体。冷寒铁的匕首只擦落了它尾翼处的两根羽毛。

出手落空，这令冷寒铁吃了一惊。他本以为这一击，捕获乌雕乃是稳操胜券的事，谁知乌雕竟然反应得如此灵敏，这不由得令他刮目相看。他转过身去，只见乌雕盘旋在距离他三四十米远的空中，厉声尖叫不已，小小的鹰眼中闪烁着仇恨的光芒。可是它刚刚受挫，深知对手的厉害，因此尽管心中牵挂着自己的幼儿，却忌惮不敢靠近巢穴。

乌雕的飞行高度超过了冷寒铁绳索的长度，而且即便绳索可以到达，以乌雕的身手，也可以轻松躲过。

一时间，冷寒铁奈何不得乌雕，乌雕却也不敢靠近。一人一雕，陷入了僵局。

不知情的幼鸟又开始鸣叫起来。乌雕听着儿女的呼号，心头焦急，开始尝试着降低飞行高度，一点儿一点儿地靠近冷寒铁，但它对先前的险境心有余悸，降低一点高度后又随即拉升高飞。待确定安全了之后，才试着再降低一点高度。

冷寒铁始终保持着耐心等待着。在战场上，他面对的敌人可比乌雕凶猛、狡猾多了。他曾误入日军的埋伏圈，战友们全都战死，只剩下他一个人。而对方除了上百名士兵外，更有 5 名狙击手。那是最为优秀的日本神枪手，而且一个个如同修炼过忍术一般，可以在草丛的同一个位置，不吃、不喝、不睡、不动，坚持上两天，只为等待冷寒铁冒头的那一刻。于是冷寒铁唯一能做的，就是比对方更加坚忍。而他面临的残酷现实是，除了这 5 名狙击手外，其余百名士兵还不时会发起骚扰射击乃至于包围搜索。冷寒铁的选择就是蜷缩在安全之处，闭目静心，靠耳力来分辨日军的行动。待觉得他们进入了射击范围内，就飞快地起身回击，争取一枪毙敌，然后立即闪身躲入下一处的安全壁垒中，不给对方狙击手留下开枪的机会。而一旦有日军狙击手开枪了，那么他立刻就会成为冷寒铁的下一个目标。在日军付出了三十多名士兵及两名狙击手的生命后，他们选择了新的策略，剩余的三名狙击手分散在一个扇形的包围圈里，钳制着冷寒铁行动的方向，其他的日军士兵不再盲目地开枪与搜索了，而是远远地散开，堵住冷寒铁的后路。他们决意来一场瓮中捉鳖，让冷寒铁在难挨的肉体与精神双重折磨下崩溃掉，从而露出破绽，自投罗网。时值盛夏，骄阳似火，整座山头如同一个火炉，日军为逼冷寒铁现身，放火烧山。冷寒铁没有食物、没有水、无法休息、没有支援。他唯一能做的，就是在日军纵火之时，沿着藏身之处的四周同时纵火，然后用尿水尿湿布角捂住口鼻，避免烟灰呛入。这样形成了两个火圈：第一个火圈是日军的纵火圈，由外向内燃烧；另外便是一个冷寒铁的纵火圈，火力较小，由内向外燃烧。当两个火圈相遇时，形成了一股气流，在风的推送下朝外扩散而去。日军的火攻计划失败了。可是阳光的威胁却不会消除。冷寒铁只能将自己尽量地蜷缩在阴影下，克服口渴所带来的焦灼感。实在难于忍受时，他就喝一口自己的尿，饿得受不了时他就嚼食草根，或是翻动泥块抓捕蚯蚓来充饥。日军为引诱冷寒铁出来，故意烧烤食物，试图以香气来瓦解他的意志力；然后又抓了十余名村民，在冷寒铁目光所及、子弹不能达到的位置，用极其残忍的手段将他们折磨致死，期望能够调动冷寒铁的恻隐心，主动投降来换取这场血腥杀戮的终止。可是冷寒铁始终不为所动。他只有一个念头：以子弹来复仇、以日军的命来偿命！就这样彼此再度对峙了两天，又有二十余名普通士兵和两名狙击手丧生在冷寒铁的枪下。日军终于黔驴技穷了，抢先崩溃了。他们默默地下达了撤退的命令。撤退前日军所有的将士对着冷寒铁的方向敬了一个军礼——向自己所遇到的最强大对手致敬。

只是这一次冷寒铁的耐心没能坚持那么久。因为他有足够的忍耐力，可是山洞里的那些友伴却不行了。他必须在王微奕等人倒下之前先将乌雕拿下，作为救命的食物，来补充他们的体力，尽快离开此处。于是他伸手抓起一只乌雕幼鸟，一把拧断了它的脖子，仰头将滴滴鲜血灌入自己的口中。

母亲的天性让乌雕失去了理智。它发出绝望而又惨烈的呼号，紧接着将翅膀收紧，整个身体就像一把利剑般，从天空直冲而下，对着杀子仇敌发起了复仇一击。

冷寒铁的眼中星芒闪动。他手下的动作与他的眼神一般冷酷。几乎就在乌雕身形变动之时，他的右手拇指与食指已夹住垂于腕下的军用匕首。待乌雕距离冷寒铁不足 10 米时，军用匕首连着绳索如闪电般地斜掠而起。这次冷寒铁使用上了全身的劲儿，而且又是正面交锋，不论军用匕首的刺出速度，抑或是角度，都比之前的袭击犀利许多。

乌雕大概自知在劫难逃，又或者是被丧子之痛冲昏了头，这次没有闪躲。匕首径直穿透了它的胸脯，撕断、扯裂了许多羽毛。匕首的余势未消，如同放风筝一般将乌雕重新带向了天空。星星点点的鲜血洒满了迎客松上的枝枝叶叶。此刻乌雕变成了荆棘鸟——为了宿命中的归宿、为了理想的追求，将自己钉在最尖锐的荆棘上，再开始婉转号啼。“咻咻”的声音响彻云空。那是一位母者的锥心之鸣。之后，瞳孔扩散，羽毛散开，一滴泪水溢了出来，所有的挣扎与力量全都在顷刻间消失了。

天空中没有我的痕迹，可是我已经来过、飞过，并死去过。

冷寒铁的力度开始回收，带着乌雕的尸体从空中返回迎客松。鲜血从乌雕胸口的创伤处流出，一滴滴落在冷寒铁的额头上。熟悉的血腥气顺着皮肤一直涌入进大脑中。他的灵台处仿佛有一只沉睡已久的眼睛被惊醒，从布满蛛丝尘埃的角落里缓缓睁开了，看着眼前这个沧海桑田、物非人非的世界。一些往事的记忆就像一根火柴棒，在黑暗中“扑哧”一声划亮了，渐渐地布满了整个大脑，照见了身处的情形，更照亮了前尘旧事。

璀璨的朝霞轻柔地披拂在他的身上，似是满怀爱意的母亲亲切地为困倦的孩子披上了衾被；温柔的晨风从他的耳边掠过，似是慈祥的母亲轻抚熟睡中的孩子，低低絮语。天地万物全都笼罩在清晨的阳光下，仿佛沐浴在母亲的温暖的怀抱中。

童年的记忆一幕一幕地从冷寒铁的眼前掠过。那是他意识深处最黑暗、最深痛、最惨烈的记忆。他将自己变成了一只野兽，才将这些记忆禁锢在大脑的地狱里，让它们永远地沉沦，沉沦在暗无天日、冰冷彻骨的潜意识中。这些记忆如同附骨之疽，你能够感受到它们的疼痛，却无法抠到、抓到，甚至无法想象到，只有当有一天你的肉体灰飞烟灭时，它们才会跟着烟消云散。这是一生一世的纠缠，溃烂入骨的痛楚。一旦被活生生地揭开，那么所有的脓汁横流、所有的蛆虫翻爬，疼痛与惊恐将敲开人的天灵盖！

少年的记忆，就像一本被烧了但却没有彻底烧毁的书，在风的吹拂下、在乌雕天然母爱的催唤下、在冷寒铁面前快速地翻启着。

他仿佛看到了生他、养他的小山村，群山包围之中，白雪皑皑，梅花苦寒，零星几户人家，萧瑟枯败。山村里的人，全是从一个地方搬迁而来的。他们是为了躲避一场仇杀来到这里。或者说，他们都是一场仇杀的余生者。于是生活在此间的每一个男人，都被仇恨所诅咒、被仇恨所驱使。他们生存下去的目的就是“复仇”，用对方的血来洗刷掉浸染在自己亲人身上的每一滴血，光复祖上的荣耀。

他看见虎背熊腰、冷酷严厉的父亲在教习三四岁的自己武功，一丝不挂，任风雪无情地抽打着赤裸的身体，全身皮肤通红，牙齿打战，却不能停下，“嘿嘿哈哈”的稚嫩叫声被暴烈的寒风撕扯得零零碎碎，泪水混合着冷汗流下，很快就冻成了冰碴儿。他看见粗布荆钗的母亲倚在门口，心疼地看着形同雪人的幼子，却不敢出声相劝，只能轻声地念着“大慈大悲的观世音菩萨”，偶尔伸出手来擦拭一下溢出来的泪水。

他看见了小黑。那是他养的一只小黑狗。童年里除了母亲外唯一的温暖之源。他将其视为生命中最好的伙伴，如同漆黑寒夜里的一支火苗，替他驱赶走了无边无际的黑暗与恐惧，带他鼓足勇气面对未知的前程。他除了练功的时候不能与黑狗相伴外，其余的时间里几乎全都与它黏在一起，与它共用一个食盆、共享一个被窝。母亲纵容了他与黑狗之间的亲密关系，不辞辛劳地每日为黑狗梳洗，替他打扫房屋，并替他承受下部分来自父亲的冷眼。可是在他八岁的那年，父亲扔给了他一把刀："你长大了，应该学会杀人了，你先把小黑杀了。"对他如而言就是一个晴天霹雳，他整个人都懵了。手执刀，他的整个身体就像得了疟疾一般，抖个不停。父亲站在一旁，毫无半点恻隐之心，只是冷冷地看着他。小黑看着他脸上的泪水，仿佛读懂了什么，"嗷呜"地低低叫唤了一声，蜷缩着尾巴，垂下头，慢慢地走了过来，舔着他握刀的手，似在与他告别，又似是在安慰着他。刀子掉了下去，他跪倒在父亲面前，泪流满面，哀求道："父亲，你要我做什么都可以，请不要杀小黑。"父亲面无表情地道："那好，你把我杀了。杀了我，就不用杀小黑了。或者你杀了这个院子里的任何一个人都可以。"院子里，只有他们一家三口和一条狗。杀父？那是他想都不敢想的事。杀母？那是打死他都不会做的事。于是他只能颤抖着捡起刀，对准了小黑。小黑没有躲避、没有半点埋怨。它静静地承受着死亡，一声不吭，因为它害怕自己叫出来了，小主人的心就要更加痛，然后刀就刺不下去了。它甚至没有睁开眼睛、没有一滴泪水。一场杀戮变成了静默的肢解。活蹦乱跳的小黑化成一张完整的黑皮、一堆整整齐齐的肉、一锅香喷喷的狗肉汤。冷寒铁丢掉沾满鲜血的刀，仰天号啕大哭，却被父亲一棍打在后背上，生气地说："呵，这才杀条狗呢，嚎啥嚎，没出息！"屋子内，母亲用小黑的皮毛为他做了一条温暖的围巾，挂在他的脖子上，安慰道："孩子，这都是命，生命的轮回。前世里小黑辜负了你，今生里它注定要有这么一劫，来偿还亏欠你的债。小黑还清了债，那么下一世里他就可以干干净净地去投胎做人了。"冷寒铁紧攥着小黑的皮毛伤心地说："那这一世里我亏欠了小黑一条命，下一世里我是不是就要变成小黑，让他重新杀我一回？那么生生世世的轮回，我们什么时候才能忘掉仇恨，真正做回朋友呢？”母亲搂住了他，泪眼纵横，悲切地说：“好孩子，别多想了，你和小黑的恩怨情仇已经结清，你们下辈子不会再相见、不会再互相残杀了。”冷寒铁的手攥得更紧了：“那我下辈子是不是跟你也不能再相见了？如果是的话，那么我宁愿挨上一刀，也不要离开你。”母亲泪如雨下，哽咽中，念起了《法严经》：“世界之初，先成虚空，再成无色界，次成色界，再次成欲界……”窗外传出父亲威严的声音：“小犊子，还不快滚出来练武？”

他看见十岁那年，有一名猎人为追赶一只林麝，误入山村中。父亲毫不犹豫地对他下命令道：“杀了他！”他的心脏像是被人攥住了般，嗫嚅道，“我不敢。”父亲面若寒霜，怒骂道：“不敢？你个孬种。你知道他是谁吗？他是我们仇家派来的奸细。你不杀他，回头他杀死的不仅仅是你，还有你母亲，整个村庄的人。你想害死大家吗？”他咬着牙，提着一把刀，冲了出去。猎人看见他，吓了一跳，紧张地说：“小朋友，你要做什么呢？这林麝是你家养的吗？”他红着眼，一声不吭，一刀挥了出去。猎人毫无防备，躲闪不及，被他砍中了小腿，顿时鲜血直流。猎人这才察觉到自己自处险境，破口大骂：“你个小兔崽子，不要命了是不？”说完抓起随身携带的土铳，对着他开了一枪。成百上千粒的小钢珠溅射开来。冷寒铁一个趟地滚，躲过了大部分子弹，可是仍有部分钢珠击中了他的大腿与腹部。他没有哼一声，亦丝毫不受伤痛的影响，整个人像只鬣狗一般地飞掠而上，一刀就刺穿了猎人的咽喉。猎人难以置信地看着他，眼睛眨巴了一下，随后就斜斜地倒地了。他按父亲的要求，搜索起猎人的身体。在猎人身上的背囊里他搜到了几把炒米，而在猎人随身携带的小布包里，他意外地找到了一张黑白照片，上面除了猎人外，还有一个女人，以及一男一女两个小孩。很显然，那是猎人的妻子与子女。看着照片，冷寒铁忽地感到身上阵阵发冷，杀人的恐惧感弥散而开，从心底一直传输到骨缝里。他呕吐起来，胃酸的味道烧灼着他的胸口、他的食道、他的口腔，将他的全身都燃烧起来。他吐得飙出了泪。泪光浮泛之间，他看见父亲脸上嫌恶的表情，以及母亲脸上的痛楚和低低的诵经声。

他看见十四岁时，父亲盛了一大碗高粱酒给他。他接过去，一饮而尽，如行云流水，不呛一下、不红一点儿脸。父亲满意地点点头。他朝父亲抱了个拳，走出屋。院子里，一张人皮挂在树枝上。那是他杀的第五个人，一名路过此地的江湖郎中。每杀一个人，父亲都要给他端来一碗高粱酒。初时，酒精的烈性让他眼睛充血、大脑充血，呼吸间充斥的都是血腥气，但很快酒气散去，他的眼神便就又恢复了冷冽。他开始变得像他的父亲一般，拥有野兽的残忍与冷酷，视他人的生命如草芥。他开始有点厌弃母亲每日不断的念经声。真的有大慈大悲的佛吗？他并不相信。他只知道一点：人挡杀人，佛挡杀佛。手中的刀就是自己最大的佛。

他看见十八岁的春天里，小山村的比武大会。在刀剑、拳术、擒拿摔跤、暗器、眼力等多个项目的比赛中，他全都力拔头魁，战胜了全族的男人，包括那个以血以酒养育他、以炼狱方式教他武术的父亲。整个山村沸腾了。人们的眼中闪烁着奇异的光芒。他们仿佛看见了复仇的血剑高高地悬挂在了敌人的头颅上空。他们载酒放歌，庆祝本族百年难得一遇的武术奇才出现。在狂欢的人群中，唯独冷寒铁一人冷静、清醒。他没有喝一滴酒——对他来说，喝酒即意味着杀人。他已经杀了 48 人，再杀两个人即可达到父亲所言的出山标准。出了山，他的人生目标就只有一个那便是复仇、便是杀人。他转过头去，瞥见如石头般坚硬的父亲的脸，无悲无喜，目光深沉。父亲看见他的视线，举起手中的酒碗，示为敬酒。他急忙双手捧起盛满清水的碗，朝着父亲恭恭敬敬地回了个礼，再一饮而尽。他的目光再度飘摇，瞥见母亲忧戚的脸。母亲丝毫没有分享他胜利的喜悦之情，她更多地感到一种揪心的疼痛，她仿佛预见到儿子未来多舛、血腥的命运，知晓他将在血海深仇中苦苦挣扎、拼命厮杀，想到这些，她颤抖着诵道："万能的佛祖，请原谅我那迷途的孩子吧！他不过是受无明所蒙蔽、受仇恨所驱赶，杀戮绝非本心。他貌似强大，实则无能为力。大慈大悲的观世音菩萨，请拨出一点净水，拂去我儿额中的无明；请伸出一支莲枝，救赎我儿免于步步沦陷地狱。为此我甘愿献身我佛，生前忍受刀剐，死后受那烈火焚烧，代我儿消去罪孽。”他从母亲蠕动的嘴唇，读懂了她的祈求。原本平静如水的心房，忽地起了波澜。他已不似十四岁那般嘲笑母亲诵经了。在那些呢喃的佛经语言中、在那些烟雾缭绕的香气中，他感觉坚如磐石的心灵有一角坍塌了。坍塌的一角被温柔的母爱所填充。母爱如同生命力强盛的藤蔓，用根须和绿叶将磐石紧紧地包裹起来了，努力地为它遮挡阳光的曝晒、风雨的侵袭。他端着手中的碗走向母亲。母亲回以深深的微笑。笑容绽放之处，皱纹四聚，白发飘拂。

他看见十八岁的寒冬腊月，天地间仿若披麻戴孝，一片素白，只有梅花吐着如鲜血般的蕊，而那北风呜咽，声声凄寒。父亲的脸色前所未有的苍白，眉眼间被不断飘落的白雪所覆盖，却也不曾拂一下，任雪花融化后在脸上淌下水滴，似是一抔泪水，只有声音里依旧透着冷酷与决绝：“脱衣，接刀，开始练武。”他接过父亲掷过来的大环刀，练了一遍追风刀法。他的心里一直存在着一丝狐疑，今天父亲的状态有点不太对劲儿，寻常里都是要他先扎上一个时辰的马步，再打上一通如意拳和八卦掌后，才会进入练刀这个步骤。可是今天却是从练刀开始的，并且原来每次都要练上三遍才可收刀，这次父亲却在他练了一遍后即将他叫停。“过了这个冬天，你就可以出山了。”父亲淡淡地道，“你是全村最优秀的练武之才，也是全村的复仇希望。可是你的身上有个软肋，这个软肋就是你那头发长见识短的母亲带给你的——过于沉溺于父母之情，容易心软。你要记住，一个真正的武士，要做到无情无义、无父无母，乃至无爱无仇。他的眼中，只有武术；他的心中，只有武术；他的世界里，只有武术！唯有如此痴武迷武，才可成为一代宗师，笑傲江湖。”父亲顿了下，仰望着漫天飘舞的飞雪，继续道，“当今世界，武学式微，火器称雄，可是武学之道，永远不衰。你要记住，武术无法超越火器，可是火器亦无法替代武术。武术不可正面直撄火器的锋芒，却可以侧面挫败火器的锐气。火器属火，刚猛迅捷；武术属水，善势利导。火可沸水，水亦可灭火。所以面对火器，你不可心生顾忌，却也不可轻视。”冷寒铁侧耳恭听，感激地说：“多谢父亲大人教诲。不过孩儿有一事请教，可是我们的仇人配置了枪支吗？若是，儿子却也不曾有任何畏惧，儿子自信手中的飞刀并不比他们的子弹更慢。”父亲虎视眈眈地注视着他，不满地说：“你没有听懂我的话。你要做的是如虎添翼，而不是以石击石。我生平所学已悉数教给了你，且你已青出于蓝而胜于蓝了。我相信这世上能在武学上胜过你的不会超过三人。唯有火器之学，非我族所长。走出山村之后，望你可以将这块短板补齐。顺时代者昌，逆时代者亡。你切不可恃技而骄，失去了学习、进取之心，而应日新月异，与时俱进，如此方能立于不败之地。”冷寒铁有点儿惊异父亲今日里话语如此之多，二十年的生涯中，父亲从未对他如此谆谆告诫过，每一句话中都透着殷殷的父爱之情。他心头涌起了一阵难得的温暖之意，低下头，诚心道：“父亲之言，孩儿铭记在心。”父亲凝视着他，眼神中有岚雾烟气笼罩，歉疚地说：“我平日里对你那般严苛，近乎有些不近人情，你心中可存有恨意？”冷寒铁慌乱地摇摇头，道：“是孩儿生性愚钝，辜负了父亲大人的殷切期望。但孩儿心中深明，父亲诸般作为，乃是为了孩儿好。”父亲仰天长笑：“好，好，好，你知道我为你好就好。来吧，继续练刀。将那稻草人视同仇人，想着如何一刀毙命。”冷寒铁抱了个拳，领命而去。他屏息凝神，挥刀如电，刀锋挟着霹雳之势，横掠过稻草人的脖颈。顿时，一颗脑袋骨碌碌地滚落了开去，同时伴有鲜血如烟花般地溅起。他惊骇地收住刀，转头望向父亲，却见他脸上沉如寒冰，双拳紧握，仿佛在聚集起全身力量对抗着无形的攻击。冷寒铁扭过头去，待看清眼前的人头，心神俱裂，魂飞魄散，一声凄厉喊声乍地撕裂了天地：“娘亲……”他扑过去将母亲的人头搂抱在怀里，目眦尽裂，难以置信地瞪视着父亲，撕心裂肺地吼道：“这是为什么？你为什么要杀了娘？”父亲身如古松，动也不动：“不是我杀了你娘，是你杀的。”冷寒铁全身冰冷，有血水从眼眶处渗出：“你，你，你为何要将娘藏身于草人后面？”父亲依然不动如岳峙渊渟，“不是我要你娘这么做，是她主动如此的。”冷寒铁整个人都僵住在原地，如同一根冰柱。父亲微微眨了下眼睛，道：“我说过，你唯一的弱点是你娘传给你的，那就是妇人之仁，听信佛经虚妄之语。解铃还须系铃人，要破除你心中的这个执障，需要用到你娘的血。”冷寒铁木然地呆立着，喃喃道：“不可能的。如果不是你的逼迫，娘亲不会甘愿成为刀下亡魂的。”父亲忽然振天长笑，朗声说道：“你以为世人都如蝼蚁般惜命？成大事者，不拘小节。欲成大英雄者，必须无父无母、无情无欲。所以，今天是我和你娘最后一次教你。希望你能懂得。”冷寒铁拼命地摇头，血泪泗流，悲恸地说：“我不懂，一点都不懂。你为什么要对我如此残忍？”父亲从丹田里迸出一个大喝：“你是要成大事的人，岂可这般如娘们般哭哭啼啼？我和你娘都是行将就木的人，不能成为你走向未来的软肋，让你心有牵挂。最主要的是，生活在这个村子里的，每一个人生下来都背负着复仇的使命，除非你能够跟这个村子割绝关系。只要你杀了我和你娘，你就算是真正成年了，而且余生里不必再受血咒左右，获得了自由。”冷寒铁只觉得天塌地陷。母亲的死已将他的心烧成了枯木，如今父亲竟然要他再背上一个弑父的罪名，这无异于将他的心彻底地烧成了灰。他后退了两步，如同一只濒临悬崖的小兽，无助地看着眼前所发生的一切，万般痛苦地说：“父亲……”父亲心如磐石，不为所动，大喝道：“欲成大事者，必须无父无母、无情无欲。跨过今天，你就是绝世英雄；跨不过去，你就不配做我冷家的人！”说完，一鞭子抽了过去。冷寒铁丝毫未动。父亲又是一鞭子：“孬种！你不配做我冷家的人！”鲜血从冷寒铁的额角一直渗入眼珠子中。双目尽赤。整个世界全都坍塌了，只剩下孤零零的太阳，高悬在天空，红得耀眼、红得刺目惊心、红得心惊肉跳。世界末日的景象。一声悲鸣从冷寒铁的腹腔之中炸裂开来，直冲云霄。乌云仿佛得到了号召，如群魔般乱舞，四处涌动，遮翳了人性的光芒，余下的只有野兽的蒙昧与暴烈。冷寒铁状若疯狂，丢弃掉手中一直搂抱着的母亲头颅，劈手抓住父亲抽过来的第三鞭，怒吼一声。父亲只觉得一股巨大的力量顺着鞭子直冲向心房，他心头一颤，急忙运起全身力气，想要与之对抗。然而这简直就是蚍蜉撼大树。他非但没有将鞭子从冷寒铁的手中抽出，反倒被他拽得踉跄了一步，栽向了冷寒铁。几乎与此同时，冷寒铁的掌风如利刃一般劈向他的脑瓜。父亲急忙松开了手，一个懒驴打滚，躲过了雷霆一击。再看地上，鞭子如同被嚼干的甘蔗，寸寸断裂。父亲的眼中闪过一丝奇异之色：冷寒铁的武功是由他传授的，深知其底细，虽然比父亲高出一筹，但正常情况下，两人至少要交手百招之后才能分出胜负，可是眼下冷寒铁竟然一招就将自己逼得如此狼狈，完全在于他的力气和速度超出了寻常一倍有余。刻骨的愤怒与战栗不仅会烧毁冷寒铁的理智，更可以激发出他体内的潜能，让他化身成为战神！父亲为这意外的发现心潮澎湃不已，兴奋地说："原是求仁得仁，未料竟然是求仁得超能……"他忍不住情怀大笑起来，可是笑声瞬间被刀锋斩切而断——刀把握在冷寒铁的手中，刀锋则嵌入了父亲的颅骨内，将其沿着眉心几乎劈成了两半。父亲最后咧了一下嘴，鲜血汹涌而出，如同院落里的梅花被烈风挟裹而起，染红了皑皑白雪。尸体訇然倒地。一声狭促的尖叫声从冷寒铁撕扯开了的心口飞涌而出，带着他赤身裸足，在白雪纷飞的世界里飞奔，奔离村庄，奔向无穷无尽的、黑暗的地狱。

这段惨烈的经历，一直被压抑在冷寒铁记忆的牢笼里，不见天日。为了避免记忆冲破出来，冷寒铁给它加了重重的枷锁。他每失忆一次，就相当于给记忆增添了一把密锁。可是如今，在万丈深渊之上、在历经劫难之后，在感受着自身的渺小之际，记忆的牢笼微微松动。最重要的是，乌雕用它的性命、它的鲜血，在冷寒铁面前展现出了震撼人心的母爱，挑动着他的神经。当匕首穿透乌雕胸口的一瞬间，冷寒铁依稀看见若干年前自己的砍刀挥过母亲的脖颈；乌雕的鲜血洒落在冷寒铁的脸上，让他想起父亲的鲜血如烟花般喷涌的情景。前尘往事，血色记忆，如同山风鼓荡一般，在冷寒铁的心间澎湃汹涌，激荡不已。

“我是个杀母弑父的逆子……这个念头就像一个炸雷，将冷寒铁的心炸得粉碎，彻底焦黑，他嘴里不停地喃喃自语：“我十恶不赦，天地难容……”

强烈的罪恶感让冷寒铁的身体变成了悬崖边上的一片树叶，瑟瑟抖动不已，摇摇欲坠。他的整个大脑变成了一座火山，炙热的熔岩在地底下窜行，寻找着最薄弱的地点，随时可能冲决而出。

站在洞口始终关注着冷寒铁一举一动的巴库勒见状，感觉有些不妙，冲他大喊：“冷大，你没事吧？”

禁锢在冷寒铁大脑中的那一根锈死的钉子，终于在巴库勒的这一声呼喊中被拔了起来。灼热的熔流冲天而起，瞬间吞噬了意识。冷寒铁双目被灼烧得通红，大吼了一声，手中的匕首插着乌雕，连着绳索瞬间绷直，似流星锤一般，朝着巴库勒的颜面飞射而去。

巴库勒惊了一跳。不过他的手比意识反应得更快，侧身一移，避开了“乌雕”的袭击，同时探手出去，一把抓住绳索，大喝道：“冷大，我是巴库勒啊！”

冷寒铁的理智已全被烧融了。在他的眼中，只有铺天盖地的鲜血。这些鲜血散发出腥臭的气味，将他沉溺其中，无法挣脱。记忆的浪潮推动着一波一波的鲜血，一直没过他的口鼻，让他无法呼吸，心肺即将爆炸。为摆脱这种窒息的感受，他大吼一声，手臂一振，试图将绳索从巴库勒的手中挣脱出来。

巴库勒本是天生神力，加上接了冷寒铁的魔鬼训练，无论是臂力还是耐力都是特工中数一数二的，甚至不逊于冷寒铁。冷寒铁所携带的绳索虽然是军用级别，异常坚韧，却也禁受不起这两股力量的较量，“啪”的一声断裂了。留在巴库勒手中的，除了一截断绳外，还有一只死不瞑目的乌雕。

而冷寒铁这端，却是如同一片枯萎的树叶，从悬崖上直直坠落下去！

绳索断裂，冷寒铁和巴库勒都齐齐往后一仰。不过巴库勒背靠的乃是石壁，所以很快便稳住了身体。冷寒铁后背撞上的乃是迎客松的一节碗口般粗细的枝干。“咔嚓”一声，枝干不堪重负，断了。冷寒铁就此跌落了下去！

若是在寻常，以冷寒铁的下盘功夫，稳住身体是没有问题的，即便掉落，他手中尚持有十余米长的绳索，完全有机会卷住迎客松的树干，重新翻身而上。可是这一刻，他似乎已经放弃了所有的生存欲望，不做有任何挣扎，就像一片飘零的落叶一般，径直地朝着万丈深渊坠落下去。

巴库勒目睹这一切，“嗷呜”的一声惊呼，可是隔着十余米的距离，他什么都做不了，只能眼睁睁地看着冷寒铁的身躯如同一只纸鸢一般地坠落，穿透过山岚雾气，一直沉坠进目光不能及的山林中。从这么高的地方摔落下去，除非神迹出现，否则任何人都没有逃生的可能。满腔的悲愤，让巴库勒一拳击打在石壁上，石壁塌了一角，拳头亦是血肉模糊。可是他却丝毫不觉得疼痛。他眼前，只浮动着冷寒铁那后仰的姿势，以及嘴角的一抹微笑——那是解脱的微笑，仿佛在跟这个世界说：“瞧，你我两讫了。”

在迎客松那边究竟发生了什么事，会在这片刻之间，让冷寒铁放弃求生的欲望，而纵容生命坠落，坠落进无尽的深渊中呢？难道是乌雕的诅咒？巴库勒抓起地上早已僵硬成一团的乌雕，恨不得将其撕成碎片。可是待目光放远后，心头一片悲楚，手上却是一点力气都使不上了。这是冷寒铁用生命换来的、留给在座队友们的最后“礼物”，如果遗弃破坏，那么冷寒铁就真的白白丢失了一条性命。

可是冷寒铁的一条性命，竟然就只值一只乌雕？巴库勒简直想要放声大哭。

洞内，王微奕等人全都伏地不起。骤然见到光明的喜悦褪去后，饥饿与疲倦更加凶猛地袭击了过来。他们的精力早就已透支光了，全都凭着一个寻找出口的信念在苦苦支撑着。如今出口找到了，可却是个绝境，未见生机，这就相当于从心力交瘁的残疾人手中夺过了他的拐杖，顿时整个人跌倒在地，无法起身。

此时此境，能够吸引住他们目光的，只有一样：食物。

陈枕流被巴库勒的一拳所惊起，待看见他手中的乌雕尸体，顿时眼睛发亮，原本软绵绵的身体如同被打了鸡血一般，骤然跃起，直扑而上，亢奋地大叫：“把它给我！”

犹然沉浸在悲伤中的巴库勒气不打一处来，飞起一脚，将他踢开了，怒吼道：“滚！”

陈枕流蜷缩成一团，“咻咻”地呼着冷气，以减轻身体的痛楚，但眼睛仍然死死地盯着乌雕不放，仿佛只要巴库勒稍微一放松警惕，他就会再扑将上去，甚至不惜将巴库勒生生咬死。

巴库勒看着众人强烈求生的眼神，叹了一口气，将乌雕置放于地上，用断臂压住它，右手如飞，不多时就将乌雕身上的毛全都拔掉了，然后拔下两条腿，分给王微奕和花染尘，再将其他的部分分给了唐翼、楚天开、陈枕流与自己。

饥肠辘辘的大家，面对着哪怕是布满腥膻气味的生乌雕肉，也都视若无上美味，大口嚼食起来，只有花染尘嫌恶地咬了一口，勉强下咽进去，随后惊讶地问道：“冷长官呢？你不给他留点吗？”

先前众人都龟缩在洞内，不曾目睹冷寒铁遭遇的变故，虽然听见巴库勒的惊呼，但在极端虚弱的情形下，大家并没有力气和好奇心去打探究竟发生了什么事。

巴库勒没有言语，只是铁青着脸，甩开腮帮子，将雕骨嚼得嘎巴响。

花染尘似乎明白了什么，猛地丢下雕腿，飞奔至洞口，朝外探看，但却找不到冷寒铁的半点踪迹，顿时全身如坠冰窖，声音颤抖地问道：“他人呢？你快说他人去哪里了？”

巴库勒将最后一支雕骨嚼碎，尖锐的骨头划破了他的舌头，他却毫不在意地用坚硬的牙齿将其磨得更加细碎，然后吞入腹中。

“你说啊，快说啊……花染尘几乎是带着哭腔地摇晃着巴库勒的身体。

“呸！”巴库勒将一口鲜血吐了出来，悲哀地说：“为抓这只鹰，他摔下去了。”

所有人的眼珠子全都集中在巴库勒的身上，脸上写满震惊。花染尘是摇晃了一下，随即晕倒在地。

王微奕使劲地咽进了最后一丝肉，嘴角挂着血丝，艰难地抬头道：“你看着冷长官掉下去了？”

巴库勒紧闭着嘴，似乎这是他心底最大的痛，不愿触及。

所有的人都失魂落魄。长久以来，冷寒铁都是大家的主心骨，哪怕他先前处于昏迷状态，但只要一息尚存，大家心底就存着希望，而今他竟然摔落在山谷之中，剩下一干人困在这山洞中，实在是让军心大乱。

楚天开双目无神，喃喃道：“以冷大的身手，区区一只老鹰，怎么可能将他逼落下山崖呢？”

巴库勒默然无语，良久，他咬着嘴唇道：“我也不知道究竟发生了什么事。当时老鹰已被他捕杀，可是突然间他像是中了魔怔，以老鹰为武器向我发动攻击。在我和他的较力之间，绳索突然崩裂，然后他就摔下去了。我觉得我真不该……”

楚天开拍了拍巴库勒的肩膀，好言劝道：“我觉得这不是你的过错。冷大肯定是发生了什么事，或者……”

王微奕接过话头，嘟囔道：“或者是他开启了记忆的闸门，记忆击倒了他。”

“记忆？”这句话就像电流一般穿透了每个人的骨骼，让人忍不住打了个寒噤。面对冷寒铁不时的失忆，每个人心头都有各种猜测，但无论何种猜测，都遥遥地指向一点：能够让冷寒铁这般拥有着钢铁般神经的人崩溃的，定然是世间最为惨烈、最为残忍的事情。那样的事情如果放在其他任何一个人身上，恐怕都会将其逼疯。冷寒铁能够以失忆来压制住它，已经是达到人类的极限了。如果说，是眼前的山景勾起了冷寒铁的回忆的话，那么他踏向死亡的深渊也就不足为奇了。

花染尘悠悠转醒，待看清眼前的人，顿时想到了冷寒铁的命运，不禁两行清泪流了出来，悲切地说道：“我们还能救一救他吗？”

巴库勒凝视着她，幽幽叹道：“能救他的，只有他自己。我不相信他就这么死了。他是神，战无不胜的神，超越人类极限的战神。这个世界上能够打败他的，唯有他自己一人而已；同样地，在眼下的情形里能够拯救他的，也只有他自己一人。所以我们能做的，就是祈祷与等待。”

“等待？”花染尘说完。凄苦地一笑，不满地说：“坐在这里等待吗？”

巴库勒眼神中的光芒渐渐地黯淡了下去，低声道：“不错。坐在这里等他。无论是生是死。”

花染尘忽地明白了他的意思：他们被困于这山洞内，没有食物，也没有足够的体力退回到山腹深处的金字塔中b，从那里获得日本人留下的物质补给，他们更没有能力从这险陡的峭壁滑到地面上去了，于是他们唯一能做的，就是坐以待毙——如果冷寒铁侥幸未死，他自然会重返此间救他们离开山洞；如果冷寒铁出师未捷身先死，那么他们就在黄泉路上相互搭个伴吧！想通了这一点，花染尘的心情渐渐地平静下来。她接过巴库勒重新递过来的雕腿，用力地咬了一口，含糊不清地道：“好，我一定会等到他的。”

这注定是一段煎熬的时光。每个人都进入最节省体力的模式，因为谁也不知道是否还能挨到下一顿饭。王微奕、陈枕流、唐翼、巴库勒全都陷入了睡眠中，花染尘则盘腿端坐在地上，默念着佛经，唯有楚天开犹然不死心，立于洞口，朝四面张望着：一来希望有奇迹出现，看到冷寒铁的身影；二来看能否找到一点食物与水。可是让他失望的是，眼前飘过的只有云朵与飞鸟，而两者都无法用来充饥。最后，他只能无奈地躺回地面，让自己进入深度睡眠中，消除连日里行路的劳累。

三

也不知道睡了多久，楚天开忽然被巴库勒的一声大吼惊醒了：“林大掌柜，是哪阵风将你吹到这里的？”

林从熙？他竟然没死，并且与他们会合了？

所有的人都被这个消息震得一骨碌爬了起来，顺着巴库勒的目光望去，眼前的景象让众人惊呆了：只见林从熙正飘浮在半空中！

准确地说，林从熙正在从峰顶往下降落。说是降落，而非掉落、跌落，乃是因为他的下降的速度比较缓慢，如果不是他的狼狈神情、动作僵硬，颇有一点神仙下凡的韵味。

林从熙之所以下降也缓慢，是因为他手中紧紧抓着从发电室里取得的“大风车”。“大风车”在气流的催动下，快速转动，宛若直升机的螺旋桨，给了林从熙一个向上的托力，使得他不至于像个秤砣一般的垂直降落。

花染尘捂着嘴巴，难以置信地看着空中的林从熙，眼中有激动的泪水溢出。同样的表情挂在巴库勒等人的脸上。

如果林从熙能够从绝境中逃出生天，那么难保同样的奇迹不会发生在冷寒铁的身上！

林从熙看见巴库勒等人，脸上亦是激动难当，大吼道：“巴掌（巴长官），快把我拉进去！”

可是林从熙距离石洞口有百米之遥，巴库勒手中只有半截从冷寒铁那里“夺下”的绳索，有五六米长，根本就是鞭长莫及。

林从熙亦发现了这点，不勉心中焦虑起来，在空中扭动身躯，想要让自己更靠近洞口一些。他的行为奏效了，略微拉近了一点和山洞的距离。

巴库勒估算了下，以林从熙的移动速度几乎是不可能在降落到他们洞口的位置。他的眼神不由得飘摇开了，衡量着林从熙可能抵达的位置，忽然醒悟过来，冲着他大喊：“快，快到那里！”

巴库勒遥指的方向，乃是先前“日穿针”时阳光所照射到的那块凸出的鹰嘴岩。先前冷寒铁第一个发现了“日穿针”的奥秘，就在他喊出这一秘诀时，巴库勒紧追至洞口，目睹了这一自然奇观。然而与冷寒铁一样，那百米长的距离对他而言成了一道天堑，不可逾越。

鹰嘴岩距离林从熙只有五六米的距离，用“近在咫尺”来形容亦不为过。

林从熙并不明白巴库勒的心意，但见鹰嘴岩处有一棵生长了千年的迎客松，以为巴库勒要他降落在松树上，于是在空中拼力拧动身躯，朝着迎客松的方向飘去。

天公作美。就在这时，斜地里吹来一阵清风，助了林从熙一臂之力。“大风车”的扇叶撞上迎客松，削落了一大片枝叶，但却也被迎客松的枝干卡住了扇叶，结束了这次旅程。

林从熙眼疾手快，一把抱住迎客松的主干，身子一翻，跃上了松树，同时用力扯住“大风车”，费了九牛二虎之力将其牢牢地架在松树上，并确认其不会被吹落下去。

巴库勒等人紧张万分地盯着林从熙，待确认他安全之后，不觉松了一口气。

“林大掌柜，”巴库勒扯起大嗓门，冲着林从熙大喊，“你快站在那块凸出的石头上，朝着四周好好看一看，如果观察到了什么特别的景象，就告诉我们。”

林从熙狐疑地看着巴库勒，懒洋洋地道：“你出的什么幺蛾子啊。

你让我拼了老命落脚这里，就是为让我做这个？”

“少废话，快照我说的做，不然的话老子回头抽死你！”巴库勒瞪起了大眼，威胁他道。

林从熙不屑地看了巴库勒一眼，生气地说：“你要是有本事过来抽我的话，早就自己爬到这石头上去了，至于求我吗？照你也是久混江湖的人了，难道不知道求人应该是什么样的姿态吗？我好不容易从刘大土匪手下逃生，其他的不说，渴都渴死了。你不能跟使唤奴才一般，连口水都不让喝，就让人开始干活吧。”

巴库勒大吃一惊：“刘大土匪？刘开山？他怎么也跟到这里来了？”

林从熙撇了撇嘴，道：“谁知道他究竟用了什么手段，一路追踪到这里。不过你们放心好了，我没有告诉他你们的行踪，只说我跟你们走散了，不知道你们的去向。”

时光回到了四天之前，当时林从熙将最后跃过悬崖的机会留给了楚天开，之后“大风车”一阵哗啦巨响，在强劲罡风的推动下，“大风车”摆脱了压在身上的乱石，一头栽向悬崖中。缠绕在“大风车”上的电缆被带动卷起，如同一条响尾蛇一般袭向林从熙，捆住了他的腰身，将他拖离断崖，坠进了万丈深渊中。

在这生死关头，林从熙昔日行走江湖所苦练的身手发挥了作用：在被带离开断崖边缘之际，他双脚奋力一蹬，整个人像一块被抛出的秤砣一般掷向了“大风车”，再像一只壁虎般紧紧地抠住轴承。而他的一蹬一撞之力，改变了“大风车”斜斜栽下的轨迹，将其“扶正”。扇叶重新疯狂地转动起来，在罡风的推送下，如同一个冉冉升起的竹蜻蜓，托着林从熙急剧地朝上飞翔而去。林从熙只觉得自己仿佛置身于龙卷风的旋涡中心，毛发根根竖起，身上的衣衫被撕扯得七零八落，眼睛无法睁开，连呼吸都变得异常艰难。他唯一能做的，就是使出吃奶的力气，如同一只水蛭紧紧吸附住寄体的血肉般，抱住轴承死不放手。

“大风车”带着林从熙上升了一百多米，剐蹭到一块岩石。合金铸就的扇叶坚韧无比，并未受损，但高速旋转的势头被止住了，就像一头疯牛被人大力按住牛角压倒在地一般，“大风车”带着林从熙重新一头栽下去了。所幸与“大风车”连成一体的电缆再度救了他一命。在坠落中，电缆缠绕上石笋，加上罡风的向上推动力，勉强阻止了“大风车”的下坠。林从熙趁机扒在石笋上，将身上的电缆解开，改捆到石笋上，将“大风车”固定在石笋边上。完成这一切之后，他感觉全身酸疼欲裂，整个人累得趴倒在石笋上，动也不能动了。

虽然上升了一百多米的距离，可是罡风在狭长的空间里形成了一种对流，使得洞内的温度远比外面的温度要低上许多。林从熙缓过气来后，深知眼下的形势不容许自己长久待这里，否则很容易在不知不觉间被冻僵乃至冻死。于是在冷寒铁他们一行在冰冷、迷宫般的地底穿梭之际，林从熙则拼尽全力，让自己像一只努力向上的蜘蛛般，一点儿一点儿地往上挪动。

林从熙距离峰顶有近百米的距离，仰起头，可以清晰地看到外面的世界阳光明媚、天空明媚、白云悠悠，甚至偶尔可以看到小鸟从天空中振翅飞过。洞外、洞内真是两重天，洞内永远只有阴冷、昏暗与饥饿，不过恰如画饼充饥、望梅止渴一般，洞外的光明给了林从熙向上爬的动力。石壁凹凸不平，并且被罡风吹得十分干燥，于是攀爬起来不是十分困难。真正给林从熙带来困扰的，是乱窜的气流。由下向上的罡风，撞上了石壁就会改变风向，多种气流交织在一起，变成了危险的因子。林从熙多次险些被气流掀落下来，许多时候他只能爬一两米之后，整个人就紧贴在石壁上，待强气流消散之后再继续往上爬。而到了黑夜，天色无光，无法看清岩洞内的情形，林从熙也只能无奈地找个强风吹不到的角落，蜷缩成一团来休息。令他欣慰的是，随着距离愈来愈近峰顶，温度渐渐升高，有一些耐寒植物的种子被风或者飞鸟的粪便带落进来，落地生长。一些柔嫩的枝梗中含有汁液，可以用来解渴。伴随着植物的出现，一些小动物也出没其中。林从熙幸运地抓到了一只老鼠。尽管无法生火煮熟，但嚼着生肉他亦吃得津津有味。

这样边停边爬，近百米的距离花了林从熙两天的时间。可是当他精疲力竭地从峡谷裂缝间爬出，还来不及享受外面阳光的温暖，就有一把手枪抵住了他的脑袋，紧接着一个熟悉的声音传了过来，“哈哈哈，猴鹰儿，没想到吧，我们又见面了。”

林从熙先是一惊，随后安定下来。他举起双手，缓缓地转过身去，却见到一张熟悉的、泛着凶光的脸——竟然是失踪已久的刘开山，以及他的三名手下：吴大疤子、黑脸曹三和鲁撸子。

在走出西青林之际，刘开山试图以花染尘的性命为要挟，向冷寒铁换取《神农奇秀图》，不料他所抢到的枪枪管变形，反倒被冷寒铁他们控制了，不得不丢下救命用的碧心草，孤身离开队伍。之后他很快就联系上了自己的三名手下，一起暗地里跟踪冷寒铁一行，直至来到这座山峰。不过当冷寒铁他们进入地底后，刘开山他们就失去了冷寒铁一行人的行踪，只能如无头苍蝇般在山谷里到处乱窜，不曾想竟然在此处撞见了林从熙。

见到林从熙，刘开山先是一阵欣喜——正所谓“踏破铁鞋无觅处，得来全不费功夫”，“哈哈”大笑地与他打了个招呼，但随即又紧张起来，令黑脸曹三拎着枪朝着洞口查探，看是否有冷寒铁的行迹。

林从熙见是刘开山，心情亦是轻松了，一来不管怎样，刘开山总是一个熟人，彼此之间能谈得上话，不至于稀里糊涂地成为枪下亡魂；二来他察觉到刘开山与自己有些渊源，否则一路上不会主动替自己打掩护，于是他堆上笑，道：“刘大当家的，不必紧张。这里就我一人，冷长官他们跟我走散了。”

“走散了？”刘开山眼中闪着狐疑的神色，好奇地问道：“你们进这洞底做什么？里面有什么呢？”

林从熙自然不会如实道出实情，于是撒了个谎道：“娘的，我们遭遇到了日本人的伏击，被迫进入这洞里。老子又不是军人，摸枪还不如摸娘们来得熟练，怎么干啊？留在那里还不是打着灯笼进茅坑——找死（屎）。所以三十六计，走为上策，趁他们混战之际，我找了个地方偷偷躲了起来，然后悄悄溜走了。可是这地下山洞，简直就是一个迷宫，老子一条命废了十之八九，才逃了出来。我说刘大当家的，你们有吃的和喝的吗？快给点吧！这些天尽吃草根、生肉，嘴里都能够诞出鸟来。”

刘开山从包裹中取出一个熏干的鹿腿，冷笑道：“你哄三岁小孩啊？这么一点假话，还想来骗吃骗喝？你把我刘开山当傻瓜？想吃的话，就乖乖地把你所知道的、所看到的一五一十地告诉我。”

林从熙盯着鹿腿，口水都出来了，赌咒发誓道：“刘大当家的，我说的句句都是实话，如有半点谎言，天打雷劈，全家死绝！刘大当家的，你就给我口肉吃吧……对了，我记得寻宝口诀的下一句是：日穿针，沿金行，这可是找到金殿的一个重要线索……求求你了，我真不知道这句话是什么意思……这个，这个，我逃出来的时候找了一个宝贝，可是太重了，我把它藏在洞里了。你们可以下去把它取出来，然后我再告诉你们它的妙用。那可是个大宝贝，只要你们有能力把它带出山，保准价值连城。刘大当家的，我现在就拿它来换这一个鹿腿……哎呀，打死我都不敢欺骗大当家的你哪！这样吧，你可以派个人下去查看一下，或者我下去也行，可是你总得先给我口肉吃吧，好让我有点力气。只要我有一句谎言，你当场就把我一枪崩死，这样总可以了吧……”

刘开山终于勉强相信了林从熙的话，将鹿腿掷过去，威胁道：“行，就按你说的来交易，要是你有半句虚言，老子一枪把你的脑袋崩成八瓣，再冲泡尿在里面。”

林从熙接过鹿腿，狼吞虎咽吃了起来，同时一边含糊地应道：“放心好了，我猴鹰儿是个生意人，是不会拿自己的性命来做蚀本的生意的。”

在刘开山的指挥下，黑脸曹三将绳索拴在鲁撸子的腰间，一点儿一点儿地放下去了。

林从熙吞入了最后一口鹿肉，又用舌头将骨头舔了一遍，再拿石头将骨头敲开，舔食起了里面的骨髓。待他确认将整条鹿腿吃得干干净净后，他才恋恋不舍地放下骨头，他忽然醒悟过来，喊道："洞里面风大，冷，要多穿件衣服。还有啊，那个东西很重的，离洞口大概有 100 米。你们要记得带够绳索。"

刘开山拍了一下他的脑袋，骂道："混蛋，不早说。"再探头对着鲁撸子喊："你小子觉得怎么样？要是有问题就朝上晃三下手电筒，要是觉得没问题就晃一下手电筒。"

鲁撸子在底下晃了一下手电筒，表示没有问题。于是黑脸曹三继续往下放绳索。绳索大概下行了 30 米，鲁撸子忽然连晃三下手电筒。刘开山和曹三吃了一惊，急忙将鲁撸子拉了起来，只见他脸色冻得发紫，眉毛、胡须间尽是白霜，牙齿不停地打战，在阳光下晒了好一会儿之后才恢复过来，"娘的，下面太冷了，简直就像一个冰窖。"

刘开山看着鲁撸子的模样，可以想象得到了地底下的寒冷程度，不觉对林从熙的话产生了怀疑："你真的是从地底下 100 米深的地方爬出来的？那你怎么没有冻死啊？"

林从熙也有些纳闷："下面是比较冷，可是也没有冷得这么夸张啊！难道下面又发生了什么事不成？"说完他接过手电筒，探身朝裂缝间看了下，只觉得一股砭骨的寒气直冒而起，忍不住打了个喷嚏，再顺着手电筒的光芒一看，只见地底下 30 米左右的地方全都结上了一层霜花，并且霜花似有向上蔓延的趋势，原先他在地底下看到的那些植物全都在强冻之下，纷纷枯萎、凋零。"这下面发生了什么变故吗？刘大当家的，你看那棵草，昨天我经过的时它还是青翠的，我还折了一段它的茎来嚼食汁液，那里还有折断的痕迹，可是怎么今天就变成了一根冰棍儿了呢？这有点儿不对劲儿啊！"

刘开山仔细观察了下，确实跟林从熙所描述的相似，渐渐地相信了他说的话。可是这么短的时间里，下面就开始结霜，实在有些匪夷所思。不过这样他反倒开始有点相信林从熙说的话了：地底下藏着宝贝。

“你说，你藏的宝贝究竟是什么东西？”刘开山恶狠狠地问林从熙，“你最好如实招来，否则的话别怪我把你的心肝剔出来下酒喝。”

“刘大当家的，大家多年的老交情，你有话问话，可别这样吓唬我啊！这个宝贝我还真不好跟你描述清楚。或者这样子吧，我问你个问题，你就能想象出在这地底下灯火通明，而且那些灯全是电灯，至少亮了有上千年？”

“你扯犊子吧？你如果说是千年油灯老子还信你一二，你说千年电灯，谁信？不要说千年前的古人，现在就给我在这里弄盏电灯亮起来看一看。”

“我就知道你会不相信。”林从熙耸了一下肩，“所以这个宝贝我真的没有办法跟你描述清楚，总之它就是发电的奥秘所在。要是我们可以把这个发电的技术破解了，那你想想，我们就有机会成为全世界最大的发电商了，那时真的就是坐在家里等着收钱！刘大当家的你别不相信，你想想看，我们前些天在地洞里看到的那具水具棺材，不是也带电吗？那个同样是古董啊，至少是秦朝之前的古物。说不定这两个东西是一脉相承，有着较深的渊源哪！”

刘开山眼眸更亮了，怒吼道：“那你娘的还不快点下去给我拿上来？”

林从熙无奈地道：“刘大当家的，你看我现在这副样子还能下得了洞吗？而且我看这洞着实有些古怪，不如我们再坐等一天，看看有什么变化，可好？”

刘开山冷冷地道：“那是你觉得好，老子觉得一点儿也不好。如果你再不下去的话，老子就直接把你丢进去。”

林从熙瞪视着刘开山数秒钟，确认对方的眼神中只有贪婪与凶狠后，叹了口气，转身往旁边走去。

刘开山“啪”的一声拉开了枪栓，厉声喝道：“你娘的敢开溜？信不信老子一枪毙了你！”

林从熙转过头，看着刘开山，眼神中流露出一丝苦涩，辩解道："刘大当家的，洞里那么冷，就算我下去了也要被冻僵，那时哪里还有什么力量将绳索套紧在宝贝上呢？所以我们需要找些柴火，丢进去，看能否驱散一点寒气。"

刘开山想了想，觉得有些道理，于是放下了手枪，警告道："猴鹰儿，我知道你鬼心眼儿多，不过你也知道我的手段，最好少耍花招，省得回头怪我枪下不留情。"

林从熙没有说话，只是很快就拖回了一节干枯的木头。鲁撸子与曹三一起过来帮忙，采集了一些松脂涂抹在木头上，再烧起了一堆火，很快将木头引燃。待木头燃烧正旺，不会轻易被风吹灭时，刘开山他们用绳子拴着它，慢慢地放入了洞穴中。

浸了松脂的木头依然无法抵抗得过寒气的侵袭。火苗扑闪了几下，逐渐微弱下去了，待下降不到 20 米时，已经熄灭了，只剩下一些浓烟在强风的吹送下，袅袅升到洞口。

林从熙倒吸了一口凉气，道："瞧这架势，下面的温度至少有 −10℃。"他不禁暗自庆幸自己及时逃了出来，否则按照这个温度，恐怕要活活冻僵在里面。

"−10℃算个球？"刘开山骂骂咧咧，"老子在沙漠里待的时候，零下三四十度都跟吃饭似的。"

鲁撸子和曹三抬头，用异样的眼光看了一眼刘开山，欲言又止。

林从熙替他们将不敢表达的疑问说了出来："刘大当家的还在沙漠里待过？那可是个苦地方啊！"

刘开山的叫骂声更大了，"瞪什么？老子天南海北都闯过，在沙漠里待上几天有个狗屁稀奇？还愣着干啥？快过来搭把手。老子今天专治不服，无论下面是龙潭还是虎穴都要闯一闯。都给我吃饱了用上点力气，别软绵绵的不起劲儿。"

鲁撸子和曹三默默地将绳子整理好，他们将绳子分为两段：一段给刘开山下洞之用；另外一段则用来准备捆绑“宝贝”。刘开山将绳子的一端绑在山洞边的树干上，末端则拴在自己的腰间，打了个结，再瞪了一下他们三人，叮嘱道：“记住，如果老子连打三下手电筒，就意味着有危险，你们立刻把我拉出来。另外，鲁撸子和曹三，你们给我紧盯林掌柜，如果他有任何异心、异举，立刻……”他对着林从熙做了一个抹脖子的手势，吓得两人急忙缩了一下脖子。

刘开山随身携带着两支手电筒：其中一个捆绑在右腿上作为照明；另外一个捆绑在右臂上作为备用，然后将一大捆绳子套在左臂上，双手握着绳索交替地绳，双脚蹬着山洞，“蹭蹭蹭”地飞快朝下疾驰而去，速度比先前的鲁撸子快了一倍有余，不多时只见他的身影已消失在了茫茫的雾气中，只能隐约地看见手电筒的光芒在跳动、闪烁，望着更深处潜去。

林从熙不禁咋舌道：“没想到你们大当家的，竟然有这般好身手，不仅履险如平地，还不惧严寒，果然是人中蛟龙。”

曹三骂了一句：“少拍马屁！”他与鲁撸子相互间交换了一下眼色，彼此心头的疑窦更深了。

“你给我到那边去！”曹三指着十余米外的平地，道，“别耍什么花样，别想着逃跑。爷的枪可不是吃素的，枪法也不是吹牛，想打你右眼绝对不会打你左眼。”

林从熙点头哈腰道：“久闻曹三爷是铁胆帮有名的神枪手，枪法百步穿杨，我猴鹰儿不会拿自己的性命来给曹三爷练枪法。你俩慢慢聊，我先去眯会儿。”说完，举步走开，捡了一块平整的草地，敞开衣襟，用衣角盖住脸，遮挡住直射的阳光。不多时，他陷入了沉沉的睡眠中。

曹三确认林从熙不会听到他们两人的对话，然后压低了声音，问鲁撸子：“你不觉得大当家的有点古怪吗？”

鲁撸子假装糊涂，故意说：“小的愚钝，没察觉出什么古怪，还请三爷指点。”

曹三拍了一下他的脑袋："你个混账东西，这个时候还跟我耍什么心眼儿，别说你没有瞧出来呀！我怎么没有听说大当家的去过沙漠？我只知道大当家的平生里最恨夏天，觉得炎热难耐，每日里扇不离身，怎么无缘无故会跑去沙漠自讨苦吃呢？另外啊，两年前大当家的被长江帮的那群狗贼打伤了左胳膊，左胳膊就形同半废，几乎没有力气，可是你看下面的大当家，跳得多欢哪，哪里像受伤过的样子？"

鲁撸子挨了曹三一下后，不敢再装聋作哑了，道："其实早前我就感觉有一点点不对劲儿……大当家的脾性跟以前大有不同，只是想着会不会是因为在这森林里吃过苦头，心烦意乱而致，如今经三爷这么一说，我也觉得这里面蹊跷大着呢！"

曹三沉思着道："可是看着明明就是大当家的模样啊！难道说世上真的有两个长得一模一样的人不成？"

鲁撸子朝洞底的方向看了一眼，压低了声音道："那个，有没有可能是借尸还魂？就是说，实际上大当家的已经死了，然后是有人借用了他的躯壳？"

曹三惊了一跳，惊叫："你怎么会有这种想法？"

鲁撸子道："在我老家，一直都有道士可以控魂、移魂的说法，也就是人死了，但尸体没有办法弄出来，比如说掉到江里面，或者是深坑里，甚至是茅坑里，这时就请个道士过来作法。我小时候见过一次。当时是邻村的一名五岁的小孩子掉进了一口满是青苔的百年老井中，淹死了。老井的水比较深。派人放了绳子下去打捞，没能捞起来。没办法就凑钱请了个道士过来。那道士年纪不大，也就三四十岁，颇有些仙风道骨。来了后他也没说啥客套的话，就站在距离老井大概十步远的地方，口中念念有词。你眼看着他就僵着不动，好像灵魂出窍了一样。接着那死去的小孩就从水底一点一点地站了起来，身上缠满了水草，然后攀着老井的井壁往上爬。你知道那水井有多滑腻吗？别说是个人，就算是苍蝇站在上面都会劈腿。可是这丝毫阻挡不了小孩，'嗖嗖嗖'，速度快得惊人。那哪里是手，根本是铁爪子。等出了井，小孩就直挺挺地跌倒在地上。他的父母急忙上去将他的尸体包裹住。然后那个道士也醒了过来。除了脸比较白外，没有其他的异常。不过这种被控魂过的尸体是不能进祖坟的，甚至不能下葬，只能烧掉。真要下葬，也只能是头朝下倒立着埋进土里，要不的话就可能会变成魁。反正要多怪异就有多怪异。据说我老家的道士法术跟湘西的赶尸匠乃系出同门。你还记不记得前两年还有一个赶尸匠赶着五具尸体经过我们的地盘，把巡夜的刘疤子吓得都尿裤子了吗？”

曹三吐了口口水，道：“那个赶尸的我也见到了，确实邪门得很。兄弟们本来以为会不会是装神弄鬼，比如说有人藏在布袍下，扛着尸体走，或者是暗中藏着两根竹竿，将一溜尸体架起来搬运。可是当时我跟手下的土肥大着胆，上去检查了下，确实是死人的尸体，除了那一前一后的两名赶尸匠外，没有任何活人的气息。更让人恐怖的是，那些尸体寒得吓人。大热天的，可是他们就像刚从冰库里跑出来似的，靠近一点就要打个哆嗦。说句不夸张的话，兄弟当时吓得真是灵魂出壳。那两个赶尸匠也是十分古怪，一句话都不肯说，就那样静静地看着我们折腾他们和尸体。那眼神，盯得我直发毛。后来将他们送走后，我还连续做了几天噩梦，总觉得有个人赶着僵尸，直挺挺地站在我的门口，盯着我，嘴角挂着冰碴子，鼻孔里冒着两股白色的哈气。然后那些哈气一伸一缩，一直向我靠近。我能感觉到身上的阳气被一点一点地吸走了……”

鲁撸子打了个寒战，道：“别说了。这荒山野岭的，说这些怪吓人的。不过话又说回来了这个洞穴也是够怪异的，这都快夏天了，竟然还有这么重的阴寒气。”

曹三的瞳孔骤然扩大了，瞪着鲁撸子道：“这么重的阴寒气，你说这里会不会是通往阴曹地府？”

鲁撸子差点儿跳起来，瞟了林从熙一眼，战战兢兢地道：“阴曹地府？

那这林掌柜的岂不是……”

两人全身发冷。他们虽然是杀人不眨眼的土匪、强盗，可是对于鬼神却有着一种天然的敬畏心。如果他们真的是跟两具活着的僵尸相处，那比杀了他们还要难过！

两人不自觉地将眼神移向林从熙，只见他躺在草地上睡觉，为遮挡太阳，将衣襟掀起来盖在脸上，骤然看去，极像停尸房里的尸体。有风吹过，青草在他身边瑟瑟抖动，无端地增添出一层诡异的氛围。

曹三示意鲁撸子过去查看下，可是鲁撸子却双腿打战，不敢上前，用商量的语气说：“要不也别管他是人是鬼，干脆一枪给他了断了？”

曹三怒视了他一眼，气恼地说：“我们是土匪，但不是杀人狂。要是他是活人怎么办？好歹彼此都算是个熟人，岂有随随便便就杀人的道理？”

“那，那该怎么办？”鲁撸子双手一摊，道，“要不我们跑路算了。反正刘大当家的还不知道有没有命走出这神农架。”

“要是他本来就没有命呢？”曹三冷冷地道，“那你能逃到哪里去？”

鲁撸子不觉焦躁起来，急急说道：“那能怎么办？难道要让我们在这里一直跟鬼待一起？”

曹三沉吟了下，道：“静观其变吧！就算大当家的真的是鬼，应该对我们也是无害的吧？大家都处了这么久，要是有心对我们下手，哪里还有我们的命在？就是这林掌柜……”他咬了咬牙，道，“我过去瞧一瞧吧！我觉得他既然敢光明正大地躺在阳光下，至少说明他不是鬼。”

鲁撸子提心吊胆地看着曹三步步靠近林从熙。一只秃鹫从他们的头顶掠过，高鸣了一声：那正是他们携带过来的那只秃鹫，刘开山将其训练成了一个优秀的“侦察兵”，利用其对腐肉的敏锐嗅觉来追踪冷寒铁等人的行踪。

走到林从熙的身边，曹三蹲下身来，准备撩去覆盖在他头上的衣襟，突然间，一阵凄厉的喊声从地底下传了出来，其声撕心裂肺，仿佛是人痛极之下的号叫。原本就惴惴不安的曹三，被这声音惊得一蹦三尺高，扭头望向鲁撸子。

鲁撸子脸色煞白，指着洞底，极度紧张，连话都无法说出。

尖锐的声音就像一把针，瞬间刺破了林从熙的酣梦。他一蹦而起，惊讶地问着身边的曹三：“发生了什么事？”

曹三被他骤然而起的行为吓得一屁股跌坐在地上，声音有些颤抖地问：“你……”

林从熙有几分莫名其妙，不解地问：“我怎么了呢？”他摇晃了一下脑袋，勉强地将记忆拉回到了现实中，想起自己为何身在此处，又为何与曹三、鲁撸子处在一起，他接着又问：“对了，刘大当家的呢？”

曹三这才恍然大悟：刚才那惨叫声定然是刘开山发出来的！于是急忙屁滚尿流地跑回洞口，手忙脚乱地拉扯绳索。鲁撸子和林从熙亦反应过来，急忙过来搭手。

洞底下的雾气更加浓厚了，5 米之下的空间一片苍茫，人的视力根本无法穿透过去，看不出刘开山究竟在地底下发生了什么事。让人感到一丝不安的是，原本白色的浓雾，仿佛被掺杂了什么，变得有些发黄、浑浊。

三人一起发力，不多时就将绳索拉起了数十米。一个身影渐渐地从浓雾中凸现了出来。

曹三忽然感到一阵心悸，这种感觉，与他当日里噩梦中被僵尸盯视并吸走阳气的不适感如出一辙。他手底下不觉有了一丝放缓。

林从熙与鲁撸子没有察觉到他的异样，依然七手八脚地拉扯着绳子。

阳光斜斜地掠过他们的头顶，将微薄的光明投入洞中，撩开了浓雾，露出一张狰狞的脸庞。

待看清那张脸后，鲁撸子仿佛目睹到世界上最为恐怖的事情，猛地大叫一声，面如金纸，松开绳索，窜离地下暗洞洞口 1 米之遥，在恍惚了 2 秒钟之后，头也不回地拔腿狂奔而去。

曹三与林从熙亦齐齐心头一颤，手脚发软，但所幸二人经历的事情多了，尚能勉强稳住，扯住绳索没有松手。

然而从浓雾中爬出的人，实在是太触目惊心了：只是在这片刻时间里，刘开山的头发全都掉光了，身上的衣服亦是褴褛不堪，最为严重的是，他全身上下每一寸皮肤上，都是针头般大小的红色斑点，连眼珠子上都是，密密麻麻，就像一个被无数的马蜂蜇过却没有肿胀的人形，看上去恐怖至极！

曹三与林从熙用尽全身的力量，才将惊呼声咽落进肚子中，然而目光却再也不敢停留在眼前人的身上，生怕稍微忍不住就要呕吐出来。

刘开山似乎并未察觉到自己身上所发生的变异，而且那些红色的斑点也并未影响到他的行动能力，只见他手脚并用，很快从洞底爬了出来。他的目光在四周逡巡了一下，落定在百米外狂奔的鲁撸子身上，眼神里先是怔松了一下， 随即恼恨浮现出来，生气地问：“他为什么要逃？”他的声音亦仿佛被某种毒药腐蚀得千疮百孔似的，喑哑而沉闷，就像是一把锯子撕扯着人的耳膜，让人感到从心底涌起一片鸡皮疙瘩似的。

曹三与林从熙全都紧闭着嘴巴，然后拼命地摇了摇头。

刘开山目露凶光，凶狠狠地说：“逆我者死！”一道寒光从他的腕间飞了出去，力道惊人。百米外鲁撸子保持着奔跑的姿势，忽地身形停顿了一下，低下头，难以置信地看着胸口处突然多出的一截亮晶晶的匕首发出的寒光，随即一腔红色的血液喷涌而出。他摇晃了一下，颓然仆地。

林从熙淡然看着鲁撸子摇晃倒地的尸体，眼神中闪过一丝不易察觉的诡谲。他对着刘开山拱手道：“原来一路上多次出刀助大家转危为安的，是刘大当家的。刘大当家的刀法百发百中，着实令人惊叹。只是……”

“只是什么？”刘开山瞪视着他，目露凶光。

林从熙不敢撄其锋芒，移开了眼神，带着不满的语气说：“只是鲁撸子虽然临阵脱逃，但好像也罪不至死吧？”

“你是指责我滥杀无辜吗？”刘开山咆哮道，“你算老几？如果想陪鲁撸子一起上路，老子现在就送你一程。”

林从熙立刻转换了个笑脸，道：“刘大当家的你说笑了，我猴鹰儿哪有胆儿来指责您哪！刘大当家的你无论做什么，都是在清理门户，我一个外人实在不该多言，真是该打，该打……”说完轻轻地扇了两下自己的耳光。

刘开山冷哼一声，算是放过了林从熙，进而转向曹三，喝道：“你可有什么话说？”

曹三垂下眼睑，一脸恭肃道;“鲁撸子借机逃走，罪不可赦，死有余辜，帮主收拾了他也算是整顿帮中风气，小的没有任何异议。”

在刘开山将视线从曹三身上移开时，一股凌厉杀机从曹三的眼中射出，而这缕杀气遇上林从熙窥探的眼神，顿时化作意味深长的对视：在刹那间，两人已经完成了某种结盟！

刘开山重新将目光转向林从熙，恶狠狠地问道：“下面那个铁疙瘩就是你说的宝贝？”

林从熙挤出了一朵笑颜，竖起大拇指道：“刘大当家的果然英勇神武，这么快就找到了那宝贝。我猴鹰儿拍着胸脯向你承诺，要是那宝贝换不了万个大洋的话，不劳大当家的动手，我自行剜出这一对亮招子（眼睛）。”

刘开山对林从熙的答复很满意，然后满腹狐疑地说：“好，记得你今日里说过的话。不过话说下面也忒过古怪，雾气浓重不说，竟然还是黄色的，看着有几分像瘴气。我说猴鹰儿，你待在下面感觉到什么异样没？”

林从熙轻咳了一声，支支吾吾地说：“呃，那个……”

刘开山怒道：“你支支吾吾做什么？”他的目光无意中落到自己的手背上，顿时发出一声凄厉的喊叫：“这是什么？”

在洞中刘开山除了感到雾气浓重，寒意砭肤外，并未意识到太多的危险。主要是他亲眼看见林从熙从洞中爬出，因此断定进出裂洞是安全的，以至于被毒气所侵蚀也浑然不觉，直至他看到自己皮肤上星星点点、针尖般大小的红斑，才惊觉出了意外，顿时急怒交加，一把匕首从他的袖中飞出，抵在林从熙的咽喉上，将其刺出了一点血珠，怒声问道：“你想害我？”

林从熙紧张地用手托住刘开山的匕首，赶忙解释：“刘大当家的，你可千万别冲动。我猴鹰儿就是吃了熊心豹子胆，也不敢陷害你刘大当家的啊！先前我从这裂洞里爬出，刘大当家的你也是亲眼看见的，我就算是诸葛亮再世也无法提前预知刘大当家的你会下洞，并事先做好埋伏。这……这可真是冤枉我了。对对对，刘大当家的你说中的毒是黄色的烟雾，对不？”

“你小子有解药？”刘开山的匕首又往前送进半分，“还不快交出来？！”

林从熙堆着笑，用手将匕首轻轻地移开自己的咽喉，声音颤抖着说：“确实，确实我在洞里也遭遇过黄烟侵害，但天地良心，那是在洞底下，绝对不是在藏宝贝的地方。然后我找到了一点结晶，好像对黄烟有点效果。刘大当家的你且把匕首移开下，你这么抵着我的喉咙我不好拿哪！”

刘开山移开了匕首，威胁说：“你小子要是敢骗我，我生撕了你。”

林从熙无奈地从口袋里掏出当日里唐翼采集回来的白色结晶——当时他们每人都分到了一把用于解除黄烟的毒性，为避免他日再度与黄烟相遇，唐翼采集了超量的白色结晶分给大家，备用。

刘开山没有将白色结晶直接吞下，而是勒令林从熙道：“你先吃给我看！”

林从熙用手指撮起几粒白色结晶，放入嘴中，含了口口水，吞咽了下去，不停说软话：“刘大当家的你就放心吧，就算你借我十个胆子，我都不敢在关公面前耍大刀，这不仅是自取其辱，更是找死的节奏。”

“你知道就好。”刘开山见林从熙吃了白色结晶还安然无恙，暂时去掉了心头的疑虑，抓过白色结晶，一把吞服下：“混蛋，这味道这么难吃，跟吃狗屎一般。”

虽然难吃，但白色结晶确实对黄烟有奇效，不多时，刘开山身上的红色斑点便褪去了大半，但仍有少部分如同附骨之疽，挥之不去。他皱着眉头问林从熙：“为什么你就完全好了，而我却不行？你是不是对我有什么隐瞒？”

林从熙诅天咒地发誓自己绝无欺瞒之心，临了道：“会不会是药量太少的缘故？”

“既然你知道了，还不快再给我取些出来？”刘开山怒视着他道。

“我真就只剩下这么一点了。”林从熙将衣兜全都翻过来，哭丧着脸道：“刘大当家的，你一定要相信我对你的忠诚。”

“没有了？那你是在哪里找到的，哪怕上刀山下火海都再给我寻回来些！”

这一刻，林从熙连死了的心都有了，真后悔自己不该把解药给刘开山，那样自己就算死了也有个垫背的，如今自己纯粹成了刘开山利爪控制下的老鼠，生死全在他的手中。不过他不愧是老江湖，眼珠子一转，心底有了说辞：“刘大当家的，这解药真不是我自己找来的，而是那只白色狐狸带我发现的。就是我们上次在洞底见到的那只白色狐狸。我都怀疑它已经成精了，竟然可以找到这里来。”说话间，他的目光流流转，忽然惊叫起来：“瞧，白色狐狸，它在那儿！”

在距离他们约莫500米的地方，一个白色的身影正如闪电般地掠过丛林，一条蓬松的大尾巴，将其狐狸的身份暴露无遗。

刘开山瞬间暴起，大步流星地朝着白狐的方向追去，似乎认定在白狐的身上真的藏有解药一般。

这边，曹三与林从熙对视了一眼。曹三开口道：“我可以相信你吗？”

林从熙苦笑道：“除了我，你还有其他可以信任的人吗？刚才的情形你也看到了，刘大当家的对付我们，就像是猫捉耗子一般。心情好了放你跑动两步，心情不好了就一口咬断我们的咽喉。不管怎样，他迟早都要将我们吃掉。为避免这种命运，我们只能联合起来对付他了。”

曹三皮笑肉不笑道：“我跟刘大当家的是一伙的，他没有理由杀我。而且只要我将你刚才的那番话转述给他，那么他定然会砍下你的脑袋，对我只会更加的信任。”

“你的想法真是太天真了。”林从熙道：“你听过狡兔死，走狗烹；飞鸟尽，良弓藏吗？你以为我死了，你就可以活下去了吗？你看看刚才你的同伴，只是因为被他的容貌惊吓到，撒腿跑开，就直接被他杀了。而他为什么杀人？还不是因为起了疑心。如果他认定我存心欺瞒他，那么他下一个自然会怀疑到你。像他这种人，除了他自己外，谁也不信。你可知道明朝朱元璋吗？他当了皇帝后，至少杀了10万人，所有跟他打江山的功臣，包括丞相李善长、大将徐达和蓝玉等，几乎全都被他杀了个精光。你以为这些大臣真的都怀有谋反之心吗？错了。他们的死全都因为朱元璋的多疑。一个人疑心重，哪怕你将心掏出来放在他面前，他都不会相信，而要剖开查看一二。所以呢，我就是你的安全垫，有我在，你就安全着；我若死了，那么你也就离死不远了。”

曹三的脸色阴晴不定，显然在他的心底，早就对刘开山起了异心。刘开山在神农架里的行为，与他熟识的那个大当家的相去甚远；而刘开山二话不说就杀死了追随他近十年的心腹鲁撸子，这着实让他有些心寒乃至战栗。先前林从熙“质疑”刘开山杀死鲁撸子的话，恰是他的心声，只是他慑于刘开山的淫威，不敢开口相问。也正是因为林从熙的一句话，无形中拉近了他与曹三的心理距离。他已经暗暗认定林从熙为自己这一边的人，只是基于不安的心理，他仍然要对林从熙出言试探。

不可否认的是，林从熙的话打动了他。诚然，有林从熙在，曹三与刘开山之间就多了一个缓冲，刘开山如有任何情绪或者怀疑，首先会指向林从熙。倘若没有了林从熙，那么曹三与刘开山之间将陷入直接的交锋。刘开山当初从一个码头水手跃居铁胆帮帮主，靠的就是一身武艺外加心狠手辣、工于心计。曹三对刘开山素来是带有几分畏惧之心的，更何况如今刘开山身上添了分鬼气，这使得曹三更是敬畏有加。但他不敢逃——即便他可以躲得过鲁撸子的命运，逃出神农架，他的家人也将全部遭殃。因为在出发前往神农架之前，刘开山就已将他们几个陪同出征的手下的家人“请”到了帮中居住，美其名曰是由帮里负责照顾他们的饮食起居，以免去出征者的后顾之忧，但实则就是做了人质。一旦刘开山被出征者出卖，那么将由帮里的二当家的崔炼执行私刑，将一干家属斩杀用于抵罪。所以曹三要救家人和自己的性命，只有一个选择：做掉刘开山，再找一个合理的理由搪塞二当家崔炼！

曹三长长出了一口气，朝林从熙伸出了手，友好地说：“好，就如你所言，你我结盟，同进退、共祸福，一起走出这神农架。”

林从熙握住曹三的手，道：“走出这神农架并非难事，我们要做的是，如何满载而归。”

曹三的眼前一亮，“你是说，这神农架里真有宝藏？”

“有！”林从熙斩钉截铁地道，“不瞒你说，我所爬出的那裂洞底下，就是一个废弃的黄金采矿场。而且据说……据相当可靠的消息，曾经有一艘满载着黄金的日本船从这神农架里驶出，结果沉没在鄱阳湖中。这四五年间，有多波人进入鄱阳湖底，希望找到那艘船，可是全都空手而归了，甚至还有不少人葬身于湖底。我相信，日本人搬走的黄金仅是神农架宝藏中的冰山一角，更多的宝藏还静静地躺在山间等待着我们去发现。”

曹三干咽了口口水，半信半疑地说：“如果真能找到黄金的话，我们就发达了。不过真的有那么多黄金吗？如果真有的话，为什么从没人找到呢？”

“黄金肯定是埋藏在非常隐秘的地方，而且机关重重，即便有外人闯入，也难有命离开，除非能够同时找到寻宝图和秘笈。既然大家联盟了，我就不妨告诉你，寻宝图就是贵帮从我手中买去的那幅《神农奇秀图》，秘笈则是落入沈亦玄的手中。唉，可惜沈亦玄被日本人杀了，那幅《神农奇秀图》也不知道现在究竟去了哪里。”

曹三眼中的光芒更炽，赶忙问：“你见过寻宝图？那你应该知道怎么找到宝藏吧？”

林从熙见曹三已经被他半真半假的信息引诱得上钩了，心中不由得暗喜，但表面上仍然不动声色，漫不经心地说：“我说过了，寻宝图要与秘笈搭配在一起，才能发挥作用。否则的话你们大当家的拿到了《神农奇秀图》，早就按图索骥，将那些宝藏取走了，何必搞到现在这般狼狈与被动？”

曹三也觉得有理，不觉泄气了，有气无力地说：“说来说去，还是一场空。”

“谁说是一场空，这地底下不还有个宝贝吗？”林从熙激动地道，“我在地底下，没有灯火，看不清它的模样与质地，可是我怀疑它说不定就是纯金打造而成的。”

曹三的声音里多了一丝颤抖，兴奋地说：“纯金打造？你确定？那我们还愣着干吗，赶紧早点把它捞起来啊！”

林从熙朝刘开山的方向努了努嘴。刘开山虽然动作迅捷，但在山地间又怎么可能比得上灵狐呢？就连他百发百中的飞刀，也都被白狐轻易地避开了。被激怒的白狐朝着他龇牙咧嘴后，很快就消失在灌木丛中了。刘开山无奈之下，只得恹恹地往回走。

看见刘开山阴沉着脸，林从熙与曹三都识趣地闭上了嘴。

刘开山虽然追逐白狐无果，可是对于林从熙的疑虑却打消了，相信去除自己身上毒素的解药就在洞底，只是从眼下的情形来看，重新进入洞内是不可能的了，因为有毒气阻挡。而且洞下的温度极低，除了自己以外，曹三与林从熙恐怕根本下降不了多少米就要被冻僵，所以驱使林从熙进到洞底也是徒劳，因此他在脑海中不停地盘算着下一步该如何做，很快他便有了主意，旋即命令道定：“你们两个过来，一起搭把手，把底下的宝贝拉上来。”

先前刘开山下到洞中，成功地将绳索捆绑在了“大风车”的轴承上。三人齐心合力拉动绳索，登时“大风车”从林从熙绑定的石笋上跌落下来，头下脚上。强烈的气流吹动了“大风车”的扇叶，形成了一股向上的推力。林从熙三人没有费太大的力气，就顺利地将它拖拽了上来。

见到“大风车”的真实模样，曹三顿时泄了气，失望地说：“这，这……这根本就不是黄金打造的啊！”

“这虽说不是黄金，但胜似黄金哪！”林从熙语重心长地教育道，“这可不是近代的产物，而是数千年前的古人留下来的。可是你们看上面，一点锈迹都没有，还有，你看它的转动多顺畅，好像里面一点阻力都没有。最为重要的是，它可以用来发电，而且靠的不是水力，也不是火力，更不是风力，而是磁力。什么是磁力？这么说吧，这座山体里含有大量的铁矿石，这些铁矿石有磁性。这个宝贝能够把铁矿石里的磁性‘偷’过来，转换成电力。神奇吧？你们想想人类要是能够破解掉这个玩意儿里面的奥妙，那么发电就变得多么简单，成本有多低了啊？所以说，这个东西用价值连城来形容都不为过。”

曹三被林从熙说得一下子又心动了起来，疑惑地问：“这玩意儿真的是古人发明的？古人怎么能让它几千年过去一点都不生锈呢？”

林从熙眨着眼睛道：“这就要叹服古人的智慧了。中国传说中的名剑干将莫邪，鱼肠湛卢，除了异常锋利外，更是超越了寻常的铁剑，不会生锈。据说是因为添加了天上掉落下来的陨铁成分。上次王教授说他们挖掘到秦朝的刀剑，2 000 多年过去了都还完好无损，锋芒逼人。总之，古人比我们想象中的厉害多了。这种技术甚至并非中国古人所独有，比如在印度德里城附近的麦哈洛里，就矗立着一根公元 5 世纪铸造的巨大铁柱。传说中铁柱是为纪念旃陀罗王而铸造的，高 6.7 米，直径约 1.37 米，用熟铁铸成。让人惊异的是，铁柱在露天中耸立了 1400 余年，经历了无数次的风吹雨打，至今仍没有一点生锈的痕迹！而寻常的铸铁，不用说千年，几十年就锈蚀殆尽了。所以我们手中的这宝贝，单就千百年间不会生锈这一点，就具备了超高的收藏与研究价值。”

刘开山用手拨弄着“大风车”，久久未曾开口。林从熙与曹三见状，便也噤口不语。

“你确认它真的可以发电？”刘开山问。

林从熙急忙一手指天，一手指心，道：“我猴鹰儿对天发誓，对这个宝贝我如有半句谎言，就叫天打雷劈！”

“这个东西材质如此坚硬，你怎么将它拆下的呢？”刘开山目光炯炯。

林从熙眨巴了下眼睛，道：“我说过，日本人追了进来，然后朝发电室丢了一枚手雷。也不知道为什么，那个手雷的威力大得惊人，把整个发电室都摧毁了，这个便是被炸出来飞到外边然后被我捡起来的。”

刘开山点了点头，道：“那个爆炸声我也听到了。那你说日本人是怎么追踪你们进入洞穴里的呢？”

林从熙脱口而出，道：“顺着水路！”说完他立刻就后悔了，生怕刘开山押着他重新走一遍那条死亡之路，“不过，那个入口被日本人破坏了，所以我们才不得不往更深的地底下走。”

刘开山用手指着远处山脚的一道洪流，问：“那条水路？”

林从熙无奈地点了点头。

刘开山环顾了下四周的环境，喃喃道：“整座山脉，一侧是水路，一侧是悬崖。山体为空，中间流水。如果真有人以此作为据点，该如何经营呢？”说着，他陷入了沉思之中。

林从熙和曹三不敢打扰，默默地陪着他静坐。几天未曾好好睡过一觉的林从熙晒着太阳，感觉眼皮越来越沉重，不知不觉间又进入了梦乡。

他是被一阵枪声所惊醒的。他一骨碌爬起来，但随即反应过来，急忙趴伏在地上，略微抬头朝四处观察。

在距离他约莫 20 米的地方，刘开山躲在一块石头后面，不时地朝着外面放枪。与他正面为敌的，不是别人，正是曹三。曹三借着树木一边灵巧地躲闪着，一边大喝道：“你根本就不是刘大当家的！你究竟是谁？

为什么假扮作我们大当家的？是不是你杀了我们大当家的？”

刘开山脸黑得几乎可以把所有的日光全都吸进去。他悄悄地收起了枪，指尖捻住了一把小刀。

林从熙见识过刘开山出神入化的飞刀技术，深知他的刀法甚至比枪法更准，眼见他祭起飞刀，不觉心中有点焦急。他与曹三之前在武汉做古董交易时打过几个照面，虽然没有深交，但感觉那是条汉子。先前二人的联盟之言，从某种意义上讲是权宜之策，但在内心深处，林从熙还是亲近曹三甚于刘开山的。

平心而论，在先前相处的过程中，刘开山对林从熙是颇为照顾的，甚至几次为他打掩护，但是林从熙对他始终亲近不起来。在林从熙的眼中，刘开山喜怒无常、脾气暴躁，而且举止鲁莽，不知进退，有着浓厚的绿林气息，缺少大帮帮主的风范。相比之下，曹三反倒显得更有气度。

受内心的好恶驱使，就在刘开山提起匕首之际，林从熙忍不住出言示警：“小心他的飞刀！”

一道寒光从刘开山的手边飞射出去，以电闪雷鸣之势，刺中了曹三的左臂——如果不是听到林从熙的声音，他及时躲避，恐怕被刺中的就是心脏了。

曹三忍痛折身，对着刘开山的藏身方向“啪啪啪”就是三枪。

刘开山手中的飞刀射向了曹三，而他眼中的寒光则指向了林从熙。林从熙只觉得心头仿佛被毒蛇咬了一口，骤然收紧——毫无疑问，刘开山对他已经动了杀心！

三十六计，走为上策。林从熙不顾一切地从栖身的草丛里爬了出来，箭一般地朝着与刘开山相反的方向奔跑。谁知他没跑上十几二十米，突然被脚下的一个东西绊了一下，顿时跌了个狗吃屎。

林从熙就地一个滚地趟，看清眼前的乃是先前他们捞起的“大风车”，心头一动，伸手抓起它，奋力朝着悬崖边缘跑去。

刘开山冷笑了一声，“你以为你逃得过去吗？”

另外那一边，曹三手中的子弹已经打光了，手臂又挂了彩，只能落荒而逃。

林从熙手中提着七八十斤的“大风车”，虽然性命攸关，他迸发出吃奶的力气，但又如何跑得过刘开山的飞刀？

眼前的刘开山，仿若一名杀人狂魔，面对自己的手下兄弟都可以痛下杀手，对于林从熙岂会手下留情？

林从熙惊出一身冷汗，唯有拼上老命，仓皇奔逃。

目睹曹三消失在莽莽丛林之中，刘开山深知穷寇勿追，于是将杀机转移到林从熙身上。他几个兔起鹘落，与林从熙的距离拉近了十余米。

林从熙暗暗叫苦。在这荒山僻岭，叫天天不应叫地地不灵，有谁能将他从虎口中拯救出来呢？就在他自叹命运不济时，忽然一个熟悉的声音传了过来：“嘻嘻，你们俩是在玩老鹰捉小鸡的游戏吗？”

林从熙顿时眼前一亮：“卜开乔！”

从前方一棵三人合围的参天大树后面转出一人，胖如弥勒佛的身材，婴儿肥的巨脸上挂着一丝盈盈的笑意，不是卜开乔还有谁？

林从熙万万没想到竟然会在这里碰到卜开乔，顿时如同溺水者抓住了一根救命稻草般的大喊起来：“小卜，小卜，快救我！”

卜开乔依然保持着笑嘻嘻的表情：“噢噢，你是小鸡，被老鹰追得厉害，对吧？那好吧，我一起加入游戏，来当你的母鸡，刘大当家的你说可好？”

刘开山的眼中闪过一丝凶狠之色，但对于貌似无害的卜开乔，他却颇有几分忌惮，告诫道：“你怎么也会在这里？我和他属于个人恩怨，你最好少插手。”

卜开乔伸了个懒腰，道：“我本来抓了一只鹿，在这山上吃得可开心啦！结果你们‘噼里啪啦’地放了一通枪，这样子所有的兽类都会被吓走的。我只好过来看一看。没想到你们竟然在玩这么好玩的游戏。不行，我也要加入。”

刘开山的手腕微曲，冷冷地说道：“你娘没有告诉你说，要想长命百岁，最好少管闲事吗？”

“非也，非也。”卜开乔摆着手道，“这是游戏，是乐事，不是闲事。”

“既然你认定了要蹚这摊浑水，那么我就卖你个面子，今天饶了那小子一条狗命。”说完，刘开山朝着林从熙逐渐远去的身影狠狠地“呸”了一声，然后转身。然而就在他转身的一刹那，一道寒光从他的袖中飞出，径自朝着卜开乔肥胖的身躯射去。

得到卜开乔的帮忙，林从熙急忙趁机继续前奔，肩上依然扛着“大风车”不放。他深知，在这片山头，无论他怎么逃，都躲不过刘开山的魔爪，只有借助“大风车”的独特构造，像一个降落伞一般的带着他降落到山底，他才能真正获得安全。因此尽管扛着“大风车”跑得整个嗓子都快冒烟了，他也依然咬牙不肯放弃。短短的上百米距离，他奔跑了近 3 分钟，在几乎要累折之际，终于来到了悬崖边。没有任何犹豫，林从熙紧紧地抓住“大风车”，纵身跃下悬崖。他跳得如此果决，以至于忘了回头看一眼卜开乔，更来不及对他的救命之恩道一声“谢谢”。

山头上，只有刘开山孤独的身影伫立着。天高淡，四野空旷，阳光热烈，山风呼啸。从进入神农架起，他一直游离于两支团队之间，心中认为自己才是神农架的隐形之王。可是如今，众叛亲离，大势已去，他忽地感受到了一种无边的苍凉感。他曾经体会过这种苍凉感——那是一个沙漠中的昏黄，他独自站在漫天黄沙之中，看见死去千年的胡杨树上倚着一具不知死去几多年的白骨时，人类的渺小感油然而生。多少年过去了，他原本以为凭着自己的苦心经营，应该可以睥睨天下，气吞万里，可是如今却在这片山头上再度感受到一种无能为力的虚弱感。“难道注定这是一场失败？”他的心头收缩了下，但这种灰心丧气随即就被一股凶戾之气所赶走了，他挥舞着手中的小刀，“谁若胆敢阻挡我，就算是天王老子，也得死！”

不过林从熙纵身跃下的一幕，却让刘开山心头震颤了一下——他震颤的并非林从熙"想不开"，而是后悔：林从熙定然是洞悉了"大风车"中所隐藏的秘密，才会如此不顾一切地带着它一起跳下悬崖。他恼恨的是，自己竟然眼睁睁地看着林从熙带着宝贝从自己的眼皮底下溜走了："你娘的死胖子，下次再让我遇见你，非剥了你的皮不可！"

坠落在鹰嘴岩上的林从熙并未意识到，今日里救了自己的，除了卜开乔外，还有曹三。因为在地底下长时间的缺觉、少觉，被鹿腿填饱肚子的林从熙枕着阳光的温暖、青草的清香，陷入的那场昏天暗地的睡眠，并足足延续了有近 20 个小时。

起初，刘开山把弄、研究着"大风车"，对林从熙的熟睡不理不问，但直到最后他发现"大风车"除了金属材质特别坚硬、风叶特别顺滑外，并没有其他特别的地方，不觉有些泄气。眼看着身上原本有些消退的红色斑点又渐渐地聚拢起来，知道毒气正在自己的体内穿行，如果没有及时找到解药的话，随时会全身溃烂而亡，他的心头忍不住焦躁起来。这时他所驯养的那只秃鹫出现在空中，围绕着自己的头顶盘旋不已——它定是从自己身上嗅到了死亡的、腐肉的气息。刘开山杀机乍现，转身对曹三道："你去杀了他！"

曹三的眉毛跳动了下，抬头望着刘开山，惊讶地问："为什么？"

刘开山冷酷地道："没有为什么。你如果不杀了他，我就杀了你！"

曹三的脸色就像一粒朱砂落入水中，渐渐地洇开，变得绯红，辩解道："刘大当家的，我记得出发之前你叮嘱过我们，所有人都可以动，就是不要去动林掌柜的。我个人是拥护你的这个说法的，因为林掌柜说白了，是跟我们穿着一条裤子。假如我们真的有幸取到宝藏，到时还需要林掌柜替我们联系买主呢！"

刘开山眼皮都不抬一下，命令道："杀了他！"

曹三的嘴角抽搐了一下，道："刘大当家的，这好像不是你的风格。你以前可是教导我们，对于有用的人，即便他一时冲撞了我们，也该留他一条命；若是无用的人，即便他嘴如蜜糖，也不必手软。你可否再三思一下？”

“杀了他！”刘开山又重复了一遍，他的神色越来越凌厉，口气也越来越强硬。依眼下的形势，倘若曹三再出言抗拒命令，他将直接出手——那时死的，不仅有林从熙，还有曹三。

然而这也恰是曹三所顾忌的。林从熙说得不错，他俩现在就是拴在一根绳上的蚂蚱，唇亡齿寒、兔死狐悲。林从熙若死了，那么曹三将成为下一个死亡对象。

经过一番激烈挣扎，曹三终于下定决心：“好吧，我现在就送他走。”说完，提着一把枪朝着林从熙方向走去。

走出了五步后，曹三忽地转身，手中的枪口对着刘开山，然而在一瞬间，他迟疑了一下，也正是这一丝的迟疑，给了刘开山机会躲开子弹。

“砰”的一声响，子弹拖曳着浓烈的火硝味冲向刘开山，却扑了个空。

子弹没能够杀死刘开山，却将林从熙从睡梦中唤起，并狂乱逃生。而曹三付出的代价则是与刘开山彻底决裂，以及手臂上的一处伤口。

当林从熙躺在鹰嘴岩上方的迎客松上时，他感觉整个人仍然处于一种飞翔的状态，尤其是他的心，随时都可以挤开肋骨，从缝隙间飞出。他再一次死里逃生了。不同的是，之前他的遇险，多半是遭遇自然的危机，不似这次，竟然被曾经的战友追杀。人心叵测，实在让人心悸。

对于巴库勒他们来说，林从熙的出现不仅是个奇迹，更意味着活下去的生机——在距离林从熙所在鹰嘴岩大概 2 米的地方，就有一道清泉从石壁上渗出。有水，人可以坚持活下去的时间就大大延长了——科学家认为，有食物没有水，人最多只能活 3 天；有水没有食物，人却可以活 14 天。当然了，最为悲惨的莫过于没有空气，那样的话人最多只能活 8 分钟。

“水，水！”巴库勒将手聚拢起，对着林从熙大喊。

林从熙心领神会，从松树上爬起，查看了下四周的情形，然后手脚并用，小心翼翼地顺着迎客松的枝干往水源处爬去，以手抱起一抔清泉咽下，顿时感觉全身通体舒透。

远远地观望着他的一举一动的巴库勒等人，不自觉地咽了口唾液，急忙求援说：“林掌柜的，想办法送些水过来！”

林从熙喝够了，抬起头看着巴库勒，从他们的眼神中读到了焦灼的渴望，关切地问道：“巴长官、染尘姑娘、王教授，你们所有的人都还好吗？冷长官呢？我这边没有东西可以装水，怎么办？”

在他的身边，除了那一具“大风车”以及身上的衣物外，别无他物。“大风车”虽然可以借助风力，像直升机一般带动着他在空中滑行，但那也只是减缓下坠的速度，决计不可能在空中笔直地飞行——那样的话需要有外部的力量介入进来才行。

两端的人都陷入了困境。再没有什么比看到希望，但却无法触摸到它更让人绝望的了。

最后还是巴库勒想了个办法：他找出一个铝制空水壶，拽着它的背带，抡圆了胳膊在空中甩动了几圈，右手猛地使劲一甩。水壶顿时就像一枚被扔出去的手榴弹一般，在空中划过一道完美的弧线，最终“啪”的一声砸落在迎客松上，将它的枝丫砸断了数根。

林从熙吓了一跳，但随即喜出望外，爬过去捡起水壶，将其灌满了水，但随即傻眼了：他可没有巴库勒那般的牛劲与准头，怎么将灌满水的水壶准确地丢回巴库勒身边呢？

巴库勒他们也意识到了这个问题，顿时满腔的希望全都化为了泡影。

就在众人沮丧之际，忽然头顶上传来“轰隆”作响的声音，紧接着一块数百斤重的大石头挟着雷霆之势从头顶上滚落下来，从十余米外掠过，滚落进悬崖深处。不多时又有一块石头滚落下来。

在悬崖上方，满面赤红的刘开山就像受到惩罚的古希腊之神弗弗西斯一般，费力地用一根树干制成的撬棍撬动着一块石头，将其“赶向”悬崖边，任其如同绝望自杀的羚羊一般从悬崖边缘滚落下去。每一块石头的掉落，他都要狠狠地加上一句诅咒：“一起下地狱吧！”

如此持续了两个多小时后，筋疲力尽的刘开山终于停止住情绪的发泄。他探身朝悬崖深处查看了一下，吐了口唾沫，再将手中的撬棍砸落下去，“去你娘的宝藏！都去死吧，一群王八犊子！”随后摇摇晃晃的他慢慢地消失在莽莽丛林之中。

四

林从熙一直蜷缩在鹰嘴岩的角落里，借助迎客松获得庇护。刘开山滚下来的石头中有一块曾砸中了迎客松，所幸悬崖呈倒V字形，上宽下窄，因此石头只是砸在迎客松的侧边树枝上，砸落了一片松针，未损其根本，也没有伤到角落里的林从熙。

但这也提醒了林从熙：如果他不想办法离开鹰嘴岩，那么哪怕一块石头，都有可能带来致命的伤害。等一会儿夜色降临，如果岩壁上爬出一条毒蛇、一条蜈蚣，他都将无处躲藏。而凭借着“大风车”，他还是有相当的把握可以从高处安然降落到悬崖之底，但巴库勒先前明确告知：无论如何他都要坚持到第二天天明，守得第一缕阳光，看看会出现什么奇迹！与此同时，林从熙背负的使命便是：将水顺利地递给饥渴交迫的巴库勒一干人。

黑暗与寒冷包围了整座山峰。怀着无限惆怅的心情，林从熙和衣睡去。一大早，东方尚未破晓，只有薄雾如纱，山岚氤氲，晨鸟鸣啾，草木沾露，林从熙忽然心头一阵警觉，睁开双眼，只见影影绰绰间，有一个身影飘荡在山谷之间，像一只虫子啮咬树叶一般，将整片轻雾冲撞开了一个小洞。

林从熙将身体竭力地收缩进鹰嘴岩的深处，瞪大着眼睛，一眨不眨地看着黑影。黑影却是如蜘蛛一般，垂着根绳索，从峰顶上慢慢地下降。晨曦渐亮，黑影的身影迫近。薄雾难以遮隐住他那肥大的身影。“卜开乔！”林从熙惊喜地大呼起来。

来者竟然是看起来又胖又蠢的卜开乔！如果不是亲眼所见，林从熙真的难以想象弱智般的卜开乔竟有这般灵巧的身手以及卓越的胆识，在天光未晓的时间，拖着肥胖的身躯徒手爬下一百多米的悬崖。

听到林从熙的声音，卜开乔先是一震，但随即似乎就释然了。很快，绳子的角度倾斜了过来，慢慢地朝着林从熙的方向靠拢。约莫半炷香的工夫，卜开乔肥大的身躯抵达了鹰嘴岩处。只见他整个人如同刚从水里捞出来的一般，浑身湿透，额头、肥肉褶子里全都是晶莹的汗珠。他一屁股坐在迎客松上，整棵松树发出“嘎嘎”的声音，仿佛不堪重负，随时都可能断裂开来。卜开乔“呼哧呼哧”地喘着粗气，上气不接下气地说：“你，你……你们玩捉迷藏，玩得太过分了吧，都藏到这里来了。”

林从熙看着卜开乔满脸的“天真无邪”，心头一阵柔软，一句“你别再演戏了”的说辞再也说不出来了：“不过你也厉害哦，我藏到这里来了都能被你找到。好了，欢迎你归队。”

“归队？”卜开乔嘟起了嘴，不屑地说：“就你一个人也好意思叫队伍？”

“喏。”林从熙用手指着巴库勒他们所在的山洞，努努嘴说：“大队伍在那里呢！”

“哪里哪里？”卜开乔激动起来，用手搭着额角，朝外张望，“你骗人吧，没看到有人哪！”

林从熙柔声道：“不骗你的，他们大概还在睡觉，没起来。”

“那你为什么不跟他们在一起呢？”

“我也想哪，可是我又没有翅膀，飞不过去。”林从熙忽地心头一动，转身看着卜开乔带来的绳索，怔住了，问：“这不是刘大当家的吗？怎么被你偷了过来？”

“我才不会偷呢！”卜开乔驳斥道，“我是捡的，在地上捡的。”

刘开山他们所携带的绳索，不知道是用什么材质制成的，只有小拇指粗细，但却极其坚韧。即便是承载卜开乔这样的大胖子，也丝毫不变形。

当日里刘开山垂下绳索进入裂洞中，拽出“大风车”。其后他研究“大风车”时，就随手将绳索丢弃在一旁。昨日里突遇变故，他一时忘了取走。

林从熙陡然想起一事，有些迷惑地问：“对了，刘大当家的昨天没对你下毒手吧？”

“还说呢！那个刘开山真的一点意思都没有，不让我玩游戏也就算了，竟然还拿出刀来吓唬我。既然他这样，那我不跟他玩就是了。”

卜开乔轻描淡写的一句话，就将当日里的凶险情形简略带过了——昨日里，面对阻拦自己追杀林从熙的卜开乔，刘开山杀机顿起，于是趁卜开乔一个分神之际，祭起袖中飞刀向他发起偷袭。卜开乔惊呼：“哎呀呀，动刀子，吓死我了！”一个抱头蹲身，飞刀擦着他的头发掠了过去。“没意思，我不跟你玩了。”卜开乔站起身就往密林深处跑去。而在不远处，林从熙已经逃出刘开山的飞刀笼罩范围，进入安全区域了。

刘开山一击未中，已知卜开乔的深浅，不敢追逐，只能含恨看着卜开乔与林从熙双双脱离自己的掌控范围，恶声说道：“来日里再相逢，定然叫你们命丧我手！”

山洞里，巴库勒的身影出现了。他陡然看见卜开乔，身躯一震，眼中闪现出难以置信的神色。

卜开乔亦是心潮澎湃，伸手朝巴库勒打招呼，大喊：“巴掌，你好啊！”

花染尘等人全都被卜开乔的声音吸引了出来，大家心中欣喜不已，原本黯淡的生命焕发出新的生机。

卜开乔亦注意到他们一个个形容枯槁，身形摇摇欲坠，转头问林从熙：“他们怎么了？”

但明白了巴库勒他们的处境后，卜开乔不觉焦躁起来，着急地说：“不行，我们得想个办法，先给他们送点水过去。”

林从熙无奈地道：“我也想，可是除非我们变成雷震子，腋生双翼，要不这百多米的距离怎么跨越？”

卜开乔的眼神骨碌了下，胸有成竹地说：“我有个办法。”说完，拉住头顶上的绳索，双手用力往上一抖。绳索顿时如被飓风吹动一般，绽开一个强烈的弧度，朝着峰顶汹涌而去。紧接着，原本绷紧的绳子忽地委顿下来，从半空中径直地掉落下来。在绳子的末端，绑着一个如鹿角般的树杈——卜开乔用它做成一个绊钩，钩在一棵大树的树干上。

林从熙看到绳索，眼前先是一亮，但随即苦笑道："你想将水壶抛到对面去？这个太难了吧？"

巴库勒他们的悬崖洞口距离林从熙他们的鹰嘴岩约有百米，巴库勒可以将空水壶掷将过来：一来是因为巴库勒在草原长大，天生神力，加上长期套马、驯马，练就了过人的臂力和超凡的准头；二来也是水壶为空，重量不足装满水的 $^1/3$，而且他只需要将水壶掷到松树上，目标较大。卜开乔如果要将装满水的水壶掷回到巴库勒他们的洞穴内，那么无论对力量还是准劲儿的要求都远甚于巴库勒先前的丢水壶，甚至可以说是如登天之难。

"行不行，试一试不就知道了？"卜开乔跃跃欲试，将水壶与绳子捆绑在一起，然后如缠绕毛线一般地将绳子套在林从熙的双臂上，自己抓住水壶，屏息运气，陡然一声大喝，使出全身力气将水壶往远处抛去。林从熙手臂上的绳索飞快地减少着，无奈在尚有七八圈时，水壶的力量已成强弩之末，无力地垂落下来。

林从熙估算了下，水壶距离巴库勒他们的距离还有 15 ~ 20 米。就算卜开乔下一次发挥得更好，但要想突破这个距离也几乎是不可能的。

所有的人都泄了气。

这时，王微奕凝聚起全身残余的力量，大喊道："别理我们。太阳快出来了，你们快站起来看看，究竟能看到什么！'日穿针，沿金行'的密匙就在你们那里，别误事！"

"日穿针，沿金行"六个字如同一道天雷在林从熙等和卜开乔的头顶上炸过，他们不由自主地站立起来，心脏在刹那间猛烈地跳动起来。

身为寻宝队员，他们自然明白"日穿针，沿金行"这六个字的含义，以及其难以言喻的重要意义。在先前的寻宝过程中，王微奕不止一次与大家探讨这六个字究竟适用于何种情境，却总也找不到答案。如今他们被告知，孜孜以求的秘笈答案就在此处，怎能不令人心潮澎湃?

王微奕继续点拨道："看到那边山峰上的两块石头了吗?待会儿第一缕阳光就会从两块石头中间穿过来，投射到你们所处之地，也就是前半句'日穿针'；你们务必找到后半句'沿金行'的要义所在。切记!切记!"

林从熙和卜开乔频频点头，嗓子干涩得发不出一点声音。他们如同守候在产房外等待婴儿脆啼的父亲一般，焦灼而又虔诚地等待着第一缕阳光的到来。

太阳就像身陷沼泽之中的大象，每一次抬腿都无比费力，也牵动着旁观者的心。林从熙真恨不得自己是天边的壮士，可以像拔萝卜一般地将太阳从云海中拔起来，让它的光芒痛痛快快地倾泻出来。

他们无法左右太阳的升起速度，然而任何力量却无法阻止太阳的升起。终于，就像一枚红心鸭蛋的太阳从云海之中跳出来。阳光向四面八方喷薄而出。有一缕准确地穿过林从熙他们对面山峰的两片岩石，直接照射在林从熙的脸上。

林从熙一阵眩晕。他感觉眼前好像盛放着无数的烟花，璀璨得几乎要将双眸点亮。他咽下了一口唾沫，以手遮在额头上，让目光逆着阳光，朝着远方望去。只一眼，他的心就几乎快要跳了出来：一条逶迤而行的金龙出现在了他的眼前!

山脉之间，长年累月都有雾岚流动。白色的雾岚就像仙女的衣袂般，缠绕在群峰之间。在林从熙他们先前的眼中，这些雾岚除了遮迷人的视线、为山脉增添一点仙气外，与其他名山的雾气并无二致。可是如今经过阳光点金术一般的点化之后，完全变了副模样——那些袅袅绕绕的雾气，披沥上了一层阳光之后，变得金光闪闪，最为重要的是，雾岚被晨风吹动，起伏不定，于是看上去极像一条披着金鳞的龙，在空中翻滚升腾!

太阳初升起，能够拂照到的山峦的雾气非常有限，只有林从熙他们面前这一片鹰嘴岩折射了极少部分的阳光，并将其送至雾岚的身上，让光芒穿越过雾岚，遥遥地指向远方。在远方的尽头，林从熙他们依稀看见有一条彩虹镶嵌在如同绿海碧涛的森林中间，构成了一幅美妙无比的自然奇观，摄人心魄。自然之玄妙、造化之神奇，实在是超越人类的想象，让人叹为观止。

未等林从熙他们识别出彩虹的具体位置，太阳就很快升高了。升高的太阳投射出的阳光就像喊杀的士兵，很快将一干雾岚冲击得七零八落。那条灵动的金龙消融于一片金色之中，无声无息，就连那道彩虹，也在无数树叶反射阳光光芒的掩护下，悄然而退。

林从熙和卜开乔久久无法从震惊的情绪中挣脱开来。他们开始相信，无论是《神农奇秀图》抑或是秘笈，应该都是神人所创，否则谁能将自然奇观应用得如此浑然天成、天衣无缝？数千年前，除了神外，还有谁可能站在他们的这个位置，看到了这条金龙，并将其作为一个记号，作为宝藏的坐标？

他们感到一种无比的幸运，为自己可以与神站在同一个位置，以神的视角来审阅这片辽阔天地，见识到神迹的存在而荣幸。他们很想伏下身去，虔诚祈祷、谢恩，然而他们却如同被人点中了穴道一般，动也无法动，只能任由泪水在脸上汪洋肆意，再纵由阳光浮泛出熠熠的光辉。

巴库勒等人屏息凝视，观察着林从熙他们的表情，并试图顺着他们的目光方向找到“日穿针，沿金行”的线索，无奈从他们的视角上看去，整座山谷并无任何变化。这一刻，他们真恨不得自己可以腋生双翼，飞临到林从熙他们身边，一起看那奇观。

好不容易等林从熙他们的神情松懈下来，巴库勒等知道“日穿针，沿金行”的奇观已经结束，于是忍不住出言相问：“你们看到了什么吗？”

“一条金龙！龙首指向东南方向，尽头是一条彩虹！”林从熙难以抑制心头的激动之情，声音里带着丝颤抖。

“彩虹？”这个线索让巴库勒等人精神一振。谁都知道，彩虹的出现定然与水域有关。只要找到东南方向的水流，顺着河流而下，就有可能找到彩虹。结合巴库勒他们之前从《神农奇秀图》中看到的画面，金殿藏于湖底之下，那么几乎可以肯定，他们离金殿近在咫尺了！

眼下，他们需要做的，就是想办法逃离这片悬崖。

卜开乔、林从熙以及巴库勒等人全都在思索脱身之计，可是苦思之下却无任何头绪。

林从熙深深地呼出了一口气，毅然决然地指着“大风车”对卜开乔道：“你带着它先下去吧！然后等我们一天。如果一天后我们还没有下去，你就自己去寻找金殿。你有过目不忘的本领，我相信刚才你已经记住了前进的路线。”

卜开乔摇头晃脑道：“不行，不行，我要跟你们在一起。你们别想再抛下我。”

“卜小兄弟，这个时候我们就打开天窗说亮话吧！大家虽然身份各异、目的不同，但既然上了同一条船，患难过，那么也就不再会去计较什么身份差异了。大家只管朝着一个方向前进。所以无论是谁先抵达金殿，都是我们集体的胜利。我知道，从个人能力而言，你比我强得多，所以继续走下去的责任就交付到你的肩上了。倘若有幸找到金殿，记得帮我猴鹰儿带上两件金器回来就好。”

“金器？”卜开乔咧开了嘴，乐呵呵地说：“这个我喜欢。那我要去找金器了。你们一定要跟上来哦！还有，这个‘风车’真的可靠吗？我这么胖，怕摔死。”

“放心吧！如果我想要摔死你，不需要浪费这么个宝贝，直接把你推下去就是了。”

卜开乔笑嘻嘻地说：“那就好。”他忽然拍了下脑袋，道，“对了，你吃过早餐了吗？我这里还有块鹿肉。”说完，他从身上掏出一块油兮兮的布，将布抖开，里面是一块有五六斤重的熏鹿肉。

你你你……林从熙忍不住抱住卜开乔，亲了一口他的大肥脸，笑嘻嘻地说："哈哈哈，好兄弟，这等天上掉馅饼的好事你应该早点说嘛！"说完，急忙一口咬住鹿肉，扯下一片，狼吞虎咽地吃了起来。

卜开乔望着悬崖对面干咽着口水的巴库勒等人，叹息道："给他们也留点吧！我先走了，你们自己保重。"

说完，他拽出"大风车"，试了试它的牢固程度，再小心翼翼地看了看脚下的深渊，脸上的肥肉抽搐了一下，"阿弥陀佛，希望我不要摔成个死胖子哦！"眼睛一闭，心一狠，抱着"大风车"径自跳了下去，嘴里"哇啦哇啦"地大叫。

"大风车"在气流的推动下，飞快地转动，稳稳地托住卜开乔肥硕的身躯，朝着谷底飘去，渐行渐远，直至变成了一个小黑点。

林从熙狼吞虎咽地啃掉差不多一斤左右的鹿肉，再灌了一肚子的泉水，顿时觉得人生美好起来，即便此刻死亡降临也不那么恐惧了。他朝着悬崖对岸哈哈一笑，道："你们别馋着，我给你们留了一份。"

肉香挑动起巴库勒等人的食欲，也招引来了一位特殊的"访客"——刘开山所驯养的那只秃鹫！连日里，刘开山疲于与林从熙、曹三等人开战，而忽略了给秃鹫喂食。秃鹫如果自行捕猎的话，更适合于开阔的草原，对于森林环境并不适应，因为密密麻麻的树林会妨碍它翅膀的打开，不利于它的飞行与觅食。

寻常时，刘开山一般以飞刀绝技猎杀各种山中的动物，以其内脏来喂养秃鹫，有时候打的猎物多了，他就会制作成干粮，分一份肉给秃鹫，这样就无须频繁地寻找猎物了。因此秃鹫对干肉的气味十分敏感。林从熙大嚼干鹿肉，其香气将它招引了过来。

秃鹫习惯了人类的驯养，因此对人类的警惕性并不是很强，加上林从熙曾与刘开山长时间地共处，对气味敏感的秃鹫也在意识中将林从熙归类到"非敌人"中，但动物的天性让它并不敢对林从熙完全卸去戒心，于是盘旋在距离他三五米的地方，眼神死死地盯着鹿肉。

林从熙心头一动，一个主意在脑海中渐渐地形成了。他将卜开乔留下的绳索做了一个活套，然后撕下小半块鹿肉，放在活套旁，自己则拽住绳索的另外一端，躲进迎客松中。

秃鹫在空中逡巡了两圈，朝着林从熙发出一声试探的鸣叫。林从熙伸手做了一个请的姿势。秃鹫将信将疑地从空中降落在鹰嘴岩上，朝着鹿肉步步趋近。就在它一口啄中鹿肉，准备大快朵颐时，林从熙猛地一扯绳索，活套顿时套在秃鹫的左腿上了。

秃鹫惊叫一声，拍动翅膀腾空而起。林从熙不慌不忙地从藏身处走出，手中握持着绳索，而绳索的末端则牢牢地捆绑在迎客松的枝干上。无论秃鹫如何扑腾，都不可能挣脱开绳索的捆绊。

惊慌失措的秃鹫一飞冲天，然而很快它就发现天空开始变低—— 一旦它想飞得更高，从脚踝处就会传来一股向下的力量牢牢地攥住它。这让它更加惊恐、更加拼命地要向往上飞，挣脱这个束缚。可是无论它怎么用力，都始终摆脱不了脚上的绳索。这让它变得惶恐、绝望，发出阵阵哀鸣。

林从熙慢悠悠地握住绳索的一端，就像放风筝一般，不时地朝下拽动一下绳索，然后再放点绳索，让秃鹫上上下下地起落着。如此反复持续了半个时辰，秃鹫疲惫不堪。它开始向下飞翔，寻找着落脚点。然而林从熙却不容许它休息，待其快要落到岩石或者树枝上时，就拖动绳索，逼其重新飞起来。

岩洞内，巴库勒有点不解地看着林从熙的举动。他们想，林从熙大概是想把秃鹫活活累死，再将其当作食物来吃掉吧！

但林从熙很快就打破了他们的猜测，提议：“你们想办法弄点吃的来引诱这鸟落到你们那边，再伺机把它打死，小心别让绳索掉落下来。”

巴库勒他们恍然大悟——他们之间隔着近百米的距离，人无法飞跃，那么只有让绳索飞起来，而能够带动绳索飞跃这天堑的，无疑就是眼前的这只秃鹫了。

可是饥渴交迫的他们，又能从何处寻来食物引诱秃鹫落下呢？巴库勒环顾四周，徒有四壁，别说是块肉，就连根青草都没有了。巴库勒咬了咬牙，举起匕首，对着大腿准备割块肉下来：佛祖的割肉饲鹰大概也就是这般架势吧！

“等等！”陈枕流制止了他的行为，然后从随身的口袋中翻出一块水滴状的玉佩，放在洞口。这块玉佩约莫有成人的两个拇指般大小，没有图案，但打磨得十分精细、光滑，只是玉佩的颜色很古怪，不似寻常的那般碧绿，而是透着一股褐色，仿佛在泥土里积淀了很长时间。

王微奕皱起眉头，道：“你怎么会随身带有一块尸玉呢？”

所谓尸玉，顾名思义，乃是随尸体下葬的玉器。不过尸玉不是普通的随葬品，而一般是含在尸体的口舌下，或者是塞入肛门。古人认为，玉是“山岳精英”，将金玉置于人的九窍，人的精气便不会外泄，就能使尸骨不腐，可求来世再生。中国使用玉器来随葬的最高峰，应该是汉代。

陈枕流所携带的这块，很明显属于肛门塞。一般这种尸玉都用于考古研究，极少有人会把玩。因为大家认为这种玉阴气太重，并且污秽不堪，已经偏离了戴玉求吉祥的本意。所以王微奕对于陈枕流随身携带一块尸玉感到有点儿讶异。

陈枕流支支吾吾地道：“我看这玉的造型不错，所以就带着了。这玉浸润了尸体，带有尸臭，而秃鹫对这气味十分敏感，应该可以把它吸引过来。”

巴库勒望了陈枕流一眼，默默地将尸玉摆放在洞口，然后令众人退守至十余米外，自己则手持那段五六米长的绳索，将末端做了一个活套，静守在角落，等待秃鹫上套。

外面，林从熙依然在与秃鹫“斗智斗勇”，通过收放绳索，将秃鹫慢慢地引向巴库勒他们的方向。又累又饿又渴的秃鹫本能地寻找着可以停下来饱餐一顿的避风港，而尸玉的出现，让它的精神陡然一振。

秃鹫主要以腐肉为食，因此对死人或者死肉的气息异常敏感。刘开山也是利用它的这一本能特性，将其训练成了绝佳的侦察兵。陈枕流所携带的尸玉是从一处300余年的古墓里掏出来的，尸玉的主人在被挖掘出来时，尸体并未完全腐烂。在几百年的岁月里，死者的尸气大半被封存进了尸玉中，加上肛门原本就是人体的浊臭之处，因此小小的一块尸玉聚集了浓郁的尸臭，堪比一只小型动物的尸体。

秃鹫不由自主地被尸玉所散发出来的气息吸引了过来。令它“惊喜”的是，这次腿上并未传来可恶的牵扯力。它顺利地落到地面上，顿时四肢百骸全都舒展开了。它“惬意”地朝着食物走去，准备饱餐一顿以补充体力，以便回头继续跟腿上的绳索搏斗，希望可以将它一举挣脱。

然而它的美梦很快就被现实击得粉碎。它刚刚走进洞穴大约0.5米，一眼就瞥见了地面上的尸玉，这时一阵轻微的冷风对着它的颜面袭来。没等它做出反应，只觉得脖子处多了一股窒息的力量。它下意识地挣扎起来，可是这却导致绳索越收越紧。昏暗处有个人影牵着绳子走了过来，一把将它的脖子拗断了。

见巴库勒成功了，所有的人都欣喜若狂。巴库勒将绳索从秃鹫的脖颈处取下，压在洞内的一块石头上，如此的话，从林从熙所在的松树与岩洞之间，就架设起了一条索道。“快送点水过来！”他冲着林从熙大喊。

岩洞内的人的注意力则都被秃鹫的尸体吸引了过去——在众人眼中，秃鹫相当于活下去的希望，不仅可以提供肉，它的血更是美味的“饮料”。然而巴库勒却喝止住他们生食秃鹫的欲望，激动地说：“很快就有水了，我们要煮锅肉汤！”

肉汤，多么诱人的一个名词啊！众人几乎可以看见肉在汤锅里翻滚、浓香四溢的情景了，忍不住咽下了一大口唾液。

林从熙将装满水的水壶的挂绳穿过长绳，手一放，水壶自动地从他这一端往“下游”的岩洞处滑了过去。巴库勒接到了水壶。在众人的抢食下，一壶水很快告罄。巴库勒将空壶挂在长绳处，再使出全身力量，往上抛去，空壶如离弦之箭般地重返松树那端。林从熙灌满水后将水壶再次送返回来。如此反复了十余次，巴库勒他们终于将所有能装水的器皿全都装上了水。

另外一边，陈枕流和楚天开两人一起动手，用匕首将秃鹫剖开，将大半只秃鹫身上的肉切割下，丢进他们随身携带的铝锅中。铝锅中放满了水，眼下唯一欠缺的就是柴火。

巴库勒把这个需求向林从熙大声喊出。林从熙很快从迎客松树上掰下一截枯枝，用水壶的背带系好，如法炮制地让它顺着长绳滑向岩洞。他最后运送的是他自己。他折断一节大概一米长的松枝，褪去枝丫和松针，再将巴库勒输送过来的水壶背带一端套在长索上，一端绑着自己的脚踝，最后深呼吸了一下，整个人站在长绳上。

巴库勒等人全都惊呆了。高空走绳？他们从未想到身为古董商人的林从熙竟然身怀如此绝技。不过对于林从熙而言，这只是昔日江湖杂耍的糊口本事罢了。借助松枝作为平衡杆，加上给自己上了保险索，他尽管没有恢复当年的功力，将高空绳索视为平地，但却总算有惊无险地从迎客松处走到了岩洞，顺利地与巴库勒他们会师了。

就在林从熙表演空中走绳的同时，唐翼他们则在抓紧时间劈柴、点火、煮汤。当林从熙顺利抵达时，一锅热气腾腾的秃鹫肉汤已经煮好。没有人去计较秃鹫生前是以腐肉为食的。大家全都不顾滚烫狼吞虎咽地吃了起来。一锅肉汤很快就被分食一空。

吃了肉、喝了汤，尽管每个人都只有三五成饱，但却感觉到生命力从身体的深处复苏开来，原本颓靡不堪的精神状态一扫而空。每个人脸上都洋溢着久违的笑容，开始热烈地商议如何顺利地攀爬下悬崖。

林从熙带来的长达百余米的绳子给大家点燃了新的希望。虽然悬崖的高度远不止 100 米，但有了绳索，只要能够找到中间的落脚点，就有希望将所有人送至悬崖底下。王微奕忍不住赞叹起林从熙所带来的好运。确实，一路以来林从熙一直扮演着福星的角色，多次寻到宝物——削铁如泥的匕首，神奇而又神秘的水晶头骨，可解火毒的肉灵芝，压制罡风的“大风车”，以及这次的食物和绳索。最重要的是，他获得了“日穿针、沿金行”的秘笈，为大家接下来的行程指明了方向。大家前所未有地强烈感觉到，金殿似乎近在咫尺。

巴库勒探头朝外观察。时值正午，阳光猛烈，雾岚全都被一扫而光。整座山谷纤毫毕现地呈露在众人的面前。巴库勒可以看到谷底蓊蓊郁郁的原始森林，前方的河流蜿蜒向东。他的眼神在悬崖间逡巡，很快就找到了合适的落脚点：第一个落脚点乃是一处凸出来约莫 2 平方米的岩石；另外一处则是一棵贴着悬崖而长的杉木；第三处落脚点貌似是一处岩洞，洞口处长着茂密的草丛。以巴库勒的经验，正常的岩石不该长出这样的草丛，除非草丛背后有足够的土壤——这意味着草丛后面极有可能是个洞穴。从他们所在的岩洞到谷底大概有五六百米，只要他们能够抵达第三个落脚点，那么就可以得到休憩的机会，调息一个晚上，然后将剩余的秃鹫肉再煮个汤，蓄足精力，第二天就可以抵达谷底。

有了路线，执行起来就顺利了许多。从岩洞攀爬而下，虽然目测并无太多危险因素，但谁也不敢掉以轻心，因此需要有个人打探虚实。第一个探路者是体能保存较好并且具备高空行走技能的林从熙。他将绳索的末端拴在腰间，双手交替攀着绳索跳跃而下，片刻之间就已到达第一个落脚点，然后朝上挥了挥手，示意为安全。王微奕和花染尘分别被安排为第二、第三个。不过考虑到他们的体质较为虚弱，无力攀爬，巴库勒与楚天开等人一起，将绳索套在他们的腰间，再一点一点地将他们下放至落脚点。接下来依次是唐翼、陈枕流、楚天开与巴库勒。

如法炮制，他们终于在日落之前抵达了第三个落脚点。正如巴库勒所判断的那样，这是一个山洞。不过与他们之前栖身的岩洞不同，这个山洞里有着明显人类活动的痕迹，里面不仅有石头架起的简易灶台和炭灰，甚至还有一具棺材。从炭灰的厚度来看，前人在这里生活的时间应该不长，最多不超过三天。只是为何会在山洞里摆放一具棺材，这让巴库勒他们有点费解。

在中国的丧葬风俗中，有洞葬的习俗，这个主要是存在于贵州的苗疆一带。相传是为了表达重返故土、扶柩还乡之意。通常认为，苗族的先民最早生活在黄河流域，即距今5000多年前的“九黎”部落，蚩尤为其首领，在争夺中原的涿鹿大战中，不敌黄帝部落，败走南方，盘踞在长江中下游一带，形成新的部落联盟，史称“三苗”。在新一轮的争夺中，他们再一次败给了尧、舜、禹领导的部落，被迫迁徙，其中有一部分辗转来到贵州境内定居。但对于苗族人而言，还是渴望重返祖先生活之地，洞葬正是这种愿望的体现——洞葬并非最终的归宿，而是对先人灵柩的暂时存放，希冀有一天能够回到自己真正的家乡叶落归根，入土为安。

但这里属于深山荒林，人烟罕至，又非苗人疆域，为何会出现这么一具棺材呢？而且从棺材的质地来看，属于罕见的金丝楠木，质地坚硬无比。整个棺材少说也有500斤重。而从它的外表形态初步判断，它被移入这个洞穴内应有数十年的历史。也不知当时是用了什么方法才将如此沉重的棺材搬到200余米高的悬崖上。最为重要的是，数十年前的人，为何要大费周章地将这么一具棺材移到这里呢？

这个问题让大家百思不得其解。唯一的答案，就是将棺材撬开，查看里面的主人与陪葬品。但这个提议几乎遭到所有人的否决——王微奕和陈枕流担心在缺少合理保护措施情形下，贸然打开棺材会破坏掉里面文物的价值；花染尘害怕里面会跳出个僵尸之类的东西；巴库勒与唐翼则是顾忌棺材里存在机关尤其是毒气，这样的话将会带来不必要的伤亡。只有林从熙身为诚意斋的掌柜，对于古玩有着天然的狂热之情，于是内心深处跃跃欲试，对棺材的来历和棺中之物充满期待。

不过林从熙不是刘开山，尽管觊觎着金丝楠木棺材，但却不会轻举妄动，因为他深知，眼下他们最重要的就是尽快走下这悬崖，落到平地，利用最新找到的“日穿针，沿金行”来寻找金殿。倘若中间出一点差错，比如说金丝楠木内跳出一具僵尸，那么不仅寻宝计划可能夭折，更有可能让他们命丧此间。林从熙克制着强烈的欲望，竭力让自己的眼睛不去瞥向金丝楠木。

王微奕则不同。从进洞开始，他就不停地围绕着金丝楠木棺材进行细致的观察。良久，他直起身，捶了捶背，眼中的疑虑更深了，慢条斯理地说："这具棺材应该是从其他地方抬过来的。"

"什么意思？"林从熙瞪大眼睛，看着王微奕，惊讶地问："你是说有人将棺材挖出，再抬到这里来？"

王微奕以手抚着额头，道："从棺材的痕迹来看应该如此。你们看，这个洞十分干燥，而且洞口向下，就算下再大的雨都不可能有水流入洞中。可是这棺材底部明显有水汽浸濡的痕迹，说明它原来所在的地方应该湿度较大。"

林从熙眨了眨眼睛，道："那……有没有一种可能是它在使用之前乃是存放在比较潮湿的环境中？"

王微奕微笑道："理论上有这种可能，但实际上几乎不会存在。要知道楠木棺材乃是稀世之宝，如此大的一具楠木棺材足以在北平城换上几套四合院，所以任何一个拥有者，哪怕是皇家，都不可能将其漫不经心地长期放置在潮湿环境下。另外，从棺材的外观来看，里面的尸体并未做好防腐，尸体已经腐烂，尸水在漫长的时间里渗到了楠木中，进而与地面产生粘连。我们如果仔细观察这些粘连部位的残余物，就可以判断出它原本存放的地方乃是青砖铺成的。此外，这棺材的边缘有磕碰的痕迹，而磕碰痕迹明显新于边上的漆。综合这些线索，我们几乎可以断定，这具棺材原本是埋在某个墓穴中，然后被人挖出后，再移至此地。"

王微奕的判断众让人陷入了更深的疑虑中：如果说，有人是看中此处为风水宝地，于是不惜人力物力，将死者的棺椁移入此间，这还勉强可以说得过去；可若是说，有人盗了墓，却并非为了窃取墓中之物，而是大费周章地将棺材抬到这悬崖峭壁间，这其中的缘由就实在是令人百思不得其解。

众人看着眼前的棺材，觉得一切都扑朔迷离。花染尘更是将其视为不祥之物，畏惧地远远离开它。

在这荒山悬崖处，突然冒出这么一具没来由的棺材，确实是一件十分瘆人的事。可是眼下里大家没有选择，只能硬着头皮跟这具诡异至极的棺材合住一宿。

林从熙悄悄地拉了下花染尘的衣袖，悄悄说："染尘姑娘，你能不能用你的耳力，听听棺材里有没有什么声响，比如说……"他咽了口唾液，"比如说呼吸声？"

花染尘尖叫了一声，惊恐地说："你可不要吓我啊，这棺材里怎么会有呼吸声？"

所有人的目光都投向林从熙的。

林从熙尴尬地摊了摊手，道："我只是害怕里面有僵尸或者什么不明生物，晚上窜出来，所以……小心为上。"

"扰乱人心！"唐翼嘀咕了一句，若不是看在先前林从熙救命之恩的份上，估计早就拳脚相向了。

夜幕降临了，整个山洞陷入了一片黑暗之中。楚天开从洞口收拾了些干草和干树枝点燃了，待火势旺起来，再将砍下的新鲜树干劈开投进去。湿润的树干遇到火，"噼里啪啦"地一阵响之后，渐渐地燃烧起来，照亮了山洞，也将身后的棺材勾勒得明灭不定，增添了几分恐怖的气息。

他们还剩有半只秃鹫的肉。不过巴库勒想将它当作明天的食物，因为只有吃饱了才有力气攀爬，于是就将秃鹫的肉放锅里倒满水，重新炖了一锅肉汤，每个人分上一小碗。喝完之后，就让大家及早休息。

大家都不自觉地往洞口移了移，让自己尽量远离棺材。巴库勒心头也有一丝不安，为安全起见，他分配自己、唐翼和楚天开三人轮流值守三个小时，以防不测。

林从熙翻来覆去地睡不着，睁开眼，看见王微奕直勾勾地看着棺材，眉峰紧锁，很显然眼下无法找出棺材的来历，这让他有几分苦恼。

林从熙悄声问道："王教授，你还在看这棺材？是担心它里面有什么东西作祟吗？”

王微奕转过头，看了下林从熙，伸手做了个“嘘”的手势，示意他与自己起身走到岩洞口交谈，而不打扰其他人的美梦。

外面，月光如水，清辉四溢。林从熙掐指算了下，已是农历十二日了。算下来他们进入神农架已有一个月了。

沐浴着月光，林从熙有几分恍惚。他们先前如同昆虫一般的在地底下蛰伏了数日，与日月星辰绝缘，与花草树木告别。如今嗅着草木的芬芳，感受着月光的温柔，他们心头不自觉地涌动起一股感动——生命真是美好！

不过接下来的话题很快就将他们带回到了沉重的现实中。王微奕开口问道：“林小兄弟，你在古玩行业中浸淫多年，见多识广，又常年与土夫子打交道，可知道这等洞葬有何来历？”

林从熙苦笑道：“王教授你实在是高抬我了。我不过一个古董掮贩，谈何见多识广，与王教授你一比，我简直就是萤火与月光的区别。王教授你都找不到答案，我就更不敢班门弄斧了。”

“林小兄弟你过谦了。术业有专攻。在考古和历史方面老夫仗着痴长多年，略有心得，可是在丧葬墓道方面，林小兄弟恐怕更加精通，还请不吝讲解一二，或者说，大家随便聊聊亦可，比如先前林小兄弟问染尘姑娘里面是否有声响，可有什么深意？”

林从熙搓着手，道：“我哪有什么深意。我是真的害怕里面有僵尸。王教授你是否还记得我们被青狐带入那个山谷时，见到它汲取龙气来进行修炼？你看此处山脉绵延，揽风映月，更兼得上方有龙气缠绕，实乃一处风水宝地。我有些担心有人是利用这里的风水格局来养尸。”

“养尸？”王微奕的眉毛跳动了下，喃喃道，“养尸？这倒是一个新说法……只是老夫先前暗暗观察过此处的风水，却与你的意见相左。此处并非是风水宝地，反倒是处凶地。且看前方，山呈三角形，如同三叉戟，中卧一巨石，如同大锤。在我们头顶，山脉收缩，上阔下窄，仿若利剑。这些都是不吉之相。林小兄弟你见得有金龙浮在空中，以为是大吉大利，可另外一方面，此洞在金龙下方，有巨龙翻身碾压之嫌。总之，若是以老夫的粗浅观穴之术，此处并不宜迁葬啊。”

“那……会不会人家落葬此地，并非为了求得福荫，而就是为了养恶鬼呢？”

王微奕沉吟着，愣愣怔怔地说：“可是尸身都已化为水，又如何养呢？何况再厉害的恶鬼，有金龙镇压，又如何能兴风作浪？”

林从熙不觉头疼，起来，抱怨道：“哎，可惜这棺材中待的是死人，否则真想把他拎出来查问清楚，问他栖身此处究竟意欲何为。”

王微奕默然了，良久叹道：“算了，我们去睡吧！但愿这夜可以平安无事。”

漫漫长夜终将过去，悠悠黎明总会到来。当林从熙等人睁开眼时，全都下意识地朝着棺材望去。墨色的棺材如同一只沉睡的怪兽，安静地潜伏在角落里，一夜毫无异响。“我们又熬过来了……”

晨风穿过洞口的杂草杂树，将清甜的气息送进来。闻着那股甜馨，即便静静地躺着，也陡然涌起一种幸福的感觉。历尽劫波却安然无恙；提心吊胆终究平安无事。大家都忍不住在心底感谢着上苍，或者是佛祖、耶稣。

巴库勒将剩余的肉加水重新炖过。柴火的味道混杂着炖肉的香气，很快就将所有的人从梦乡里唤醒了。大家相互对视着，长舒了一口气。

每个人再次分得一碗汤、两块肉、几块骨头，聊以充饥。

很快，巴库勒找好了接下来的落脚点。依循昨日的方法，众人依次沿着绳子缓缓地下坠。中间虽然有一点小波折，比如脚底打滑、山石滚落等，但总算都有惊无险地下降到了第二个落脚点。巴库勒鼓励大家道：“大家加把劲，就剩余不足了百米，我们最后下一次，就平安落地啦！”

所有人全都为之一振，脸上流露出喜悦的笑容。

就在这时，楚天开忽然指着底下的一个小黑点，出声道：“咦，那里有个人，会是谁呢？”

所有人的心都忍不住跳动起来。大家俯身望去，只见在与他们横向相隔十余米、纵向相隔约七八十米的悬崖峭壁上，有一个身影正在徒手往上攀爬。他似乎受了伤，爬得有几分艰难，但却十分顽强，毫不放弃。

巴库勒从背囊中取出望远镜，调好焦距，只看了一眼，喜极大喊道：“是冷大！”

冷寒铁！他从数百米的悬崖上跌落下去，竟然没死？

这个喜讯让所有人都沸腾起来。无论是娇柔的花染尘，抑或是冷酷的巴库勒，眼中全都闪烁着喜悦的泪花，唯有唐翼面色如水，不知他的心中有何感想。

“冷大！”楚天开朝着冷寒铁挥手大喊，“我们在这儿呢！”

悬崖上的身影闻声抬头，那棱角分明的脸庞，坚毅如山的眼神，不是冷寒铁还有谁？

见到楚天开一行，冷寒铁先是一怔，随即笑容从他的脸上漾开，就像是春天里的冰面消融般，他笑着问道：“你们都在？”

楚天开激动地敬了个礼，回道：“报告长官，一个都没有少，连林大掌柜的都顺利归队！冷大，你就不要再向上爬了，我们有绳子，很快就可以下去，你在下面接应我们就好了。”

冷寒铁略微迟疑了下，随即就如同一只羚羊般，在悬崖间腾挪跳跃而下。

就在这时，头顶上又传来“轰隆”的巨响，一块磨盘大小的石头从高空而降，顺着悬崖峭壁一路呼啸而下。紧接着是一根原木、一堆乱石。

这次石头和原木的准头明显准确了许多——很显然，袭击者找到了巴库勒他们的藏身之地。更要命的是，巴库勒他们的立足点恰是悬崖上的一处凸出位置，处于袭击的范围之内。有两次，直径约 0.5 米的石头从他们的头顶掠过。若不是巴库勒眼疾手快，奋起神力，用冲锋枪的枪托砸向石头，将其生生推开了 0.5 米，一干人很有可能就被石头砸落下悬崖了。

大家都猜得出来，发动疯狂袭击的人是谁——肯定是铁胆帮帮主刘开山。也不知道这两日里他从哪里收集到了这么多的“弹药”，发起了这一通猛烈的攻击，但其意图很明确：他知道自己已经追赶不上冷寒铁一行人了，那么干脆就破罐子破摔，爷得不到，你们也别想活着走到金殿!

从山顶到谷底，有近千米的距离。冷寒铁、巴库勒他们手中的任何武器都失去了效力，根本无法达到如此长的射击距离，于是只能紧紧地贴着悬崖，等待刘开山“弹尽粮绝”，主动放弃。

在焦灼等待中，巴库勒忽然感觉手中的绳索被人摇动了下。低头望去，只见一尊胖乎乎的身躯立在谷底，肩上扛着那具“大风车”——正是卜开乔。

卜开乔丢下“风车”，以手扩在嘴边，朝上大喊：“这个风车好好玩，你们要不也坐它下来吧！”

巴库勒不觉眼前一亮，高兴地说：“大风车”能够带着卜开乔从四五百余米的高空中平安地坠落在谷底，说明它确实可以起到半个降落伞的作用。如果能够乘坐它跃下这百余米悬崖，那也肯定比慢慢爬下要快得多!

于是，他急忙让卜开乔将“大风车”捆绑在绳索上，然后与楚天开一起出力，将其拽了起来。有过飞翔经验的林从熙被选为第一个“飞行者”。不过让林从熙大惊失色的是，低空处的气流明显不及高空，他拽着“大风车”朝下降落，其下降速度远远超出了他从悬崖上一跃而下时的速度，而且他还来不及把握好方向，就看见地面近在眼前了。就在他哀叹不跌断条腿也要折几根肋骨时，一条绳索如同灵蛇一般缠住他，紧接着将他像风筝一般，横拖着往前快速奔跑，以抵消掉大部分的下坠速度。最终，林从熙带着“大风车”一起平安地降落在地面上。惊魂甫定的他定睛看去，施救他的正是冷寒铁。不过这一卷一跑，似乎耗去冷寒铁不少力气，他的额上甚至渗出了汗水，鼻息异常粗重。很显然，眼下的冷寒铁十分虚弱。

巴库勒他们在上面亦见到了这惊险的一幕，不禁咋舌：幸好刚才跳下的是有经验且练过高空杂技的林从熙，若是年纪较大的王微奕，怕有可能在半空中就直接摔落下来。那时恐怕有十个冷寒铁在底下也兜不住他，即便是兜住了也要伤筋断骨。

无奈之下，大家只能趁头顶上的袭击渐息之际，沿用旧法，依次从绳索上攀爬而下。所幸有卜开乔、林从熙他们在底下接应，倒也没有出什么岔子。两个小时后，所有人都顺利地踏足平地。

所有人中，唯独陈枕流受了伤——他在下悬崖的时候，被上面滚下的石头砸中了左脚，造成骨折。虽然不是十分严重，但至少半个月内无法下地行走。

作为陈枕流的老师，王微奕自然十分焦急，嚷嚷道：“这里缺医少药，如何是好呢？”

冷寒铁脸色苍白，淡淡地道：“生死由命，自己修福。”

王微奕的脸色变化了一下，道：“冷长官你的意思是要将枕流独自遗弃在这荒山野外吗？”

“如果他可以独自行走，跟随上大部队，我自然不会弃之不理。但如果他需要别人抬着他走，那么抱歉，我们目前缺少足够的人力来完成这个任务。”说完这几句话，冷寒铁忍不住咳嗽了两声。

巴库勒目睹这一切，心里头感觉就像一艘船在海上翻坠，越沉越深，直至最冰冷处，他吃惊地问：“冷大你是受伤了？”

冷寒铁瞥了他一眼，没有出声。

巴库勒急忙上前，探手去检视他的伤情，关切地说：“让我瞧瞧。”

冷寒铁伸手拨开了他，冷冰冰地说：“别这么婆婆妈妈，死不了。”

巴库勒沉默了下，道：“肋骨断了？！”

“两根而已，我们之间有谁没有断过肋骨？”他不以为然地说。在冷寒铁的口中，断一两根肋骨仿佛就像掉几根头发一般无足轻重，“过几天就好了。”

原本对冷寒铁将自己抛弃在这荒山野外心存怨念的陈枕流见状，再也无话可说：冷寒铁竟然可以在断掉两根肋骨的情况下，徒手攀爬岩壁，然后奔跑着将高空坠落的林从熙从鬼门关里拉回来，相比之下自己真的是太软弱了。念及此，他咬了咬牙，道："请冷长官给我一把匕首，一把枪，我陈枕流自然有办法在这森林里生存下去。"

王微奕惊呼："如此怎么可以？这里可是原始森林，不比我们寻常考古的山丘。你孤身一人，又行走不便，怎么活？其他的不说，如何寻找食物和水源呢？"

一直缄默不语的唐翼开口道："我们可以将陈博士护送至水源边。在那里他除了可以获得清水外，还有机会猎得前来喝水的动物。即便无法打猎，还可以钓一钓鱼，再不济的话还可以挖点野菜充饥。只要能够熬过半个月，他的伤势就差不多可以痊愈，到时他就可以赶来与我们会合了。"

谁都明白，唐翼的说辞只是安慰。半个月中，冷寒铁他们将消失于莽莽丛林中，陈枕流想要找到他们，无异于大海捞针。

陈枕流反过来安慰起了王微奕，他侃侃而谈："老师你不必担心我。别忘了在课堂上你给我们讲过野外求生的方法，那门课你还给了我一个优秀呢！你不是一直提倡学以致用吗？今天我也总算可以践行你的理念了。这是好事。"

王微奕长叹了一声，不复言语。从情感上，他断然是无法接受将陈枕流独自一人丢弃在这野兽四伏、蛇虫乱爬的丛林中，可是从理智上，他知道这是无奈的结局。正如冷寒铁所言，如今他们一行中，老弱病残全都有，若是再抽出人手来照顾陈枕流，不仅将给整个团队带来极大的负担，甚至可能被刘开山或者是灰衣人追赶上，给大家带来更大的危机。于是舍卒保帅这也是最正确的选择。

卜开乔拖来一只獐子——这是他昨天的战利品，笑嘻嘻地道："这个可以分一半给你，够你吃两三天吧！"

陈枕流感激地谢过了他。

众人将整只獐子架起，生起火来烧烤。

敌我之间都已暴露，彼此的底牌也都已摊开了，他们反倒少了顾忌——水来土掩，兵来将挡，再见面时彼此来场恶战便是。更何况从人数方面而言，他们如今是占了极大的上风。

尽管卜开乔表示要给陈枕流留半只獐子作为干粮，但那是饱食者的承诺。巴库勒等人挨饿许多天，受肉香吸引，一个个如饿狼附身，不多时就将一只獐子啃得干干净净了。

卜开乔见状，安慰陈枕流道："没事，我回头再给你打一只。这里的动物都不怕人，很好抓。"

卜开乔的一句话引起了王微奕的注意，愣怔了一下说："小卜你是说这里的动物不避人？这说明此地人迹罕至。那么上面的那具棺材可真是大有来历啊！"

"上面的棺材？"卜开乔偏着头问，"在哪里？里面装的是死人还是金银财宝？"

冷寒铁也不自觉地将视线转了过来。

王微奕将岩洞里见到的棺材及其古怪之处约略描绘了一下，冷寒铁侧耳倾听，并未开口，但当他听闻林从熙和卜开乔见到"日穿针，沿金行"的奥秘时，眼神不觉亮了一下。

花染尘对金殿并没有太大的兴趣，她更关心冷寒铁的伤情，以及先前缘何发狂，但却又不好意思直接询问，只好拐弯抹角地问道："小卜，林大掌柜的，哦，还有冷长官，不知道分别之后你们是怎么逃出来的？"

卜开乔轻描淡写地说道："那天我们在艇上遇到的那几个人好凶好恐怖，吓得我掉进水里，喝了好几口水。幸好龙王大概看不上我，不想招我当他的上门女婿，就又把我给送到了岸边。谁知道我爬上岸后，发现你们一个个全都不见了。我只好在森林里到处乱逛。后来听到枪声，就跑过来看一下，结果撞见了林掌柜的和刘开山。那个刘开山太可恶了，大家都这么熟的关系他竟然不肯带我玩游戏，我只好再出来找你们，就在山上碰到你们啦！”

当日里，卜开乔和唐翼等人乘坐橡皮艇，在即将冲出地下暗河时，遭遇到灰衣人武藤道空率众的伏击。卜开乔坐在橡皮艇最后方，见形势不妙，立即翻身入河，他憋着一口气在水底行走了一百余米，直至遇到一个拐弯处的岩石，才从水中冒出，躲藏在岩石后面观察局势。而武藤道空急于“押运”唐翼等人逆流而上，进入了密洞中，因此并未注意到卜开乔的逃离。卜开乔观望了半天，见没有危险，便试图进入暗河寻找唐翼等人的下落。只是此时武藤道空已经打开了通往密洞的机关，从暗河间消失。密洞机关巧夺天工，卜开乔根本无从发现，于是只好退出暗河，在森林里独自游荡，以打猎为生，找机会与冷寒铁一行重新会合。之后他被刘开山的枪声吸引了过去，并在林从熙危急之时，挺身而出，救了他一命，再从容离去。

林从熙也将自己与刘开山的相遇经过如实描述了一遍。当众人听到地下洞中竟然充满毒气，不觉有几分心惊，想着倘若他们迟一两天离开，会不会就被毒气侵入体内。而当大家听到刘开山屠杀自己的手下，都觉得有一点不可思议，因为在冷寒铁他们搜集到的资料中，刘开山之所以能在铁胆帮中拥有极高的人气，就是因为一个“义”字。刘开山为人极讲义气，对于帮中兄弟可以说是两肋插刀，亲如兄弟，这也是铁胆帮不断壮大的原因之一。如今刘开山竟然同室操戈，不得不让人怀疑他是不是被毒气熏坏了大脑——若果真如此，那么刘开山将变成一个异常可怕的敌人，因为他已经失去了正常的人性，不能以常理来揣度他的行为。

最后，所有的人都不自觉地将目光投向了冷寒铁，然而他却视若不见，闭口不语。

其实，谁都知道，冷寒铁的经历才是最为惊心动魄的，真正是从地狱走了一遭回来，从魔鬼的爪子底下捡回了一条命，最为重要的是，捡回了自己的人性与理性，而不至于让自己沦为魔鬼永远的奴仆！

一切都要重新回到冷寒铁跌落崖间的那一刻。当时母雕为救助幼子，不惜冒着生命危险冲向冷寒铁，发起攻击，最后被冷寒铁用匕首击中了胸口而亡。蘸着母爱的献血洒入冷寒铁的眼眸中，如同冬日里的一缕野火，瞬间扑腾起来，将整片草原烧得通红，映亮了记忆的天空。穹顶倒垂下来，如同一张巨大的书页，上面密密麻麻地写着他前半世的密码，缩写成四个字便是：杀母弑父！穹顶消失，大地消失。他跌进了无穷无尽的黑洞之中。如浓墨浮泛、如针管仄窄的黑洞，让他目不能视、口不能言，四肢不能动、理智不能明朗。他只有保持一种沉坠的姿势，从六百余米的高空中坠落，如同一坨铅块般的坠落。这时他的耳边忽然响起了一阵诵念佛经般的呢喃道："诸行无常，一切皆苦。诸法无我，寂灭为乐……"心头间如同被一盆清水泼过，一阵通明。"大慈大悲的观世音菩萨，请拨出一点净水，拂去我儿额中的无明；也请伸出一支莲枝，救赎我儿免于步步沦陷地狱。如此我甘愿献身我佛，生前忍受刀剐，死后受那烈火焚烧，代我儿消去罪孽。"母亲的祷告响彻耳畔。在刹那之间，他骤然明白父亲说过的话："不是我要你娘这么做（引颈就戮），是她主动如此的。"母亲是向佛祖兑现誓言，以自己忍受刀剐，来换取他免于沦陷地狱。可是他终究还是辜负了亲恩，让无明蒙蔽了智慧，沦为杀人的机器。他凄楚地笑了笑，自言自语道："母亲，不孝儿今天与你告别——你的灵魂定然已被佛祖温柔地抚平了所有的伤痛，而我却注定要下地狱，接受那烈油烹煎、石磨碾身。唯有粉身碎骨，灰飞烟灭，方能抵消我对母亲犯下的弥天之罪。"

如果说有佛祖显灵的话，那么无疑就在接下来的一刻出现——或许任何一名母亲，都无法目睹儿子的坠落而无动于衷。那骨肉相连的牵挂、那撕心裂肺的痛感，都让母亲可以俯下身来，承受住儿女所有的不幸，哪怕要付出毁灭自己的代价。母亲的灵魂附在公雕的身上：在冷寒铁坠落的时候，一脚踢翻了鹰巢。幼弱的乌雕羽翼未丰，被抛入空中，顿时绝望地尖叫起来。护子心切的除了母雕外，还有公雕。就在母雕丧生之际，它临终凄厉的哀鸣在空中扩散开了，传入了远在千米之外的雄雕耳中。

它振动双翼，如箭隼一般的在空中疾驰，赶赴巢穴，然后遭遇了空中的事故——它的升高迎头撞上了冷寒铁的坠落。不偏不倚间，冷寒铁掉落在它的背上。小小的乌雕如何能够承受起冷寒铁硕大的身躯外加高空坠落的冲力？顿时它被压得直接沉坠下去。雄雕想挥动翅膀逃生，却被冷寒铁挟着冷风压得死死的，唯有尽力地张开翅膀，增加一点空气的浮力，减缓些下坠之势。就这样一人一雕如共同体般的一起坠落。就在距离地面尚有三十余米的时候，雄雕忽然听到雏雕惊恐万分的鸣叫。这个声音就像一把刀插入了它的身体。绝望迸裂成力量。它从嗓子眼间爆发出一声尖亢高鸣，竭尽全力猛然一拱，再往前一窜，瞬间摆脱了冷寒铁的压制，然后再刻不容缓间用喙叼住了雏雕。可是这猛烈迸发的父爱虽然惊人，却也耗尽了雄雕最后一点的力气。它失去了飞翔与平衡的能力，就像一块石头般砸向高耸的树林，压断了数根和树枝后，再栽向地面。但无论死神如何用力，都无法让它松开紧叼住自己的幼子的喙。而在最后的临终一刻，它完全放弃了求生的本能，将整个身躯倒转过来，蜷缩成一团，让雏雕聚拢在自己的腹部护住它。雄雕死了，惨烈地死了，脖颈摔断，羽毛纷飞，可是它怀中的幼雏，却在父亲的英勇保护下存活了下来。

雄雕舍命叼住雏鹰的一幕，如同一块烧红的铁块般熨向冷寒铁的天灵盖。他想起了与父亲相守的最后一幕，以及父亲振聋发聩的声音："你以为世人都如蝼蚁般惜命？成大事者，不拘小节；成大英雄，必须无父无母、无情无欲。所以，今天里是我和你娘最后一次教你。希望你能懂得。"当日里，被悲愤击垮的冷寒铁丝毫不理解父亲的话，然而这一刻，他忽地理解了当日父亲的情怀：整座村庄都被复仇的血咒所控制，唯有用父母的血，才能破去血咒，让他不至于沦为复仇的机器，而可以做回一个人，一个掌握自己命运的人。父亲不仅不愿意成为他的软肋，更希望可以成为他的一件盔甲，坚强的盔甲，让他摆脱生命中的阿喀琉斯之踵，成为真正的勇士，毫无牵挂的勇士，所向无敌的超凡之人。为此，父亲付出了自己的生命，还交割出自己的情感：儿子非但无法感恩他的付出，反倒会仇恨他的布局，弑杀双亲！曾经，冷寒铁无法接受这样极端惨烈的现实，而用发疯将记忆逼入死角。可是如今雄雕用自己的行动告诉冷寒铁：一名真正的父亲，是可以为了儿女的性命与未来，毫不犹豫地奉献上自己的生命的，哪怕是用最为惨烈的方式！

这一刻，流淌在冷寒铁血液中的仇恨化解了。被仇恨控制住的身体与理智恢复了自由。于是他不再任记忆将自己抛进无穷无尽的黑洞中，而是开始自救。他在空中调整了姿势，让身体不再是背朝下地砸落下去——那样即便他是钢筋铁骨也会摔得粉碎。他抱住了双膝，脑袋夹在膝盖下，身体尽量紧缩成一团，以身体最为柔软的臀部迎向树梢。如同雄雕一般，他压断了数根和树枝，但他没有如雄雕最后的归宿那样直直地栽向地面。在利用树梢的柔软性卸去一两成下坠之力后，他动用上自己的力量，果断出手，抓住树枝来抗衡大地对天空的引力，最重要的还是调整姿势，让自己转换成双脚朝下。最终，他穿透了重重的树枝羁绊，落在厚厚的落叶上。此时从高空坠落的巨大冲力，已经卸去了十之八九。他平安着地，唯有胸口肋骨在坠落中被大力反弹的粗大树枝打中，断了两根。

他躺在柔软而又冰冷的树叶上有二十余个小时。蓝天白云从他的眼眸中掠过，变幻成无数的形状；清风摇曳着树叶，飘落了几片在他的身边，仿佛小时候噩梦时母亲温柔的抚慰声。有一只蜈蚣从腐叶中爬出，穿过他的袖管，跨过他起伏的胸膛，再消失在了另外一堆腐叶中。所有的动静，全都不能引发冷寒铁一丝一毫的兴趣。他的灵魂在高高飞升，可是天地间一片混沌，目之所及只有灰茫茫的虚无。记忆就像胶卷，从他的大脑中飞驰而过，那些一帧帧画面，掉落在他的脑海中，就像一片片树叶掉落在地面，发不出半点声响。他的身体保持着静卧的姿势，他的心情亦保持着静水流深的状态。终于，长时间的沉淀与过滤，让他彻底消除了仇恨。他可以正视父亲与母亲的死，最重要的是与十八岁的那个莽撞少年握手言和，告诉他说，当年的杀母弑父并非他的过错，而是命运或说是父亲的某种安排。这种安排是残酷的、是无情的，可是残酷与无情的背后，却裹着浓浓的爱意。父亲与母亲是“求仁而得仁”，当他的刀锋划过他们脖颈的时候，他们是笑着的，从眼神到嘴角再到喷涌的血液，无一不在笑。如果说真有什么缺憾或者伤痛，那就是他们无法再陪护着他、无法看到他成名、无法看到他成家立业。可是这些事情在他们心底都有答案。他们正是不希望答案出现偏差，所以才用自己的生命来为冷寒铁做着纠正，护送他最后一程，从此以后黄泉水冷，阴阳雾浓，不复相见，只剩揪心牵挂了。

时光从白昼切换成了黑夜，再从黑夜重返白昼，冷寒铁始终保持安静地躺着的姿势。最终将他从枯叶中拽起的，乃是卜开乔从天而降的大呼小叫。虽然有“大风车”减缓了一些下坠的力量，但卜开乔实在是太胖了，而且越靠近地面气流越弱，无法托住他的身躯。不过他也是幸运之人，“大风车”带着他飘落在两棵树之间，被粗壮的树枝卡住，随后树枝断裂，卜开乔手掌打滑，整个人与“大风车”一起跌落下来。这时下坠的余势已被消除得差不多，加上他一身的肥肉成为极好的缓冲，因此他倒是安然无恙。

卜开乔坠落的地点距离冷寒铁不远。他很快就发现了另外一片被压垮的树丛，想起巴库勒他们的话，于是搜寻过来。见到冷寒铁躺在地上，他不觉大吃一惊。不过他很快就发现冷寒铁的伤势并不重，只是他整个人似乎疲惫到了极点，或者是受到了极大的打击，所以不想动弹。卜开乔将自己的内衣撕成了布条，给冷寒铁做了简单的包扎，固定住了他的肋骨，使其不会滑动，戳伤到心脏或者其他血管。随后他用石头打了一只山鸡，将它烤熟了，分一半给到冷寒铁。冷寒铁倒也不拒绝他的好意，默默地接过山鸡将它吃完了。

整个过程，冷寒铁始终默然不语。卜开乔觉得没趣，就说了一句：“不知道林大掌柜的他们在上面怎么样，该不会准备跳下来吧？”

这句话成了开启冷寒铁理智的钥匙。他哑声问道：“你见过他们？”

卜开乔点了点头，将他在悬崖上方见到的一幕说出来了，临了道：“不知道他们现在找到吃喝的没有。”

冷寒铁闭上眼，不复言语。此时天色渐暗，百鸟归林，叽叽喳喳声响成一片，最后归于岑寂。冷寒铁重新陷入被催眠似的状态中，不言不语、一动不动。

黑白交替，又是新的黎明到来之前。冷寒铁抖落身上的露水，走到雄雕的尸体处。雄雕血肉模糊，被它护住侥幸未死的小雕饥寒交迫，已经奄奄一息了。冷寒铁默默地注视着它，眼神中如同雨后新晴的天空，不停地变换着各种色彩。最终，他叹了口气，利用枯枝击中一只出来觅食的老鼠，将其内脏掏出，放在小雕的面前。小雕狼吞虎咽地吃起来。冷寒铁又用树枝在旁边挖了个坑，将雄雕埋葬掉。他久久地站立在那微微鼓起的小坟包前，仿佛在追思往事。临了，他叹一口气，又捕杀了一只老鼠、一只鹌鹑——这些都是老鹰绝佳的食物，将它们放置在小雕身边。他自己则吃光了卜开乔抓回的半只兔子，然后终于开口说了一句话：“你在这里等着，我去找他们。”随后他起身，走向悬崖，徒手开始攀爬，并最终为巴库勒他们所发现，顺利完成会师。

冷寒铁的这段经历，众人就只能探明后半段，前半段的生死关头与理智复苏，却是决计无从得知的。但从他的清朗双眸中，众人能够读懂一丝解脱。或许眼下的冷寒铁，是最好的他，一个与往事讲和的胜者。他再不复有狰狞与狂躁，不会那般嗜血，亦不会冷血。他就像一个窥破了武学圣道的武士，明白了生与死的奥秘，懂得了剑锋的出与藏，最为重要的是，他可以将所有的杀机收敛，只剩下平和。

众人商量起了下一步的行动，一致认定要先去寻找水源，顺着水源找到彩虹的尽头——金殿理应藏在那里。林从熙根据他们登高所见的情景，给出的水源方向是东北。

确定了方向之后，大家熄灭火苗，将在此生活留下的痕迹清理干净，不给后来者留下线索指引，再一起朝着东北方向出发。相比于他们之前走过的危机四伏的西青林，这里的原始森林算是比较轻松的旅途了，除了偶尔被地面上凸起的树根，或者是缠绕的藤蔓绊到外，他们几乎没有遇到过什么险情。如同卜开乔所言，这里的动物大概从未见过人类，对人类更多的是好奇之情，而缺少足够的警惕。巴库勒很快就用套索套住了一头鹿，让腿部受伤的陈枕流抓着鹿角骑在上面，而他们在前面用绳索牵引着鹿走。

大概走了三个时辰，他们听到流水淙淙，不觉精神一振。很快，他们找到了一条泉流。但很明显，这只是山林间的一条小溪，并不足以撑托起他们的旅程。于是他们顺着泉流继续往前走，一个小时后，一条宽阔的河流出现在他们的面前！河流约莫有 5 米宽，2 米多深，而且水色浑黄，应该是近期下过暴雨冲刷而致。

巴库勒心头一动，道："这条河流不会就是跟我们先前所处的地底暗河相通的吧？"

众人不自觉地将目光投向卜开乔。在所有的人当中，只有他从暗河中走出来了，进入到森林。

卜开乔委屈地缩了下肩，咕哝道："我又不是从这里上岸的。"

巴库勒道："不是这个意思。如果这条河流真与暗河相通，那么沿着河流寻找，说不定就能够找到我们当日里所乘坐的橡皮艇，而且按照那个日本人的说法，当初日本人是从神农架附近村民那里搜到一尊金像的，再沿着河流逆流而上，行驶了半个月左右才到达这里。这么推理的话，金殿有可能是位于河流中段处。这么漫长的河道，我们又该如何查找到金殿的位置呢？除非我们能够在水下布置一双眼睛，时时观察。"

众人听着前半段，不觉燃起了一丝希望，但听到后半句，却又有点泄气——对啊，这么长的水域，谁知道金殿会在哪里呢？难道他们还能将整段河流细细地梳理一遍吗？另外，就算他们找到了金殿，又该怎么从水底下进入？

林从熙道："既然金龙的尽头是彩虹，我们就只管奔着彩虹去，如果在彩虹底下找不到线索，到时再想办法，比如说你们有没有办法让军队空投几个潜水员过来？”

众人觉得这倒是一个办法，顿时宽心不少。于是大家做了分工：有一部分人沿着河岸寻找橡皮艇，另一部分人则负责砍树，做个木筏，剩下花染尘、陈枕流与王微奕三人负责将巴库勒套中的鹿宰杀、生火和烧烤。

两个时辰过后，负责寻找橡皮艇的人空手而归，负责砍木做木筏的人借助冷寒铁黄金匕首的威力，完工大半，而圆满收工的是花染尘他们三人，一头近两百斤的鹿被他们烤得外焦里嫩、香气扑鼻，闻起来都让人垂涎欲滴。

众人美美地饱餐一顿，将剩余的鹿肉分成两份：一份留给腿部受伤、留下自疗的陈枕流；一半则作为干粮带走。唐翼为陈枕流找到了一个树洞，十分干燥，铺上一些青草，卧一个人不成问题，又用制作木筏余下的材料做了一个木门，在木门背面绑上绳子，绳子再穿过一条长木棍，可以别在树洞里，这样子晚上睡觉时陈枕流就可以关门，免于野兽侵扰之烦恼。

有了干粮和栖身之所，又靠近水源，同时还握有一把手枪、二十发子弹和一把军用匕首，陈枕流具备了在丛林里生存下去的充足条件。

木筏扎好了。冷寒铁他们试探着踩上去，十分牢固，足以承载他们所有人的重量。王微奕恋恋不舍地与爱徒告别，再三叮嘱他多保重，等到腿疾好了就去找他们，如果找不到的话，就争取独自走出神农架，重返武汉，等候王微奕他们平安出山。

踩着木筏，撑着竹篙，冷寒铁他们一行缓缓地踏上了新的征程。

五

水路曲折。冷寒铁他们行进的速度很慢，每天在水上漂泊 10 个小时左右，可以前进三四十公里。如果按照直线距离计算，不过前进了十余公里。好在大家并不急于前进，谁都清楚，这乃是新一场恶战之前难得的宁静时光，没有敌人追杀、没有野兽伏击，更没有机关拦截，有的只是粼粼的波光、习习的凉风，以及漫天的星光。

巴库勒将从神秘喇嘛处习来的龟息法传授给到了冷寒铁，用于治疗断掉的两根肋骨。他也曾经动过这个念头，可是他知道冷寒铁的心头存在着魔障，魔障未除，根本无法学习龟息法。因为龟息法需要天灵处一片澄澈透明。而长久以来，冷寒铁的天灵处被魔鬼的翅膀层层蒙翳，若是强行修炼龟息法，只怕会突破他记忆的屏障，将魔鬼释放出来，那时的冷寒铁恐怕将变成世界上最为恐怖的人。这一路冷寒铁沉默寡言，但巴库勒却敏锐地察觉到，原本笼罩在冷寒铁身上的那股凶戾之气，已经消失了。这让他喜出望外。他知道，冷寒铁已经获得了新生。新生的冷寒铁若是能够学到龟息法，那么无疑就会将整个身心涤荡一遍，甚至可以进入到禅者的境界。

令巴库勒倍感欣慰的是，冷寒铁没有拒绝巴库勒的盛情。在河流上漂泊的两天里，冷寒铁始终盘腿闭目修炼龟息法。整个人仿佛入定一般。河流并不平坦，难免会有波澜，可是冷寒铁却宛如黏在木筏上似的，纹丝不动。他的气色变得越来越好了，原本脸上掺杂着的一丝青气渐渐地消散了，断掉的肋骨也奇迹般地不再生疼——如果他继续修炼，不出意外的话，应该几天后就可以行动自如了。

冷寒铁的恢复情况让众人大感欣慰。唐翼等人也想找巴库勒学习龟息法来疗伤，然而却遭到了巴库勒的婉拒。因为喇嘛在传授给巴库勒龟息法的时候曾说过，这个只传给有缘人，且须是心定如磐石，静如止水者才可修炼，若是心不能定，修炼龟息法很容易岔气，那时轻者五脏六腑受到重击，重者会全身瘫痪。倘若冷寒铁不是置之于死地而后生，心如已灰之木，身似不系之舟，巴库勒还真不敢轻易传授给他——当日里他修炼时，身旁有喇嘛“护驾”，并且当时的环境并不似眼前这般纷繁复杂，人的心很容易澄净下来。

这是他们沿着河流漂行的第三天早上。众人的精神十分振奋。因为卜开乔凭借他过目不忘的特异功能，指出金龙所吞吐的彩虹距离他们应该只有两三公里。而此时的河面比前两日他们经过的河面要狭窄些，水流则湍急了许多，即便他们不用撑蒿，仅仅顺流而下两三公里不过是30分钟左右的路程。一路上，河岸两侧古木如拱顶，遮住日头，各种不知名的野花迎春盛放，招引来大批的蜂蝶翩跹不已，更有各种各样的鸟儿在空中盘旋婉转。一派美妙的自然风光。

众人的心情轻松了起来，彼此之间有说有笑，只有冷寒铁依旧在旁打坐静养。“快看，有大鱼！”花染尘大叫起来。

大家定睛看去，果然河里有一条大概0.5米长的大鱼，拖着尾巴，正在逆流而上。卜开乔兴致勃勃地用竹篙去击打大鱼，却被它轻易地躲过了，不觉有点失望，唉声叹气道：“哎，能捕来弄个鱼汤喝，那就完美了！”

“还有，还有！”花染尘指着水中继续游来的一群鱼，欢快地叫道：“小卜，这里的鱼好多哪，小卜我们能不能喝到鱼汤就看你的啦！”

卜开乔扬起竹篙，朝着鱼群轰去。巨大的水花溅起，有两三条鱼翻起了肚子，都很快就被水流带着往下漂去。“哎哎哎，快捞起来呀。”花染尘活泼地叫道。受她的情绪所感染，巴库勒、林从熙等都忍不住加入了捕鱼、捞鱼的行列中。

水花溅到冷寒铁的脸上。他从入定的状态中拔离出来，缓缓地睁开双眼，注视着众人，及至他将目光从众人的身上移至水面上时，眉头骤然蹙了起来，猛地站起，冲至木筏前头，抓住一支竹篙撑向河心，同时朝拿着竹篙打鱼玩得不亦乐乎的卜开乔大喝道：“快撑住！”

大家全都被冷寒铁的举动吓了一跳，但随即反应过来：定然是剧烈的危机环绕在他们的身边。顿时，捕鱼的兴致抛到九霄云外去了，卜开乔急忙将手中的竹篙狠狠地戳向河心。然而他戳在了石头上，由于用力过猛，加上水流湍急，竹篙吃力不住，崩裂了！

如此一来，整条木筏上只剩下冷寒铁手中的一把竹篙支撑着，独木难支失去了平衡，在水流的带动下，在河面上打了个旋儿，随即摆脱了冷寒铁的羁绊之力，继续朝下游漂。水流带着木筏拐了个弯后，河道被两道石壁紧紧夹住，骤然收窄，水流顿时加速，如同受惊的野牛一般拖拽着木筏粗暴地朝着下游掠去。

冷寒铁使出全身的力气，依然止不住水流的万钧之势，急得他怒目圆睁，大喝道：“老巴，动手！”

巴库勒不敢怠慢，急忙翻出刘开山留下的那捆绳索，对准岸边的一棵水杉抛去。绳索的末端带着抓钩，勾在树干上。巴库勒奋起神力，右臂的肱二头肌高高拱起，如霹雳般大喝一声：“嘿！”

巴库勒的力量何其大，一拽一撑，勉强地缓住了木筏的下行之势。

卜开乔和林从熙见状，急忙跨步过来，想要一起拽住绳索。

冷寒铁见状吼道：“不可！”

然而为时已晚。木筏在激流的推送下，原本就不甚平稳，而卜开乔、林从熙等同聚一处，使得木筏顿时头重脚轻起来，在一个浪花的拍打下，瞬间翻倒下来。木筏上的人全都翻落水中。

惊起一片惊叫声。

唐翼、楚天开等人处乱不惊，很快就在水中稳住身躯，用力游到巴库勒的身边，拽住绳索。可是花染尘、王微奕、林从熙和卜开乔在猝不及防之下，被甩入冰冷的河水中，呛了几口水，感受到了水流的湍急，顿时惊慌失措起来。王微奕和花染尘甚至被水流冲出了几米远。慌乱之中，原本识得的水性也不起作用了，两人的脑袋在水中沉浮。而越往下水流就越急，若是被甩到十余米远的拐弯处撞到头的话，那么基本上就在水底起不来了。

危急之际，一根竹篙挑住王微奕的衣服，紧接着伴随着一声："抓住！"王微奕只觉得整个身体腾云驾雾起来，几乎是漂浮在水面上行走，未等他做出反应，整个人已经被甩到了河岸上。

沉浸在水中的花染尘目睹这一幕，心头不自觉地涌起了一股失落感，哀怨道："在他的心中，我永远是排在末位的……"那一刻间，她心灰意冷，放弃了挣扎求生的欲望，任由水流将自己往下游推去。

眼见得水花如簇，将自己甩向坚硬的岩石，花染尘不由自主地闭上了双眼。可是她迎头撞上的，却不是岩石，而是富有柔韧性的竹篙。她惊异地睁开眼，发现一支竹篙正笔直地插入岩石的缝隙间，尾部依然翘动着而且抖索不已。竹篙如同一个坚强的臂弯，承托住了她的身躯，阻止她进一步往下游漂去。紧接着一个身影如同白练般，穿透碧波怒浪，很快抵达她的身侧，一把抱住了她。

结实如铁棍般的手臂、坚毅如磐石般的面孔，不是冷寒铁还有谁？

在脑海中幻想了无数遍的拥抱场景，这一刻在水中成真。从绝望的谷底飙升至幸福的巅峰，花染尘感觉大脑间一阵眩晕，仿佛所有的空气全都变成了液体，堵住她的鼻孔、她的七窍，令她无法呼吸，不能思考。她只能让自己翻了个身，如一条章鱼般，紧紧地缠在冷寒铁的身上。

冷寒铁似乎没有温香怀玉的激动感，他只是默默地跨过逆流，带着花染尘踏上河岸，默默地将她放在草地上，然后扫视了一下大家，只见所有的人全都在——林从熙和卜开乔在落水后及时抓住了巴库勒抛出的绳索，很快就顺着绳索爬上了岸。

众人惊魂甫定，实在猜不透水流怎么会发生这般变化，也不太理解冷寒铁为何要急流勇退，而不是顺流直下。

冷寒铁没有解释，只是令楚天开爬上附近最高的那棵树的树梢，朝水流下游方向探视，看能否发现什么。

楚天开领命而去，刚爬了一半，他便激动地大叫起来："彩虹！彩虹就在前方不远处！"

众人精神为之一振，随即目光更加狐疑：为山九仞，功亏一篑，这实在不似冷寒铁的行事风格，莫非他放弃了寻找金殿的目的？

冷寒铁示意楚天开爬得更高些。

楚天开如同灵巧的猴子一般，很快就攀上树梢，以手遮额，朝前望去，"呃，好像除了彩虹外，就是水汽……咦，有点不对，前方的河水怎么感觉比我们这里的低了那么多？"

一句话让人心头一颤，盘结在众人心头的疑问渐渐地有了答案。

楚天开从树上溜下。冷寒铁面对着大家，徐徐地吐出了口气，道："我知道你们心里想的是什么，我能说的是，如果刚才我们没有及时回头，那么也许迎接我们的命运便是粉身碎骨。"

王微奕脱口而出："瀑布！天哪，老夫怎么没有想到这一点？！"

森林里出现彩虹并不稀奇，但在没有下雨的天气里出现彩虹，却是少见的。因为彩虹是阳光照射在空气中的水珠中，水珠将不同波长的光（赤、橙、黄、绿、青、蓝、紫）折射开来，从而形成七彩的霓虹。所以在没有下雨的天气里出现彩虹，那只能说明附近有大量的水汽，而这一般只可能出现在高落差的瀑布里！水流从高高的瀑布顶端飞下，砸在石壁上，飞花溅玉，于是水汽蒸腾，与阳光相遇，便形成了美轮美奂的彩虹。

驾着弱不禁风的木筏从高高的瀑布上坠落下去，大家不用想都可以知道命运会是什么样的，个个不觉冷汗渗出，但心头仍然存疑，有人问："那么……金殿是否就是在瀑布底下呢？"

一道灵光从王微奕的脑袋中闪过，不过与其说是灵光，莫若说是闪电，几乎将他的大脑烧得一片焦黑。他以手扶额，仿佛如此才可以消减掉里面的剧烈震荡，喃喃自语道："老夫明白了，明白了……岩洞里那具棺材究竟是用来做什么，它就是用来设这么一个陷阱……"

"陷阱？"众人惊呼。心头不觉跳动了一下，全都将目光聚焦在王微奕身上。

焦急、失落与痛楚都写在王微奕的脸上。从进入神农架起不足两个月，可是王微奕看上去至少老了有五岁。他虽然年过五旬，但长年累月地在户外参加考古，加上平日里注重锻炼，因此身体素质极佳，甚至不逊色于二三十岁的小伙子。可是如今他的气色却明显地变差了，颓态笼罩在他的眼角和眉间。这一方面乃是因为他先后几次中毒，毒素侵蚀了他的活力；另一方面也是进入神农架后，一路上让他殚精竭虑的地方太多了，极大地消耗了他的脑力。可以说，一直支撑着他克服身体极限与年轻人一起跋山涉水的，正是金殿的神秘诱惑。先前他与众人一起雀跃欢呼地找到了金殿的地点，但如今这个结论却要被自己推翻，因为"金龙的风水被篡改了！"

一句话出来，所有人的呼吸急促起来。

林从熙更是脸色灰败，结结巴巴地问："是与那一具棺材有关吗？"

王微奕目光迷茫，放声赞叹："高人哪，布局者的心思之密、手段之高，真的是超乎想象。用一具带有龙气的棺材填在风水的穴位上，将其改势，改变云气的走向，进而改变金龙的形态，将寻宝者引向不归路，葬身于瀑布之下……"

很显然，将棺材移入岩洞中的那些人，定然是窥破了"日穿针，沿金行"的奥秘，然后有意将其进行"篡改"，不让后来者再按图索骥，找到金殿的地点，于是不惜耗费大量的人力，找到了那一具金丝楠木棺材，将其悬吊放入岩洞中。棺材中的死者应是皇家命格，但死于非命，带有煞气。将这么一具尸体带到岩洞内，会破坏掉附近一带的风水格局，让原来的金龙抬头方向发生了倾斜，原本指向金殿位置的龙头转而指向了瀑布，从而给后来者设下一个夺命陷阱。

众人闻言，不觉为布局者的智慧与能力感到咋舌，更多的还是沮丧。如果王微奕的推断属实的话，那么至少说明了两件事：一是近代有人比他们更早地窥破了金殿的寻宝图，找出了“日穿针，沿金行”的奥秘所在，甚至可能已经找到了金殿；二是即便先行者并未找到金殿，但破坏了金殿的路线图，那么他们现在也失去了金殿的线索。

众人共议了片刻，一致认为第二种可能性更大：原因很简单，如果先行者已经找到了金殿，那么就完全没有必要大费周章地搬运一副棺材来迷惑后来者的视线——有那工夫和能力，还不如用来搬空金殿里的财宝。根据这个结论再推理的话，搬运棺材者，极有可能就是日本人。当日里被困在地底旋涡中的日军为数不少，他们定然会四处寻找逃生出口，另外，外部的日本人也会寻找逃生口用来解救被困在里面的同胞，不排除有部分日本人站到冷寒铁他们找到的那个出口处，发现了“日穿针，沿金行”的奥秘。也许是沉没于鄱阳湖底的那艘日本军舰警醒了他们：不能轻易地将金殿的财宝搬运出去，而需要静待时机，于是他们在找到金殿了之后，将其封存，然后又篡改了风水，不给后来者留下金殿的线索。

冷寒铁若有所思地说：“如果日本人是醉翁之意不在酒呢，他们的目标根本不是金殿里所藏的巨量金子，而是其他的目标呢，比如说建造金殿的科技与技术？倘若他们真的窃取金殿背后的科技，那么将很快从‘战后’废墟中站起来，重获元气。可以预想，在不久后的将来，日本将再度崛起于亚洲，重新变成中国的第一大威胁，一场远比十四年抗战更加艰苦的战役迫在眉睫。”

不过林从熙的一席话很快又让大家燃起了希望：“有没有可能是有人预料到多年后日本人会染指金殿，于是放入了这么一具楠木棺材，将日本人引向绝路，从而保护金殿的安全？在我看来，这一路经历过的机关，无论哪一个都是惊世骇俗，超乎人类的想象。可以肯定的是，设计者肯定是上知天文，下晓地理；前知八百年，后晓八百年，完全参透了天地四方的活动奥妙，掌握了宇宙八荒的运行轨迹。为了保护我泱泱华夏文明不毁于日本人之手，那么出手给日本人一点教训也在情理之中。你们看，日本用船运走金字塔内的金子，可是没出中国国境就在鄱阳湖中沉没了。可见上天是在庇佑我们，不让日本的野心与阴谋得逞。”

王微奕抚髯道：“倒也有这种可能。从棺材的外部形态来看，貌似它被移至洞穴中已有数十年光阴，绝非最近两三年的事。”

林从熙继续道：“再说了，王教授不是说过嘛，寻宝秘笈要与《神农奇秀图》放在一起，才可以寻到金殿。寻宝秘笈我不敢肯定它是否在历史的辗转过程中，被多人所知晓，但我可以拍着胸脯保证，《神农奇秀图》藏在地下坟墓中至少有500年，重见天日后，就只经过土夫子、我、刘大当家的等少数几个人的手，而且冷长官你们等也都见过，它是立体图案，这个技术实在是鬼斧神工，世人万万是仿制不成的。也就是说，日本人无论如何，都不可能在几年前看过《神农奇秀图》，并结合寻宝秘笈来破解金殿的下落。所以我个人有信心认定，金殿还是安静地躺在某个湖底下，等待着我们去寻访。”

众人点头更甚。

冷寒铁的大脑中一片混乱。不管怎么说，金龙风水被破坏，寻宝秘笈被修改，这都使得他们的计划发生了很大变化，眼下需要快速地从一堆混乱的线索中理出头绪，因为在他的心头存在着一种危机感：在这莽莽丛林之中，远不止一双眼睛在虎视眈眈地盯着金殿，稍迟一步，金殿的奥秘就可能落入他人手中，或者大白于天下，或者永远消失。无论何种结局，都背离了他进入神农架的目的。

在他的引导下，众人全都把关注力转向金殿可能存在的地方。

《神农奇秀图》中明确指出，金殿存在于水底下，这是一条非常重要的线索。

金龙的指向被改，但金龙的长度应该不可能被更改，那么金殿有可能就是存在于以瀑布为中心，呈扇形分布的区域之内。

这两条线索，极大地缩小了大家的寻宝范围，也让大家的精神为之振奋。但楚天开提出的一个问题又让众人陷入了新的困扰中：《神农奇秀图》至少成于 2 000 年多前，正所谓沧海桑田，2 000 多年间有几条河流不会发生变道？所以图中金殿之上的那片水域有可能已经完全消失，变成了一片树林。如果一味地寻找水域，有可能会让大家误入歧途。

林从熙喃喃道：“如果沈亦玄沈先生还在的话就好了，他可以告诉我们下一句寻宝秘笈，或许那里面藏有新的线索，可以告诉我们金殿究竟是在哪一片水域下面。”

金殿的线索分为图与秘笈，《神农奇秀图》是经林从熙落入刘开山手中的，进而又在走出西青林之际从一具干尸身上搜索到的；秘笈却是一直由沈亦玄保管。他先后吐露了四句秘笈：“江开裂，天桥现”，“岩出泉，曲成指”，“风雷潜，九锁林”，“日穿针，沿金行”。传说中秘笈共有五句，可惜沈亦玄还来不及对众人说出最后一句，就被灰衣人率野人掳走杀死了。

林从熙的一席话，又引得众人叹息不止。人最为难受的，并非目标遥不可及，而是当你触手可及时却扑了个空，就好比你钟情于一位美人，如是始终无缘，那么你也就只能将那份相思放在心底，念念不忘罢了；可若是有一天她同意了与你成亲，却又在大喜之日反悔，那种抓心挠肺的感觉，足以将人逼疯。

就在大家一筹莫展之际，花染尘徐徐开口道：“引天雷，水见血！”

众人齐刷刷地将目光指向花染尘，急不可耐地问：“你说的可是第五句秘笈？”

唐翼的脸色有几分苍白，眼神中闪过一丝恼恨与后悔。

花染尘目视着唐翼，坚定地重复道：“引天雷，水见血……”

众人不由自主地顺着她的视线，将目光转向了唐翼。楚天开狐疑地道：“染尘姑娘你为何盯着唐长官看呢？这秘笈难道是……”

气氛陡然紧张起来。唐翼下意识地想要握紧拳头，可是他被割断了手筋，虽经日本军医井上存立接续上，但伤势远未曾愈合，用力之下，伤口处又有鲜血溢出。

花染尘移开了目光，撞上冷寒铁的目光，心头一颤。她沉默了片刻，道：“这秘笈是……沈先生被武藤君逼问时吐露出来的，然后被我无意中听到了。”

唐翼的眼中闪过一丝惊异之色，紧绷的身体略微放松了点，眼眸中蕴含的杀机也有所消减，只是尚未完全解除警戒状态。

除了冷寒铁、唐翼外，王微奕、林从熙等人的注意力更多地集中在秘笈上。

“引天雷，水见血，水见血……王微奕喃喃道：“难道是要借用雷电之力，击死水中的某种生物吗？”

林从熙挠着头，道：“我总觉得这里面有点怪怪的。如果水中有某个生物是引发机关的关键的话，那么将它击死了，岂不是机关只可以打开一次，以后再不可能重复？”

巴库勒道：“那会不会设计者就是只让金殿呈现一次？”

众人莫衷一是，如果金殿只能被打开一次，那么2 000多年前鬼谷子进入过，是否这道机关就已作废？

但王微奕却觉得不太可能——一次性的机关多半只应用于陵墓，那个是为了防止有人潜进墓穴中，打扰墓主的安宁，一旦真的被人硬闯，那么就不惜与之“玉石俱焚”，比如说流沙、喷火、降巨石等。而金殿内放置了那么多的财宝，建造者不可能只是将它永远地埋葬在水底下，永不见天日，除非说金殿也是一座陵墓！

就在众人争执不下时，冷寒铁一句话打断了大家的议论：“究竟是一次性还是可以多次打开，等到现场时就见分晓了。我们只须确认一下，这个‘引天雷，水见血’有可能存在于何处。”

王微奕率先点头，赞叹道：“不错，还是冷长官擅于抓住重点。依老夫之见，‘引天雷，水见血’自然是发生在水域，然后地势较为开阔，比如说江渚处……”

林从熙反驳道：“这个未必。比如说，上一次我们接迎天雷，利用水流导电的原理，攻打位于树洞底下的帝宫蛛，也适用于‘引天雷，水见血’。依我见，这反倒有可能是一口井，或者一个泉眼，这样子接引天雷进来，才可以产生最大的威力。如果是在宽阔的江面、河面，面对滔滔的流水，再大的雷能有多大威力呢？再说了，如果在江里面，当初也不好修建这个机关。难道说他们可以将江水截断了来修机关，等修好了后再重新放水？这该是多大的工程？”

王微奕称许道：“不错，还是林小兄弟想得深远，看似更有理。不过老夫保留一点儿意见，你们说金殿是位于一片水域之下，可不代表进入金殿的入口也在水下，有可能它是在江岸，乃至于在悬崖上。”

巴库勒不觉焦躁起来，急急地说道：“这么多的可能性，我觉得我们都如瞎子摸路，啥时才能是个头啊？实在不行就催催上面的人，派一支工程兵过来，把整个河流拦截起来，我们再沿着河岸细细搜寻，这样到底有没有机关存在，不就一目了然了。”

冷寒铁仰着头，道：“如果这么做有用的话，千百年间，金殿早就被人挖走了。”

“那我们能怎么办？”巴库勒说完。眼巴巴地望着冷寒铁又问，“守株待兔？顺藤摸瓜？还是瞎猫碰死耗子？”

“骑驴找马。”冷寒铁淡淡地道，“我建议我们不妨去那瀑布处看一看，或许能够找到什么线索。王教授说，有人利用棺材来修改风水，但是改动风水岂是一朝一夕能够完成的事？更何况，不排除有另外一种可能：棺材的存在，并非用来改变金龙的走向，而是用来修正金龙的指向。毕竟《神农奇秀图》和秘笈成于 2 000 多年前。2 000 多年了，黄河的河流已经改道无数回，这空谷流岚岂会一成不变？”

王微奕闻言为之一怔，细思之下却不由地叹服：“还是冷长官心思细密，这一番高见真是让老夫自愧弗如。老夫是只见其一，不见其二，囿于一己陋见，不如冷长官看得深远、周全。”

“王教授过谦了。如果不是你提醒，谁能猜得到棺材与风水的关系？更何况，我也不过是妄加揣测，不代表就是真相。”冷寒铁真诚地道：“若是论才学之渊博，眼光之独到，这里面谁能及得上你？只是王教授你考虑问题，首先是从学识出发，而我们一介武夫，只能是顺从人的本性。在我看来，有人费尽千辛万苦地将这么一具棺材抬到悬崖上，若只是为了设置一个陷阱，这成本未免也太高了，还不如在水底下放几个绊子来得简单，所以理应有其他的目的。另外，我想日本人应该并没有找到金殿。很简单的一个道理，与我们数度交手的日本人，哦，名叫武藤的对吧？他在日本军界的地位不低，甚至可以说是全权负责寻找金殿一事。若是金殿已经被他们找到，那么他应该早就护送从金殿里带回来的财宝回日本才对，就像他当初护送从金字塔里搜刮到的金子转运到军舰回国一样，而不会至今依然潜伏在这莽荒之地。所以无论如何，我们都应该去瀑布处瞧一瞧。我们要相信古人的智慧及心机。金殿如此神秘与宏大的工程，只可能存在于最不可能的地方。”

他的一席话，让大家心服口服。只是如何走到瀑布处仍是个问题。依据楚天开先前在树上所观察的情形，瀑布在距离他们大概一公里处。走水路最多只消一炷香的工夫，然而谁也不想成为瀑布下的亡魂，那么只能走陆路。而走陆路的话，则需要翻越一座小山岭。正所谓望山跑死马，走起来恐怕有一番苦头吃。

春末夏初的森林里，最多的便是蚊子和飞虫。他们没有行进多久，手臂上、脸上密密麻麻的尽是各种小红疙瘩，钻心地痒。所幸行走不多时，冷寒铁他们就找到了一丛干了的艾草，于是将其搓成绳，每个人挂一截，点燃了用来熏蚊。卜开乔找到一株紫罗兰，将它连根拔起，抱在怀里——紫罗兰、凤仙花、七里香、夜来香、食虫草、藿香等都具有驱蚊的功效。

行走了大概三个小时，众人累得气喘吁吁。在没有路的原始森林中行走，实在不是一件易事：一方面要披荆斩棘，人为地开辟出一条路；一方面则要眼观八方，谨防有野生动物侵袭。王微奕率先叫停：“歇歇吧。老夫年迈体衰，实在是走不动了。”

冷寒铁找了一株千年古木，将树荫下的地面略微清理了一下，然后指挥着众人各自分工：有的负责寻找水源、有的负责寻找枯枝生火、有的则负责寻找食物。不多时，大家陆陆续续地回来，有的人捧着野果、有的人找到了蘑菇，楚天开甚至带回了一个蜂巢，里面的蜜蜂已经被他赶走，余下满巢的蜂蜜。

卜开乔大喜过望，用手指头刮了一大块蜂蜜，放进嘴里吮吸起来，含糊地道：“你怎么找到这宝贝的呢？”

楚天开微微一笑道：“有人带我去的啊！”

“有人？”大家不自觉地抬起了眼。

楚天开微微尴尬地道：“口误口误，是响蜜䴕啦！”

“响蜜䴕？”卜开乔摇晃着硕大的脑袋，调皮地问“这是什么东西？为什么没有收录在我的大脑里呢？”

“就是一种鸟。它们喜欢吃蜂蜜、蜂蜡，但又不能从蜜蜂那里硬抢过来，于是就会指引人类或者獾前去摘取。自然，受到好处的人类或者獾也会给它们留一点蜂蜜、蜂蜡以及幼虫作为报酬。”

“真有这么神奇的小鸟？”卜开乔瞪大了双眼，“快快快，你带我去见识见识那小鸟吧，一回生两回熟，下次它们也可以给我带路，去抢粮、抢蜂蜜……”

楚天开慨然答应，“没问题，下回遇上时，我给你介绍。”

这时，冷寒铁从森林深处走了回来，脚上一片泥泞，神色凝重，若有所思地说：“我怀疑，那具楠木金丝棺材便是从这边发掘并搬运过去的。”

王微奕又惊又喜，大声喊道：“冷长官莫非你找到了金丝楠木棺材主人的墓穴？”

冷寒铁点了点头，道：“大家先行休息吧，待休息好了，我们可以过去看一看，也许能从中找到点线索。”

众人草草地用过餐，然后随着冷寒铁一起穿过一片冷杉、洪洞、连香树等混合而成的林带，最终抵达一片相对比较开阔的平地。平地里生长着高山杜鹃，花开正艳，招来无数的蜂蝶翩跹。而在杜鹃花的中间，空出了一块大概 3 平方米的空地，只生长着些萋萋青草。这些青草连同浮土被冷寒铁扒开，露出下面的半截石碑。

冷寒铁走过去，将石碑移开，下面顿时露出一个 1 米左右见方的洞穴。

众人一见心头，顿时明白：这是一个盗洞！很显然，有盗墓贼发现了此处地底下的墓穴，于是从这里打了个洞直通墓穴，在盗取了墓中的宝物后，再用石碑将盗洞封住。只是相比于寻常的盗洞，这个洞口未免开得偏大了些。盗墓贼虽然有着特别的工具，如洛阳铲，并且经过多年训练，挖洞速度比寻常人要快上数倍，但毕竟盗墓不比考古，讲究的是“速战速决”，洞口多半只能容一人勉强进入，有的洞口甚至比兔洞大不了多少，要仰赖于盗墓贼特别修炼的“缩骨术”才能通过。像这般一米见方的盗墓穴是极为罕见的。排除掉盗墓贼是名新手外，还有一种可能就是墓穴里的宝物体积巨大，寻常的盗墓洞根本无法运出。

第一时间跳上众人心头的是“金丝楠木棺材”！只有贵气逼人的金丝楠木棺材，才需要开设这么大的洞口。再看盗墓洞口，有明显拖曳的痕迹。众人心中的肯定又增添了几分。

接下来的疑问便是：洞中埋葬的是谁呢？

王微奕抓过一把青草，将石碑擦拭干净，露出上面的字。经过岁月的洗礼，石碑上的文字已经有些模糊不清，但依稀能够看得出来是关于墓主生平的：“……本为田间布衣，乱世间仗尺剑起……性彪悍，出没飘忽，大困而不馁，屡踬而复振。龙江败归，还袭安庆；九江之失，疾奔武昌。开拓封疆，奄有荆、楚，控扼上流，地险而兵强，才剽而势盛，亦一时之雄也……”

石碑只有前半截，后半截不知去向，加上前文被侵蚀消失，一时间看不出墓穴主人为何人。但从文字记载来看，应是一名揭竿起义的草莽英雄，并且曾经称霸于荆楚一带。

王微奕的脑海中突然飘出了一个名字："陈友谅？！可他的墓穴不是在武昌吗，怎么会移到此处？"

林从熙瞪大了眼睛，问道："陈友谅？就是那个与朱元璋争夺江山的陈友谅？他不是率 60 万大军在鄱阳湖与朱元璋展开决战，最终惨败，战死在鄱阳湖了吗？怎么又会葬在武昌？然后这里又有他的坟墓？"

王微奕的眉头紧锁着，没有回答他的问题。因为他也找不到答案。

冷寒铁蹲下身，以手捻着土，再放入鼻子下嗅了嗅，站起身道："这泥土里有好重的血腥气，当年应该死了不少人。"

王微奕从恍惚的状态中拔离了出来，看了看泥土，"哦"了一声道："这泥土应该是拖拽棺材时从里面带出来的。如果老夫没有猜错的话，这里是属于墓穴的外围，陵墓则在前方。"

巴库勒不解地道："陵墓在前方，却为何在这里开洞？"

"因为陵墓里定然是机关重重。其他的不说，陵墓的拱顶一般都是采用'三合土'来建造，即用沙子、白灰、筛土混合糯米浆凝结而成，硬度堪比今日里的水泥，而且多半不止一层，里面可能还会用到大量的条石、青砖浇灌锡水而来铸成防护层，固若金汤。若是硬从中打洞进去，即便没有累死，耗时也颇长。所以一般就是从侧边打个斜洞进去，绕过这些防护层，直接进到墓穴中。此处土中带血，应该是在墓室建成之后，屠杀造墓的工匠时滴落的鲜血染成的。杀死修墓工匠一方面为了灭口，不让他们泄露陵墓的秘密；另一方面也是用来祭祀墓主。这种行为在先秦时期十分盛行，但后世觉得它十分残忍，这种做法就渐渐少了。只有一些大奸大雄者，才会保留这种行径。有的墓主还要求用活人殉葬，比如将一对童男童女放入墓穴中随葬，或者是生前的妻子、侍妾。朱元璋就拉了 39 名嫔妃与他同赴黄泉，而且手段十分残忍，乃是在人活着的时候灌入迷药，再凿开头骨，将水银灌入进去，令水银顺着活人的血脉行走，从而达到反腐、产生尸毒的效果。”

花染尘听得毛骨悚然，很难想象那些被活埋在暗无天日的坟墓中的童年童女，无衣无食，守着一具逐渐腐朽的尸体，渐渐地死去，该是怎样的一种悲惨与绝望。相比之下，那些被灌入水银而死的嫔妃虽然结局悲惨，但至少不必那么长时间地等待着死亡。

王微奕带着众人拨开丛林间的荆棘藤蔓，继续往前寻找，果然不多时，在东南方向、距离杜鹃花丛大约 20 米的地方，找到了一片荒弃的陵墓。陵墓上，浮土吹满，垂木已成拱，早已看不出其本来的模样，唯有树间地面上散落着一些破碎的石翁仲、石兽，以及断裂的石碑，昭示着这是一片非同寻常的墓穴。

王微奕找到了残碑的另外一截，但令人遗憾的是，上面的文字全部被人打磨掉了。似乎石碑上隐含了某个秘密，盗墓者害怕后人看到，于是将其毁去。

王微奕再转悠了一圈，除了确认石像风格偏于元朝、明朝时期以外，再无其他所得，他悻悻地说道：“看来有关陵墓的信息就在这石碑上，可惜，唉……”

林从熙依然摆脱不了心头的困惑，自言自语道：“陈友谅怎么会葬于这荒山野岭之中呢？他这么做到底是有什么意图？”

王微奕长叹一声，道：“老夫也想知道答案。可是你能让这些断裂的石像开口说话，告诉我们历史真相吗？”

冷寒铁插嘴道：“会不会这里只是一处障人耳目的假冢，内中埋葬根本就不是陈友谅？”

王微奕沉思了下，摇头道：“依老夫之见，此处埋葬的恐怕是陈友谅的真身，武昌的坟墓里葬的倒有可能是身前衣冠或者是替身。陈友谅与朱元璋互相将对方视为最大的威胁，一生对战多回。民间传说他们还展开过风水大战，互相破坏对方祖坟风水中来扳回战场上的失利。朱元璋的军师刘伯温上通天文，下晓地理，对于风水自是十分熟稔；而陈友谅的父亲陈普才相传一生精研风水之术，临终之际将一干风水书籍全都交付给陈友谅的发小、素有元末第一猛将之称的张定边。鄱阳湖一战中，陈友谅被流矢射中身亡，张定边浴血奋战，驾着小舟，载着陈友谅的尸体及其子陈理，杀出重围，直奔武昌，在武昌立陈理为帝，并将陈友谅葬于武昌。但从目前的情形来看，陈友谅的武昌墓应为一座空冢，精通风水之术的张定边应该是在神农架里为陈友谅另外择了一方风水宝地，将其安葬于此处。只是不知道数百年后，谁人得悉了这一信息，将他的棺木挖出，搬至悬崖上。唉，或许这亦是一番天意吧！”

关于朱元璋与陈友谅的风水之战，历史上有不少的记录，是真是伪，容后人自行判断。

相传陈友谅的父亲陈普才精于风水之术，生前为自己选择了一块风水宝地，叫“五龙捧圣”。他在临终时要求不要大操大办，不许响锣鸣鼓，燃放鞭炮，另外因为祭日那天刚好是九月初九，与其生辰三月初三相冲，为化解这个大忌，要求在其死后，陈友谅和众兄弟身穿“花子衣”，外出讨饭七日。陈友谅照办。于是，百姓们戏称陈友谅为“花子王”，叫花子们都把陈友谅称为“祖师爷”。他当年在分盐地界住过的一座破庙，被当地百姓叫成了“花子庙”，庙旁的村庄叫“花子村”，村中的一座桥叫“花子桥”，一直流传至今。

有着祖先风水庇佑的陈友谅很快便平步青云：他加入徐寿辉的红巾军后，屡建奇功，很快成了徐寿辉的得力干将。再以后，陈友谅羽翼渐丰，挟持徐寿辉，自称汉王。后又杀死徐寿辉，自立为帝，建国号大汉，挥军直指南京，欲与朱元璋争夺天下。陈友谅屡战屡胜，急得朱元璋坐立不安。

军师刘伯温向朱元璋献计说：“要想破陈友谅军，须先破了他家的风水。”于是朱元璋派遣徐达、常遇春、傅友德、汤和等大将率军赶至陈友谅的老家，斩树劈岩、凿石挖深沟，将龙脉地气破坏得一干二净。

陈友谅也不甘示弱，一方面令人重新修缮祖坟，建亭立碑，开挖河港，借水势成龙成凤，助泽国而四水拱抱，以防龙脉地气流失；另一方面则以牙还牙，派人去挖朱元璋的祖坟。

朱元璋的父亲朱五四葬于安徽凤阳境内的太平蛤蟆塘。传说朱家贫困，朱五四死后，没有棺木下葬，朱元璋只得与家兄草草地把父亲的遗体放在一块门板上，抬进山中安葬。不料，一出门就遇大雨，刚到山下的蛤蟆塘乱石沟，又遇山洪暴发。朱元璋兄弟见此，忙放下父亲遗体，跑到山上皇觉寺躲避。雨停后回原处，发现父亲遗体停放处地裂尸陷已成坟。当地百姓都说朱元璋父亲是天葬龙窝，后人必出皇帝。

陈友谅指挥将士们来到朱五四的坟墓前，开山掘地，直挖得山岭穿孔，峻岭断裂，河流改道，据说当时龙脉地气浓浓地向外冒着紫雾。这之后，陈友谅与朱元璋几次作战均获胜。更有甚者，在围困洪都（南昌）的战役中，陈友谅出动舰艇上千艘，把朱元璋打得溃不成军，几乎全军覆没。关键时刻，若不是朱元璋手下一名士兵化装成他投湖而死，骗过了陈友谅手下将士的追杀，朱元璋恐怕早就成了陈友谅的刀下之鬼。

为扳回颓势，朱元璋派人到江西一带重新寻访风水宝地，最后访到卧龙岗，以为山势盘旋如卧龙，是出帝王的大穴。由于战争的需要，风水师和朱元璋手下谋士都力主赶快营葬，以求速发。这时，朱元璋家中并无枯柩可以营葬，因为先祖的骨骸全都被陈友谅捣毁冲走了，朱元璋为此愁眉不展。一天，他双目失明的寡母，听见儿子在唉声叹气，以为前方战事失利，于是劝儿子不要去争权夺利，争地争城，说："看来你们朱家的坟上并没有出帝王的气数。"朱元璋双膝跪下说："孩儿正为此事发愁。听谋士讲，陈友谅祖坟葬的是双凤朝阳的大穴，是该出帝王的，而我们祖坟无法与他抗衡。现在我在卧龙岗谋到一穴，可惜我家无枯柩可以营葬。"瞎母听到这里，方才明白儿子的心思，不禁转忧为喜，乐呵呵地说："吾儿何虑！你自去营穴，明日寅时，我叫你葬下你们家的一个嫡亲祖先。"朱元璋虽然将信将疑，但他是个孝子，还是照母亲的吩咐，把正穴挖好。到了寅时，瞎眼母亲让人搀扶着来了，穿戴整齐，怀中揣着一只红布袋。她告诉朱元璋：袋里是其父的一根骨殖。只见她摸索着走下墓穴，直立不动，瞑目而逝。霎时间两边黄土自动愈合，顿成坟冢。这就是“卧龙岗”活葬母的故事。

其后，朱元璋得其母保佑，于公元1363年在鄱阳湖一战中，采纳郭兴的建议，用火攻击败陈友谅的大军，陈友谅亦身中流矢而亡，其一手创立的大汉政权倾倒。朱元璋歼灭陈友谅残部之后，北上灭了大元，做了皇帝，开创了200余年的大明王朝。

冷寒铁自然不懂这段野史。他环顾四周，问王微奕：“还有什么信息可以证明这墓主是陈友谅吗？”

王微奕惋惜地查看着四周被砸烂的石像、石碑，道：“这里被破坏得面目全非，已没有什么有用线索可供调查了。”

冷寒铁继续问道：“那坟墓中呢？还有可能找到线索吗？”

王微奕沉吟了片刻，道：“算了，依地面上的情形来看，坟墓中有价值的线索应该也都被破坏得差不多了，而且难保没有机关陷阱。我等就不要冒这个险了。”

楚天开问道:“王教授,依你的专业之见,这里的风水有什么独特之处,值得陈友谅亲友大费周章地将那么笨重的棺椁移到这里呢？”

王微奕苦笑道：“非常抱歉，老夫的专业在于考古，对于风水阴阳，只能说略懂点皮毛，离观形点穴还差得远，更何况我们没有身处高位可以俯瞰四周，又缺少罗盘等物件，所以我无以回答你的问题。”

站在一旁的林从熙吐出一口浊气，道；“以我个人浅见，此地为山水拥抱的极佳万年吉壤。《葬经》有云：‘气乘风则散，界水则止；古人聚之使不散，行知使有止，这是相阴宅的大势。我们看，此地左右俱是延绵数百里的崇山峻岭，恰如一阴一阳两条龙脉各向西北东南而来，中间为一开阔地带，形成一处天然二龙戏珠状。最为重要的是，在西南方有河流蜿蜒，云聚雾剑，气势磅礴。龙、砂、穴、水浑然天成，是个上佳营穴造墓的圣地。再观这南山周边的丘陵呈辐射布局，而且万山悉垂首朝南，一路山势层峦叠翠如波浪起伏，紫气霭霭，气生聚合，四面拱拜，八方朝贡，足显帝王之气。只是我个人有些奇怪，如此完美的风水宝地，为何却不能应验呢？据我所知，陈友谅战死后，张定边等人在武昌立陈友谅的次子陈理登基为帝，改元德寿。次年，朱元璋西吴军廖永忠部兵临武昌城下，陈理出降。这天子之命最终还是落到了朱元璋头上。莫非朱元璋的祖坟命里真的可以压过此处的风水格局？”

关于朱元璋的真命天子命格，还有一个传说：当年，元朝设在南京紫金山的“青天剑”能上知天文，下知地理。有天，守护人上报朝廷：“真龙天子于正月初七午时出现在凤阳城南门。时年七岁，头顶银碗，身着红袍，左手撑绿绫伞，右手捧白玉玺，胯下一匹黄骠马，吹、弹、拉、打乐队伴奏。”元朝出动了许多兵马，把凤阳城围得水泄不通，杀害了许多无辜儿童。而朱元璋在这天午时果然准时出现了凤阳南门，也刚好七岁，头顶银碗（白花花的癞痢疮），身着红袍（全身晒得通红），左手撑绿绫伞（荷叶），右手捧白玉玺（二个铜板买的豆腐），胯下一匹黄骠马（一根黄色竹棍），从万军之中走过，一路放行。在他们眼里，这么一个一丝不挂的穷讨饭娃怎么会是真龙天子？

王微奕仰望着天，心头一动，叹道：“果然一饮一啄，莫非天定。此处固然是处风水宝穴，奈何选穴者忽略或者说未能察觉到一点，那便是在头顶之上的天空中，尚浮动着条金龙。二龙可以戏珠，三龙却只有恶斗。所以冷长官你的猜测极有可能是对的，这金龙的走向是被改动过，但改动的原因并非沧海桑田，而是这陈友谅的坟墓冲煞。为了调校回金龙的正确位置，那么就必须破坏掉此处的风水格局，并将汲取了此处天地精华的陈友谅尸身及其棺椁一起移至金龙的起点，这样的话才可能让金龙重新归位。哎，也不知当年在此安葬陈友谅的尸身，除了风水考虑外，是否还别有目的。但不可否认的一点是，将棺椁移至悬崖上的人，定然是位风水大师，可以窥破天机。相比之下，老夫的微末技艺与看穴眼光，实在属于萤火之光，难于望其项背。”

冷寒铁深邃目光凝视着远方，“能看风水、能解风水、知道秘笈，这会是什么人呢？金殿位置对他们来说还会是一个谜吗？”

王微奕道；“金殿之谜，堪称千古之局。离开了《神农奇秀图》的配合，除非是鬼谷子那样的天纵之才，否则绝非可以轻易解开。”

冷寒铁点头，道：“那行，我们继续赶路。”

林从熙在旁嘟囔道：“金殿的密匙存在于《神农奇秀图》中，可是你们却把它给毁掉了，真是暴殄天物，糟蹋宝贝。”

巴库勒瞪了他一眼，不以为然地说：“究竟是谁在暴殄天物？我们毁掉了《神农奇秀图》，可是好歹识别出里面的奥秘。那图在你手上有好几个月吧，就算你把它当祖宗一样地供奉着，它可曾放一个屁给你闻？你再叽叽歪歪的话，小心我抽你！”

林从熙愤愤然地瞪了他一眼，停止口角，而开启腹诽。

六

一干人继续往密林深处走去，忽然间花染尘神色凝肃，做了一个示意大家安静的手势，然后她再侧耳倾听，轻声道：“有人过来了，正是朝着我们这个方向的。”

冷寒铁神色一凛，林从熙却是兴奋异常，开心地说道：“太好了，你的耳力恢复如初了？”

花染尘摇了摇头，道：“略有恢复，不及原来的二三成。不过如此最好。我讨厌耳朵里一刻也不得安宁。”

冷寒铁指挥着众人分散开，找好掩体，隐蔽起来。他则与楚天开等人埋伏好，进入战斗状态。

不多时，一个声音传了过来：“哎，你们几个就别抱怨了。这是深山老林，自然是不好走了点。你们想快也可以啊，就学那一群傻蛋，驾着个竹筏冲下瀑布，摔个粉身碎骨，一步登天……”

另外一个粗野的声音响起：“我说沈三浪，你别这么乌鸦嘴，诅咒大家好不好？你最好就是祈祷大家能够顺利地走出这片树林，尽快找到那金殿，取得宝藏。要是你瞎扯淡，欺骗了柳爷和哥几个，我保管一定把你的卵蛋全都打成肉酱……”

“沈三浪”的名字如同一枚惊雷在王微奕的头顶上炸响：“这不是沈亦玄的别名吗？”

沈亦玄年轻时，风流不羁，曾经一日御三女，于是世人送了他个外号“沈三浪”。不过随着年纪增大，沈亦玄的花花肠子收起来了，专注于经营生意及研玩古董，于是“沈三浪”这名字渐渐地少有人叫起了。

沈亦玄先前乃是以囚犯的身份与他们一同进入神农架的，不过后来沈亦玄被野人掳走，下落不明。大家一直以为他已经死于非命，未曾料到竟然在此地重逢。王微奕心头不由得一阵激动，下意识地想要从藏身的树丛里站起，与他打声招呼。

与他躲藏在一起的楚天开暗叫不妙，伸手想要去抓住王微奕，然而为时已晚，“哗啦”的声音惊动了沈亦玄一行。

“有埋伏！”

顿时，一阵子弹如暴风雨一般地袭向王微奕所藏身的树丛。

几乎是在电光火石之间，楚天开抓住了王微奕的衣襟，带着他一个着地翻滚，藏身于一棵大树之后，躲过了暴风骤雨般的子弹。

冷寒铁、巴库勒和唐翼果断地开枪反击。

与沈亦玄同行的一干人，虽然也算是高手，可是在冷寒铁等人面前，他们的反应及枪法都只能属于三流。更何况冷寒铁在暗处他们在明处，加上冷寒铁他们事先做好了射击准备，而他们则是仓促开枪，于是这注定是一场没有悬念的战斗。不到一分钟，枪声停止。沈亦玄一行人全都倒在血泊之中，包括沈亦玄。

冷寒铁没有理会其他人，直奔沈亦玄而去——其他人基本上都是他开的枪，无须检查也知道是一枪毙命，唯独沈亦玄他是决意要留活口的，却不知被谁人下了杀手。

沈亦玄右胸中了一弹，血沫从创口间汩汩而出。他的眼睛中闪着死亡的阴影。

见到冷寒铁，沈亦玄如同见了鬼魅一般，半是惊恐半是失落，惊疑地问道：“你们竟然没掉下瀑布？”

冷寒铁没有说话，飞快地将他身上的衣服扯成布条，包裹住他的伤口——他知道这只不过是延缓出血速度，只能让沈亦玄死得慢一点而已。

冷寒铁目光灼灼地注视着沈亦玄，追问道：“你们怎么知道走这条路？寻宝秘笈里还有什么口诀？”

他没有问沈亦玄是如何逃出生天的，也没有询问与沈亦玄在一起的人到底是谁，貌似这些问题对他都没有意义似的。

沈亦玄猛烈地咳嗽起来，带动胸口的伤口又喷溅了些许鲜血出来。他对自己的命运有着清醒的认识，苦笑道：“你觉得都这个时候了，我会告诉你真相吗？”

冷寒铁微微眨了下眼睛，道：“那你们是哪一年过来的，将陈友谅的棺材搬运到悬崖上，用来校正金龙的指向？”

沈亦玄惊讶道：“你怎么知道那是陈友谅的棺材，又怎么知道是我们搬运走的？”随即他很快便意识到自己落入了冷寒铁的语言陷阱中，于是忍不住又咳嗽了下，“你还想再套什么话？”

冷寒铁缓缓地道：“没有了。你的心愿我们会替你达成的，到时找到金殿，我会烧张纸告知你的。”

沈亦玄挣扎着想要起身，却又颓然倒在地上。他凝聚起全身的力量，大声道：“你们就别做梦了，想要找到金殿！你知道看守金殿的是谁吗？是魔鬼，地狱来的魔鬼，喷射着烈焰的魔鬼！没有人可以靠近金殿。所有靠近金殿的人全都要灰飞烟灭！你们也不例外。哈哈哈，你们放心，我们很快就会在地下再见的。”

魔鬼……冷寒铁的大脑里微微一颤。他想起了刘开山说过的话：“我们的飞机在高空中遇到了‘魔鬼’，比世界上最高的山峰都要高大，双脚站在神农架里，张口就将飞机吞噬了进去……难道在神农架里真的存在着可通天的魔鬼？”

王微奕急急赶了过来，见到浑身是血的沈亦玄，不由得跺足道：“哎，哎，沈先生，你既然已经逃出去了，又何苦再踏入这神农架呢？”

沈亦玄的目光开始涣散，气若游丝地说道：“人性本贪。一个局布了20年，叫人如何不念它？命里无时终须无，半生痴念埋黄土。我挣脱不过命运，但总挣脱得过命。如今，也算是解脱了。求仁得仁，复无怨怼。希望你们能比我走得更远。可是别忘了，金殿不是天堂，而是地狱。终点处等待你们的，只有魔鬼……”

说着说着，沈亦玄的眼皮耷拉了下来，腿一伸直，溘然长逝。

王微奕有一种兔死狐悲的嗟叹。算起来，他与沈亦玄相识已近十年，虽然谈不上深交，但却敬重沈亦玄在古董上的独特造诣，也受到过他的一些指点。进入神农架，他内心真正亲近的，首推是自己的爱徒陈枕流，其次便是囚犯之身的故交沈亦玄。如今沈亦玄已逝，陈枕流伤重分开，他不免有种深深的伤感。

唐翼、楚天开等人亦从藏身处走上前，搜查起死者随身携带的行囊。

冷寒铁盯视着他们，声音里不带一丝波澜地问：“刚才是谁开枪杀的沈亦玄？”

唐翼面无表情地回道：“是我开的枪。”

冷寒铁的目光变得如刀片般锋利，冰冷地说：“他对我们并不会构成威胁，你为何杀他？”

唐翼的瞳孔微微收缩，答道：“双手重伤未愈，握枪不稳，有所偏差，误中了他。”

“偏差……”冷寒铁点头道，“看来你原本瞄准的是他的心脏，对吧？”

唐翼紧闭嘴唇，拒不作答。

巴库勒、楚天开等人惊异地看着唐翼。他们不解唐翼与沈亦玄之间有何过节，以至于他不顾沈亦玄身负寻宝秘笈，而开枪结果了他。

楚天开小心翼翼地问道：“唐，你不是有心杀他的吧？”

唐翼深吸了一口气，道：“不错，我杀他是为了灭口。因为在这之前，正是我放走的他。他不该回来寻死！”

楚天开怔了一下，道：“你放走的他？你的意思是，他并非被野人掳走的？”

唐翼又闭上了嘴巴。

冷寒铁将目光转向花染尘，问：“当日里，你听到他与沈亦玄的对话了吗？”

花染尘望着唐翼，期期艾艾地不知道该如何作答。

冷寒铁回过头来，望着唐翼，摆出一副打破砂锅问到底的架势说道：“你说，你究竟有什么心结，就今天在这里摊开，大家做一个彻底了断。”

“了断？”楚天开吓了一跳，“冷大、唐有话好好说。兄弟多年，你们可不能做这等同室相残的傻事啊！”

唐翼注视着冷寒铁，眼中无半分惧色，却暗藏着几分倦意，悠悠说道：“现在尚不是你我了断的时候。等你记忆恢复，等我伤势痊愈，到时你我再将所有的恩怨结清。”

冷寒铁回以凝视，惊：“我在过去做出过对不起你的事？”

唐翼沉默了片刻，摇了摇头，道：你现在不必深问。总之，这是你我的个人恩怨，与我们的任务无关。至少在接下来的行动中，我会履行军人的职责，服从指挥，致达目标。至于其他……他沉沉地叹息了一声，不再说下去。

巴库勒等人眼见冷寒铁与唐翼不会直接爆发冲突，不觉暗自松了一口气，但心头却纳闷不已，猜不透唐翼与冷寒铁的龉龃源于何处。因为长期以来，唐翼都是冷寒铁的手下。而冷寒铁虽然为人冷酷、做事果决，但对战友却是从心底里爱护的。在这次神农架行动中冷寒铁数次不顾性命来拯救队友，亦可窥得一斑。莫非唐翼与冷寒铁的冲突源自……众人下意识地将目光投向了花染尘——难道是为了争风吃醋不成？

花染尘从众人的目光中读懂了他们的心意，不觉羞红了脸，跺足道：“你们看我做什么，又乱七八糟地想些什么呀？”

林从熙则脸色变得苍白：都是一群狼，眈眈地瞪视着花染尘这块肥肉，直欲吞入口中。

唐翼轻咳了一声，道：“你们别想多，这事与染尘姑娘半点关系都没有。”

花染尘悬着的一颗心放了下来，忍不住狠狠地剜了巴库勒等人几眼。

巴库勒心直口快说道：“唐，你究竟对冷大有何意见直接提出即是，不要像个娘们儿般的藏着掖着，你不觉得难受我还憋得慌。你说你这副模样，大家以后还可以做兄弟吗？”

唐翼倔强地道：“做不做得成兄弟，全凭你们的心意。我唐某人自问无愧于心就足够了。”

巴库勒急得抓耳挠首，却又无可奈何。

冷寒铁缓缓说道：“若是我真有亏欠于你，我自然会还你个公道。若不是，那么如何了断就随便你。”

唐翼默然不语。多年以来，他与冷寒铁出生入死，多次一脚踏入鬼门关里被他拉了回来。加上他一身武学，半数为冷寒铁悉心所教，因此长久以来，他将冷寒铁视为师、为神，万万没想到有一天两人却要为敌。可是……他恨不得仰天长啸一声，将心头的块垒全都倾吐出来，可是即便他说了心结，冷寒铁能够给他一个满意的答复吗？况且又有几人可以理解、几人能够支持？无论如何，他与冷寒铁的关系是渐行渐远，难以挽回了。

“既然没有其他的事，那就继续前进。”冷寒铁命令道。

楚天开叫止住了他，不慌不忙地说：“等等，先让我清点一下物资。咳，这沈亦玄简直就是后援大队派来的，知道我们缺食少弹，就给送来了这么多军需物品。”

楚天开清点了一下，沈亦玄一行人共带有 3 支美式盖德冲锋枪，以及 5 支意大利伯莱塔 M1934 式 9 毫米半自动手枪，外加 500 余发冲锋枪子弹，300 余发手枪子弹，另外还有 5 把军用匕首，若干干粮和药品等。此外，在其中一人的背囊中找到了 5 支黄金箭，也不知是他们觉得箭大有用处，还是觊觎里面的黄金值钱。

众人将随身携带的背囊打开，各自挑拣一些有用的物资放进来。冷寒铁、巴库勒等人挑的是枪支和子弹，卜开乔装的全是干粮，花染尘则选了些常用的药品，林从熙却盯上了黄金箭。他们在刚进入神农架时，曾与野人遭遇并发生冲突。当时野人冲着他们射出了不少淬毒的黄金箭，林从熙捡了几支携带着，却不料在路上遗失了，这令他感到心疼不已。如今见到黄金箭，他二话不说地直接抢入怀中。

王微奕若有所思地说："看来沈先生他们也曾与野人遭遇过。"

黄金箭也不知是哪个朝代遗留在神农架的被野人翻找到了，不过野人虽然懂得如何运用，却不晓得其价值，因此就当作普通武器随便发射。与沈亦玄一行的几个人，乃是云南最有名的毒枭柳爷的手下。说起柳爷，在云南一带可谓是大名鼎鼎，无论黑道白道，对他都敬畏三分。柳爷的真名为柳华道，一辈子都跟烟土打交道，幼年时家中种植罂粟（新中国成立前全国种植罂粟最多的地方就是云南和西康两省。云南当时烟地占耕地面积的33%，西康烟地占耕地面积竟达48%以上），成年后他开始贩卖鸦片，到后来势力越来越大，几乎垄断了云南、贵州一带的鸦片交易市场，并且利用鸦片的巨额利润，培育了一支上千人的"护烟军"。这些护烟军的军人，全都有烟瘾，抽大烟后变得亢奋、凶悍，什么人都敢杀、什么环境都敢往前冲。他们曾先后与国民党政府军、日军、中国远征军等发生过冲突，炸毁过日军的坦克，也烧过国民党的县府衙门，抢过中国远征军的粮食。由于他们对当地的地理环境熟悉，再加上凶狠不要命、武器装备精良，即便是政府的正规军对他们都有几分忌惮，只能在暗中达成协议，即政府坐视不管柳爷的生意，柳爷则向政府适当地"缴税"，彼此相安无事。

随着生意越做越大，柳爷并不甘心于烟土事业，而开始将目光瞄向了古董。当然了，柳爷经营古董的手段自然不同于林从熙这样的古董掮客，他的方法简单、粗暴——挖古墓，寻找各种宝藏。在他的指挥下，云贵一带的古墓，被挖了不计其数，被盗取的古董也是数不胜数。但对于柳爷来说，盗墓只是小打小闹，他更感兴趣的，还是遗落在全国各地的宝藏，比如说，云南的古滇国宝藏、四川的张献忠宝藏等。相传柳爷后来得到一张云南某古代将军留下的藏宝图，在云南的一个绝密山洞中挖掘到黄金数万两、各种翡翠珠宝不计其数。

关于神农架藏有金殿的传说，千百年间流传不绝。柳爷自然也是心生觊觎，于是差人进行各种打探。在一次偶然的机会中，他得悉沈亦玄藏有金殿的寻宝秘笈，于是绑架了他的家人，逼其吐露了寻宝秘笈。不过只有秘笈，没有寻宝图，就无法对金殿进行定位。柳爷先后派遣了两拨人马进入神农架寻宝，最终都空手而归。但他并不死心，怀疑沈亦玄对他还有所隐瞒，于是一直派人暗中监视着沈亦玄。待沈亦玄被国民党军方带走，并送到武汉的军舰上时，柳爷心生怀疑，于是又派了几名得力手下，驾着小船，一路暗中跟踪，直至尾随着冷寒铁他们进入神农架中。

当日，野人袭击了沈亦玄他们的驻地，虏获了沈亦玄。然而与唐翼对冷寒铁所描述不同的是，野人没逃多远就被闻讯赶来的唐翼截下。一番争斗之后，野人一死一伤，丢下沈亦玄仓皇逃走了。面对惊魂甫定的沈亦玄，唐翼给他开出了条件：他可以放沈亦玄走，但沈亦玄必须告诉他秘笈后面的内容。沈亦玄过惯了富贵的生活，在神农架当囚犯的日子对他来说简直是度日如年，苦不堪言，加上被野人抓伤了胳膊，伤势虽然不重，但他受惊不小。他深知如果继续跟着寻宝部队前进，这样的遭遇还不知还有多少。在权衡利弊之后，他同意了这个交易，吐露后面两句秘笈分别为：日穿针，沿金行；引天雷，水见血。

沈亦玄的寻宝秘笈源自他的祖父沈三望。沈三望在一个机缘巧合的机会获得了金殿的寻宝秘笈，于是他后半生所有的精力全都花在神农架上，足迹踏遍神农架的各个角落。在所有的寻宝秘笈中，“岩出泉”与“日穿针”是最为有迹可循的。功夫不负有心人，沈三望花了二十年的时间，终于找到了符合“日穿针”特征的地点，并自认为找到了“沿金行”的线索，却不知天上的金龙受到了地面陈友谅坟墓风水的干扰，偏了方向。沈三望按图索骥，然而已是南辕北辙。在浪费了三年的光阴、历经九死一生之后，他不得不含恨退出了神农架，并很快去世。在去世之前，他将自己在神农架的寻宝心得写成了笔记，又画出了寻宝图，标识出“岩出泉”“日穿针”等关键线索的位置，传给自己的儿子，也就是沈亦玄的父亲沈丘莫，并嘱咐他说神农架里神鬼莫测，如要继续寻宝，必须万分小心。沈丘莫当时在武汉经商颇有成就，对父亲穷尽半生来寻宝却一无所得的做法不以为然，对寻宝更没有兴趣，于是便将寻宝秘笈和寻宝地图全都压在了箱底。之后战局动乱，沈丘莫凭着商人敏锐的触感，判断日军会大举入侵中国，武汉将变成战场，于是举家迁往云南，并在云南扎下了根。

在搬家收拾东西的时候，沈亦玄发现了寻宝秘笈与寻宝图。不同于父亲的热衷经商、安分生活，他继承了祖父狂热的冒险野心，于是背着父亲，找了一些朋友，前往神农架寻找金殿。比他祖父幸运的是，他的一干朋友中，有一人是阴阳派高手，敏锐地判断出金龙的走向受到了干扰，并给出破解之法：破坏陈友谅坟墓的风水，静待金龙回归本位，然而这个自然回归的时间，相当于金龙格局遭破坏的时间，也就是说至少要500年以上；如果想要缩短等待的时间，那么需要调校风水，即挖出陈友谅坟墓中的棺材，拖曳到金龙的附近，这样的话，等待时间可以缩短至二三十年。沈亦玄他们自然希望有生之年可以找到金殿，于是几个人合力将陈友谅的金丝楠木棺材挖出，再费尽九牛二虎之力，将其拖拽上悬崖的岩洞。几个人这才恋恋不舍地离开神农架，回到了云南，静待金龙给出最后的提示。

让沈亦玄万万想不到的是，回到云南不久，那些参与寻宝的朋友一个个全都如同中了诅咒般，接连不幸身亡。他心惊不已，担心自己会成为下一个受害者。万般无奈之下，他只得向父亲和盘托出他们的寻宝之旅。父亲先是大为震怒，但随后护犊心起，带着他去拜会了云南当地一有名的高僧。高僧听完沈亦玄的遭遇后，喟叹不已：风水宝地，自然带有灵气。他们破坏了风水格局，定然会遭到上天降罪。沈亦玄父亲百般央求：我沈家只有这一根独苗，无论花多大代价，都希望能够保存香火延续，请大师出手相助。高僧拗不过沈亦玄父亲的苦苦哀求，叹了口气，组织群僧为沈亦玄做了场法事，以折冲罪孽。做完法事没几天，高僧即去世了。而沈亦玄则存活至今。

经历了这一番惊变之后，沈亦玄对金殿与神农架心存敬畏，他的父亲更是对他看管得严严实实，严禁他再踏足湖北一步。不过随着时间的流逝，父亲的过世，沈亦玄的心又开始蠢蠢欲动了起来：二十年的时间即将来临，金龙的走势是否得到完全修复？最终他按捺不住心头的贪欲，带着一名亲信，再度潜入了神农架。有地图的指引，沈亦玄走了与冷寒铁他们完全不同的路线，避开惊险万分的西青林，顺着水路来到“日穿针”所在的山峰脚底，再爬到峰顶，从峰顶顺着绳索攀爬下来，进入“日穿针”所指引的鹰嘴岩的位置，查看金龙的走向。令他欣喜欲狂的是，金龙的指向与彩虹构成了完美的辉映。借助他爷爷留下的地图，他发现彩虹处是瀑布。吸取爷爷的教训，他并不妄下断定那便是金龙最终的走向并贸然进行探险，于是打算过一两年之后再来确认，同时也准备寻宝的各种物料与人员召集。

人算不如天算。沈亦玄还没来得及筹备好寻宝的人和物，就在某一个清晨被一群军人以“间谍罪”从床上揪起，经过一番汽车颠簸之后，他被送上了冷寒铁他们那艘军舰，进入神农架的丛山密林中。一路上，沈亦玄都在思索着逃脱之道。因为对于鹰嘴岩的地图，他早已烂熟于心——这就相当于在一场长跑中，冷寒铁他们需要从起点开跑，而沈亦玄却可以乘坐交通工具抵达中途再开跑。他实在没有必要跟着冷寒铁他们一起兜兜转转，徒费心力，甚至可能搭上性命。抱着这种想法，当他听到唐翼提及的交易条件时，当即答应下来，甚至没有刻意去修改秘笈的内容——因为他断定，即便冷寒铁他们找到了“日穿针，沿金行”的下落，那么也将顺着湍急的水流坠入数十米高的瀑布下，粉身碎骨。如果冷寒铁等人侥幸不死，刚好可以给他当个马前卒，验证一下金殿是否真的藏在瀑布底下，他到时再伺机坐享其成。

就在唐翼与沈亦玄进行交易时，被野人吓昏过去的花染尘已悠悠转醒。面对空荡荡的帐篷，以及地上的血迹，她不禁惊恐不已，于是下意识地调动起耳力，观察四周的动静，这就将唐翼与沈亦玄的对话听得一清二楚。初时花染尘以为这是唐翼与冷寒铁布下的一个局，为的是套取寻宝的秘笈，但后来她渐渐地感到有些不对：唐翼并没有将寻宝秘笈向冷寒铁和盘托出，只说了“日穿针，沿金行”一句，而隐瞒了下一句“引天雷，水见血”。莫非唐翼与冷寒铁并非自己设想中的那般亲密无隙，又或者说唐翼对冷寒铁怀有二心，有所图谋？这个念头不停地在折磨着她。可是她深知，有些话只能烂在自己的肚子里，如果说了出来，别人未必领情，反倒会给自己招来无妄之灾。但当整支寻宝部队陷入困境，不知下一步该何去何从时，她还是忍不住吐露出剩余的那一句秘笈：“引天雷，水见血”。唐翼的秘密固然重要，但她更希望大家都可以活着走出神农架，而且是尽快——发生在这片神秘土地上的无数次血战，已让她的心理濒临承受的极限。

值得庆幸的是，花染尘吐露的实言，并没有引发冷寒铁与唐翼之间直接发生冲突，相反，挑明了关系之后，反倒使得两人的关系保持在一种相对稳定的状态。只是这一刻里，每个人在队伍中的位置和作用也发生了悄然变化，有的变得更加重要，比如林从熙；有的有所减弱，比如唐翼。不管如何，冷寒铁还是倾向于维持目前的人员结构。或许在打开了少年心结的他心中，情感的白蚁开始逐渐侵蚀掉了理性的堤坝。因此他看到林从熙抢着拿金箭，也不做任何阻拦。然而很快，他似乎想到了什么，盯着金箭若有所思。

林从熙注意到他的眼神，以为冷寒铁舍不得金箭，于是期期艾艾地将金箭交还给他，心有不甘地说：“冷长官你想要吗？想要的话就给你。”

冷寒铁却没有接箭，而是站起了身，问王微奕：“你说在陈友谅的陵墓中，会不会有陪葬的弓箭？”

王微奕一时间不明所以，茫然地看着冷寒铁，不明就里地说：“陈友谅一生南征北战，戎马倥偬，按理说墓葬品中应该会配有武器，比如他用过的佩剑、弓箭等。”

“那行。你们等我片刻。”冷寒铁边说边从沈亦玄一行的行李中翻出了一个手电筒、一支仿古的火折子，然后起身往盗洞方向走去。

王微奕等人面面相觑，不知道冷寒铁意欲何为，只能草草地掩埋了沈亦玄等人的尸体，然后散乱地坐在歪倒的石像身上，静静地等待着时光的流逝、冷寒铁的回归。

约莫一个时辰之后，冷寒铁的身影重新出现在他们面前，神情疲惫。引人注目的是，在他的手上，提着一把紫檀雕漆硬弓，遗憾的是，紫檀木躲得过岁月的风化，然而皮筋做成的弦却已经朽化不见了。

面对众人不解的眼神，冷寒铁并未做任何解释，只是重新解开背囊，翻找起来。

花染尘注意到他的左手臂处衣衫破裂，露出一道伤口，血肉翻起。很显然，那是在古墓中受的伤，而且应该是暗弩机关所为。她的神情先是一慌，下意识地想要靠近去包扎，但随即想到了什么，又生生地止住脚步，将头扭向一旁。

楚天开也注意到了冷寒铁的伤口，不过在他的眼中，这样的伤口就像寻常人被虫子咬了一口般无甚紧要，于是找出医药包，给冷寒铁做了简单的包扎。

冷寒铁的双手毫不停歇，很快就从背囊中翻出了一条洁白的、细长的线。

“这是什么呢？”林从熙忍不住好奇地问。

冷寒铁看了他一眼，淡淡地道：“你应该知晓。”说完，将线穿入紫檀雕漆硬弓中，为其安上了弦。

“我知道？我怎么会知道呢？”林从熙嘀咕着，忽然想到，“呀，该不会是那吐火兽的筋？”

当日里，他们在地底旋涡处遭遇到“火麒麟”，并将其斩杀。冷寒铁用黄金匕首剥开它的皮肉，煮食了部分它的内脏，又取了它的食道，用来做成黄金匕首的外鞘，另外冷寒铁见它背部的筋坚韧无比，就也将其剖下，原本是想有朝一日用来改造他腕间的飞索，不过之后遇到一连串的意外打破了他的计划，这“火麒麟”的筋也就静静地躺在他的背囊中，如今刚好成了制作弓弦的绝佳材料。

冷寒铁搭好弦，取了把黄金箭，张开双臂，手指一松，“嗖”的一声，箭如疾风一般飞了出去，射在百米开外的一棵古柏上，入木三分，箭尾簌簌而动，“嗡嗡”作响——射的人固然眼力凌厉，臂力十足，而弓也诚然是把上等好弓。

马背上长大的巴库勒对弓箭有着一种特殊的感情，这种感情甚过对枪支的好感。见到如此良弓，他不觉心头一阵痒痒，兴致勃勃地奔过去，奋力拔出黄金箭，本也想弯弓射日，但很快他就想到左手已废，无以拉弓，不觉有几分黯然。

冷寒铁将弓丢给林从熙，温情地说：“这个你留着防身。”

林从熙喜出望外。身为古董商人，他深知这样一把好弓在市场上价值千金。他取过一支黄金箭，搭在弓弦上，使出全身的力气，想要试下弓箭的力度，谁知这紫檀做成的弓虽然重量轻，但硬度却超过了金属，乃是足一石的硬弓。林从熙憋得满脸通红，却也只能将弓拉开一小半的弧度，射出的箭飞不到 10 米，就软软地坠落下来。

楚天开嗤地笑了一下，接过弓箭，双手使劲，虽然不似冷寒铁那般轻松，却也勉强将它拉满了。就在他四处寻找目标时，忽然见到前方三四十米的树丛里传出了声响，于是冷哼了一声，松开扣住弓弦的右手拇指与食指，黄金箭在空中划过一道明亮的光芒，如同一只嗜血的猛兽扑向树丛。

一声惨叫，紧接着是一声暴响。树丛后面骤然跳出一头一人高的白熊。它的额心正中了一根黄金箭，入骨不深，但却鲜血直流。

在中国的原始森林中，熊是常见的动物，但一般都是黑熊与棕熊，白熊极为罕见。事实上，地球上白色的物种并不多，常见的有白鹤、白兔、白鼠等，但科学家在神农架陆陆续续找到众多白色物种，如白熊、白猴、白獐、白金丝猴、白雕、白豪猪、白明宋羊、白鹿、白虎等。它们并不同于正常的白色动物，而更像正常物种的异化——恰如人类的白化病病人一样。白色动物也成为神农架“野人”之外的第二大谜。相对而言，白熊在中国古代早就有了，比如《史记·帝王本纪》就有白熊的记录，名为“罴”。在古代，白熊皮与白虎皮都是最为尊贵的动物皮毛。一般来说，白虎皮只有皇帝才能享用，相传当年吴三桂私自藏了一张白虎皮，于是被视为包藏谋逆之心；而白熊皮则多半悬挂于王府高堂之上，或者是将军的帷帐中。

不管如何，对于寻常人来说，一辈子能够见到一只白熊，都算是种幸运。只是眼下这是危险的幸运——受伤抓狂的熊，其凶猛赛过老虎，可以将胳膊粗细的树木一巴掌拍倒，也可以将人撕碎。

白熊从树丛里跳了出来，晃着流血的脑袋，四处寻找“肇事者”。很快，它就将目光锁定在冷寒铁一行身上，怒吼了一声，拖着沉重的身躯，如同一辆坦克般的朝他们冲了过来。如果让它挨近了身，只需要一爪子，就可以将人的天灵盖拍得粉碎。

冷寒铁冷静地接过楚天开手中的紫檀硬弓，又从林从熙那里取了支黄金箭，熟练地将箭搭在弦上，几乎瞄也不瞄地就射出了。黄金箭在空气中发出尖锐的啸叫，终结于沉闷的一声钝响——那是金属与血肉相接触所发出来的声响。白熊看似笨拙，但实则智商不亚于小孩。见到黄金箭迎面射来，它伸掌想要拨开，不料慢了一步，黄金箭射在它的熊掌上，惹得它再度怒吼一声。然而还没等它展开报复，又一支黄金箭接续而来。这次白熊没能躲开。黄金箭的力道是如此之大，甚至硬生生地阻挡住了它狂奔的脚步，将它逼得倒退了一步。白熊有点难以置信地低头看了下胸口突然出现的不明之物，伸出熊掌想要将它拔出，然而它很快就发现自己已经失去了这样的力量，颓然倒下，将地面震颤得抖动了一下，惊起部分暮归的鸟儿。

花染尘捂住双眼，楚天开却兴奋地冲了出去，欣喜若狂地说：“太好了，晚餐可以有熊掌吃啦！”

听到“吃”字,卜开乔的口水瞬间就流了出来,跟着兴冲冲地奔跑过去,帮助楚天开将重达数百斤的白熊拖拽过来。

巴库勒微笑地看着眼前的一切，眼神中藏着丝丝缕缕的落寞，失落地说：“这长弓倒是挺实用的。”

在森林里，弓箭有时候比枪支更加实用。枪支可能会因弹药受潮、出故障而卡壳，也可能因为没有弹药而变成一根烧火棍，而弓箭却不会背叛主人，只要你还有力量张开它，它就可以继续风雨兼程，跟随你的意志指哪儿打哪儿；只要有一支箭，就可以被反反复复地利用无数次；最主要的，弓箭发射无声，不似枪支那般会暴露自我的存在。恰所谓最简单的工具，往往也是最有效的。

冷寒铁仿佛读懂了巴库勒心头的酸楚，字斟句酌地说：“是啊，挺好用。不过你的套索也是一大绝技。”

巴库勒笑了笑：“雄鹰要在长空中才能展示翅膀的力量，套索也要在草原上才能尽其所用。”

“终有一日，你会回到属于你的那片草原，做回你的雄鹰。”

“嗯，希望有那一天吧！那你呢，那时希望你做什么呢？”

冷寒铁出神地望着树梢末端的霞光照着身后的汉家宫阙，一时无法回答：我想做回什么呢？能做回什么呢？如果能选择的话，我宁愿做回一个废人，无手无脚，整日龟缩在家，守着母亲，看她洗衣做饭、听她念佛诵经，感受着她粗糙而又温暖的手拂过自己的脸庞。没有杀戮、没有血腥、没有杀母、没有弑父，拥有一个完整的家。可是那个家已经被摧毁，永远地被摧毁，被自己亲手摧毁。回不去的故乡、回不去的时光。他只能继续被命运推入血海之中，迎着腥臭、迎着杀戮，孑孓前行。

林从熙找冷寒铁借黄金匕首，嘴里嘟囔道：“白熊皮可是好东西，如果胡乱割坏了就是暴殄天物。这匕首快，拿来割熊皮最好不过。”

巴库勒原本以为冷寒铁会恼怒地拒绝，谁知冷寒铁竟然径直掏出黄金匕首，递给林从熙，这令他大感意外，直呼："冷大，你变了哦！"

冷寒铁淡淡地道："匕首原本就是他的，不过完璧归赵而已。"

巴库勒先是一怔，随即笑了，兴高采烈地说："我倒喜欢现在的你，多了点人情味儿，不似以前冷冰冰、硬邦邦，像块冬天湖岸上的石头。"

冷寒铁默然不语，倚在石碑上，默默地注视着林从熙他们欢快地剥掉白熊的皮，又将四个熊掌切下来，掏出熊心、熊胆，再互相嬉闹着，戏谑道："这熊鞭可是好东西，小卜你可要好好尝一尝，说不定能治好你的发育不全……"

巴库勒转头与冷寒铁交谈："你是怎么找到这把长弓的？沈亦玄他们怎么会将这么好的东西落在坟墓里，不带走呢？"

冷寒铁的脸上流露出一丝厌恶之情，仿佛有点不太情愿回忆在墓穴中的经历，轻描淡写地说："因为它埋藏得很深，他们无法挖出。而黄金匕首却可以切割开。"

巴库勒若有所思，道："这黄金匕首真是个好东西，一路上帮了我们很大的忙。"

冷寒铁将自己的脸隐藏在夕阳之外。空气中流动着草木的清香，以及烤熊肉的香气。这些香气都无法阻挡冷寒铁鼻翼之下的另外一种气味——浓烈的尸臭！

确切地说，冷寒铁进入墓穴时，这些尸气已经消散得差不多了，因为距离沈亦玄他们盗洞进来，已经间隔有二十年。再浓烈的气味，经过这么长时间的缓慢释放，早都变得无形了。可是冷寒铁穿过长长的盗洞，进入地底墓穴时，神经处却依然可以接收到人临终前发出的凄厉呼号，以及尸体渐渐腐烂所散发出的强烈恶臭——在整条墓道的墙壁上，两侧钉满了上百具的尸体！更加让人难于忍受的是，这些人乃是活生生地被钉上去的。长长的透骨铁钉从他们的双腕、双小腿处钉入"三合土"的墓壁中，令他们无法挣扎，然后是一根长达 1 米有余、类似于长矛的"大铁钉”从他们的头盖骨里钉了进去，一直抵达他们的小腹。这是世间最为残忍的酷刑之一！这样的酷刑施加于上百名的活人身上，将他们密密麻麻地并列排着，数百年后骨架犹然串联在一起，组成一面扭曲挣扎的“人墙”。可以想象，当日这墓穴内，是怎样的哀号震天、血流成河，恰似最为恐怖的人间地狱。

冷寒铁孤身一人踏过早已干涸的血河，在上百具骷髅的怒目注视下缓缓前行。四周一片幽寂。整个墓道里，只有他一个人的脚步声。那些被囚禁住的灵魂，仿佛顺着手电筒的光芒爬了出来，充斥于整条墓道之间。咆哮着、战栗着，绝望地盘旋，恶狠狠地扑向冷寒铁，试图将他撕得粉身碎骨，永生永世沉沦在这黑暗之境，暴烈之土。

汗水从冷寒铁的额角渗出。他感到一种前所未有的压力。那是人性被压抑到极点的绝望。他闭上双眼，大脑深处仿佛有无数只蝙蝠在振翅飞翔，“簌簌”作响，尖锐的尾翼不时地刺痛他的神经。旧时的记忆如同浓烈的黑雾，从四面八方扑涌过来，将他淹没。额角的青筋突突而动，眼角的痛楚丝丝入骨。他很想大吼一声，将这些魑魅魍魉全都驱赶走。可是他无法张口。因为一张口，他怕口腔中填满的，将是那些满怀仇恨的怨灵。他只能掏出黄金匕首，抵在墙上，掠过白骨的手掌，以及他们头顶的大铁钉。骨架轰然坠地，胫骨折断，头颅滚动。整条墓道顿时被皑皑的白骨所覆盖。冷寒铁成了牵魂者，手中的黄金匕首乃是他的招魂幡，所有的鬼魂匍匐在他的身后、他的脚下。

左侧墙壁上的最后一具白骨颓然倒地。冷寒铁走到了主墓室。手电筒的光芒扫过漆黑的空间，陡然出现了一个身影，让他不由地惊颤了一下。然而他很快就稳住心神，将手电筒的光芒锁在那身影之上，发现它乃是一具铜人。铜人藏在角落中，面朝着古墓甬道。与正常人一般高，面目狰狞，一只眼闭着，一只眼睁开，嘴角处则噙着一丝难以捉摸的笑意，看上去十分生硬，就像死人脸上涂的两团红晕一般。而最为引人注意的莫过于他的右手持着的一把紫檀硬弓，弓身上涂了一层油状物，起到保护膜的作用，使得它能够逃过岁月的侵蚀与风化，但弓弦就没有那么幸运了，被时间的虫子啮咬得一干二净。铜人的左手上，本应是握持一支箭镞，然而却被一支人的胫骨所代替。胫骨同样被涂上了一层油状物，千百年后依然坚硬如初。让冷寒铁对这支弓产生浓烈兴趣的是：紫檀硬弓乃是嵌入铜人的手掌中，五指紧握，不留缝隙。前人究竟是利用何种技艺做到这一点的呢？很显然，紫檀硬弓不可能是铜人铸成之后再放入它的手中的，除非硬弓能够直接穿过坚硬的黄铜；那么剩下的另外一种可能就是：硬弓是在铜人制作的过程中嵌入进去，与之契体。可这同样令人匪夷所思：黄铜铸造成形时，必须先用高温将铜融化成铜水，然后倒入事先做好的人形泥胚中，最后打破泥胚，就可以获得完整的铜器。可是铜水那么高的温度，紫檀硬弓如何才能与之熔铸在一起却毫发无伤呢？

冷寒铁百思不得其解。很显然，当年进入坟墓中的沈亦玄等人也对这具铜人产生过浓厚的兴趣，想要取下紫檀硬弓来观察。在铜人的手臂上，可以看到刀斧砍过的痕迹。但显然他们是无功而返了，铜人的手臂上只有轻微的一点破损凹痕。而造墓人应该在铜人身上设置了机关。冷寒铁看到有箭镞刺中对面墙壁的痕迹，其中有一根射入的尺度明显偏浅，而且箭上带有血迹，应该是当日里有人躲避不及，被箭镞射中身体，也不知是死是活了。

冷寒铁观察了片刻，决定采取最简单有效的方式来破解这个谜团——他掏出黄金匕首，毫不犹豫地对着铜人的左手腕砍了下去。黄金匕首削铁如泥，远远胜过寻常的利斧。铜人的左手腕连着紫檀硬弓瞬间与主体分离开了。冷寒铁下意识地弯下身去接住掉下来的硬弓。几乎是在同一时间，一道寒光从铜人原本闭着的左眼里射出，擦过冷寒铁的胳膊，深深地射入对面的墙壁中。

冷寒铁骤然一个转身，避开正面与铜人相对。待确认再不会引发机关之后，他才检视伤口，发现只是一处擦伤，并且箭上无毒，不由得暗叹侥幸。他虽然知道铜人可能布有机关，但却想不到机关竟然会与铜人的手连在一起。一时大意，险些酿成大患，也幸亏吉人自有天相，躲过了一劫。

他抬眼再去观察铜人，不觉微微一怔：他清楚地记得自己第一眼见到铜人时，它是左眼紧闭，右眼睁开，典型的拉弓姿势，可是这一瞬间，铜人竟然变成了右眼紧闭，左眼睁开。难道这铜人带有生命不成？他的心头微微有一点忐忑。这地下古墓，着实有许多阴森古怪之处。或许当初墓主煞费苦心地在这荒山野岭落葬，并非是借此处的风水来荫福后世，而极有可能是另有他图——甚至不排除在此地安葬陈友谅，并非他的部下所为，而是他的敌人朱元璋的意思，以天上金龙来镇压他，令其永世不得翻身，又在甬道里布下百尸阵，将其困在此地。冷寒铁有几分佩服沈亦玄等人，当年竟有勇气进入此墓穴，将棺材拖曳出来。

冷寒铁眼观四方，耳听八路，捡起地上的铜人之手。铜手如寒冰一般凉，与人温热的掌心相接触，瞬间蒸腾起微微的白雾。他皱着眉头，强忍着心头的不适观察起铜手，却发现里面并没有任何机关的牵设。那刚才一斩之下为何会触动机关呢？难道铜人竟然灵敏到可以检测外界轻微的震动？他忍不住凝视起了铜人，铜人回以他冷幽幽的眼神。

身处这鬼气森森的墓穴中，冷寒铁没有耐心去寻找答案，手中的黄金匕首挥过，铜手紧握的手指顿时断掉，紫檀硬弓掉落下来。冷寒铁眼疾手快，一把抄起它。诡异的一幕再度出现：断开的五根铜手指中，竟然滴落出红色的液体。冷寒铁闻到了熟悉的气味——血腥气！满满的血腥气！只有在血流漂杵的战场上才有可能闻到如此浓烈的血腥气！

不安与怪异随着血腥气在空气中急剧地飘散开来。冷寒铁咬了咬牙，稳住从心底窜起的不安感。这种感觉让他非常不舒服，乃至有点厌弃。他是一名冷血战士，理应任何环境都不该左右他的心境才对。可是眼下，他却无法按住心头的波澜起伏。

手执紫檀硬弓，冷寒铁继续前行。墓室并不长，往前走了十步左右，通过一道已被破坏的石门后，就到了主墓室。主墓室地面铺着青砖，里面空空荡荡的。像一个被岁月掏空了精血的老人，或者是一个秋天里的蝉蜕。或许这里原本除了一具金丝楠木棺材外，还有其他的陪葬品，但全都被沈亦玄等人带走了。

冷寒铁环顾四周，忽然在墓壁上发现了一行字——这行字原本是应该存在于棺材的背后的，只有将棺材拖离开后才可以发现。大概沈亦玄他们当时全力拖拽棺材，没有看见字，所以也没有将其毁去。冷寒铁上前查看，只见字乃是用利器刻于青砖上的：真龙恶龙相斗残，乱世乱民纳命来。

冷寒铁在心中默念了两遍，似解非解、似懂非懂。巡视了一遍，发现再也找不到有用的信息了，于是折身返回。如同来时一般，他手持黄金匕首，划过另外一面墓壁上的尸体。白骨纷纷坠落，归于地面，却无法入土为安。

走出墓穴，呼吸着清新的空气，望着满目的青翠，冷寒铁真觉得有种在阴阳两界走了一遭的恍惚感。墓室里的人殉场景实在是太残忍、太压抑人了，让人难以呼吸，思维滞化。古人的许多智慧现代人无法企及、无从捉摸，但另外一方面，古人视人命为草芥，滥杀无辜的手段也远超今人。

从墓穴出来的冷寒铁并没有直接与王微奕他们会合，而是一个人坐在树林下，反复地沉吟着那一句“真龙恶龙相斗残，乱世乱民纳命来”。很显然，造墓者对于陈友谅并非怀有善意，而极有可能是将陈友谅当作一枚棋子，或说一个引子，用来完成另外一番宏图大业。至于沈亦玄乃至今日里自己的闯入，全都在造墓者的预料之中，也给出了大家的命运归宿：纳命来……这一句看似平淡的陈述，其蕴含的凶险性，甚至超过了“动我棺椁者死无葬身之地”的诅咒。

枯坐了约有半个时辰，冷寒铁始终未能从纷纷扰扰的信息中理出一个头绪。他叹了口气，知道眼前的局势已经远远超出了他的知识范畴以及掌控能力，但他无意将在墓穴中所看到的信息告诉王微奕等人，寻求他们帮助，因为在经历了一连串的打击后，他们的内心世界已经比较脆弱了，而坟墓内的经历虽然没有什么凶险，可是冷寒铁却感觉有种巨大的心理阴影像一铅块一般坠在他的心口，让他难于释怀。

不过回到团队中，感受着卜开乔、林从熙等人烧烤熊肝、熊掌的快乐，他的心情也不自觉地受其感染，变得开朗起来。在林从熙等人的召唤下，他走过去分享了小半个熊掌，一点熊肉。

夜幕很快就降临了。冷寒铁想了下，决定在陵墓处过夜——一来睡在石头上，总比睡在潮湿的泥地上更舒服；二来陵墓被摧毁得七零八落，这样的话倒也成了他们绝佳的护身之地，任何人想要偷袭他们，都要跨越地上的各种障碍。

冷寒铁分配好夜里值守的人员。很快地，经历了一天奔波劳累的众人在漫天星光的呵护下，便进入梦乡了，就连值守的巴库勒，也都昏昏欲睡。

夜色朦胧，鸟儿停止了鸣唱。只有各种虫儿鸣个不停，还夹杂着阵阵蛙鸣，一派大自然的恬静。

然而安静之下却潜藏着危险。初夏夜短昼长，凌晨五点左右，天色渐渐变白。冷寒铁他们等人依然沉浸在美梦之中，忽然间花染尘陡然坐起，将值守的巴库勒吓了一跳，惊问：“怎么了？”

花染尘揉着耳朵，竭力地想要调聚起耳力，然而被毒气侵蚀过的耳道，明显不如之前灵敏。可是即便如此，她依然从空气中捕捉到一丝令人不安的声音，她犹疑地说：“好像……有什么东西朝我们冲过来。”

巴库勒顿时警觉起来。原本睡着的冷寒铁、唐翼仿佛在睡梦中也是竖着耳朵，闻言“蹭”的一下坐起。冷寒铁侧耳倾听了下，脸色微变急呼：“昨夜里我们没有吃完的熊肉放哪儿了？”

一般来说，他们如果捕杀到大型的猎物，会切割下来一部分用火烤干，留作干粮，剩余无法带走的部分则会丢弃到流水之中。在森林里，血腥气是一个危险的信号，随时可能招引来嗜血的食肉动物。带一块鲜血淋漓的肉在身边，简直就是给自己招惹麻烦。不过昨天，他们太过劳累，加上熊肉太沉，于是就没有将其丢弃到远处，只是将没吃完的熊肉用藤蔓绑住，挂在距离陵墓30米处的树上。

莫非是这些熊肉招引来了凶敌？

所有的人都紧张起来。不过当他们的手指扣住扳机时，大家的心略微安定了一些。沈亦玄他们所携带的枪支虽然比不上冷寒铁他们的武器来得先进，但至少弹药充足，应对寻常的野兽袭击绰绰有余。

然而很快，这种安全感就被摧毁掉了！

借着晨曦微光，冷寒铁他们发现自己竟然被一群白熊给包围了——二十多头白熊，在领头公熊的带领下，朝着他们晃悠过来。

林从熙失声道："我们是掉进熊窝了吗？还是这熊成精了？什么时候熊成了群居动物，这么一大家子？"

王微奕喘着粗气，不安地瞪视着白熊，道："熊是独居动物，可是现在是夏季，这附近应该有成熟的果林，它们就集体过来吃大餐。"

楚天开略微紧张地搓着手，道："看来我们吉人自有天相，世间能见到一只白熊已是天大福分，我们竟然见到一窝，不简单。"

所有的人中，唯有卜开乔眼睛里闪烁着兴奋的光芒，大概是想到了昨晚熊掌的美味。

冷寒铁伸手朝林从熙要过硬弓和黄金箭，同时指挥着大家后撤，他吩咐："先躲避下，不可恋战。"

众人紧握着枪，但却不敢轻率开枪。熊与老虎、狮子不同。老虎、狮子虽然凶猛，会主动发起进攻，但它们都属于识时务的"俊杰"，一旦发现不是对方的对手，就会离的，而熊一旦被激怒，那么就算是天王老子站在它面前，都会被它一巴掌拍倒在地的。此时的熊，其战斗力远远超过了狮虎。

让众人略微安心的是，这群熊貌似只是饭前散步，而不是像寻找失踪的亲人，所以并未直接冲过来。

冷寒铁手执硬弓，楚天开等人则紧握枪支，盯视着白熊，小心地绕过断壁颓垣，朝后退去。

不知道是哪一只熊率先看见了悬挂于树上的熊皮——那是林从熙晾晒的，他幻想着可以将其带出神农架，高价卖掉——白熊反应过来那是同类的血肉，顿时一声号叫，其他的白熊紧跟着抬头，然后齐齐哀号起来。

惊慌之中，花染尘不慎踩到了一块碎石，崴了一下脚，不自觉“哎哟”地叫出声来。白熊顿时目光齐刷刷地对准着冷寒铁一行，目光中流露出猎食的凶劲儿。

冷寒铁暗叫不好，喝令花染尘等人率先撤退，他与巴库勒留下来断后。

匆匆的人影勾引起白熊家族的注意力。它们像重磅卡车般地冲了过来。

冷寒铁冷静地张弓搭箭，三支黄金箭齐齐射进三只白熊的眼窝中，几乎贯穿了它们整个头颅，引发了惊天动地的一声哀号。可白熊不是人类，会被死亡所吓倒。它们反倒更加凶狠地扑将上来。不过陵墓间乱石嶙峋，白熊肥重的身躯很难把控平衡，不时撞到石翁仲，或是摔倒，惹得白熊凶性大发，抓起所有能抓到的东西，一股脑儿地朝着冷寒铁等人掷来。那些重达百斤以上的石像，在它们手中如同轻飘飘的石片，轻易地就被掷出 10 余米。

冷寒铁他们狼狈地躲藏着。巴库勒及时丢出一枚从沈亦玄那边缴获的手榴弹。爆炸声响起，升腾出一股白烟。冲在最前面的三只白熊应声而倒，它们的身上被无数的碎弹片、碎石片所击中，恍若成了刺猬。但熊不畏死，奈何以死惧之。其余的白熊依旧前仆后继地冲锋、丢石块。

王微奕的左臂被一只白熊掷出的石像残肢砸中，忍不住“哎哟”地叫出声来。

冷寒铁的眉头微微皱了一下，冲着他们喊道：“进墓道！”

王微奕等人如梦初醒：墓穴不仅是死者的安息地，更是生者的壁垒。陈友谅的坟墓修得固若金汤，若是能够躲藏进去，不论白熊有多大的力量，都无法攻将进来。

冷寒铁和巴库勒虽然手执武器，击伤、打死了七八只白熊，但他们也被白熊丢出的石头所溅起的碎片击伤，于是眼见得王微奕等人躲进坟墓之中，便也都且战且退。毕竟白熊只是意外出现，并非他们要针对的敌人，不值得浪费太多的弹药在它们身上，而且枪声也容易引起森林中其他潜伏者的注意，对他们而言并非一件好事。

无奈白熊并不肯轻易地放过他们。冷寒铁和巴库勒仅仅两人，很难同时应付十余只白熊的攻击，而且树林深处“簌簌”作响，状似有更多的猛兽藏身其间。

眼见白熊即将绕过自己与巴库勒组成的防御线，冷寒铁不由得有几分心焦。他大吼了一声，手持黄金匕首从藏身地跃出，势如霹雳雷霆般地冲向最近的一头白熊。白熊被他的那一声吼震住了，还未来得及眨眼反应过来，只觉得项间一凉，偌大的一颗头颅，竟然如同白菜般被切掉了。鲜血先是从细微的骨肉分离处渗出，随即如同得到了召唤一般，猛然冲起。冷寒铁于一片血光之中伸手抓住熊头，一把抛掷于另外一头白熊的身上，砸得它一个踉跄。紧接着整个人再如大鹏掠翅一般地冲向第二只白熊，如法炮制，斩下其首级，抛掷在另外一只白熊身上。

饶是白熊熊性凶狠，却几时见到过这等阵势？尤其是那只接到同伴血淋淋首级的白熊，吓得魂飞魄散，原先的气势全都泄掉，掉头就跑。其他的白熊见状，也都无心恋战，纷纷作鸟兽散，沿着来路往密林深处跑去。可是没跑多远，一只只仿佛被点中了穴道一般，立在原地，惊恐地彼此对视着，然后转身继续朝着冷寒铁的方向奔跑过来。

巴库勒起初见得白熊散开，以为危机解除，松了一口气，及至见到白熊扭头重来，不由得焦躁心起，喃喃自语：“这些畜生，真不怕死吗？”

冷寒铁沉声道：“不是不怕死，而是怕死。因为它们没有退路，退路已被其他处于更高级食物链的动物所占据。”

巴库勒的心头一紧：熊在森林里应该属于食物链的顶端，即便是与同等体重的老虎进行扑杀，也不好说鹿死谁手，从来没有听过熊竟然还有天敌。可是眼见着白熊们惊惶逃窜，显然是惧怕敌人。这实在是有点令人匪夷所思。难道神农架里还藏有人类未曾发现的顶级凶猛动物?

本着好奇心，他想留下来观摩一下这超级神兽究竟是什么，然而冷寒铁却如临大敌，扯了一下他的衣袖，低声喝道：“快跑！”

巴库勒极少见到冷寒铁脸色这般冷峻，当下不敢迟疑，撒腿就跑。冷寒铁落在他的身后，手执黄金匕首，提防着白熊的攻击——别看白熊身子臃肿,可是奔跑起来速度远远超过人类,可以轻松跑到50公里的时速，相比之下，冷寒铁他们只有十余公里的时速实在是太弱了。

不过很明显地，这些白熊眼下里只求逃命自保，对冷寒铁和巴库勒根本不感兴趣。但冷寒铁却不敢掉以轻心，毕竟白熊的身躯太过庞大，而且爪子锋利,被它们稍微一撞或者挠到,基本上就只有筋裂骨折的份儿。

在陵墓地界，折断的石像制约着白熊的行动速度，而出了陵墓进入空阔地带，白熊的速度优势很快就体现出来了，不多时，它们就将冷寒铁等人甩开了。

冷寒铁的心中暗叫不妙——这些白熊见到林中摇动就闻风丧胆，想必是吃过对方的亏，如此说来，这个猛兽定然是极端凶悍，速度惊人。如今他们落后于白熊，那么无形中就成了白熊的一个“挡箭牌”，将为白熊争取到更多逃命的时间。貌似傻笨的白熊也懂得这个道理，所以并未对冷寒铁他们采取任何攻击，而是放任他们逃跑。

冷寒铁边跑边回头望，忽然间眼前一花，一道巨大的黑影以异乎寻常的速度从他的头顶掠过，卷起的风刮得他的脸如刀子割过般生疼。所幸他早有准备，在凛风将至时，已将身子弓起，同时猛地往前一窜。就是如此，他依然感到头皮一疼，仿佛被一道利剑划破了头皮。他不觉一颤，随机应变，头也不回地反手将黄金匕首挥出。他自信这如雷霆般的一击，就算是再厉害的野兽，也都难逃劫数。然而令他大为吃惊的是，他的反击落空了。相反，对手并未放过他。凌厉的风声再度呼啸着冲向他的颜面。

对手的能力远远超乎他的想象！他心头一紧，左手往腰间一摸，取出手枪，毫不犹豫地扣动了扳机，一连串的点射刺破长空。浓重的硝烟弥漫在空气中。

冷寒铁的动作如行云流水，一气呵成。在世间，几乎不可能有人能够躲过他的追命连环射。可是对手动作却比子弹更快！一阵激流掠起，八发子弹竟然全都落了空！

冷寒铁的心情可以用惊骇二字来形容。他实在无法想象，他苦练三十多年的反应速度，几乎达到了人类速度的极限，竟然在对方眼中全都变成了慢动作，而且对方的反应速度甚至可以超过子弹的速度，这绝对是令人匪夷所思的一件事。

他尚未在脑海中找出有关这种生物的线索，就听到一阵“哒哒哒”的冲锋枪声响起。那是巴库勒见到他有危险，及时返身开枪相救。

对手再度轻巧地躲过了冲锋枪的扫射。它振翅一飞，竟然以接近90° 的角度一飞冲霄，盘旋在近百米的高空中，睥睨地注视着冷寒铁与巴库勒两个人。不过它大概也知晓冷寒铁他们并非不堪一击的猎物，有着一定的反抗能力，因此并不着急着发动第二轮的袭击，而是在空中寻找着合适的攻击时机。

冷寒铁喘息甫定，凝视着空中的动物，不觉惊呆了：只见它身体硕大，足有近百斤重，为承担起如此庞大的身材重量，它的翅膀异常发达，张开后足有两三米长。最让人惊奇的是，它简直就是传说中的神兽——狮身、鹰头、复眼！也许是靠近天空的缘故，它有着阳光一般的羽色和毛色。狮子般的后半身长着黄棕色的兽毛，鹰一般的头至前肢则全部披满带有深红斑点的乳白羽毛，胸前一撮朱黄色的羽毛，喙和脚则是金黄色的，唯有长达十余厘米的爪子是如漆般的黑亮、如同死神的镰刀一般锋利。

狮子的凶猛、老鹰的锐利、蜻蜓复眼般的全面视角，加上垂天之翼，汇就成了食物链的最顶端神兽！这种动物只有在神话传说中才可能存在，如今却真实地出现在冷寒铁他们的眼前了！

巴库勒忽然跪倒在地，对着空中的神兽磕起头来。

冷寒铁不觉怔住了，道："老巴，你做什么呢？"

巴库勒恭恭敬敬道："这是佛祖座下的神兽，唤作狮鹫。我曾在家里的一幅神像中见到过它的模样。真是佛祖恩宠，三生有幸，竟然在此处见到了它的真身。"

狮鹫仿佛对巴库勒的恭敬十分受用，盘旋的姿势和缓了许多，不似先前那般充满凌厉杀机。

冷寒铁紧紧地盯着狮鹫。对于他来说，狮鹫的体型、速度虽然惊人，可是并非无懈可击，唯独它的眼力让他感到有几分发怵。他知道，狮鹫的视觉定然是分外敏锐，在它的眼中，人类乃至世界上绝大部分动物的行动，全都是"慢动作"。

事实上，这个世界上许多生物对于时间的概念都与人类不同。比如说，人的眼睛无法分辨每秒超过 24 帧的画面。这是因为人眼中视网膜所产生的视觉在光停止作用后，仍保留一段时间的现象，其时值是 $^{1}/24$ 秒。电影的播放原理正是利用了人眼的这种特性，将一帧帧画面快速播放，使其达到每秒 24 帧以上，这样人眼就无法分辨出其中的间断，而自动判断其为连贯性的。可是狗的视觉捕捉能力几乎超过人类的一倍，因此在一只狗的眼中，人类津津有味所观赏的电影是"卡壳"的、断断续续的，于是很快它就会觉得索然无趣。当然了，狗的视力与苍蝇、蜻蜓等相比，又是小巫见大巫。苍蝇感知的时间过得很慢，人类的 1 秒相当于苍蝇的 7 秒，因此在我们人类看来是快速的拍打动作，在苍蝇眼中却是慢腾腾的，它们有充足的时间来进行反应并逃离。至于蜻蜓，更是凭借其 1 万～ 3 万多个小眼睛构成的复眼，其视觉分辨力超过 1000 帧每秒，可以瞬间对猎物进行全面观测并发动袭击，因此成为动物界中最为成功的捕食者，其捕捉目标猎物的成功率超过 95%，是大白鲨的 2 倍、丛林之王狮子的 4 倍！

无疑，眼前这只同样长着复眼的狮鹫，其视觉分辨力远远超过了人类，这才使得子弹的高速转动在它的眼中近似慢动作，它可以轻巧地躲开。准确地说，它是事先判断出子弹的走向，然后用它强健有力的翅膀拍击子弹，令其改变轨迹，同时调整自己的飞行方向，避开子弹的锋芒。

冷寒铁见狮鹫的敌意有所减弱，于是朝巴库勒打了个手势，示意缓慢地向陈友谅地底坟墓移动，同时他偷偷地将黄金匕首与袖间的飞索捆绑在一起，做成了一把飞刀——手枪对狮鹫几乎已经失去了作用，那么只能用黄金匕首的威力，看能否给狮鹫带来一点震慑。

狮鹫虽然对于巴库勒的叩拜表现出满意的神情，但却对他们的悄然移动表示不满。它在空中盘旋了大概有一分钟之后，瞅准时机，突然从空中疾降，攻击的目标为冷寒铁。

冷寒铁早有准备，飞索连着黄金匕首飞快地送出，迎向狮鹫的攻势。如他所料，他的反击很快落空。狮鹫在空中一个闪躲，避开了黄金匕首的锋芒，如钢铁般的爪子依旧朝着冷寒铁的颜面抓过来。

冷寒铁并未慌乱，而是将手中的紫檀硬弓挥向狮鹫。狮鹫并不将紫檀硬弓放在眼中，不改攻势，一个爪子抓向硬弓，另外一个爪子则依旧向冷寒铁发动着袭击。

这是一场强者的硬碰硬！坚逾金石的紫檀硬弓弓背撞上无坚不摧的狮鹫利爪，在空中闪耀出几颗火花。冷寒铁感觉虎口处就像被一颗微型炸弹炸开一般，鲜血直流，硬弓脱手而出，甚至整个右半身都为之一麻——狮鹫的力量远非人类可比！

但狮鹫也并不好受。冷寒铁的这一击，虽然没能让它骨折，却也将它的利爪撕开了一道口子，从中渗出血来。最为重要的是，它迅猛的攻势为之一滞，攻向冷寒铁的那个爪子无力地垂下了。

紫檀硬弓出击对冷寒铁而言只是一种防卫，他更深的后手还是右手的黄金匕首——黄金匕首第一次攻击虽然落空，但在飞索的控制下，在空中打了个旋儿，掉头回撤，从背后袭向狮鹫。

狮鹫虽然拥有无敌的眼力、速度与攻击力，可是在智力方面却不能与人类相匹敌。它的复眼紧盯着眼前的冷寒铁，浑然不知自己的背部已经露空，成了黄金匕首的目标。

几乎就在同一瞬间，剧烈的枪声响起，却是巴库勒开的枪。虽然他将狮鹫视为佛祖胯下神兽，加以膜拜，可是当神兽与战友发生冲突时，他却毫不犹豫地选择了与战友并肩作战。尽管在他内心深处清楚，这将给自己带来神灵的惩罚，乃至要坠进万劫不复的地狱深渊中。但对于他来说，坐视战友的死去，才是最大的灵肉惩罚。

从某种意义上讲，巴库勒开枪救了狮鹫一命。狮鹫的数十万只的小眼视野广阔，将巴库勒的行为尽收眼底，于是在枪声响起的一刹那，它已施展开自救行动，猛地振动翅膀，用强有力的气流来干扰子弹的飞行方向，同时也借助着气流，将整个身躯往上提升了数米。如此一来，冷寒铁的黄金匕首原本是瞄准它背部的，如今却变成掠向它位置最下的尾部。冰冷的匕首锋芒切开了狮鹫如钢镞般的羽毛，在它的尾部割开了一道血口子。

狮鹫纵横神农架数十年，所有的生物见到它都是落荒而逃，即便如白熊这类强者有一点儿反抗，也只是给它的猎食带来一点儿干扰而已，从来未曾伤及自身。而今在冷寒铁手下受挫，这个结果远远地超出了它的意料。突兀的疼痛让它心头一惊，下意识地拔高了身躯，一飞冲天，来闪躲下一次的攻击。

冷寒铁抓住这千载难逢的时机，与巴库勒如猛虎出笼般的一阵狂奔，跃入地底陵墓之中。

七

对于地底陵墓，冷寒铁已是轻车熟路。不多时，他就来到陵墓深处，也就是布满骸骨的墓室甬道。王微奕、林从熙等人正呆立在甬道的这端，骇然地看着眼前的满地骸骨。

王微奕等人见到冷寒铁和巴库勒平安归来，不觉一喜，问道："解决掉了？"

冷寒铁默然不语，巴库勒则摇了摇头，反问道："王教授，你见多识广，请问是否知道狮鹫？"

"狮鹫？"王微奕嗫嚅着惊得下巴几乎都快要掉下来了，惊问："你是说你们碰到了狮鹫？传说中的狮身、鹰头的神兽？天哪，不行，老夫要出去看一看。狮鹫这种神话里才有的动物竟然在神农架里出现？这绝对是震惊世界的超级发现……"

巴库勒伸手拦住了他，苦笑道："这神兽实在是太厉害了，单它一只就可以将一群白熊吓得落荒而逃，即便我与冷大联手，也不是它的对手。其他的不说，单它可以躲过子弹的袭击这一事，就足以超过我们所听闻过的任何一种生物了。"

王微奕以手抚额，喃喃道："真的有如此神奇？不行，老夫即便拼上性命，也要去见一见它。这绝对是可以载入史册的事。狮鹫，狮鹫，旷古奇兽……"

巴库勒伸手将王微奕拽住，惴惴不安地说："我瞧这狮鹫应该是跟我们杠上了。接下来的行程中，你想避开它都不容易，王教授你就不必争这个朝夕了。你如果对它感兴趣，不如告诉我们，该如何应对它。”

王微奕轻咳了下喉咙，道：“文献记载中的狮鹫兽最早出现于古阿卡得（注：古国名，存在于公元前2369—公元前2230年，在今伊拉克东南部，幼发拉底河和底格里斯河之间）的神话中，巴比伦主神马尔都克因斩杀妖兽而封神，其中狮鹫兽就是他杀死的第三只巨兽。之后狮鹫兽的形象就出现在希腊神话传说中，为众神之神宙斯、太阳神阿波罗以及复仇女神涅梅西斯拉车。关于狮鹫的详细记载，可见古希腊人亚里斯底阿斯所撰写的古诗《独目人》。亚里斯底阿斯相传是世界历史上第一个完成中国之行的西方人，《独目人》乃是他的旅行见闻。在诗中他描绘道，狮鹫像老鹰一样筑巢，居住在从现代乌克兰延伸至中亚的斯基泰草原中。那里金子和宝石的储量非常丰富，狮鹫就负责看管金矿和暗藏的珍宝。当陌生人靠近它们准备搜集宝石时，狮鹫会扑上去把他们撕成碎片。斯基泰人用在这个区域发现的巨型骨化石作为狮鹫存在的证明，从而使外人不敢前去采集金子和宝石。不过有学者认为那些骨化石可能就是恐龙的化石。古老的埃兰人在他们的建筑中广泛地使用了狮鹫的标志。狮鹫在波斯神话里被称作‘Homa’，并且狮鹫的形象被用作宫廷里的雕塑和标志。在建筑图案里，狮鹫通常以一只长着四只脚，一对翅膀，拥有豹子头或者鹰头的神兽的形式出现。如果狮鹫真的存在于神农架的话，那么岂不是说明亚里斯底阿斯当年极有可能在中国见到了这种神兽？”

林从熙觉得有些不可思议，但并非为狮鹫这种动物的存在，而是惊讶于独目人的出现以及古代中国与欧洲即有往来，他好奇地问：“王教授，你说的那个写《独目人》的人是什么时代的？他真的见过独目人？或者说，独目人真的在历史上存在过吗？”

“《独目人》的作者亚里斯底阿斯乃是生于公元前七世纪，也就是中国的春秋时期。相传他从黑海的东北方出发，向东行至中国的阿尔泰山一带，前后花了两年时间。据他描述，在中亚地区，生存着一个叫‘独目人’的民族，其人口众多，勇悍善战，畜牧发达，羊马成群，他们的长相是毛发毵毵，面貌奇特，并且只在前额当中长着一只眼，故名‘独目人’。他们经常与看守黄金的格里芬人战斗，以争夺黄金。”王微奕继续道，“公元前五世纪时的希腊历史学家希罗多德，在《历史》一书中有着更为详细的描述：中亚北部有三个民族：秃顶的阿尔吉帕人、伊赛顿人和独目的阿里马斯普人，他们分别分布在哈萨克丘陵、伊犁河与楚河流域、阿尔泰山麓。其文曰：‘他曾在阿波罗神的鼓励下远游伊赛顿，过了那里就是独目人国，然后就是看守黄金的格里芬人。除希波尔波利安人外，许多民族都处在独目人统领之下。伊赛顿人被独目人驱赶出了他们的故土。’事实上，中国的《山海经》的‘大荒北经’中也描述过‘独目人’的存在：‘有人一目，当面中生。一曰威姓，少昊之子，食黍。’关于《山海经》老夫忍不住想多说两句，有人认定《山海经》闳诞迂夸，多奇怪俶傥之言，于是认定是荒诞之作，属于古代中国人的奇幻臆想，然而如今种种证据却证实，《山海经》中所记载之事，并非子虚乌有，而是远古时期人类对于世界认知的真实记录，而且其视野宏大无比，所记录之事，远非仅中原领域，乃是涉及全世界。如果扒开《山海经》光怪陆离的外表，我们可以看到一件事：在古时候，中国人的脚步与视角之远，甚至足以让今人汗颜。”

在林从熙的知识体系中，同样对这些古人的远行足迹一无所知，他眨巴着眼睛道：“独目人、巨人、野人……如果这些人种都曾经在我们的地球上生存过，为何如今都消失不见了呢？”

王微奕反问道：“真是消失不见了吗？你不都在神农架里见到了野人吗？”

林从熙不觉语塞，强词夺理道：“那是机缘巧合。对普通人而言，一辈子哪有机会见到真的野人？”

“你听说过丑小鸭的故事吗？”王微奕问道。

“丑小鸭？”林从熙茫然道，“很丑的鸭子？也是存在于上古时代的吗？”

王微奕无奈道：“《丑小鸭》是丹麦一个名叫安徒生的作家写的一则童话，讲的是一只白天鹅生活在一群鸭子中间，然后所有的鸭子都排斥它，它也一直非常自卑，认为自己是一只丑小鸭，直至有一天它看到了一群天鹅，才知道自己原来是它们中的一员。这虽然是个童话，但却可以很好地解释你的那个问题。在我们所生存的地球上，你我这样的人群占了大多数，于是无论是独目人、巨人、野人乃至侏儒等，都会被视为奇特的人种，被所谓的正常人所排斥，或者是围观，久而久之，这些人种定然就会开始躲避普通的人类。他们能选择的，往往就是神农架这样的深山老林，与普通人类老死不相往来，从人类的视野中消失。”

“可是……他们最初又是怎么出现在地球上的呢？”林从熙挠了挠头，道，“不是说人类是从猿猴变的吗？野人、巨人我可以理解，但独目人……没见过有独目的猿猴啊！”

王微奕沉默了片刻，道：“不错，你问到了核心问题。独目人为何会出现在这个世界上呢？在历史的记载中，出现独目人最多的地域便是在中国新疆的阿尔泰地区，其中古代突厥诸部均有巴萨特斩除神灵‘独目巨人’的传说。故事讲道乌古斯部遭遇战乱，被弃于野的可汗之子巴萨特由一头母狮抚养大。部落里另有一名留驻冬牧场的牧人，有一天在‘长泉’突遇一场大风，看见带翼的神女从天而降。牧人扔出毡被，罩住了其中的一位神女，随即他扑了过去。后来神女展翅飞到空中对牧人说：‘来年你会从我这里得到你所想要的东西，但是你会因此给乌古斯部带来无穷的灾祸。’第二年牧人又来到这里，看到一个圆圆的、闪闪发光的球体，他吓得惊慌而逃。人们见到神秘球体，纷纷踢打它，那球体便慢慢打开了，从里面走出一个只在额头正中长有一只眼睛的小人。可汗将他养大，成了独目巨人。然而他却以怨报德，以活人、活畜为食，并到处欺压百姓，可汗只好将他赶入深山。在山中他仍拦路劫掠，专门吃人。正当独目巨人凶残作恶时，巴萨特远征归来。他巧妙地进入山洞，趁独目人不备之际，用烧红的铁钎刺入其独眼，最终将他斩杀，从而使乌古斯部民众摆脱了灾难。从这个传说内容上判断，独目人遗存与天神崇拜有着千丝万缕的联系。此外，在埃及古老的金字塔下发现了德耶德支柱，上面绘有很多独目人，很大的脑袋中间只有一只眼睛，两臂环垂于两侧。更为奇特的是，在日本发现了一个古代立体独目人雕塑，雕塑身穿一套将自己全身上下包裹得严严实实的衣服（注：与现代的宇航服高度相似），头盔处有一观察孔，带有明显的与地球人类不同的特征。经考古专家鉴定其年代应为公元前，也就是说距今已有 2 000 多年的历史。而类似的形象在地球多处考古遗迹中均有发现，并且许多都是存在于古文明中，有的画面更加直截了当，主人公乃是从一个很奇怪的飞行器中走出来的。我们可以大胆揣测，类似的衣服应该是为适应太空旅游而设计的……”

巴库勒忍不住插了一句，“你的意思是说，独目人乃是外星人的后裔？”

王微奕意味深长地道：“这个结论并非老夫所言，而是尔等自己得出的答案。至于是耶非耶，老夫亦无法多言。”

一直都侧耳倾听的楚天开也加入了讨论中：“既然野人、狮鹫等举世罕见的物种都在神农架里出现，那么这里会不会也有独目人？另外王教授你能说一下，为什么神农架可以如此神奇呢？”

“神农架是否有独目人，这个不是老夫空口说了算的，要看我们能否有足够的造化，找到独目人遗骸乃至真身。”王微奕抚着花白的须髯道，“至于你问的后一个问题，老夫只能简单的回答，那便是大概因为神农架靠近北纬 30° 的缘故吧。”

“北纬 30° ……楚天开好奇地问，“真的有这么神奇吗？”

王微奕沉默了片刻，道：“或许将来你们会有机会见证到更加神奇的东西，比如说见到……上帝。”

“上帝？”众人吓了一跳，“你是说上帝藏身在神农架？”

“所谓上帝，未必是一个人，或许只不过是一个族群的代称。”王微奕吐出了一口气，道，“老夫只能再讲一个考古的事实：在保加利亚多布尔斯柯村一座盖于公元 1122 年的古教堂里，在大门的左手边有一幅耶稣全身像。该画像中，耶稣乃是站在一艘飞行器中。对面墙上则是耶稣的复活图，壁画上的耶稣又是画成从一个带有机翼的密封舱里走出来的模样。教堂里还有一幅在基督教教堂很难见到的壁画，上面也是把耶稣画在飞行器里。需要指出的是，保加利亚还有 4 家教堂有这样的画。据相关文献记载，意大利和塞尔维亚的教堂里也有类似的画。”

“耶稣、上帝也有可能是外星人？”众人的三观都完全被颠覆掉了。

“其实中国的神仙，从某种意义上讲也带有外来文明的痕迹。在《拾遗记》卷四一记载了一事，在秦始皇年代，‘有宛渠之民，乘螺旋舟而至。舟形似螺，沉行海底，而水不浸入，一名‘论波舟’。其国人长十丈，编鸟兽之毛以蔽形。始皇与之语及天地衫开之时，了如亲睹’。这些人掌握着惊人的高效能源，若用于夜间照明，只需‘状如粟’的一粒，便能‘辉映一堂’。倘丢于小河溪之中，则‘沸沫流于数十里’。他们对洪荒时代的地球‘了如亲睹’，对‘少典之子采首山之铜，铸为大鼎’之类事情甚为关心，曾赶到现场考察，结果看见‘三鼎已成’。他们甚至还登临长城观看过。那么这些‘宛渠之民’究竟是何许人也？秦始皇认为：‘此神人也。’事实上，在古代，老百姓所见到的神仙下凡，恐怕多半是这类的‘神人’。”

“那古希腊神话中的诸神之战，岂不是相当于两拨外星人在打架？”林从熙抛出了一个疑问。

“这个可以作为大胆假设的论点，但若真要确认神话并非是虚妄之事，而是真实记录，还需要大量的物证。不过我们不妨做一些推理，如果真有两拨神仙在打架，那么打赢了的那拨人会去哪里，打输了的那拨人又会去哪里？”王微奕反抛出了一个问题。

林从熙大脑里灵光一闪，兴奋地说：“我知道了！打赢的那拨人一定就是重返天庭，成为我们所供奉的各类神灵；至于输了的那拨人，就应该待在暗无天日的地底下，成为传说中居住在地狱之中的魔鬼！”

从未曾参与过讨论的冷寒铁忽然插进一句话来："那么金殿会是由谁建造的？神仙还是魔鬼？"

众人如同被一桶凉水兜头浇下。对啊，这一路上大家所见识到的众多鬼斧神工的建筑设施与机关，几乎都是在地底下，就连《神农奇秀图》中显示的金殿位置也是在水底下。若按照王微奕神灵与魔鬼的说法，岂不是建造金殿者，乃是魔鬼？

黑暗中，王微奕朝着冷寒铁的方向投去了赞赏的目光。也只有冷寒铁能够闻秦歌而知雅意，在第一时间里捕捉到最重要的信息。王微奕斟酌着字词，道："所以说，在接下来的行程中，我们有可能会遭遇魔鬼，亦即建造金殿者，未必已经死去，而极有可能仍然藏身于神农架中！"

林从熙陡然想到他之前骑在狐蝠身上时窥见的地底深渊处的点点灯光，不觉寒意如同冰刃一般地刺穿了他的骨头：千百年前，这些潜伏在地底下的魔族，就已经创造出这般辉煌与灿烂的文明，拥有迄今人类都无法企及的高科技，很显然，金殿是魔族的重地，魔族会允许他们这几名凡人轻易闯入吗？

这一刻，林从熙感到前所未有的失落与软弱。在他们原先所有的设想中，他们乃是小偷，想尽办法找到一条路，进入到一处防护重重的宝地中，取宝而归。期间固然会有许多艰险，但至少可以对结局保持乐观态度。可是如今，他们的角色却变成了强盗，要强行破门进入他人戒备森严的堡垒中，夺走他人的宝物，可是他们面对的，乃是一群装备与战斗力远远超出自己的对手，那么这场战役还有打赢的可能吗？

众人几乎也都想象到了与魔鬼交手的结果，地下墓不由得有一阵悲观情绪弥散开来。

只有对神灵信仰极深的巴库勒不太能够接受神灵与魔鬼都是外星人的说法，忍不住出言问道："王教授，如果神灵真是外星人，那么我们草原之神难道也是与他们为同一路人？"

王微奕徐徐答道："老夫知道，推翻信仰是一件很难受的事情。但说白了，神灵与人类的区别，与其说是超能力的差异，不如说是科技的差距。恰如相对于地球上的其他生物而言，我们人类便是统治地球的神灵，拥有它们所无法理解、无法企及的科技力量、飞机、枪炮、电影，等等。只是对于我们整个宇宙来说，地球不过是沧海一粟，我们人类的地位也太过渺小了。在那些比我们进化早几百万年乃至几亿年的外星种族的眼中，我们人类与一条虫子相去无几。我们膜拜神灵，不过是臣服于超能力的威慑之下，恰如落后的民族就要遭到更强大民族的征服与奴役一样。”

巴库勒一点一滴地消化着王微奕的话，继续问道：“可是……那，我们的神灵有可能来自何方呢？还有，建造金殿的魔鬼又来自何方？”

王微奕反问道：“这一路，我们见过最多的远古文明留下来的图像是什么样的呢？”

巴库勒竭力回想着，灵机一动：“呃，好像是人面蛇身吧……”

王微奕继续追问：“那你知道在哪些民族文化中存在有人面蛇身的形象？”

巴库勒顿时傻了眼，“这……我怎么可能知道呢？”

王微奕道：“在中国的神话传说中，人类的创造者女娲是人面蛇身，然后中华文明的人文始祖、八卦创始人伏羲以及神农、黄帝亦是人面蛇身。有人做过统计，在《山海经》所记载的 454 个人物当中，与蛇形有关的人物达到了 138 个。在西方的神话传说中，在天堂里引诱亚当和夏娃吃掉禁果的恰好是一条会说话的蛇；在古希腊的神话中，拥有看人一眼即可将其变成石头的女巫美杜莎则是人面蛇发。在玛雅文化中，他们的守护神是羽蛇神。佛教神祇的天龙八部之一的摩呼罗迦便是大蟒蛇神。总之，蛇是人类远古文化中绕不过去的一种动物。那么为什么人类会如此崇拜蛇呢？只是原始图腾之意吗？”

王微奕顿了下，继续道：“至于有关神灵的来源，有一个可能性便是来自于天狼星。在非洲一个十分落后的部落——多贡族中，他们尽管没有文字，却口口相传着许多有关天狼星的传说，比如他们的传说提到，天狼星有一颗黑暗的、致密的、肉眼看不见的伙伴，在那里有世界上最重的物质。然后天文学家证实了这个传说并不是虚构的：公元 1844 年，科学家从天狼星运行的异常轨迹中推测它拥有另一颗看不见的伴星；公元 1862 年，科学家证实了天狼星日的存在。天狼星日是一颗不会发光的白矮星，直径与地球差不多，但质量几乎与太阳一样，所以密度极高，茶杯般大的天狼星日的物质重量已达 12 吨。不仅如此，多贡人还能画出天狼伴星的椭圆形运行轨迹。这与现今天文学家的准确绘图极为相似。多贡人甚至知道，天狼伴星在轨道上运行的周期为 50 年，这与实际观测数据的误差只有 14 ~ 47 天。生活在非洲山洞里的多贡人，为何如此了解天狼伴星？多贡人称，在远古时代，来自天狼星系的智慧生物到达地球后，将这些知识传授给了他们。他们将这种智慧生物称为‘诺母’，其外貌像鱼又像人，是一种两栖生物，必须在水中生活。呃，不知道你明白老夫的意思没？”

巴库勒点点头道：“你的意思是说，金殿极有可能是天狼星人所建造的？”

“也许是吧，也许不是。是与不是，其实也并没有太大意义。老夫来神农架，乃是要印证心中长久以来的种种猜想，如今这个猜想的答案几乎已经浮出水面了。如此说来，老夫此行已是功德圆满，不虚此生。”

冷寒铁忽地又插进话来：“为何金殿就一定是外星人所为，而不可能是上古文明的遗作呢？”

王微奕一怔，揣摩着说：“冷长官你的意思是……”

冷寒铁却不再言语，留下王微奕皱着眉头琢磨着，并梦艺般地说：“冷长官莫非你还是认定金殿是一座空殿，建造它的人早已湮没在历史时空中了？”

冷寒铁淡淡道：“我没有太多想法，只是觉得任何可能性都是存在的。这个世界上或许有上帝，也或许有外星人，但未必与神农架、与金殿就要扯上关系。事实上，我们的目标也仅是找到金殿，无须验证太多的假设。”

林从熙插嘴道："说不定金殿根本就不存在，只是个阴谋。"

"阴谋？"王微奕说着急急道，"林小兄弟何出此言，可有什么依据不吗？"

林从熙挠着头，道："我只是随便瞎想的。因为我有点猜不透神农架这么荒无人烟的地方，如何会建造起一座金殿？会不会是有人故意散布出这个消息，将人引诱进入神农架，就如同猎人布下陷阱后，会撒上一些诱饵来诱惑猎物上当，最终的目的嘛，肯定就是为了捕获猎物。我担心我们都会成为别人眼中的猎物。"

王微奕点点头道："不排除有这个可能。不过第一个问题，倒是不难回答。神农架现在是人烟稀少，但其物产丰饶，若能开发定是个宜居之处。事实上，在人类的历史上，为逃避战乱或者是灾情，大批人群举迁进入深山之中的，并不少见。恰如玛雅人当年也放弃城市的生活，大举进入中美洲的热带森林中，在森林里重新建立起辉煌的玛雅文明，又在很短的时间里衰败下去，并最终消亡……"他忽地恍然大悟，赶忙追问，"冷长官你的意思是，莫非在神农架里也曾经发生过与玛雅文明一般的经历？金殿也如同玛雅人所留下的金字塔一样，乃是历史文明的遗迹？"

冷寒铁反问道："王教授你们可曾找到神农架里存在过上古文明的证据？"

王微奕摇首道："有关神农架的研究也是近些年才兴起的，说句惭愧的话，在植物学、动物学方面是有不少的新发现，但在历史考古上却鲜有成就。"

"唔……不过这一路行来，王教授你应该所获颇丰吧？见到了许多古人遗迹，乃至于我们脚下的这个陵墓，都浸透了古人的智慧。"冷寒铁道。

王微奕也是聪明绝顶的人，顿时明白了冷寒铁的心意，道："冷长官点拨得极对。既然数百年前陈友谅的坟墓可以出现在此间，那么足以说明神农架并非真的是荒蛮之地，人烟不至。在人类历史的漫长河流中，神农架有人定居并创下文明的奇迹，也并非是不可能的事。老夫钻研历史越长，就越发地感叹有很多地方都是今不如昔。古人有着太多的智慧无法为今人所解读，至少在人文方面，绝非是进化论可以解释的。比如说中华文明的思想巅峰，便是春秋战国时期的诸子百家学说；文学的经典，则以唐诗宋词为最；至于千古第一奇书，莫过于成于数千年之前的《周易》。算到如今，我们都是仰望着前人的辉煌与灿烂，从古人的故纸堆中披沙拣金。文明的发展轨迹，实在是让我们这些搞历史的人心怀喟叹，喟叹当今生存年代的粗鄙、个人目光的短浅，一叶障目不见泰山啊！”

八

就在王微奕喟叹不已之际，林从熙手中的手电筒明灭了一下，便熄灭了。整个墓穴顿时陷入黑暗之中。

先前王微奕他们聊得兴起，一时忽略了身边的累累白骨，如今忽然陷入黑暗，所有的话语全都收缩进了腹中，四周恢复了沉寂，于是墓穴的阴森之气顿时从四面八方涌了出来，侵入皮肤之中，让人忍不住打了个寒噤。

众人之中，花染尘对这种环境最为敏感，也最恐惧，一时间忍不住惊叫了一声，但随即原本轻微的叫喊变得尖锐起来："啊，那是什么……"

一片黑暗之中，竟然有一束绿幽幽的光芒从白骨堆中升起，说不出的诡异。

林从熙宽慰花染尘道："没事，不过是磷火而已。"但及至目光裹住绿光，他不觉怔住了，他大呼道："这……好大的鬼火。"

鬼火也叫磷火，多于夏季干燥天出现在坟墓间。这主要是因为人的骨头里含着磷，磷与水或者碱作用时会产生磷化氢。磷化氢是一种气体物质，燃点很低，在常温下与空气接触便会燃烧起来。磷火很轻，如果有风或人经过时带动空气流动，磷火就会跟着空气一起飘动，甚至伴随人的步子而动，你慢它也慢，你快它也快；当你停下来时，由于没有任何力量来带动空气，所以"鬼火"自然也就停下来了，于是在世人的眼中，形同"鬼火追人"，煞是吓人。

这坟墓间有着大量的白骨，生成磷火本是不足为奇的，可是磷火虽然燃点低，但也有三四十度，而地底温度只有十多度，远远低于磷火的自燃温度，又是怎么燃烧起来的呢？最为重要的，寻常的磷火只是星星点点大小，而如今这个鬼火却有小孩拳头般大小，相差实在有点儿大。

楚天开从背囊中掏出一把从沈亦玄处缴获的火折子，点亮了，举着它朝鬼火走去。林从熙和巴库勒也按捺不住心中的好奇，一起尾随着前往。

三人跨过密密麻麻的白骨，走到鬼火面前，不觉心头狂跳起来。楚天开转过身来，朝着王微奕招招手，焦急地喊道：“王教授，你快过来看下这个……”

王微奕见到三人的神情，便知道这鬼火来历定然有些古怪，于是急忙走了过去。待他看清鬼火的真容后，不觉惊讶地“咦”了一声，随即激动万分地蹲下身来，连声音都微微颤抖起来；“这，这是独目人的头骨？”

鬼火是从一颗颅骨中发出的，而这具颅骨比正常人的颅骨大了一半有余，其口鼻与常人位置和比例相似，唯有眼窝迥异于常人，只有一个，深而大，足有小孩的拳头般大小。鬼火正是从眼窝中发射出来的。

王微奕伸出手，拨动了下颅骨，确认光源并非里面暗藏了明珠，而是颅骨自身的光芒。只是这个光芒极其微弱，在有外界光源的情况下，人体的肉眼就几乎看不见它，只有当四周的环境陷入一片漆黑时，它才能够幽幽浮现。

这应该就是传说中的独目人吧……楚天开问王微奕，随即举着火折子环顾了下四周，目光很快被另外一具尸骨吸引过去，惊恐地说：“天哪，这是不是野人的骨骸？”

先前冷寒铁进入陵墓时，被墙上上百具尸骨盯得心头有几分不自在，于是用黄金匕首划开将白骨钉在墙上的长钉，任其坠落到地，这个过程中他并未仔细观察这些骨骸——事实上，任何一个人在那种情境下都很难有勇气去逐一审视墙上的骨骸，于是隐藏在众多骨骸中的秘密并未被他察觉。

巴库勒也被楚天开的话吸引了过去，定睛细瞧，只见地上的另外一个骸骨骨架明显比其他的要高大一些，但脑袋却没有相应比例的放大，更像一个小头巨身的怪人。冷寒铁先前没有察觉他的身高异常，是因为他被钉上墙之前，双腿已经被砍断了，使得他与其他人的身高接近。

众人察觉到骨骸之中隐藏着某个秘密，于是纷纷打起火种，开始寻找，无奈那些骸骨失去了皮肉的覆盖，除了大小之外，很难分辨出其异同，唯一的收获就是发现共有两个独目人、两个野人的骸骨，原本分立在墓道的两侧，仿佛当初的墓道修建者是刻意追求某种对称性的。

楚天开嘟囔道："这些人骨怎么散落得满地都是呢？难道当初是胡乱杀人不成？可是他们的脑袋处为什么又都插根长箭呢？"

冷寒铁缓缓地走上前，道："是我把他们打落下来的，原先他们全都被钉在墙上。"

"钉在墙上？"楚天开说完不觉倒吸了一口寒气，这才注意到墙上有着整排的凹洞，"以尸体挂墙，这有什么特殊含义吗？"

大家不自觉地将目光投向王微奕——只有王微奕的博学与缜密思维，才可能给这一切怪异的行为给出答案。

可是王微奕却凝视着独目人，有失魂落魄起来。站在他旁边的林从熙察觉到一丝不对劲儿，伸手拍了一下他的肩膀，问道："王教授，你没事吧？"

王微奕的眼神恢复了一点生气，可是苦涩却从他的脸颊里扩散开来，他自言自语道："这独目人……并非明朝的。"

众人有几分莫名其妙，不知道王微奕这句话的含义究竟是什么。

王微奕仿佛读懂了大家的心意，继续往下说道："这具骸骨，我从形态上初步判断，至少放在这里有两三千年了。"

"两三千年？那不恰恰是春秋战国时期，也就是亚里斯底阿斯记录《独目人》的年代？"林从熙大脑里一片混沌，惊诧地问题："那怎么又出现在这个墓穴中呢？难道说这里根本不是陈友谅的坟墓，而是座两三千年前的古墓？”

“错了。”王微奕摇了摇头，悲凉地道，“这反倒证实了此墓主人应该就是陈友谅，然后建造者可能便是刘伯温。”

在民间传说中，刘伯温乃是神一般的人物，先知先觉者、料事如神的预言家，有“前知五百年、后知五百年”之说。其与朱元璋对话所形成的《烙饼歌》与《推背图》（唐朝天相家李淳风和袁天罡所著）、《马前课》（三国时期的诸葛亮所著）、《梅花诗》（北宋易学家邵雍）等一起，被誉为十大预言之一。

关于《烙饼歌》的来历，据说来自一个传说：公元 1368 年某一天的早上，明太祖正在殿内吃烧饼，他才咬了一口，便听到内监传话道：“国师刘基刘伯温，请求觐见。”

太监话音未落，朱元璋突然心想：“都说刘伯温神机妙算，好比诸葛孔明再世，不妨今日好好地测试他一番。”于是，朱元璋把烧饼藏在碗中，这才召见了刘伯温。

君臣礼毕，等刘伯温坐定后，朱元璋立刻问道：“先生深明数理，可知碗中是何物？”

刘伯温马上掐指一算，第一时间回答道：“半似日兮半似月，曾被金龙咬一缺，依臣之见，这碗中乃烧饼是也。”

一听这话，明太祖惊叹道：“我朝之中，能有如此博学之国师，真是我大明子民之福分。”随后，借着这个烧饼，双方展开了一次愉快的会谈。

这个问题，就是朱元璋百年之后，大明王朝到底是一个什么样子的世界。

在这种背景下，刘伯温那永载史册、预知未来的《烧饼歌》便孕育而出了。

朱元璋问道：“天下后世之事若何？朱家可长享否？”

刘伯温回答：“吾主万子万孙，何足问也？”

朱元璋问道："自古有枯荣，世间无朽物，天下者非一人之天下也。"

刘伯温回答："天机泄露，臣罪非轻。"

朱元璋问道："朕今赐你无罪，但说无妨。"

刘伯温谢恩，随后立刻摊开笔墨，他写了三首诗：

"燕子不日飞入京，永享山河乐太平。豪杰更起文墨辈，英雄奉旨看还乡。

北方胡虏害生民，御驾亲征定太平。失算功臣不敢谏，生灵遮掩主惊魂。

国压瑞云七载长，胡人不敢害贤良。相送金龙复故旧，云开边日照边疆。"

刘伯温的这三首诗，看似简单无边，实际上却蕴含了三段未来的历史：

第一首诗，燕子就是燕王，指的是朱棣要谋朝篡位，建立一个永乐王朝。

第二首诗，为了驱除鞑虏，明英宗御驾亲征，结果皇帝兵败被俘，明朝也差点亡国。

第三首诗，虽然大明经历了"土木堡之变"的惨败，但还是胜利了，明英宗也回来了，大明王朝也重开国运。

听到这里，朱元璋迫不及待地问道："此时天下若何？"

刘伯温回答道："天下大乱矣。"

朱元璋愤怒道："朕之天下，有谁乱者？"

刘伯温继续作诗一首，回答道：

"天下饥寒有怪异，栋梁龙德乘婴儿。

禁宫阔大任横走，长大金龙太平时。

老练金龙精壮旺，相传昆玉继龙堂。

任用阉人保社稷，八千女鬼乱朝纲。"

在这首诗中，"栋梁龙德乘婴儿"指的是太监张敏把皇子藏在后宫以躲避万贵妃的残杀；"长大金龙太平时"指的是明孝宗即位后大明中兴；“老练金龙精壮旺”指的是明武宗不务正业，就知道吃喝嫖娼；“相传昆玉继龙堂”指的是外戚明世宗即位，直系皇族就此断绝。

最后两句，刘伯温指的“阉人”，不言自明，正是魏忠贤。而他手下的八千徒子徒孙，正是导致大明亡国的罪魁祸首。

得知大明局势不妙后，朱元璋继续问道:“八千女鬼乱朕，天下若何？”

刘伯温继续作诗道：

“忠良杀害崩如山，无事水边成异潭。

救得金龙真骨肉，可怜父子顺难当。”

这里指的是，在东林党的保护下，虽然皇权没有旁落，但可怜那“一月天子”明光宗、“木匠皇帝”明熹宗，他们全都英年早逝了。

一听这话，朱元璋好奇地问道：“两子接连陨，莫非是争夺国本乎？”

刘伯温回答：“非也。”随后作诗道：

“迁南迁北定太平，辅佐帝王有牛星。

传至六百半梦至，岂有玉宇得心惊。”

此言一出，朱元璋还挺高兴，说我大明还能相传六百年，朕心足矣。那么，大明王朝最后的结局，是什么样子的呢？（作者注：这里朱元璋是误会了刘伯温的意思。朱元璋以为“六百半”是 600.5 年，实则刘伯温的意思是“六百有半”，即三百年，明朝最后的国运是 276 年）？

刘伯温答曰：“树上挂曲尺，遇顺则止，至此天下未已。”

这句指的是崇祯皇帝煤山歪脖子树上上吊自杀，顺治皇帝进京，大明朝灭亡。刘伯温这首临时兴起的《烧饼歌》，居然完整地预测了大明王朝的历史，并且最终讲到它亡国，不能不让人感到惊奇。

对于刘伯温的神奇，众人全都有所耳闻，只是不解王微奕为何就认定陈友谅之墓为刘伯温所建造，又如何得知刘伯温进入过金殿？

王微奕看出了大家的疑惑，解答道：“老夫原本以为这些白骨全都是殉葬人，可是 2 000 多年前的独目人遗骸出现在这里，就只能说明一件事：这些遗骸是有人刻意收集放进来的，可能含有某种深意，甚至有一种可能：独目人与野人乃是金殿的最初建造者之一，或者是守护者。可惜遗骸被打散、打乱了，要不我们或许可以看出一点端倪。”

冷寒铁不禁有点后悔自己的莽撞之行，破坏了坟墓原来的格局。

王微奕继续道：“虽然老夫并无确实证据，可是却仍然要大胆揣测。此坟墓的建造定然与金殿有着某种关联。先前我等分析说是陈友谅的后人选址此处，为的是占用该地的风水宝气，却不料与天上的金龙发生了冲撞，导致风水格局改变，最终影响到金龙的走向。但从如今的情形来看，极有可能是另外一种结果：建造者是刻意选址此处，一方面是为了镇压住陈友谅，让他永远无法与大明朝作对；另一方面则是改变金殿寻宝图的路线。那么为何要破坏寻找金殿的线索呢？大家可以想一想。”

众人皆默然。即便是再不开窍的人，都明白王微奕的意思：可以精确地改变金殿寻宝路线的人，定然是已经知晓了寻宝路线，乃至已经抱宝而归了。

林从熙结结巴巴地问道：“可为什么你就认定是刘伯温建造的呢？”

王微奕反问道：“你先前获得的《神农奇秀图》出自什么朝代的古墓中？”

林从熙想了一下，道：“听土夫子说，那应该是座两晋时期的坟墓。”

王微奕点了下头，从容不迫地说：“你相信《神农奇秀图》无法仿造，世间独此一份，那么就足以说明明朝时不可能有人见到此图，可为什么陈友谅的坟墓却被设置在此间？很显然，定然是有高人窥破了神农架的布局奥妙。世间有此等能力者，首推刘伯温。最为重要的是，你应该听说过，刘伯温擅长奇门遁甲。”他停顿了下，指着墓道上原本钉在白骨身上的透骨钉，道：“你能看出什么名堂来吗？”

林从熙仔细观察了下，发现这些透骨钉的排列高低不平。原本他以为是因为白骨身前的身高有差异，导致被钉入的透骨钉位置不同。但认真查看后才惊觉这里面隐含着某种规律——“九星大法？”

王微奕点点头道：“不错。九星大法为《奇门遁甲》中的重要内容，能够在此间出现，定然有它的深意。”

《奇门遁甲》历史悠久。相传是汉代张良根据黄石公给的“河图”“洛书”为基础，以《周易》阴阳五行学说为理论基础，综合了历代天文地理、星象历法、军事、预测等方面的知识创作而成，可谓庞大的信息库，是帮助人们趋吉避凶的比较理想的时空模型。张良正是利用《奇门遁甲》辅助汉高祖刘邦击败项羽建立西汉王朝的。后世的诸葛亮也是利用《奇门遁甲》，辅助刘备建立蜀汉政权，与曹魏、东吴三分天下。后来刘伯温对其删改修订，使之成为一部完整无误的高层预测学。《奇门遁甲》一直被视为中华文化最幽深的内容之一，在中国古代三式中，名气最大，也最神秘，是预测术中集大成者。

刘伯温熟习《奇门遁甲》，而陵墓间出现九星大法也就是天盘内容，不能不让人将两者联系在一起。

林从熙不禁有些泄气。刘伯温是历史上与鬼谷子、诸葛亮等并驾齐驱的神人，以他的天纵奇才，要破解金殿的秘密并非难事。倘若刘伯温已经捷足先登找到了金殿，那么他们的寻宝之旅还有什么意义呢？

王微奕看出了他的心思，宽慰道：“依老夫之见，建造陵墓者在此处挂了诸多的独目人、野人等骸骨，就是为了告知后来者，你们来晚了。不过老夫觉得我们来得还不算晚。就算明朝有人到了金殿，定然没有将金殿洗掠一空，否则他们也不必设下这个疑阵，以阻止后来者抵达金殿。”

王微奕的一席话又将众人心头的希望点燃起来了，可是冷寒铁的一句话却又将其浇灭，气若神闲地插了一句：“这也说明，金殿的寻宝图有可能不止鬼谷子制造的《神农奇秀图》与秘笈，可能还有刘伯温的遗作。”

林从熙听得焦急起来，道：“既然如此，我们还待在这里做什么？赶紧找金殿去，省得有人捷足先登，把金殿给搬空了。”

冷寒铁冷冷道：“你以为那么容易离开这里吗？”说完，他举步走向陵墓的深处。众人不明所以，一路跟随。

冷寒铁接过楚天开手中的火折子，将其横在原本棺材后面的墙壁上，映出那行留言：真龙恶龙相斗残，乱世乱民纳命来。

真龙恶龙相斗残，乱世乱民纳命来……众人喃喃念着，不觉一股寒意直冲脑窍。

林从熙结结巴巴道："是说我们进入此墓，就得留下命来吗？"

就在这时，地底处忽然传来轻微的"咔嚓"声。冷寒铁顿时警觉起来，大吼一声："快撤！"

几乎是在同一时刻，他们脚底下的地面忽然开裂，变成了一块巨大的跷跷板，朝着入口处的地方低斜下去。靠近入口的王微奕等人立刻顺着坡度斜坠了下去。

冷寒铁察觉到不妙，一声大吼，使出了一个"千斤坠"，将全身的力量贯注于脚下，勉强稳住了脚下的地面，令其重新朝着陵墓尽头这面坠了下来。

然而让冷寒铁感到心惊的是，黑暗中传出"咔咔咔"的声音。他知道，那是机关的机械齿轮被打开的征兆。

"老巴，你带着王教授先走！"冷寒铁慌张起来，大声吼道。

巴库勒毫不迟疑地单手抓住王微奕的衣襟，趁"跷跷板"勉强平衡的这一刻，猛地一个跳跃，整个人跃至石板开裂的另外一头，接近于那名被冷寒铁削断手夺去紫檀硬弓的铜人。

巴库勒的动作幅度太大，给了地面一个直接向下的力量，瞬间便破坏了"跷跷板"的平衡，地面重新朝着铜人那侧倾斜了过去。花染尘忍不住尖叫起来。幸亏站在她身边的楚天开眼疾手快，一把抓住她的后背，用力地向上抛起。稳住身躯的巴库勒配合良好，独臂舒展开，接住了花染尘。

如今身处"跷跷板"的，便剩下冷寒铁、林从熙、卜开乔、唐翼和楚天开了，其中冷寒铁和林从熙位于靠近字迹的这一端，卜开乔、唐翼和楚天开位于靠近铜人的另一端。从重量上讲，卜开乔他们要比冷寒铁他们大得多，只是冷寒铁下盘功夫了得，加上他伸出手指抠住"真龙恶龙相斗残，乱世乱民纳命来”字迹的缝隙，使得双方勉强维持了住一个平衡。

然而，这种平衡是脆弱的，很快就被打破了——从他们的头顶忽然倾泻下来大量的火油。火油的冲击不仅干扰了平衡，最重要的是让石板上的人脚底打滑，极难站稳，稍不小心就会从“跷跷板”上掉落下去——一旦掉落下去，其命运不用猜也都可以得知，陵墓制造者断然不可能在下面摆放了鲜花与美酒来欢迎他们，而只可能是利剑与尖刺。

陵墓间的杀机可不止火油这么一招。“嘎嘎嘎”的机关声音停止了，可是这并不代表着危机终止，而是意味着杀戮即将开始：恰如弓拉到最满处时，人要屏息并停所有动作，最后确认一下瞄准后再松手发射一般，机关的声音停止只意味着利剑开始出鞘：铜人身后的石壁裂开，从中露出一溜弩箭。尽管经历了数百年的光阴，这些弩箭却保存得十分完好。箭矢如暴风骤雨般地射了出来，朝着唐翼、冷寒铁的位置飞驰过去。

对冷寒铁他们来说，最大的危机来自火油，因为稍微一点火花都有可能引发出一场熊熊烈火。所幸就在机关启动的第一时间，冷寒铁就熄灭了火折子，换成手电筒，避免了引燃整个墓穴悲剧的出现。但冷寒铁深知，危机并未解除，因为弓弩所发射出来的箭矢力道十足，击打到石壁上很容易就溅出火花，从而让星星之火成燎原之势。

危难时刻，方能显示出冷寒铁的冷静和应变能力。在弩刚刚出现之际，冷寒铁已大喝一声，“抓紧了！”唐翼、楚天开与冷寒铁早有默契，立刻明白了他的心意，反身趴倒，手指牢牢地抓住地面的边缘。卜开乔虽然一时不明白冷寒铁下一步的行动，但见唐翼如此，也急忙如法炮制，将身体“挂”在石板上。几乎是在同一时刻，冷寒铁提起右脚，猛地一跺。这一跺力逾千钧，顿时整个“跷跷板”朝着冷寒铁的方向翻了起来。

头顶的火油如倾盆大雨般地沿着地面倾泻下来，将地面浸润得如同镜面一般光滑。林从熙没有防备，顿时脚底一滑，整个人“哧溜”地往下坠去。就在他魂飞魄散之时，只觉得有一只脚如同擎天柱一般地踩住了他的衣角，将他“钉”在光滑的地面上。他仰头望去，只见冷寒铁背靠在石壁上，一手执着手电筒，一手抓着黄金匕首，匕首深深地扎入了石缝中，然后他的双脚紧紧地蹬着地面，让整个地面保持着翘起 30° 左右的倾斜状态。

林从熙初时没能理解冷寒铁为何这么做，但接下来耳畔间传来的“叮叮当当”声音提醒了他——如果不是面向铜人的地面高高翘起，形成了一个天然盾牌，挡住弩箭的连环进攻，恐怕在刚才，他已经被射成了只刺猬。

弩弓的机关威力十足，但毕竟墓穴内空间有限，因此只储备了 200 支弓箭，在不到 1 分钟的时间里，所有的弓箭全都射完了。头顶的火油也流淌得差不多了，只剩下一点残余滴漏下来。万分惊险的一幕，就这么在冷寒铁的冷静应对下，被化解掉了。

就在大家以为危机已过、暗松了一口气的时候，忽然间又是一阵“嘎嘎”的声音，将众人的心重新提了起来。巴库勒更是心头一凛，因为他分辨出，机关的声音乃是来自身边的铜人，于是急忙掏出手电筒，往其照了过去。眼前的一幕让人感觉十分的诡异：铜人仿佛被召唤醒了一般，双手一张一合，同时双目亦一睁一闭，而陵墓的通道墙壁全都开始移动起来了，不停地靠近铜人——很显然这又是一个机关。铜人乃是将墓壁上的尸骨腿骨当作箭矢，取下来后架在紫檀硬弓上，发射出去。腿骨的威力固然有限，可是其内含的磷火一旦遇上火油，将立即会燃烧起来。可是铜人握弓的手被冷寒铁斩断了，只剩下断臂在那边开合；另外墙壁上的尸骨也被冷寒铁破坏掉落在地上了，于是巴库勒他们看到的，就是铜人将右手中所持的腿骨推落到地上之后，不停地重复着取空物、射空箭的动作。虽然这个动作并不会给大家的生命带来威胁，可是在阴森森的地底下，这诡谲的一幕让人不由地感到心头阵阵发寒。

铜人重复这一动作十余次之后，终于停住了。众人偷偷地擦了一下额角的冷汗，盘算着如何让“跷跷板”恢复平衡，接冷寒铁等人安全落地。然而变故总是在陡然之间发生。铜人的右手拳头猛地大力弹射出来，一记重拳狠狠地砸在“跷跷板”上，震得楚天开等人全都身体一颤，险些跌落下来。最为要命的是，这一拳的力道惊人，金属与石头碰撞后溅起火花，与火油相遇，瞬间火苗就像埋伏好的大军挥旗砍杀出一般，将整座“跷跷板”引燃起来。冷寒铁等人顿时成为石板上烧烤的蚂蚁。

铜人仿佛完成了自己的使命，拳头被一根银线牵扯着收了回来，恢复到原样。巴库勒见状，无比恼恨地踢了一下铜人，恨自己没有及时出手，破坏掉铜人的机关。他脱掉衣服，想要来扑灭石板上的熊熊烈火，却被冷寒铁喝止住了：将铜人推落下来，要让它站着！

巴库勒无瑕思索其中的缘由，奋起神力，抱起铜人，想要将其移动过去，然而他只是将铜人摇晃了几下，根本没有办法令它移开半步。他查看了一下，发现铜人与墓壁之间用一道铁索连着。铁索位于铜人的身后，若不是贴近了来看，根本察觉不到。

巴库勒掏出军用匕首，对着铁索狠狠地砍了下来，可是尽管震得虎口出血，也只在铁索上砍出了一道白印。他的汗水下来了。要想弄断铁索，至少需要花上小半个小时，那时的冷寒铁等人恐怕早就被烧成焦炭了。

冷寒铁亦瞧出巴库勒的困境，对林从熙等人喝道：“抓稳了！”说完，猛地拔出插入石壁中的黄金匕首，掷向巴库勒。

这一个晃动之下，石板顿时失去了平衡，朝着楚天开等人的方向偏移。火油滚动，侵向楚天开等人的身上。他们的头发、衣服已经着火，可是双手必须紧紧地抓着石板的边缘，无法腾出手来扑火，只能咬牙忍受烈火烧身的痛楚。

巴库勒急红了眼，接住黄金匕首，寒光一闪就将铁索切断了，然后他也顾不上冷寒铁要铜人“站立”的说法，大吼一声，双手抱住铜人，将其往前用力一推。

铜人被他的神力所撼动，在地上滚动了几下，重重地砸向石板。铜人的重量逾千斤，压在石板上，顿时加重了其失衡性。即便冷寒铁在另外一头咬牙苦苦支撑，竭尽全身力量地下坠，却依然对抗不过铜人的力量。顿时石板朝着冷寒铁的方向高高翘起了。

先前里，石板是朝着冷寒铁方向下坠，楚天开他们以手攀在石板边缘拽住身体的重量，如今这一下子，他们变成了头朝下，而手指根本抠不住被火油浸润过的石板，登时整个人朝地底滑落下去了！

巴库勒眼疾手快，跌坐在地，伸出双脚，分别踩住楚天开和唐翼的各一边肩膀上，然而他实在没有办法分身兼顾卜开乔，只能眼睁睁地看着他与铜人一起跌落下去。而随着铜人与卜开乔的“离席”，石板再度失衡，重新朝着冷寒铁的方向斜了下去。

巴库勒朝着楚天开与唐翼喊道：“我来稳住，你们快撤！”说完，他将踩在楚天开和唐翼身上的双脚移开，紧紧地抵在石板上，勉强维持住石板的平衡，不让它继续倾斜下去。借此良机，楚天开和唐翼双手按住石板，猛地一窜，身体跃过石板，落到了巴库勒身边，然后就地一滚，便将身上的大部分火苗扑灭了。王微奕和花染尘急忙上前，帮他们将最后的一点余焰扑熄了。

几乎是在同一时刻，冷寒铁提脚朝着林从熙的屁股踢了一下。被火油浸润过的石板如镜面般光滑，林从熙顺溜地滑至石板的尽头，然后被巴库勒一手拎住，甩至身后。楚天开等人替他扑灭了火。

石板上只剩下了冷寒铁一个人。巴库勒冲他大喊：“我顶住，你快过来！”

冷寒铁反手飞快地脱下衣衫，用其来扑打身边的烈焰，然后拒绝了他的请求：“你们查看下了卜开乔，别将他压在底下。”

安全脱身的楚天开捡起巴库勒掉落在地的手电筒，刚准备朝着石板底下照去，忽然间一个火球从下面冲了出来，几乎撞到他的鼻梁。所幸他反应灵敏，急忙闪身躲了过去。火球在地上滚了几下，却不料撞到了墙角的石壁上，忍不住呻吟出来——却是着火的卜开乔。原来他掉落下去时，及时伸手抓住铜人的胳膊，在空中伸脚抵了一下墙壁，稳住了铜人的坠势，使其头朝上、脚朝下地“站立”在陷阱之中，紧接着他借势一个翻身，登上铜人的肩膀，再顺着手电筒光的方向朝上跃起，成功逃离了陷阱。

楚天开见在唐翼等人的帮助卜开乔扑灭了身上的火，于是就将手电筒的光投入了陷阱中，不觉倒吸了一口冷气：只见下面深达 3 米多，最下面铺着一层生石灰，然后密密麻麻地插着长满倒钩的铁枪。倘若人掉落下去，不戳出数十个血窟窿才怪呢。卜开乔能够死里逃生，实在算是种幸运。

见所有的人都已脱险，冷寒铁伸脚朝身后的墙壁一蹬，整个人如同一只大鹘一般，顺着石板滑行，临近尽头时脚下用力，身体腾空跃起，牢牢地站立在地面上了。而他身上的火苗先前已被扑灭，算下来最后一个脱险的他，反倒是所有人中最为从容的撤离者。

脱困之后，冷寒铁急忙率领大家沿着原路后撤。经过墓道时，他惊讶地发现地上的骸骨发生了变化，原本是均匀散布的骸骨，却变得凌乱不堪。很显然在刚才的机关运作中，这些骸骨也起到了一定的作用，用于狙杀侵入者。倘若机关启动后，入侵者想要从主墓道撤退，就要遭受众白骨的乱拳齐发。不过这些骸骨被冷寒铁先前误打误撞间破坏掉了，因此失去了机关的效用。

大家相互搀扶，也不管墓穴外还有狮鹫在虎视眈眈，跌跌撞撞地出了墓穴。这应该是冷寒铁他们进入神农架后最为狼狈的一次，每一个人都挂了彩。有的是先前被白熊所伤、有的被烈火焚烧过。所幸大家都没有伤及筋骨，行动无碍，不至于沦为队伍中的“弃卒”。

大家相继从墓穴里出来，环顾四周，发现目之所及，仿佛经历了一场恶战，到处是摔烂了的石像，以及被白熊仓皇间撞倒的树木。最为引人注目的是，地面上躺着三只白熊的尸体，它们的脑袋全都被敲开了，里面的脑髓被吸食一空。很显然这应该是狮鹫的杰作。令他们惊异的是，他们昨天埋在树底下的沈亦玄等人的尸体，亦不知被什么生物给扒拉出来了，一个个开膛剖腹，内脏等全都被扯得七零八落，模样惨不忍睹。花染尘只瞄了一眼，便吓得花容失色，整个人瑟瑟发抖不已。

冷寒铁皱着眉头，不知道这是何人所为，又有何用意，但深知此处凶险，不敢久留。林从熙却惦记着他的紫檀硬弓和黄金箭，于是硬要众人帮他从乱石草丛中找到了弓箭，斜挎在胸口，道："这个可是宝贝，说不定今后还大有用处，你们千万不要随意遗弃。"

冷寒铁招呼着大家进入密林中。狮鹫身形庞大，需要足够开阔的空间才可以施展开它的翅膀。密林中四处都是枝叶、藤蔓，将会极大地限制狮鹫的行动速度。大家不敢做任何逗留，快速前进着。天色很快便昏暗下来，暗得再映不出一点森林的模样。冷寒铁虽然有心尽快走出这片密林，但他深知黑夜赶路的危险，于是找到一个巨大的树洞，足有 5 米左右的直径，一行人从树心处爬了进去，再用背囊配合树枝横架在上面作为遮掩，总算是有了一处安全的落脚之地。

卜开乔与众人分享了他昨天烘烤出来的熊肉干，众人紧张的心情总算缓解了下来。虽然进入神农架后大家遭遇的机关与暗算都不少，但相比之下，这次的失利令大家最为沮丧。不仅仅是几乎所有人都挂彩了，还因为大家清楚，打败他们的并非古文明或者神人的杰作，而是五六百年前古人布置的机关。靠王微奕丰富的考古经验、冷寒铁卓绝的身手，竟然无法闪避开，实在让人有几分挫败感。

林从熙心头盘旋的疑团最甚，不客气地质问冷寒铁："冷长官你先前不是曾进去过坟墓吗，莫非没有抵达机关处，否则怎么会安然而归？"

冷寒铁默然无语，心头亦是百思不得其解。

倒是楚天开有说法："我先前拿着手电筒照射机关底下，发现下面被人为地插入了一根木桩，另外石板处还悬着根铁索，铁索下面挂着个袋子，不过袋子破了，也不知道里面装的是什么，估计原来应该是类似于压舱石的重物，用来保持整个机关的平衡。"

经楚天开这么一描绘，众人略微一想，就明白了其中的原理：这个"跷跷板”的机关设计初衷用于预防盗墓贼的，其中一头悬挂着重物，另外一头则压着金丝楠木棺材，两者之间达到了平衡。而一旦有人踏上石板，抑或是拖动棺材，就会破坏掉这种平衡，发生倾斜，摔落进陷阱中。多年前，沈亦玄等人进入陵墓中时，有机关高手看出了其中的奥秘，于是启动“跷跷板”，将其压了起来，然后往悬着重物的一端陷阱处打入一根木桩。这样当他们拖动楠木棺材时，石板往重物端倾斜，被木桩顶住，不会沉坠下去。之前冷寒铁独自一人进来，他的体重远远低于悬挂的重物的重量，于是并未破坏掉石板的平衡，因此得以全身而退。及至众人一起进来，重量骤增，导致“跷跷板”失衡，加上木桩经过二十余年地底的水汽浸润，渐渐腐朽，再也承受不住众人的压力，直接散开。不过木桩在“寿终正寝”的时候也算是做了件善事，勾住同样变朽的袋子，将其扯破，令里面的重物跌落下去。否则的话冷寒铁断然是无法压制住重物加楚天开等人的体重，那么只能眼睁睁地目送他们坠落下去。

陵墓中的机关是一环套一环的。当“跷跷板”的机关被打开时，火油的机关就跟着开启，紧接着是石壁后面的弩弓，最后是铜人以及骸骨。这需要非常精巧的设计。可以说，陈友谅陵墓远不似看上去的那么简单，而是无比复杂与凶险，比得上寻常的帝王陵墓了。

大家对于墓内机关赞叹、感叹了一番之后，注意力转至狮鹫身上。

楚天开问冷寒铁；“冷大，对于这种神兽，我们究竟该如何应对呢？”

冷寒铁平淡地道：“躲！”

打不过就躲，这是最基本的战术。

“可如果躲不开，那该怎么办？”

“战！”

楚天开有点郁闷，沮丧地问：“那个，冷大，我知道躲不过去的话就得跟它拼了，可究竟该怎么拼呢？这玩意儿连子弹都可以躲得过，又有那么大的体型，我估计一爪子可以将人的脑袋抓下来，我们总得想出一个对策才行。”

“那你有何高见？”冷寒铁反问道。

楚天开尴尬地说：“我这不是没有答案才问的嘛！”

“没有答案的事情，多想又有何益呢？不如睡觉。”

楚天开郁闷地闭上了嘴。林从熙凑了过来，道：“狮鹫这么厉害的怪兽，会不会是有人刻意留下来来守护金殿的呢？如果是的话，我们是不是可以跟踪它，顺藤摸瓜，找到金殿啊？”

王微奕眼前一亮，激动地说：“这倒是有几分可能。”

冷寒铁又泼了盆凉水过来，只见他漫不经心地说：“就算狮鹫是金殿的守护者，却也只可能是用来阻止世人靠近金殿的，而不可能成为你的引路者。因为金殿是在地底下，而且还是水底。你觉得狮鹫真有上能登天，下能入地的本事？”

众人不由得泄了气。林从熙讪讪地道：“如此来说，这个狮鹫还真是麻烦。除非我们能布下一张天罗地网，才有可能将其拿下，否则它始终会成为我们找到金殿的一块绊脚石。”

冷寒铁仰起头，望着树洞上空漏下的点点星光，默不作声。

林从熙伸手抚弄着身上的紫檀硬弓，有些痴然，梦艺般地说：“不知为何，我总觉得我们距离金殿只有一步之遥，说不定金殿就在我们的脚底下呢！”

王微奕道：“希望承你的吉言，明日就可以找到金殿吧！天色不早了，大家早点歇息。明日说不定又是一场恶战。”

第二天，大家是被松鼠给吵醒的。一只好奇的松鼠跳到树洞上方，却不慎被背囊的绳子绊了一下，坠入洞中。卜开乔兴奋地将其抓住：有早餐啦！

花染尘有几分不忍心，可是她深知，如果拒绝了松鼠肉，就难保最后吃到的早餐会是什么古怪之物，也许是蛇汤，也有可能是白蚁“棒棒糖”——将树枝伸进白蚁巢中，带出大量的白蚁来舔食，甚至有可能是活蝎子，总之都不是正常人的口味。

林从熙等人又去森林里找了一些野菌、野菜，与松鼠肉混在一起，炖了锅大杂烩，分食了之后，继续前行。

大概走了半个小时。清晨的森林里虽然温度不高，可是丛林茂密，使得空气极其闷热。林从熙汗流浃背，道：“我们先前上岸的地方不是离瀑布不远了吗，怎么走起来要这么久？”

巴库勒看出了端倪，道，“你喜欢马蜂吗？”

“马蜂？”林从熙莫名其妙地道，“关马蜂什么事？”

巴库勒戏谑道：“如果你跟马蜂是亲戚的话，那么尽可以沿着河岸来走。”

此时是初夏时节。沿着瀑布的两岸，不知道是天然形成的，抑或是人为栽种的，生长了大量的山茶花、杜鹃花、海棠、紫藤等。各种繁花盛开，芳香扑鼻，引得无数的马蜂与蜜蜂在花木丛中流连、翩跹。这个画面美则美矣，可是对于人类而言却是一种威胁。倘若轻易地涉足其中，极有可能会引起马蜂的“群起而攻之”。在这密林之中，人类很难对付得了这些数量庞大的小生物，一旦被围攻，极有可能面临生命威胁。因此冷寒铁他们不得不绕开这些花草树木，如此一来，他们不仅兜了个圈，而且是走向瀑布的下游。

不过这也是冷寒铁的判断：如果金殿真的是修于水底下，那么瀑布未必是个好地方，除非是如《西游记》中所描述的水帘洞一般，在瀑布后面藏着个洞，水流起到了巧妙的伪装作用，这样的话倒是个天然的妙处。但以他们从《神农奇秀图》中所窥见的奥秘来看，金殿的入口不在瀑布处，而是在水底。建造这么一座金殿，绝非一朝一夕可以完成的，倘若截断瀑布来施工的话，这该是多么不理智的一个选择啊！除非是人间连续大旱，瀑布断流数年。但对于神农架这样的环境来说，这显然是不可能发生的事。那么剩下的就只有一种可能：金殿是修建于某处水流和缓之处。修建时，开挖一道水道，将河水分流出去，以保持工地的干燥。等到金殿修成之后，再将水道封闭堵死，使水流重新沿着原来的河道流淌，将金殿的秘密掩藏得严严实实。所以对他们来说，寻找金殿的线索就在于：地理位置特殊，容易引流，然后既然曾经引流过，那么自然会有引流的痕迹。只是不知道数千年的时间过去后，这些痕迹是否早就被湮没得干干净净了。

林间行走，众人都小心翼翼的，一方面提防白熊等猛兽突然窜出；一方面则留意天空中狮鹫的踪影。所幸到最后一切都进展很顺利，在中午的时候，他们穿过了一片杉树林，顺利抵达到了河边。他们所站立的地方，乃是一处悬崖，位置居高，可以清楚地看见在100米外的地方，有一条瀑布飞珠溅玉，每秒携着数吨的水流倾泻而下，发出震耳欲聋的声音，激荡起来的水雾足有十余米高。阳光穿过水雾，水雾幻化着阳光，两者在空中交织成一条绚丽的彩虹，遥遥地悬挂在瀑布的上空，吸引着人的目光。

冷寒铁深深地吸了一口冰爽的空气，心头随着瀑布的水流激荡不已。历经千辛万苦，他们终于站到了金殿的门口。尽管这最后的一步，至关重要，甚至踏错一步都将前功尽弃，但不管怎么说，他们毕竟比绝大多数的寻宝队伍都走得更远。只是他也清醒地认识到，他们早先对金殿的判断出现了错误。起初他们以为数千年间金殿无人打扰，安静地沉睡在神农架这片神奇的土地上，默默地等待着后人的开启，所以他们面对的对手，只是《神农奇秀图》的深奥费解，以及神农架里的重重机关的迷局，可是如今他才知道，千百年间有不少人比他们先一步来到这片土地，其中极有可能包括千古奇人刘伯温。这些先人究竟走到哪一步，对金殿做了什么，他们一无所知。或许前人已取尽金殿中的宝物，他们将空手而归；也许金殿的最后屏障超出所有人的能力所及，他们全都铩羽而归，那么以他们这支“乌合之众”又如何能够超越先人，比他们走得更远呢？总之，前途未卜，结果难断。他感到一种少有的紧张。

王微奕和林从熙则在探讨寻宝秘笈“引天雷，水见血”中蕴含的线索。“引天雷”虽然难于做到，但至少还好理解；唯有对“水见血”大家有分歧：从字面上分析，“水见血”无疑就是天雷击中水中的某种生物，让其血尽而亡。但根据他们先前所解开的几句秘笈来看，“水见血”绝对不可能这般浅显。那么“水见血”会是水中出现一个“血”字，还是天雷引发洪水，洪水挟持着红泥造成“水见血”的现象，抑或是其他的异象？

不管如何，“水见血”只能利用“引天雷”来进行验证。可是“引天雷”哪是那么容易的事？且不说雷电不是说来就来，即便来了他们又如何将其从空中引到水中呢？楚天开倒是想到了利用风筝作为导体，可是这深山老林中他们去哪里寻做风筝的材料呢？另外一种方法就是类似于他们之前引闪电来攻击帝姬花一般，做一枚引雷针伸到高空，下面接一条导电的金属线。可是这对他们同样是难以完成的任务，首先材料不足；其次在河流上空如何去架起足够高的引雷针？

楚天开眼巴巴地望着冷寒铁：“冷大，你说可不可以找上面支援一下？”

冷寒铁淡淡地道：“那你就自己走出神农架，去找委员长吧！就是不知道外面战局如何，他是否还在其位了。”

“这话可不能乱说。”楚天开忽地领悟过来，失声道，“你是说这项任务是委员长亲自指派的？”话一出口，他立刻感觉到有些失言，眼神如刀般地瞟向林从熙等人。

林从熙感觉到楚天开眼神中透浓浓的杀意，急忙拉着卜开乔走开了数米，大声道：“小卜，你看这里的风光多美，特别是那彩虹，像不像糖果？哎呀，说起糖果，我突然感觉肚子好饿，饿得我头晕眼花，耳朵全都在轰鸣……啥，你说你有巧克力糖，快给我一颗……哎哎哎，我知道我听错啦，可是你这口袋里明明有野果也不分给我一个……你等着我，别跑……”两个人一前一后地跑远了。

冷寒铁目光如水地看着林从熙欲盖弥彰的行为，开口道：“别演了，眼下里还没到杀人灭口的时候。等找到了金殿你们还有命在的话，我们再讨论对你们是剐还是杀也不迟。”

林从熙听得这一番威胁的话，心头反倒松了一口气，他深知冷寒铁的个性，能这样开小玩笑，说明他对这个话题并不忌讳。但他心头却激荡着汹涌的大波：虽然他知道能够指挥得动冷寒铁这等人物前来执行任务的，其级别肯定很高，但他所能想到的也就是军方高层，万万没想到竟然是最高领袖直接下达的命令。金殿里究竟有什么，值得他在焦头烂额之际，竟然还可以抽出闲情来关注？他看着天边的风卷云涌，他突然感到一阵莫名的心惊。

众人重新聚拢在冷寒铁的身边，等待着下一步的指令。冷寒铁就如同一根定海神针一般，总是给人安定的感觉，而且让人甘心受其驱使。在这个世界上，总有一些人天生就适合当领袖。

冷寒铁研究着河流的走向，缓缓地道："现在没有其他的办法，只能沿着河流一段一段地走过去，看看能否找到点儿什么。"

这是最笨的办法，但也是眼下里最直接、最有效的办法。

林从熙嘟囔道："要是有条船就好了！"

卜开乔突然伸手指着前方大概 200 米的一段险滩，道："那里有船！"

九

众人定睛望去，果然在河岸的丛林中，隐约可见一条橡皮艇的影子在水波间摇曳。巴库勒见状大喜，不顾一切地从悬崖上一跃而下，朝着橡皮艇的方向劈波斩浪，直游而去。

冷寒铁显然不是十分赞赏巴库勒的鲁莽行动，他示意楚天开等人全都将枪上膛，留心四周的动静。

水流湍急，不过巴库勒水性极佳，尽管少了一只手，也无碍他在水中矫若游龙，加上又是顺流而下，200米的距离他不消两三分钟就游到了。

冷寒铁的手指悄悄地搭在冲锋枪的扳机上，小心地注视着橡皮艇的动向，仿佛是担心里面随时可能窜出一个人来。

巴库勒浑然不觉有危险，径自扳着橡皮艇往里望去。冷寒铁他们看不见巴库勒的表情，但从他的身形上看明显地沉滞了下，应是被里面的景象惊住了。

冷寒铁焦灼地皱起了眉头。巴库勒转身朝冷寒铁他们的方向看了一眼，似乎想说点什么，但疾风吹散了他的言语欲望。他犹豫了一下，伸手从橡皮艇上找到与船身连在一起的绳索，将其拴在自己的腰上，然后奋力往回游。

逆流而上，橡皮艇的浮力又那么大，巴库勒显然十分吃力，但他却咬紧牙关，不肯放弃。

冷寒铁察觉有异，令楚天开腰捆长绳，从悬崖上跃下，前去接应巴库勒。

楚天开拨开水花，飞快地游到巴库勒身边，然后摘下身上的长绳，将其与橡皮艇上的绳索连在一起，让冷寒铁与卜开乔等人在上游拽着橡皮艇，他则与巴库勒转自船后推着它。两边合作，大概 5 分钟之后，橡皮艇抵达了冷寒铁他们所在的悬崖边。巴库勒湿漉漉地爬上岸，将橡皮艇拴在一棵树上，让其不再随波漂荡，然后招手示意冷寒铁等人下来。

冷寒铁举起望远镜，朝橡皮艇望去，待看清艇上的情形，不觉怔了一下。橡皮艇与他们之前搭乘过的橡皮艇十分相像，应该就是日军留下的那批船只之一。不过目前里面只有一个人，仰躺着，面如金纸，只是从他胸口隐约的起伏可以看出一息尚存，而此人的容颜他再熟悉不过了，正是刚刚分别不过数日的陈枕流！

陈枕流不是留在森林里疗伤吗，怎么会独自一人出现在瀑布底下？冷寒铁还注意到，陈枕流的裤子与他们分别时所穿的不同，显然是换过了。深山老林中，陈枕流哪来的新裤子？

虽然受伤的陈枕流的出现给他带来了一丝震惊与疑惑，但不管怎样，至少是不具威胁性。冷寒铁收回长绳，依次捆绑在王微奕、花染尘的腰上，将他们放入橡皮艇中，林从熙、卜开乔等人则自行爬下。

见到爱徒陈枕流，王微奕悲喜交集。他更加痛心的是陈枕流的伤情，但也万分不解他为何不藏在森林中养伤，而是出现在瀑布之下，带着新伤与橡皮艇。

楚天开从橡皮艇的角落里捡到了一把小刀，交到冷寒铁的手中，犹疑不定地说：“这个……是不是他的？”

冷寒铁对这小刀印象深刻。在先前的行程中，小刀的主人数次出手救了他们：当帝姬花袭击他们时，正是这种小刀钉住了它们的攻势；当巴库勒险些坠入寒潭，成为蛟龙的口中食时，也正是同样的小刀出现，将他连着衣服钉在石壁上，躲过了一劫……小刀的主人正是铁胆帮的帮主刘开山！

刘开山怎么会跟陈枕流搅和在一起？难道是刘开山在森林中找到了

陈枕流，并挟持其一起坐着橡皮艇，顺流而下，追寻冷寒铁他们的足迹吗？陈枕流乘坐的橡皮艇在水中的速度远较冷寒铁他们自制的木筏快得多，因此一旦被带入瀑布的边缘，根本来不及做出反应，只能眼睁睁地看着自己顺着激流飞跃下百米的瀑布，栽入河中。如果是这样的话，陈枕流就算及时地拽住了橡皮艇上的绊子，没有被抛离出去，巨大的冲击力也会震得他晕过去。那时无人控制的橡皮艇随波逐流，随意游荡，的确会被斜逸出来的水杉树枝挡住，停留在河边树荫下。

虽然陈枕流的出现让人意外，但多了一艘橡皮艇，无异于雪中送炭。有了橡皮艇，冷寒铁他们不仅行动更自如，最为重要的是，还可以去许多想去而去不了的地方。

巴库勒靠近冷寒铁，道："从伤口上的苍蝇产卵情况来看，至少是昨天翻的船。莫非陈博士一直在暗中追踪我们？"

冷寒铁环顾着四周，道："他一介书生，无足轻重，但那个土匪却不是善类，小心点。我估计他跌下这瀑布，虽受了伤，但不会致命。我们要小心他的偷袭。"

巴库勒点了点头，分析道："不过既然他弃船而逃，说明就算没致命，受的伤也不轻，眼下里不足为患，我们只需多留个心眼就是。"

冷寒铁颔首道："说的也是。能不能先把那书生弄醒？"

"有点困难。旧伤加新伤，而且伤及内脏，又没有及时救治，恐怕是活不成了。"

冷寒铁的心微微收缩了下。虽然陈枕流在队伍中的角色只是王微奕的助手，重要性不高，可是金殿尚未寻到，却又折损一人，着实让人有几分沮丧："劝着点王教授，让他别太过伤心，保重自己身体才是首要大事。"

在最初选择王微奕加入寻宝队伍时，上峰曾有过激烈争论。王微奕的才能无疑堪当此重任，只是他年事已高，而金殿行动已经容不得失败，所以每一个人选都是甄选了又甄选，甚至政府与军方高层之间为此发生权力“博弈”，最终大家还是妥协，因为确实找不到一个在才学上比王微奕更加胜任的人选。只是为保险起见，临时增加了一个名额留给陈枕流，作为后备。如果王微奕体力不支中途退出队伍，或者是遇难，那么作为他的得意门生，陈枕流可以顶上去。但未料到陈枕流竟然比王微奕更早遭遇厄难。

冷寒铁眯着眼，望了望头顶炙热的太阳，下令让巴库勒等人以枪托作桨，将船撑进岸边的树荫处，就地休整。花染尘等人继续照顾陈枕流，巴库勒等人则进入密林，一面寻找刘开山的踪迹，一面寻找食物，同时制造船桨、长篙等物。

鉴于橡皮艇对大家的重要性，加上刘开山可能潜伏在附近，所以冷寒铁留唐翼守在艇上。唐翼先前手腕受伤，不过经过这些天的休养，好了大半，灵活性和力量大概恢复了到原来的三四成，足以应对普通的敌人。只是他之前与冷寒铁发生过冲突，虽然没有酿成恶果，但与整个团队多少生出了罅隙，因此一路上一直默不作声，如同一个透明人。冷寒铁等人观在眼中，心里都不是滋味，所以干脆将他独自一人留下看船，省点儿彼此间的尴尬。

派出的人陆陆续续地回来了，带来各自的战果。卜开乔采了一堆的野蘑菇、野果，冷寒铁猎杀了一只肥硕的野兔、两只翠鸟，巴库勒和楚天开则拖着做好的船桨和长篙回来。大家将野兔、翠鸟拔毛洗净，与野蘑菇放锅里同炖。

肉汤刚熟之际，唐翼所在的树荫底下忽然传出了枪声。冷寒铁一脚踢在锅上，让里面的汤浇灭了火苗，然后拔枪冲了过去。巴库勒等人紧随其后。来到岸边，只见橡皮艇依旧牢牢地拴在树上。唐翼手持着枪，枪口上犹然冒着青烟，然后略带紧张地朝着水面不停扫视。

“怎么啦？”巴库勒问，“水里面有危险？”

唐翼的视线不敢离开水面，惊慌地说：“水底有怪物！不知道是什么，只知道很大，至少有十米左右长，先前拱了下船，差点把我顶落下去。

我开了两枪，它才潜入水底逃走了。”

话音未落，水底忽然掀起一阵滔天波浪，紧接着整条橡皮艇如同被人松手的氢气球一般，朝上猛地冲起，将里面的唐翼弹了出去。

冷寒铁扣动扳机，“啪啪啪”地将一个弹匣里的子弹全都打光了，水底下顿时泛起一阵血红色，几乎将水面全都覆盖住了。红色的血水搅乱了人的视线，无法看清水底的动静，只能依稀感觉里面有一只巨兽在翻江倒海。

几乎在冷寒铁开枪的同一时刻，巴库勒向前一窜，猿臂轻舒，将半空中的唐翼一把拽住，放置于地上。楚天开的目标则是被顶到岸上的橡皮艇，扯住缆绳，不让其跌落回水中。

血水被漂流的河水带走了。水面渐渐澄清。下面空空荡荡的，依稀只能看到青荇在水中招摇。仿佛什么事情都没有发生过，也没有什么水底怪兽光临过。

冷寒铁凝视着粼粼的波光，眼眸中寒光与怒意一闪，猛地转身，朝四周逡巡。浓烈的杀机扩散开来，惊动了一群暮归的鸟儿，也惊起了密林深处的一个身影。冷寒铁蓦地拔足追去，然而来人的身形并不比冷寒铁慢多少，兼之其对地形熟悉，很快就消失不见了。

冷寒铁的子弹在先前全部打光了，只能目送着那个身影消失在丛林里，含恨而归。

“刘开山？”巴库勒问道。

“应该是。”冷寒铁眉峰攒聚如川，心有余悸地说：“这个土匪头子，看来真是不简单。”

巴库勒点点头，道：“看来他是利用了陈博士，将其带入瀑布中，再利用半死不活的他来引诱水底怪兽出现。眼下令人不解的是，他这么做的用意是什么？水底怪兽莫非是金殿的守护者？”

冷寒铁将注意力重新转向水底，从地上捡了块石头丢进去。石头落水发出沉闷的“扑通”声。冷寒铁侧耳倾听，喃喃道：“这水竟然这么深。”

他让巴库勒取过长篙，插入水中，3 米左右的长篙竟然无法探到底。巴库勒不觉啧然称奇，拿了长绳过来，在尾端处绑一块石头，再坠入水中，一点一点地往下放。放了有 20 米左右，石头的下坠力量明显减轻，显然下面有承托之力。巴库勒继续放绳，大概又下沉了 0.5 米，绳索终于凝住不动了。巴库勒将绳索提起，发现石头上沾着层污泥。很显然，这里的水不仅极深，而且下面是厚厚的污泥。

楚天开望着水面出神，惊疑地问："这水底的大鱼是怎么来的呢？你们说刚才会不会被打死了？"

巴库勒摇了摇头，道："从它的体形来看，区区几粒子弹对它根本造不成什么实质性的伤害。不过你看清了那确实是大鱼？"

楚天开挠了挠头，道："没瞧清，只觉得是个庞然大物。"

冷寒铁转向楚天开："要不你请王教授过来观看一二，看水底大鱼流血是否可以视为'引天雷，水见血'的后半句应验了？"

楚天开一拍脑袋，激动地道："对对对，刚才那一幕分明正是'水见血'。"

然而王微奕却给楚天开兜头浇了一盆冷水，他慢悠悠地说："以老夫对寻宝秘笈的了解来看，这两句秘笈之间不会毫无关联，而应该具有前因后果的关系。也就是，这个'水见血'理应出现在'引天雷'的后面。"

"那有没有一种可能，"冷寒铁问："沈亦玄对我们说了假话？"

"假话？"王微奕身体一颤，慌乱地说："这个可能性……可是之前他说的秘笈都是应验的啊！"

冷寒铁反问道："如果你要说谎的话，你是会选择全部说谎，还是部分说谎？"

王微奕低了下头："说谎，说谎……如果说谎……"他突然想到了一点，抓住冷寒铁的手，急急问道，"你们确信刚才水底出现的是鱼，而并非龙？"

"龙？"冷寒铁不解地望着王微奕，然后在大脑中仔细回想先前所见到的水底生物形象，然而却是一片空白，“呃，抱歉没看清。不过……这里可能会有龙这种神物存在吗？”

王微奕颓然地松开了手，喟叹道：“大概是老夫想多了吧……老夫只是在想，如果沈先生真的是在说谎，那么‘引天雷，水见血’的原文又该是什么，然后不知道怎么地，突然跳出了一个念头：既然天上有狮鹫这种神兽，那么水中会不会是一条龙？或许我们在‘日穿针’岩石上所见到的龙叩首并非只是个虚像，而是实指。”

冷寒铁思索了片刻，道：“王教授你的意思是，此地的秘诀应该是类似于龙凤呈祥的话语？就是将天上的狮鹫与水中的龙这两种神物拼在一起，就可以召唤出金殿？”

王微奕苦笑道：“这只是老夫一时的异想天开，当不得真。”

冷寒铁却深思起来。恍然大悟：“先前我就隐隐觉得，狮鹫这种只有传说中才存在的神兽在神农架出现，并非自然造化，而极有可能是人为布置的。然后陈博士伏身舟中，被安置在河面上，有可能只是作为诱饵，来引诱河中的怪兽出现。而布此局者，定然有他的用意，很有可能是掌握了与我们不同的寻宝秘诀……”

“冷长官思维缜密，推理极具说服力。”王微奕长叹道，“只可惜沈先生已死，而布局者又逃之夭夭，眼下我们是上下求索而不得其解，嗟夫叹兮。”

楚天开插嘴道：“那还不简单，我们想办法再将水底的怪兽引诱出来，然后把它捉住，不就可以找到线索了吗？”

王微奕摇头道：“你想得太简单了。如果水底的生物真的有你们描述中的那么大的话，那么即便不是龙，也接近成精了。这次在你们的手下吃了这么大的一个亏，岂能再轻易出现？”

楚天开挠了挠头，道：“那该怎么办呢？”

王微奕道：“静观其变吧！或许我们可以先按照‘引天雷，水见血’的秘诀来操作……等打雷的天气出现时再来看。”

为保险起见，几个人合力将橡皮艇拉上岸，倒扣在地上，然后冷寒铁又用藤条、削尖的木棒等做了几个简单的机关与陷阱，随后大伙儿一起返回宿营地。那里，花染尘等人早已重新准备好了晚餐。相比于地底下的生活，森林里讨生活就轻松了许多，至少食物丰富，取水方便，只是森林里的危险也多出不少，尤其是毒蛇、毒虫，都是致命的威胁。

不过对于冷寒铁等人来说，应付这些潜在的危险已是驾轻就熟的事了。他们选择一棵大树作为露营地，然后沿着大树的边缘挖了一条浅沟，再用大毛竹从河边接了水灌入其中，如此就可以防止毒虫靠近。他们再将毛竹削尖了插在沟渠旁，这样可避免毒蛇、小型野兽近身，最后还安排了轮流值宿。

天上的上弦月，播撒着清凉的光芒，如同慈母的抚慰。没心没肺的卜开乔第一个进入了梦乡，而自从与冷寒铁“翻脸”后的唐翼也刻意地与众人拉开距离，倒头蒙睡，其余的人背靠着树干，低低地探讨起了下一步的行动。

冷寒铁问花染尘：“你确信当日里听沈亦玄说的秘笈是‘引天雷，水见血’吗？”

花染尘点点头，十分肯定地道：“我确信无疑，因为当日里……反正当日里沈先生说了两遍，并且还一个字一个字地讲解，即便是任何一个人都不会弄错的。”

冷寒铁转头问王微奕:“王教授,你觉得龙凤呈祥的可能性有多大呢？”

王微奕如实托告：“纯属臆测，毫无把握。”

冷寒铁有几分不解，疑惑地问：“前几日，刘大土匪还从山顶上往下滚石头和木头，很显然他是想要阻止我们下一步的行动，或者说，他并不太清楚我们下一步究竟会往何处去。如果说他坐着橡皮艇是在暗中跟踪我们，然后不知前方有瀑布被甩落下河流中，那么还情有可原。可是从他先前跑动的身手来看，他并未受伤，可见他应该是知道瀑布的存在的，否则那么高的瀑布摔落下去，很难做到安然无恙。可这里又有个矛盾，如果他知道瀑布也知道水底怪兽的存在，那么就说明他对寻找金殿掌握的线索比我们还多，为什么不抢先一步自己去找寻，却要落在我们的后面？莫非他是在跟我们分开后得到的新线索？”

众人的目光不由自主地转向犹然处于昏迷之中的陈枕流，心头升腾起的一个疑问便是：“难道陈博士才是真正隐藏不露的高手？”

可是这依然会出现一个矛盾：如果寻找金殿的新线索是陈枕流告诉刘开山的，那么刘开山又怎么会眼睁睁地看着他受伤而不出手相救呢？

众人真恨不得马上将陈枕流唤醒，问个究竟。可是谁都又知道陈枕流醒过来的概率非常小，亦即他们可能永远都无法知晓事情的真相，于是他们所能做的，唯有继续探讨有关寻找金殿的线索。

“如果水底的怪兽真的与金殿有关，那么我们不妨假设，它的藏身之地极有可能就在金殿的入口处。如此的话，我们可以想办法将它引诱出来，再进行跟踪。”冷寒铁道。

“怎么追踪啊？”林从熙道，“谁能够在水底跟踪得了一条鱼？”

“最简单的办法，就是用箭射中它，又不会让它死掉，然后我们可以在箭上做点布置，比如说箭尾缠一条丝带，或者是涂染上某种颜色，可以随水扩散，作为标记。”

众人深觉有理，可是如何将水中怪兽从栖身处引诱出来，却让大家伤透了脑筋。无奈之下，众人只好将目光转向了狮鹫。

对于狮鹫，众人更是理不出一个点头绪，无论是它为何存在于神农架中，抑或是如何捕猎射杀它，全都一片空白。或许它真的就是一只神兽，无论是存在或者习性，都无法为人类的智力所理解。

我确信狮鹫再厉害，也一定有它的命穴所在，就像那个阿客……阿客什么的脚……楚天开本想卖弄一点知识，谁知却卡壳了，只好尴尬地挠着头，将求助的目光投向王微奕。

从王微奕的本心来说，他根本就不想参与到对狮鹫的讨论中，因为讨论的主题并非如何保护、研究这稀世珍禽，而是想着如何将其捕杀——

这极有可能是地球上唯一的一只狮鹫。想到狮鹫可能折杀在他们的手底下，他就感到一阵揪心的难受。可是理智终究战胜了情感。狮鹫虽然珍稀，但与金殿的价值相比还是有些微不足道。于是他收起心底的长叹，回答道："阿喀琉斯之踵。"

阿喀琉斯是古希腊神话中的英雄人物，相传是凡人珀琉斯和仙女忒提斯的儿子。忒提斯为了让儿子炼成"金钟罩"，在他刚出生时就将其倒提着浸进冥河。遗憾的是，阿喀琉斯被母亲捏住的脚后跟却不慎露在水外，留下了全身唯一一处"死穴"。后来在战争中，阿喀琉斯被太阳神阿波罗一箭射中了脚踝而死去。后人常以"阿喀琉斯之踵"来说明这样一个道理：即使是再强大的英雄，也有致命的死穴或软肋。

"对对对，就是阿喀琉斯之踵。"楚天开道，"这狮鹫肯定有它的致命弱点。"

冷寒铁淡淡道："狮鹫肯定是有弱点的，但问题是，我们在它的眼中，可是全身上下都布满弱点的。在找到它的弱点之前，你如何能够确保自己不被它攻破弱点呢？"

楚天开不觉语塞。

"睡觉吧！"冷寒铁道，"找不到答案的事情就不要多想了。人无远虑，必有近忧。到时真遇上了，兵来将挡，水来土掩就是了。"

一夜睡得不安稳，但却平安。

天色初晓，值了后半宿夜岗的冷寒铁对早起的巴库勒道："我想下河查看下，你们多留心地面上的危险。还有，留一个人照看陈博士，一旦他醒来就立即问他，刘开山究竟获得了什么新线索。"

巴库勒闻言，立刻请缨要与他一起下水。

冷寒铁阻止了他的想法，气定神闲地说："若是水底真有惊天的大危险，你去了也不过多葬送一条命罢了；如果是小鱼、小虾攻击，你还担心我应付不来吗？倒是地面上，要留心刘大土匪的偷袭。昨日里他虽然受惊逃离，但我可以确定的是他还守在周围，随时都可能发动新的攻击。

一切小心为上，别忘了照顾好王教授。”

橡皮艇上，巴库勒陪伴着冷寒铁慢慢地接近河流的中心。冷寒铁只穿一条短裤，裸露着古铜色的肌肤，身上的肌肉如虬结般耸起，金黄色的阳光洒在他的身上熠熠生辉，仿若传说中的黄金战士，凸显着成熟男性的至纯阳刚之美，这对于任何女人而言都是一种致命的诱惑。岸上的花染尘只瞥了一眼，顿时就红霞飞起，急忙摇开了视线，嘴唇轻咬，呼吸急促，芳心乱撞如小鹿。就连林从熙见到了，都不觉暗自嫉妒不已，同时又感到自惭形秽。

冷寒铁嘴衔黄金匕首，朝巴库勒点了下头，纵身一跃，如一条大鱼般地进入水中，仅溅起轻微的水花。那个被他健硕身躯冲撞开的涟漪，很快就被流淌不息的水流掩盖过去了。整个河面上，只有巴库勒把持的橡皮艇孤独地悠荡着。不多时，冷寒铁的头颅冲破了河面的流水，出现了在橡皮艇的下方。

巴库勒见他全身上下安然无恙，心头的一块石头才落了地：“有什么发现吗？”

冷寒铁以手抹了下脸上的水珠，呼出一口浊气，失落地说：“下面好像是一座城市的废墟！”

巴库勒伸手将冷寒铁拉上船。水底下存在着一座废墟，这个虽然对他来说有点意外，但沉思下来却并不感到突兀。相比于他们在地底下见到一座灯火通明的金字塔而言，水底下有座城市要更容易接受，比如黄河因为水土壅塞，“三年两决口，百年一改道”，被淹没在水底下的乡村、城市不计其数。河南有句老话，叫作“开封城，城摞城，地下埋有几座城”，说的就是这个事情。开封整座古城就曾被黄河淹没了不止一次。明万历年间总理河道的工部尚书潘季驯提出了“蓄淮刷黄”的治水方略，人为决堤造成黄河大规模改道，史称“夺淮入海”，使得洪泽湖洪水泛滥，将整座明祖陵淹没了在水底下。倘若遇到天旱，还会见到外罗城墙、地宫甬道和拱门等露出水面，但地宫就一直没有被打开过。

不过冷寒铁接下来的一番话却让巴库勒吃了一惊："水下比较浑浊，我看不清废墟的具体形状，但从水下延绵的情况来看，至少有数公里长，而且一直延伸进山谷。我不清楚究竟原来城市是沿着山谷而建的呢，还是有人搬了一座山直接罩住了整座城市，又引水将其淹没掉。"

巴库勒张大着嘴，惊讶地问道："城市与山连成一体？你没看错吧？"

冷寒铁道："看得不是十分真切，但应该不会看错。"

巴库勒闻言就想往水中跳去，探个究竟，却被冷寒铁一把揪住，道："这水下有点古怪。水温低得惊人，并且有众多旋涡和暗流。不可贸然进入。如果人被卷进去，恐怕很难出来。要想看清水底的真相，我们需要找到一套潜水服，最好有氧气瓶，让人在水下保持至少十分钟的呼吸。"

"我们的潜水服……巴库勒无奈地道，"在先前过西青林时，潜水服全都丢失了。现在去哪里找潜水服？"

"这个很容易解决，待会儿上岸我再告知你如何操作。"冷寒铁道，"你先带我转一下河面。"

巴库勒缓缓地撑着橡皮艇，绕着河面兜了一个圈。然而让他们惊异的是，尽管阳光明媚，河水看上去也十分清澈，可是他们的视线总是无法抵达水底深处，最多进入一两米之后就白茫茫的一片，仿佛水底下有什么东西阻止着人类的窥视。更让他们感觉到有些异样的是，水底下似乎潜藏着一双眼睛，在幽冷地盯着他们，监控着他们的一举一动，准备随时将他们拖入水底。

巴库勒以为这是自己的错觉，嘟囔道："总觉得这河里有点古怪，就好像被我们打伤的那条鱼藏在水底下，瞪着我们，要把我们拱下船。"

冷寒铁凌厉的目光在巴库勒的脸上打了一个转，反问道："你也觉得水底下有东西在监视着我们？"

也……巴库勒心底涌起一阵寒意，警觉地问："冷大你也有这种感觉？"

水底废墟……淆乱的视线……冰冷的水温……被监视的感觉……所

有的信息从冷寒铁的脑海中掠过，一个惊人的念头浮现出来：莫非水底下住着人?

冷寒铁听闻过海底人的传说。据说在海洋底下，生存着另外一群人类，如美人鱼、鲛人、蜥蜴人等。有一种观点认为，“海底人”既能在“空气的海洋”里生存，又能在“海洋的空气”里生存，是史前人类的另一分支，理由是：人类起源于海洋，现代人类的许多习惯及器官明显地保留着这方面的痕迹。例如，喜食盐、会游泳、爱吃鱼等。这些特征是陆上其他哺乳动物所不具备的。

冷寒铁在脑海中回放了一遍先前在水底见到的情景，确认没有“海府人”的影子，于是对巴库勒道：“回去吧！”

橡皮艇缓缓地靠岸。楚天开跑了过来，好奇地问，“有什么发现？”

“水底下是座废墟。其他的未及细探。”冷寒铁反问道，“你们这边有什么收获吗？”

“陈博士先前醒了！”楚天开激动地道，“然后他开口说话了，但是他说的话很古怪。”

冷寒铁心头一紧，急忙问：“怎么个古怪法？”

楚天开皱着眉头，有点云山雾罩地说：“听起来就像绕口令，说什么刘开山不是刘开山，而是刘开山……这算什么话？把大家都搞糊涂了。”

刘开山不是刘开山，而是刘开山……冷寒铁念叨着，与巴库勒对视了一眼，都感觉到一种深深的困惑，以及莫名的心悸。

这如果不是陈枕流伤重之下说出的胡话，那么里面定然隐藏了一个极深的秘密！可是陈枕流究竟想要表达的什么呢？他是说存在另外一个刘开山吗?

冷寒铁的太阳穴跳动了起来。他想起先前在河面上那种被监视的感觉——莫非躺在水底下注视着他们的，乃是刘开山?

什么人可以一动不动地躺在水底下？只有死人！

刘开山是个死人？一路上与他们朝夕相处的，乃是一个死人?

冷寒铁的眼前晃动着刘开山背后的那块发黑的死肉。毫无疑问，那是不该出现在活人身上的印记。

如果刘开山真的是死人，那么他是进入神农架之前死掉的呢，抑或是进入神农架之后死掉的？不过无论是前者还是后者，都让人毛骨悚然。

想要摆脱这种恐怖的不适感，冷寒铁只能强迫自己去想一件事：刘开山不可能是死人，陈枕流的话语中另有玄机。

可是陈枕流已陷入深度昏迷，形同半死人，在没有奇迹发生的情况下，他将带着刘开山的秘密进入死神的后花园中。

另一个念头又跳入冷寒铁的脑海中：如果陈枕流真的死了，会不会又来一个陈枕流出现在他们的身边？或者，先前在神农架里死掉的每一个人，包括柳四任、沈亦玄、井上存立等人，有一天都将重新活生生地出现在他们的面前？

冷寒铁摇了摇脑袋，竭力将这个荒唐的念头从脑海中驱赶了出去。

林从熙等人围拢上来，纷纷探询他水底下见到了什么，及至听闻下面是座废墟时，都不觉有几分激动：废墟不代表就是金殿，但至少代表他们离金殿已经不远了。因为金殿不可能凭空出现在神农架中，定然是有着其特定的环境。如果神农架曾经存在过一座城市，那么金殿的存在也就顺理成章了。按照大家的推理，既然神农架里存在着一座金矿并且被大量开采过，那么这些黄金极有可能最后都被用来建造金殿了。只是金殿究竟是一座神庙、皇宫抑或是其他的建筑，目前尚不得而知。

王微奕联想到位于亚马孙原始森林中的马诺城——传说中的黄金城。相传它位于巨大的咸水湖中的一座岛屿上，城墙和建筑物的屋顶由黄金堆砌而成，连树干都有金丝、银线缠绕。整座黄金城的核心是位于岛中央的太阳神神庙，其中太阳神的神像由纯金打造。据说整个城市里有着近百吨的黄金制品。十六世纪初，西班牙人推翻了强盛的印加帝国，掠夺了所有的黄金和宝石。当西班牙统帅庇萨罗听说印加帝国的黄金全是从马诺城运来的时便，心花怒放，立即组织探险队，开赴亚马孙密林深处，寻找金银财宝堆积如山的“黄金城”。但是面对茂密的森林，探险队员犹如一只只无头苍蝇找不着方向，再加上环境恶劣，食人鱼、吸血蝙蝠、日轮花等凶残动植物的威胁，许多探险者有去无回，“黄金城”只能成为庇萨罗一个遥远的梦想。随后，西班牙人、葡萄牙人、英国人、荷兰人和德国人风闻“黄金城”的消息，谁都想一攫千金，于是蜂拥而至，深入亚马孙密林。据说，有位叫凯萨达的西班牙人率领约716名探险队员向“黄金城”进发，在付出550条性命的惨重代价后，终于发现了“黄金城”，找到了价值300万美元的翡翠宝石，然而这仅是“黄金城”难以估量的财宝中的微小部分。庇萨罗得知后便率领大军，根据凯萨达提供的线索前往寻找“黄金城”，可是他只找到了一座空城，城墙是粗糙的岩石，城中也没有大批黄金，也没有传说中的瑰丽珠宝。“黄金城”消失了！

难道神农架中的金殿与亚马孙丛林中的黄金城出自同源？不过从现有的情况来看，黄金城是毁于入侵者的掠夺，而神农架的金殿却成了这座沉没于水中城市的“殉葬品”，而且无疑金殿乃是位于水底城市的最隐秘处。

冷寒铁指挥着巴库勒等人分散开在丛林里搜索，一方面看能否找到刘开山的踪迹；另一方面则要求他们进行捕猎——捕猎到的动物越大越好。

谁也不太明白冷寒铁的用意，但都领命而去。不多时，丛林里响起了枪声。很快，楚天开拖了一只鹿回来了。

冷寒铁让卜开乔和楚天开一起将鹿斩杀，用来煮午餐，但同时让他们留下完整的尿泡，再让花染尘帮忙，将尿泡拿到河边漂洗干净。

巴库勒恍然大悟：冷寒铁是想用尿泡做潜水的“氧气瓶”。一个鹿的尿泡吹胀起来约莫有1尺长，6寸宽，其含的空气足够一个人在水底下呼吸十几二十分钟。

冷寒铁一边吃着烤鹿肉，一边问楚天开等人：“刘开山呢？今天可有异动？”

楚天开摇了摇头，漫不经心地说："估计是瞧着我们人多，不敢靠近吧！"

"那是一头狼。"冷寒铁说着使劲地咬下一块鹿肉，甩开腮帮子咀嚼着，接着含糊地说道，"我们千万不可掉以轻心。"

楚天开扔掉手中啃完的骨头，用油腻的手擦了一下嘴，问："下一步我们该怎么办呢？"

冷寒铁沉吟道，"既然陈博士已经开口说话了，尽管语焉不详，可总算也有了点线索，我们不必蹲守在此处，等待刘开山自投罗网，逼其吐露他手中掌握的线索——即便我们抓到他，恐怕也撬不开他的嘴。既然如此，我们还不如避开他，专注于破解金殿的秘笈。我想如果刘开山手中真的掌握有线索，自然不会坐视我们找到金殿，会想办法尾随、破坏我们的计划。只要他靠近了，我们也就有机会抓到他。我建议，我们搬到对面的丛林中，这样隔着一条河，刘开山想要跟踪我们，就容易暴露行迹了。"

众人深觉有理，于是收拾好行李，搭载着橡皮艇，划向了对岸。

冷寒铁原本担心怪鱼会从水底偷袭，掀翻橡皮艇，一路上暗中留心，不过直到河中心，依然都是风平浪静。

冷寒铁忽地心头一动，问花染尘："你的耳力比较好，能否听一听，除了正常的水流声外，是否有其他的声音。"

花染尘依言，竖起耳朵侧耳倾听了片刻，眉毛深深地拧在了一起，犹疑地说："水流声的干扰太大，我能听到的声音也比较少。那个水底处……有些声音，可是比较微弱，我分辨不清，只隐约觉得像金属勺敲在铜盆上的声音。"

金属相撞之声……冷寒铁点了点头，若有所思，又问卜开乔，"那你呢，能看出这里的水面有什么异样吗？"

卜开乔指着前方的水流，说："你们看，这里的水花比寻常的要大。"

"水花较大？"冷寒铁等人凝神望去，然而看得头都有一些晕了却依然看不出卜开乔说的异常在哪里，在他们的眼中，河水表面与寻常的河流并无太大异处。“你真能记住寻常河流的水花有多大吗？那你说说看，这里的水花为何比较大？”

卜开乔咧开嘴，笑了，笑说道：“因为下面的水流得比较慢。”

巴库勒道：“下面有废墟阻挡，水流得慢一些也正常。”

“你的观察一点都不仔细。”卜开乔不满地道，“这里的水分作三层。第一层是正常的流水；第二层就流得慢一些；第三层因为有阻拦流得更慢了。所以你们可以看到这里的水花偏大，而且有着比较多的旋涡。”

巴库勒瞪视了卜开乔一眼，又瞪大眼睛看了半天河面，道：“你怎么看得出来水底有旋涡？”

“如果你记得住每一条河流流过的模样，那么你自然也能察觉出每条河水流的不同。”卜开乔认真地说，“这些东西对你说了你也不懂。”

“可是同样的河水，如果说遇到阻拦水流减速这个我可以理解，为什么中间的那一层没有阻碍却自动减速呢？”冷寒铁皱起眉头，继续问卜开乔，“你还能看出什么呢？”

“因为温度不同。”卜开乔挠着头，道：“这是我猜的。你们看，水流流过的地方，有一层淡淡的水雾。这个水雾跟正常的水汽不一样，是水温温差引起的。冰水肯定比暖水流得慢啦！就算是你下水，肯定也是不适应冰水，游不快。”

冷寒铁想起他入水后，确实感到水底下的温度比上面的冷了许多，不觉点了点头，同时心中暗生怵惕：虽然知道卜开乔的观察力奇强，没想到强到如斯，能看出这么多寻常人发现不了的细节。由此推算，这一路上卜开乔所获得的信息最多，那么从理论上讲他应该是最有希望发现金殿的人。看来他们对卜开乔还是大意了。

怀着各样的心事，大家抵达了彼岸。冷寒铁安顿好王微奕等人之后，对巴库勒道：“我们再去河面上查看一二吧！”

二人撑着橡皮艇，慢慢地抵达了河心。

冷寒铁问巴库勒道：“你对卜开乔说的话，如何看待？”

巴库勒沉默了片刻，道：“实在太惊人！”

“惊人？”冷寒铁斟酌着，矍然说道：“你是指他说的内容，还是他这个人？”

“人。”巴库勒长出了口气，心惊地说：“我从未想到，一个人竟然能够记住不同流速下水花的大小。看来我们都严重低估了这个智障儿。”

“智障儿？”冷寒铁笑了，揶耶道：“这一路上你看他什么时候真的像个智障？”

巴库勒点头道：“大智若愚，扮猪吃大象。大约就是如此吧！”

冷寒铁长出了口气，道：“之前我不太理解上峰为什么帮我们拼凑了这么支队伍，现在看起来真的是大有深意，就连那个死掉的沈亦玄，恐怕都背负了许多秘密。”

“卧虎藏龙，深藏不露，这些我都可以理解。”巴库勒诚恳地道：“就是唐翼对你的态度让我不解。一起做了这么多年兄弟，可是我却感觉似乎从来没有真正认识过他。”

一丝苦笑掠过冷寒铁的嘴唇，他苦笑道：“认不认识有何意义呢？恰如你我，相知多年。可是彼此是否真的了解对方的过去？唐翼他虽然对我有芥蒂之处，但至少我看得出来，他并无太大敌意，所以不足为患。反倒是……”冷寒铁欲言又止。

“反倒是谁呢？”巴库勒紧张了起来，惊疑道：“你的意思是，我们的队伍中还有其他内奸？”

冷寒铁似乎无意让这个话题继续下去。他抬眼看了看天，道：“时近正午，阳光最烈，可见度最高。如果想要看清水底的全貌，也就这个时点吧！我下水了，你在上面小心。”说完，他三下两下地脱掉身上的衣服，抓起鹿尿泡，往里面灌满空气，然后打了个活结，防止空气泄漏出来，随即“扑通”一声，跃入了水中。

恰如卜开乔所说的，这里的河水分为三层。最上面的一层约莫有 3

米深，这个与正常的流水一样，湍急、清澈、微温，但再往下进入第二层的水流时，可以明显地感觉到水变得冰冷，并且水流的滞力增大了许多，这层的深度大概有 5 ~ 10 米；及至第三层的水流，流速进一步减缓，水温可以用酷冷来形容，最让人难受的是，水中的压强明显比寻常水压大了许多，人在其中游动起来异常费力。而且从第二层水流起，水变得有点混浊，就像有人往水中倾倒了大量的牛奶一般，遮迷了视线。

携带着鹿尿泡，冷寒铁进入第二层河水中。如同他第一次入水时所见到的情形，水下面隐约地露出一座城市的废墟，可以看见青色的条石砌成的墙壁和拱顶，不过大半没入泥沙中。这主要是因为最下层的水流流速大大减缓，于是导致许多泥沙堆积，日积月累，泥沙将城市掩盖了大半。如果按照这种速度再持续几百年，恐怕所有的废墟都会被掩埋在泥沙中。

冷寒铁沿着废墟往前游动了三四十米，根本无法看清废墟的轮廓边缘在哪里。浑浊的水让冷寒铁有几分焦躁。他深吸了一口鹿尿泡中的空气，决定再下潜一些，探查个究竟。然而巨大的压力汹涌而来，让他感觉自己几乎是陷入了泥沼之中。他开始理解为何昨天袭击他们的那只水底怪物会拥有那么大的力量。倘若它真的是长期生存在这样的环境里，承受着超强的水底压强，那么体能和冲力自然要比正常的水底动物强大许多。

冷寒铁在水中换了一种姿势，让自己整个身体竖立成接近 90° ，同时收缩四肢，以减少水流的阻力。终于，如同一枚楔子一般，他成功地让自己“钻入”第三层水流中。这一刻，他的整个视野完全发生了改变。他开始体会到“不识庐山真面目，只缘身在此山中”的无奈。在第二层水流中，他至少还可以看见整个水底城市的轮廓，可是进入第三层之后，水底世界在他的眼中摇晃起来，迷蒙一片。他仿佛坠入了惊涛骇浪中，几乎把控不住自己的身体，乃至连视线也都纷飞起来。

冷寒铁不觉大惊。人在这种天旋地转的水底环境下，很容易失去方向判断力，踏进死亡的陷阱。“三十六计，走为上策”。他急忙一个拧身，双脚朝着水中用力一蹬，想要朝上窜去。可是水中有一双冰冷的手扯住了他的右脚——尽管无法看清，但他却可以清晰地分辨出，那真的是双人类的手！

尽管冷寒铁胆大包天，在这一刻也感到一阵寒意沁入了骨髓中。他下意识地伸出左脚想要去踹开那双手，却发现左脚踩中了一个圆滚滚的硬物。他来不及做出判断，水中一张皮包着骨头的脸骤然出现在他的面前，几乎与他面贴面。他可以看见两个眼窝中萎缩成黑点的眼珠子，从中读解到茫然、空洞与无尽的绝望。这突如其来的惊吓让他的肝胆都震颤了下，一直握在手中的黄金匕首下意识地挥了出去。一个人头被匕首锋利的刀刃切割开来，再被水流携带着往前走。枯败、衰朽的头发贴着冷寒铁的鼻翼掠过。尽管在水底他没有用鼻子来呼吸，却依然感受到一股浓烈的腥臭味直冲脑壳，几乎让人作呕。

冷寒铁伸出脚，将失去头颅的躯体踢离自己的身侧。然而这一番折腾之下，他的身子一沉，不仅没有升上水面，反倒又向下沉了约莫0.5米深。不过他毕竟是久经沙场、惯于刀头舔血之人，很快便摆脱掉了恐慌的情绪。双臂一个摆伸，稳住了身躯，准备继续撤离。

就在这时，一道阳光从水面上射了进来，如同盘古用斧头劈开天地的混沌般，穿透了河水的迷蒙，将水底下的世界勾勒出来。首先映入冷寒铁眼帘的乃是数以百计的死人，参差不齐地躲藏在废墟之间，形容枯槁、面目狰狞，睁着空洞的眼眸，瞪视着他。阳光的光明转瞬即逝，很快整个水底重新陷入了幽暗之中，活像棺材的板盖倾拢上来，将绝望与死亡的气息凝聚在方寸之间，让人窒息。

若是换作寻常人，这惊悚的一幕足以将他吓得魂飞魄散，一口气透不上来，整个人就直接被流水扼杀掉，让自己成为这密密麻麻尸体中的一员。不过冷寒铁有过先前撞见死人的经历，对于如此大规模的死尸反倒不似之前那般惊恐。他立即反应过来：这些尸体乃是在岩洞中被轮蛛和鹳鸮猎杀的日本人！

当日，他们进入万蝠洞，遭遇到暗河河水暴涨，又引发震动。那些被轮蛛蛛丝悬吊起来的日军干尸纷纷坠地，落入水中，被水流夹裹着往前走。其中有少数被旋涡卷入到地底溶洞中，但更多的却是随着暴涨的河水顺流直下，流出了暗河，一直流到了这里。只是冷寒铁想不到的是，这些尸体从那么高的瀑布掉落下来，怎么竟然没有摔得粉身碎骨，而是一具具保存完整？另外，废墟里又存在着怎样的力量，可以将这些没有丝毫血肉的干尸收归在水底，让他们成为废墟的新居民，永远地躺在混沌不堪的水底下，瞪着空洞的眼眶，注视着从头顶上飘过的每一艘船、每一个人，乃至每一片落叶？冷寒铁终于想清楚了，先前他们在水面感受到被人盯视的来源！

冷寒铁原本想避开这些干尸，重返水面，可是未等他做出反应，忽地整个水底又重新陷入了天旋地转的状态，浮沙泛起，将原本就有限的视线切割得细碎如丝。最为要命的是，被搅动的水流带起的干尸，纷纷奔向冷寒铁，伸出干瘦如柴的手，或去扯他的腿，或去揪他的头发。如果这个时候有人站在水面朝下观望，定然会以为是一群人向冷寒铁发起了攻击。

水流底下藏着许多的旋涡……卜开乔的话在冷寒铁耳畔再次响起。原来这些旋涡不是无缘无故存在的，而是刻意安排的，为的是形成提线木偶一般的效果，拨动被困住的干尸向侵入者发动攻击。冷寒铁开始怀疑，水底下的废墟乃是按某个阵型来排列的，这个阵型夺天地之神奇，竭人力之诡变，不仅可以改变水流的形态、温度，甚至可以驱动水流形成杀机。所幸的是，经过数千年的沉寂，这个阵型废墟被泥沙掩埋了大半，威力大减，否则的话这里将成为每一个入侵者的鬼门关。

干尸的拉手、勾脚对冷寒铁构不成什么伤害。他连踢带削，不让干尸近身。只是一番剧烈的搏斗下来，氧气的消耗速度大大加速。很快，冷寒铁便感觉到鹿尿泡中的氧气快被用光了。可是干尸依旧前仆后继地朝他蜂拥而来，而头上的水流则形同胶水，黏着他的身体，让他难以脱身，浮上水面。只要再这般纠缠三五分钟，恐怕冷寒铁就要活活溺死在水底了。

多年的训练让冷寒铁无论在何种混乱、危急的情况下，都依然保存着灵台处的一丝清明。面对旋涡与干尸联合造成的困境，他很快便做出了判断：人是永远无法打败一个死人的，更无法打败一堆死人；人也无法打垮一汪流水。所以在这个战局中，他根本就没有获胜的希望。他能做的，就是一个字：逃！

不过眼下的情形，想要逃走也不容易！如果逃不了，那么唯一能做的就是装死！再多的抵抗，只会消耗掉氧气，并让自己深陷旋涡之中。因为水底的世界里，天旋地转，水色混浊，人根本无法分清何是上，何是下。失去了方向的定位，如果再胡乱地逃窜，多半只是死路一条。

冷寒铁想起巴库勒所教授的龟息法，心头一动：龟息法能让人的身体陷入类似冬眠的状态，只需要正常人几十分之一的氧气量，只是不知道在水底是否适用。但是冷寒铁没有选择的余地，只能孤注一掷。他闭起眼睛，凝聚起身体内残余的一点氧气，将其作为护元之本，在体内缓缓流动，然后调整了一下呼吸，进入龟息状态中。顿时他的大脑中映出一片白茫茫的雪景。他想象这些鹅毛般纷飞的大雪将自己的身体盖住。雪花柔软、沁凉但并不冰冷，于是人就像一颗草籽般地躺在厚厚白雪所铺就的棉被下，进入一种宁静的睡意中，静静地等待着来年的花开，抽苗拔蔓。很快，他整个人变得空明起来，四肢舒展开，整个人仿若一片树叶，随着水流的流动而自由自在地飘摇。什么金殿、什么干尸，对他来说全都成了汇聚在身边的一滴水。水可以覆盖在他的身上，却也可以承托着他。到最后，人溶于水，水融于人。时间变得无始无终，空间变得无边无涯。此身如寄，随意飘零。如同浮萍一片，无根无所牵挂，四海为家，随遇而安。

陷入龟息状态的冷寒铁，与水底肆虐的干尸并无二致。一滴水藏在哪里最为安全？融入大海中。被干尸包围的人什么情况下才可以脱险？那便是让自己变成他们中的一员。没有了人类的气息，干尸们也就失去了攻击的目标，原本张牙舞爪的他们渐渐地重归于平静，沉淀下来，蜷伏于水底，就像一只只睡着了的大虾。

没有了干尸的干扰，冷寒铁就像一只皮球般，在水流的承托下，渐渐地往上漂移，穿越了第三层水流，接着是第二层，再进入河水的表层中。而在这一个过程中，他无知无觉，随波逐流，顺水向下游的方向漂了四五百米，最终像一截枯木般的浮在水面上。

河面上，巴库勒紧张地巡视着四周，一方面希望可以看到水底有动静——那意味着冷寒铁极有可能找到了金殿的入口；另外一方面，又生怕看到水底有动静——那也有可能是冷寒铁遭遇到危险的信号。不过在他的眼中，一切都风平浪静，水清河晏。除了片刻之间，他感觉到船身晃荡增强了些许，似乎底下有暗流涌动。他开始后悔没有自己继续坚持追随冷寒铁下水。虽然他对冷寒铁的身手从来没有过任何怀疑，但神农架中的诡谲与凶险，远远超过正常人类所能把控的程度，尤其是先前水底下的怪鱼可以将重达数百斤的橡皮艇连同唐翼一起拱飞几米远，可知其力大无穷。如果在水底下遇见，人根本讨不了好。眼见冷寒铁在水底下已经待了有半个小时，接近鹿尿泡内氧气支持的时间极限，却依然没有浮起，巴库勒不觉越来越心焦。他扒在船沿往水底下望去。河水的水质十分清澈，可是只能看到两三米深，之后却仿佛遇到了阻碍，视线无法穿透过去，造成一种河水清浅的错觉，这进一步加深了巴库勒心头的忧虑。

就在巴库勒忍无可忍，想要跃入水中进行搜寻时，他的目光无意间扫描过远处的水面，惊见一个人形漂浮在水面上，心头不觉“咯噔”了一下，急忙起身，奋力划船。距离人影越来越近，他的心也就越来越紧缩，及至最后，他几乎有些把持不住手中的桨了：水中的人，那魁梧的身形，那健硕的肌肉，除了冷寒铁还会是谁？而从他仰躺在水面上一动不动的情形来看，绝非正常的状态。“冷大遇难了？”这个念头让巴库勒五脏俱焚，心神欲裂。

龟息法是巴库勒教给冷寒铁的，可巴库勒当局者迷，从未见过进入龟息法时人的真实模样。因为全天下只有他修炼过，而他是决计无法见到自己假死的样子的。之前他教冷寒铁练龟息法的时候，冷寒铁才刚刚入门。龟息法平时起到的是调理人体自身机能的作用，只有当人进入危急尤其是窒息的环境下，龟息法才会发挥它的最大功效，让人迅速地将全身的生理状态降至接近于0，可以不呼吸、不饮、不食、不言不动，从外表上看与死人无异。当日巴库勒曾经成功地欺骗过冷寒铁，让他误以为自己已经身亡，而如今冷寒铁也“投桃报李”，回将了他一军。

楚天开等人在岸边遥望着河面上的动向，见到巴库勒的异状，以及水中漂浮的人体，猜出了个大概，顿时悲从心底来，全都呆呆地伫立在原地，大脑中一片空白：谁都无法想象向来无敌于天下的冷寒铁竟然会静悄悄地死在这个表面平静的水底下。楚天开更是不顾一切“扑通”一声跳下水，朝着橡皮艇的方向用力地游去。而花染尘苍白着脸，身体摇晃了两下，便昏倒了过去。

巴库勒将冷寒铁的“尸体”打捞上来，又在河中央接应楚天开，将其拉上船。面对着冷寒铁一动不动、了无生气的模样，两人相顾惨然，泫然欲泣。楚天开哑声问道：“怎么会这样呢？你不是一直在照看着他吗？”

巴库勒面如土色，哀声说道：“冷大不让我一起入水……”

楚天开还想再责怪他些什么，忽然间水底一阵波涛涌来，紧接着昨日的那一幕重现了：橡皮艇被一股巨大的力量顶向空中，足足抛起有两三米高，才坠入水中。巴库勒和楚天开提早察觉到了异样，可是身在河中没有任何的招架能力，只能跟着橡皮艇一起飞了出去。不过他们有所准备，因此不至于手忙脚乱，而是在空中平衡好身体，落回橡皮艇的附近，并很快翻爬上了船。唯独冷寒铁像一根木头般的被甩向天空，落在了水中怪兽的尾部。

水底的偷袭者似乎对冷寒铁更感兴趣，于是放过了近在咫尺的巴库勒与楚天开，尾巴一扫，掀起一股巨浪，调转庞大的身体，前去追逐冷寒铁。

约10米长的水底巨兽，它急剧摆尾的动静何其大。冷寒铁原本在它的尾巴位置，顿时被那股巨浪掀得再度飞向了空中。

巴库勒岂容冷寒铁的“遗体”受到任何糟践？他怒吼了一声，抓起艇上的绳索，对准劈开碧波的水底怪物抛了过去，不偏不倚，正中它的脑袋处。巴库勒奋起全身力量，用力一扯，希望能够将水中的怪物拉离冷寒铁。可是他的力量与水底怪兽相比，简直就是蚍蜉撼大树。不仅无法拽动分毫，反倒被它拖动着，连人带船往前窜了几米。

悲愤填满了巴库勒的眼眶。

就在巴库勒几乎认定冷寒铁将落入怪兽张开的巨口时，奇迹出现了：冷寒铁尽管像一截木头般的被抛向天空，但并未像一截木头般的直直坠落水面，反倒是像一片羽毛似的半飘浮在空中，缓缓下坠；尽管他陷入无知无觉的状态，可是龟息功天然形成的一股气场却成功地将他托起。这样话，计算好吞噬角度的怪兽就落了个空。它的一扑、一咬，只是打破了水面间的短暂平静，荡开了一个足足有上百米宽度的涟漪。

巴库勒和楚天开先是被眼前的异象惊住了，但随即反应过来，两人合力拖拽长绳，扯住水中怪兽，不让它继续靠近冷寒铁。岸上的唐翼则举起冲锋枪，对着怪兽一番扫射。饶是水底怪兽力量惊人，却也难以禁受住三人的联合攻击，全身被射出几十个窟窿，鲜血如泉涌般流出，然后被巴库勒二人合力拽着往后逆游了两三米。水底怪兽怒了，身体奋力往前一跃，拖动着巴库勒、楚天开与橡皮艇近千斤的重量游动了十余米。不过这一番角力之后，水底怪物已经偏离了冷寒铁的方向。

巴库勒眼见自己无法控制住水底怪兽，于是抽出一只手，取出别在腰间的手枪，对着它“啪啪啪”地开了三枪。子弹射进了水底怪兽的身体里。但对其而言，充其量就是打了三针一般。虽然枪击不会带来致命的创伤，却给了水底怪兽片刻的疼痛。它骤然从水中跃起，紧接着整个身体重重地摔落在河面上，掀起的巨大浪花将橡皮艇打翻了过去。巴库勒和楚天开再度摔落水中。

在跌落水中之前，巴库勒终于看清了水底怪物的模样：它身体阔长，保守地说应该长 10 米、宽 3 米以上，全身披着金色的鳞片，被阳光映照得熠熠生辉，如同无数的金箔片。最引人注目的是它的上颚两侧各长有二须，须长约莫有 1 米，看上去如同戏台上的武将插着的护背旗，显得威风凛凛。

“大鲤鱼！”巴库勒惊呼了出来。

这就是一条超长超大版的鲤鱼！而它与寻常鲤鱼最大的不同，就在于它全身披挂着一层金色的鳞片。

大鲤鱼仿佛被巴库勒他们先前的行为激怒了，拍打了下尾巴，如同一艘潜水艇般地朝着他们的方向撞击了过来。巴库勒和楚天开见势不妙，急忙藏身在橡皮艇的背后，双手紧紧地扣住艇身的绊索。大鲤鱼的撞击何其厉害，直接将巴库勒他们连人带船撞飞出十余米。所幸是在水中，巴库勒和楚天开尽管被撞得胸口气血翻涌，却不至于有性命之虞。但大鲤鱼显然怒气未消，继续朝着巴库勒他们冲过来。倘若被它再撞上一两回，巴库勒他们将被拱至岸边，到时被撞飞后跌落下来，恐怕颇有一番苦头吃。

大鲤鱼虽然体态庞大，但在水中的速度却十分快。它并不给巴库勒他们挣扎与思考的机会，而是选择迎头再撞过来。这次巴库勒他们有了点儿准备，在水中竭尽全力地将橡皮艇调转了个头，让艇尾对准大鲤鱼。而他们两人各自扒在船的一侧，竭力地往下压，对抗大鲤鱼的冲击力。可是他们的这点算盘被大鲤鱼轻易地粉碎了。大鲤鱼的一冲一拱，即将他们连人带船再次甩出了五六米远。

大鲤鱼携着翻滚的碧波，故技重施，向二人再度冲撞了过来。巴库勒他们无以躲避，也无力对抗，只能躲在橡皮艇后面，眼睁睁地看着大鲤鱼的脑袋越逼越近。巴库勒不觉有点绝望，抬头向天祈祷，忽然间他发现了一个异样的天象：原本阳光灿烂的天空，不知什么时候已布满了乌云，重重叠叠、密密麻麻，仿佛随时都有豆大的水滴落下来。而在乌云之间，有一道金黄色的光芒掠过，直冲河面而来——那是疾速飞行的狮鹫!

巴库勒不禁在心头暗暗叫苦：一边是力大无穷的大鲤鱼，在水底下简直就相当于一艘小潜艇，让人毫无招架之力；一边是迅猛如电的狮鹫，尖喙利爪，且从高空搏杀，这样的话，人无论是入水还是上岸，都难逃二者的完美夹击。坐以待毙，似乎是他们唯一的选择。

大鲤鱼狠狠地再度撞在橡皮艇上，将其顶出数米之远，巴库勒与楚天开亦随之飞出。筋疲力尽的他们甚至无力再抓住橡皮艇，便被甩了出来，跌落在距离河岸2米的河面上。他们就像两条奄奄一息的鱼儿，翻着肚皮躺在水面上，眼睁睁地看着狮鹫携着雷霆之势扑面而来。他们只感觉到一股飓风从脸上掠过，仿佛是死神冰冷的权杖划过他们的脸颊。

然而让他们惊异的是，这次狮鹫的目标并非他们，而是水中的大鲤鱼！狮鹫的翅膀擦着河面而过，卷起巨大的浪花，就像一堵墙一般，挡住了大鲤鱼的退路。

大鲤鱼仿佛也知道狮鹫的厉害，急忙低着脑袋往水底潜去。无奈它的速度不如狮鹫快。只一瞬间，狮鹫锋利的爪子已勾住了大鲤鱼阔厚的后背，紧接着往上一提，顿时大鲤鱼便皮开肉绽了。

大鲤鱼也不是省油的灯。它在剧痛之下，并没有盲目地反击，而是很快就认清了眼前的形势，深知在贴近水面的地方自己根本不是狮鹫的对手，只有将其拖拽进水底才有胜算，于是强忍住疼痛，将尾巴用力一甩，尽管没打到狮鹫，却也溅了它一身的水花，紧接着就拼尽全力往水底窜去。

大鲤鱼与狮鹫都是力大无穷的动物，所不同的是，大鲤鱼称雄于水中，狮鹫则称霸于空中。狮鹫的威力在于其扑击的迅捷与爪子的锋利，而大鲤鱼则胜在铜头铁身。若是两者正面厮杀，大鲤鱼断然不是狮鹫的对手，因为它对巴库勒他们足以带来致命威胁的冲击之力，对狮鹫却是毫无作用的。狮鹫的复眼可以轻易地洞悉大鲤鱼的行动路线，并早早地腾空躲开，可是眼下是在水中，大鲤鱼的地盘，它占尽了地利，并且它可以借助水势给予狮鹫反击。而狮鹫对于大鲤鱼早就存有觊觎之心，难得见它浮上水面，不肯错失良机，只是操之过急了一点，过早地对大鲤鱼展开了攻击，并且未能一击击中其要害，而只是勾住其最为厚实的后背。尽管拉开了一个口子，却无法将其撕扯开。一时之间，这反倒变成了它的一个劣势：利爪嵌入大鲤鱼的后背中，如同宝剑入鞘，再多的锋芒也无法施展，于是被大鲤鱼拖拽着往水中潜去。

但狮鹫毕竟是身经百战的空中之王，很快就稳住身躯并调整了战略：双爪收紧，双翼猛烈地扑打起来，一方面用来对抗大鲤鱼的拖拽之力；另一方面其锋利如刀的翼尖也给大鲤鱼带来了一定的创伤。与此同时，它还用尖锐的长喙猛啄大鲤鱼的后背，想要将其挖开一个血洞，让双爪拔离出来。

狮鹫的反击让大鲤鱼疼痛不已，却也让它更加暴躁，于是猛烈地扭动起身躯，想躲避狮鹫的攻击，并消耗其体能。一时间，河面上水花四溅，整个河心被两只神兽搅动起了一个又一个旋涡。每一次交锋，都带动大量的鲜血从大鲤鱼的身上喷出，扩散在河水中，更增添了惨烈的氛围。

狮鹫与大鲤鱼相持了约莫有两三分钟，厮杀得难解难分。大鲤鱼的背部让狮鹫啄得鲜血淋漓，但大鲤鱼拼命挣扎却也让狮鹫的爪子深陷鱼骨，无法拔离，而且大鲤鱼搅起的水花浇湿了狮鹫全身，让它的振翅越来越吃力。如此一来，狮鹫若是无法在短时间内彻底打垮大鲤鱼的话，极有可能被它拖曳进水底。

一鱼一鸟相斗之间，天上亦发生了奇相，风云际会，波谲云诡，浓重的乌云如同不计其数的乌鸦翅膀一般，遮住了河面。天地间变得昏暗起来，映得河岸四周的树木影影绰绰，像无数在观战的看客。狂风吹过，树木“哗啦哗啦”作响，仿佛是在热烈地鼓掌。乌云越压越低，几乎迫于树梢末端。整个天简直就要垮塌下来，倒在河面上。这样的场景，大概只有在世界末日的景象中才可以看到。

狮鹫和大鲤鱼似乎都感应到了大自然的诡谲变化，于是越发变得不耐烦了，双方都想尽快地结束这场战斗。率先发力的乃是狮鹫。它长鸣了一声，双翅陡然一振，生生地将大鲤鱼从水中拉离水面约莫有 0.5 米。然而大鲤鱼并未束手就擒，甘愿认命，它将全身的力量都凝聚在腰上，一缩一拱，形成了一股向下的力量。与此同时，脱离了河水的浮力，它的体重也成了狮鹫不可承受之重。

狮鹫的策略并非利用蛮力将其拉离河面，而是逼着大鲤鱼弓起身来，展露出硕大而坚实的背部，然后它猛地一口啄下，希望可以啄断鱼骨——它的意图很明显：率先释放出来我的“利器”爪子，再慢慢找你算账不迟。

只是大鲤鱼并没有成全狮鹫的策略。它的剧烈扭动让狮鹫的尖喙落了个空，并且反倒拖拽着狮鹫往水中坠去。狮鹫也非等闲之辈，兀的一声长嘶，双爪发力，生生勾断了大鲤鱼的脊梁，不过它也付出了沉重的代价：利爪被鱼骨卡住并脱落开来，鲜血淋漓。而断了一截脊梁的大鲤鱼看上去创伤较重，但由于其体格庞大，反倒没有遭到致命的伤害。

在水面上大鲤鱼与狮鹫斗得你死我活之际，天上亦是风云变幻，飞沙走石，只见黑暗倾拢了上来，沉沉地压在河面之上，大有“乌云压城城欲摧”的阵势。

而另外一边，坐山观虎斗的巴库勒和楚天开见大鲤鱼与狮鹫之间斗得难解难分，无法分身兼顾自己，就想趁机溜走。谁料到大鲤鱼在河中频频摆尾挣扎，殃及无辜，两次将刚刚爬上橡皮艇上的二人又打落到了水中。眼见乌云和雷电将至，他俩不禁有几分心焦——心焦的不是自己的生死，而是想起了秘诀上的话：“引天雷，水见血。”从眼前的气象来看，闪电几乎在下一秒钟就会出现。那么他们又该如何利用这难得的天气，窥破秘诀的来龙去脉呢？

闪电如约而至。巨大的闪电就像一条火龙一般在空气中穿行，“噼啪”的阵响几乎将整片空气都烧起来。负离子的气息飘散在空中，让人嗅到阵阵危险的气息。巴库勒与楚天开对视了一眼，都从对方的眼神中读到了“快逃”的信息。

闪电与响雷将天界搅得天翻地暗，狮鹫与大鲤鱼则在水面斗得天翻地覆。它们都想速战速决，谁知实力相当，谁也无法快速地解决掉对方。而狮鹫原本占据着主动的优势，谁知道时操之过急，反倒折损了自己的利爪，这令习惯了充当森林霸主角色的狮鹫难以容忍，于是即便明知时局变幻，闪电和响雷随时都可能击中自己，却仍然不顾一切地重新对大鲤鱼发动起了攻击。不过它失去了利爪，再也抓不住大鲤鱼了，只能利用尖锐的长喙作战。

大鲤鱼却无心恋战。面对狮鹫的疯狂攻击，它的回应是巨尾一摆，掀起滔天的巨浪朝着狮鹫席卷而去，而它自己则顺势掉头，准备朝水底下钻去——那里才是它的安全地盘。

大鲤鱼的甩尾动作虽然隐蔽，但却逃不过狮鹫的慧眼。在水流袭来之前，它已冲天而起。可是它的冲势只进行了一半就戛然而止——阻止它飞升的乃是一支黄金箭，从河岸处飞来的黄金箭！

几乎是在同一个时刻，天空中一个炸雷响起，随即闪电如同狂乱的暴徒，疯狂地抽打着水面。三道闪电从天空中一头栽入河面，其中有一支闪电被黄金箭“吸引”了过去，击在箭尾。巨大的电流瞬时顺着黄金箭传导到狮鹫身上，并同时沿着大鲤鱼卷起的水流进入河水中。顿时河面翻腾起来，一个巨大的火球在大鲤鱼的身边爆发了。

闪电虽然带有上亿伏的高压，但因为水流的导电性能便很快将其分散了，无法形成一个电流回路，因此只对闪电边上的水中生物产生了冲击力，而对于相距较远者就无能为力了。唯有闪电击在水花上，浪花中的水被电解形成氢和氧，而高温又使得氢和氧发生爆炸产生火球，这个火球则对水中生物形成一定的杀伤力。但即便是三道闪电同时击打在水面上，对于大鲤鱼的伤害相当于敲了它一记闷棍，痛则痛矣，却不会有致命的伤害。

狮鹫却直接被烤焦了！

狮鹫虽然是举世罕见的神兽，睥睨整座森林与天空的霸主，但在大自然的威力面前，却渺小得如同一个初生的婴儿。上亿伏的闪电高压透过黄金箭击入它的体内，将它瞬间化为一团焦黑，令其从空中一头栽落到了水中。

射出黄金箭的，不是别人，正是冷寒铁！

十

先前冷寒铁在水底危急之际，施展出龟息法，进入假死状态。假死中的冷寒铁对于外界刺激的反应减弱到了最低，但是对于致命的威胁却保持着一种警惕。在大鲤鱼对他发动攻击之时，他本能地躲避着。龟息法的神奇之处就在于可以让人的身体违背大自然的重力法则，变得轻盈如一片羽毛，或说似乎有一双无形的手托住他似的，让他躲过了大鲤鱼的攻击。之后，巴库勒与楚天开成功地将大鲤鱼的注意力从冷寒铁身上转至他们二人处。大鲤鱼在水中掀起了惊涛骇浪，将轻盈如羽毛的冷寒铁推送到岸边。始终关注着河面情形的王微奕等人急忙将其打捞上岸。

初见到冷寒铁双目紧闭，气息全无的模样，众人皆是大吃一惊，刚刚转醒的花染尘见状，一口气提不上来，顿时再度昏迷过去。不过还好当日巴库勒教习冷寒铁龟息法的时候，曾演示过一遍。王微奕等人皆旁观过，因此略有印象。王微奕试了下冷寒铁的气息，感觉若有若无、似断未断，再摸了摸他的心跳，发现仍在轻微的跳动中，并且心口处保持着温暖，于是心头有了答案，便对着冷寒铁的耳畔轻声呼唤他的名字。果不其然，他们叫唤了数十声之后，发现冷寒铁的眼皮开始快速眨动，呼吸声变得沉重起来，而心跳更是恢复到了正常，不觉心头松了一口气。

从假死的状态恢复过来，冷寒铁大约用了三分钟的时间。他睁开眼睛后，刚好看见狮鹫与大鲤鱼的世纪大战，而在狮鹫的头顶，乃是随时都有可能崩裂的阴暗天空，以及如发光幽灵般在空中乱窜的闪电，不觉心头一动，想起王微奕先前所问过的一句话："水中的是否为一条龙……"在王微奕的想法中，狮鹫接近于"凤"，若是水中为龙，那么刚好可以组成个"龙凤呈祥"。而金色大鲤鱼按照传说，只需要跃过龙门，就会变成龙，也就是说它是龙的前身。只是狮鹫与大鲤鱼之间竟然会拼个你死我活，可见它们的关系并非"呈祥"，而是某种相克。

冷寒铁忽地想起墓穴中那句刻于石壁的偈子："真龙假龙相斗残，乱世乱民纳命来"，不觉一股寒意袭来：莫非墓穴中的高人，早在数百年前已经预知了眼前的这一幕？

在他之前的想法中，冷寒铁以为"真龙假龙相斗残，乱世乱民纳命来"，前半句指的是朱元璋与陈友谅二人之间的争斗，最终朱元璋战胜陈友谅，成了真命天子，龙御天下。可是眼前的景象却表明，"真龙假龙相斗残，乱世乱民纳命来"更似"引天雷，水见血"一般的寻宝秘笈。莫非这个流传于世的寻宝图与寻宝秘笈不止一份？若真是这样的话，岂不是千百年间至少有两拨以上的人进入了金殿中？

如果"真龙假龙相斗残，乱世乱民纳命来"真是对应金殿寻宝的话，那么前半句应验眼前的狮鹫、大鲤鱼争斗，后半句是否将会应验在他们的身上？

冷寒铁无法从纷乱的思绪中找到一个答案，他的注意力更多地被狮鹫与大鲤鱼之间的战斗，以及天空中纷飞的闪电所吸引。或许这是"引天雷"最佳的时机。只是如何才能将闪电导入水中呢？

答案不在想象中，而在行动里。就在他兀自思索之际，狮鹫被大鲤鱼激得一飞冲天。冷寒铁心头一动，飞快地从林从熙的手边接过紫檀雕漆硬弓，张弓瞄准搭箭，一整套动作如行云流水般，几乎是一气呵成的。只一箭，刚好射在狮鹫的背上，成了极佳的导电索。

若是正常的情况，狮鹫即便引接上闪电，最多就是将其击得化为粉齑，却不会波及河水。凑巧的是，就在狮鹫攀高的一刻，大鲤鱼刚好甩动尾巴，卷起巨浪，触及了狮鹫。水流具备导电性。如此的话，等于将狮鹫与河水串联在了一起。闪电的巨大电流被狮鹫身上的黄金箭吸引了过来，并从狮鹫的身上一直传导到河水中。

流入河水中的闪电虽然被巨量的流水给“稀释”掉了，但形成的火球却依然给大鲤鱼带了来不小的创伤。不过大鲤鱼体格庞大，皮厚肉糙，因此只是被电得全身酥麻了下，很快就缓过劲儿来了。它似乎知道水面上危险多多，趁着狮鹫的纠缠消失，急忙一摇尾巴，往水底深处游去，并随之搅动起来一堆浊泥，污染了河水。

令冷寒铁他们失望的是，想象中的“水见血”景象并未出现。

“难道闪电不是这般引入水中的？”冷寒铁不停地在大脑中推敲着这一过程，但怎么都找不到“引天雷，水见血”这两者之间的联系，于是将注意力转向了巴库勒和楚天开二人身上。

在闪电击中河面的时候，巴库勒二人已经跃入橡皮艇中。橡皮艇的材料——橡胶具有很强的绝缘性，完全可以保护巴库勒和楚天开不受闪电伤害。只是响雷不停地在二人的头上炸响，搅得人有几分惴惴。毕竟不可一世的狮鹫被闪电轻易就击死，这惨烈的一幕还在他们眼前摆着呢！于是二人只好龟缩着脑袋，蜷缩在橡皮艇中，任其顺流直下，生怕一露头就引来“天谴”。

冷寒铁一箭将狮鹫献给了“雷神”后，没有任何怠慢，抓起巴库勒先前遗下的绳索，对准河心中的橡皮艇振臂一丢。不偏不倚，绳索刚好套住橡皮艇的艇头。巴库勒眼疾手快，一把抓住绳索。待看清丢出绳索者乃是死而复生的冷寒铁，他先是一怔，随即欣喜若狂，两行热泪滚滚而下。楚天开也是一样，满脸的喜悦。

冷寒铁亦是心潮翻滚，不过手里并不闲着，双臂发力，硬生生地将橡皮艇从河心拽至河岸。确认巴库勒二人安全登岸后，他纵眼望去，只见河面上依然是乌云压顶，电闪雷鸣，不时有闪电在河面上“开花”。偶尔有鱼儿不幸被雷电波及，翻着肚皮浮了起来。但想象中的金殿门开的场景始终没有出现。

瓢泼大雨持续下着。河水渐渐地涨上了岸。雷声与闪电依旧对河面进行着无情的敲打，仿佛水中隐藏着罪大恶极的元凶，恨不得将其击得粉碎。

众人站在河岸上，越看越觉得心惊胆战。起初他们以为雷电只是自然现象，可是眼下的情形，却更像谁召唤来了雷电——甚至在冷寒铁心中闪过一个念头：雷电的敲打是否隐藏着某种规律，类似于密码？不过他皱着眉头观察了半天，却根本无法捕捉到其中的规律。越是摸不着头脑，他就越有一种压迫感，仿佛在与敌人的交锋中落了下风。

冷寒铁深知，倘若金殿真是由某个史前文明所建成，那么建造者的科技水平、智力水平都远远超出了他们一行。只是作为一名从不言退的战士，他坚持的原则是知其不可而为之，哪怕撞个头破血流乃至粉身碎骨，他也要义无反顾地勇往直前——但求他所有的付出与努力能有所回报，而不要让鲜血白白地流掉。

狂风暴雨丝毫没有要止住的意思。河水开始泛滥，侵占了冷寒铁他们的地盘。无奈之下，他们只好将橡皮艇拴在岸边的柳树上，然后往树林深处撤退。林从熙等人恋恋不舍地朝着河面望去，期待有奇迹出现，可是让他们失望的是，河面除了变得浑浊外，并没有任何异样——或许这仅是千万年时空里一次寻常的夏日暴雨引发洪流罢了。

这一夜，所有的人都睡得极不安稳。外面风雨如晦，帐篷里人心如煎。大家都在期盼着什么，却又害怕着什么。那种滋味，就像一名行将向心爱的人表白的少年，憧憬、激动、焦躁、不安混合交织，无从判定命运交给自己的答案是惊喜还是失落。

第二天一早，大家被一阵阵鸟儿的欢叫声吵醒了。不知何时，如注的暴雨已经停歇。感恩的是，这一场暴雨没有引起洪灾，抑或是泥石流——这两者都是原始森林里的杀手。即便是武功再高强的人，遇到大自然的抨击，也只能是落荒而逃，或是任其卷裹而走。

冷寒铁出了帐篷。雨后的森林，空气清新得让人的整个肺部如洗。

阳光迷蒙，从森林枝叶的罅隙间漏了下来，映入人的眼帘中，闪耀出希望的光芒。冷寒铁舒舒服服地伸了个懒腰，略微迟疑了下，举步朝河边走去。

约莫行了四五十米，他忽然听到一声惊呼——分明是花染尘的声音。他的心里陡然一惊，急忙纵身而起，飞快地奔跑。矫健的身姿几乎可以超越光线的流动。踢踏的脚步声，惊起了无数的鸟儿，也将地底下刚刚探头出来的蝼蚁、昆虫吓得赶紧缩回了头。很快地，冷寒铁就到了河边。汹涌的河水淹没了河岸，一直抵达岸边的杉树林处。杉树下，立着一个单薄而又俏丽的身影，正是花染尘。

与冷寒铁想象中不同的是，没有任何人挟持花染尘。她仅是站在河边，怔怔地望着河面，如同一座雕像般的呆住了。冷寒铁顺着她的目光望去，忽然呼吸一紧，一个声音在心底呼啸，竭力地想要冲开咽喉、口齿、唇舌，在空旷的河面上久久回荡：水见血！

天色半明，依稀可以看出，经历过暴雨的洗礼，汪洋恣意的河面一夜之间变成了一片血海！原本应该是黄浊的水，如今却铺陈上了一层厚厚的红色。无数的鱼儿在里面穿梭、挣扎，不时地跃上水面，仿佛不堪忍受这血污的压力，竭力地想要逃离。如果仔细望去，就会发现红色几乎不会流动，仿佛整条河流都凝固住了。

这个诡异的现象让冷寒铁目瞪口呆，从内心深处涌动出一丝疯狂的情感，怀疑自己要么眼花了、要么就是还在梦中。

冷寒铁花了近一分钟的时间，才让自己安定下来。竭尽目力，他发现并非整条河流变成了红色，而是河面上布满了红色的水藻。这些水藻密密麻麻，就像一张巨大的地毯，覆盖在河面上，令其密不透风，不见天日。这些水藻的生长快得惊人。隔着数米的距离，冷寒铁几乎可以听到它们“哔卜”分裂繁殖的声音，然后看到红藻的领地飞快地朝着岸边蔓延过来。有一刻他甚至怀疑，只要给这些红藻最多一个星期的时间，它们足以将整片神农架完全占领，将其变成一片汪洋血海！

这铺天盖地的红色，刺痛着人的眼，也焦灼着人的心。“引天雷，水见血”的秘笈应验了，可是去哪里找那金殿？难道是要趟过这片红藻组成的血海才能抵达金殿的大门？但令人怀疑的是，在红藻的包围中，人能否存活下来？一想到自己的身上绽放出无数的“血花”，这些生命力顽强的红藻可以覆盖在人体的每一寸皮肤上，包括鼻子、嘴巴、眼睛，将人裹成一个木乃伊，或是一个茧，他感觉到皮肤上一阵阵地微痒。

红藻如潮水一般地朝岸边袭来。花染尘惊恐地后退着。冷寒铁却视若无睹，伫立不动。

花染尘以为冷寒铁尚未从眼前的景象拔离出来，急忙道：“冷长官，这红藻有些古怪，我们最好回避一下吧！”

冷寒铁淡然说道：“无妨。”

可是……花染尘欲言又止，最终默默地停住了脚步，在距离冷寒铁大概一米之处立定，惴惴地看着眼前的变化。

以红藻的扩张速度,不出三分钟,就足以蔓延到冷寒铁所站立的位置。但冷寒铁却心中笃定，一动不动地注视着红藻的步步逼近，并无任何退缩之意。

红藻再往前推进了一米左右，忽然间，河水中发生了变化：只见一股巨大的水花扬起，击散了红藻的“包围圈”。紧接着，一条大鲤鱼从水中跃起，用它阔大的尾部猛烈地击向红藻，将原本密密麻麻的红藻阵群打乱了。

这条大鲤鱼比昨天冷寒铁他们遭遇到的那条大鲤鱼略小些，身长约有 6 米，全身同样披挂了金色的鳞片，长长的两根胡须在水流中抖动，像极了戏台上武将发怒的模样，颇有几分王者风范。

一起出动的还有其他五六条大鲤鱼。它们如同杀入敌阵的猛将，在水中穿梭翻滚，搅起阵阵水花，将红藻布成的防线冲击得七零八落。

紧随其后的是不计其数的各种小鱼——相比于大鲤鱼来说，它们算是小鱼，但若是放在市面上，以其二三十厘米的长度来计，都称得上大鱼了。这些小鱼如同追随主将的士兵，纷纷杀入红藻群中，不停地啄食着支离破碎的红藻。

遭遇大鲤鱼们突袭的红藻，其生长速度明显地开始减缓，甚至可以说是停滞不前。红藻距离冷寒铁只有约 2 米的距离，可这 2 米的距离却仿佛成了一道天堑，令其永远无法抵达彼岸。

越来越多的鱼儿出现。除了鲤鱼外，还有草鱼、鲶鱼、罗汉鱼等。它们仿佛知道这是一场生死恶战，如果它们无法战胜红藻的话，那么红藻将像一张巨大的地毯一般地横亘在河面上，到时河水中的氧气量将急剧地减少，大部分水中生物将窒息而亡。于是它们纷纷上阵，加入啄食红藻的大军中——诚然，对于食草的鱼儿来说，红藻亦是极佳的美味。因此它们吃得不亦乐乎。

此消彼长。很快，河面上的红藻面积减少了近半。

与其同时，河面上也漂起了许多鱼儿的尸体，一只只肚子圆滚滚的——它们乃是吃多了红藻而活活撑死了！但仍然有无数的鱼儿在争先恐后地吃着红藻，仿佛红藻里面含有鸦片类的成分，让它们欲罢不能。

很快，河面上又起了新的变化：那些红藻仿佛带有某种智能，它们无力抵挡鱼儿的攻击，于是开始收缩阵线。河面上残余的红藻彼此之间如同有磁性般地从分散的四面八方开始向河心集中，进而向河面之下快速地撤退。这种情形，像是河底下有人撒出了一张巨大的网，网住了所有的红藻，并将它们收拢于河底。

鱼儿自然不肯轻易地放过它们，一路扑腾截杀，于是河面上热闹无比：无数的鱼儿挤在一起，贪婪地张开嘴，相互啄食。它们状若疯狂，为一点红藻争斗不休。

从冷寒铁的角度望去，河面上陡然出现了一道银色的桥——数以万计的鱼儿簇拥在一起，鱼挤鱼、鱼踩鱼，就连大鲤鱼也都被挟裹其中，不得脱身，如此无数鱼儿卷成了一条鱼龙，从河心一直蔓延至两的河岸上。

冷寒铁心头一动，但还没来得及采取任何行动，忽见一个灰色的身影从河的对岸疾驰而出，踩着“鱼桥”在河面上奔跑，然后一个纵身，跃上一条大鲤鱼脊背，双手抱住鱼的头部，整个身体往下一坠，压迫着大鲤鱼沉下水中。

灰色的身影尽管一掠而过，但冷寒铁已经看清，他正是蛰伏已久的刘开山！联想起刘开山先前曾用受伤的陈枕流来作诱饵，引诱大鲤鱼出现，可见他十分清楚大鲤鱼在此处的重要作用。念及此，冷寒铁不假思索地如法炮制，如蜻蜓点水般地踩过鱼群搭成的“浮桥”，接着瞅准了一条大鲤鱼，跃到它的背上。不过还未等到他施力来压迫大鲤鱼，它已自动下沉，用坚硬如铁的头拱开鱼群的簇拥，朝着水底深处游去。

冷寒铁惊奇地发现，鱼群全都如得到指挥一般，方向一致地游向水底。领头的并非大鲤鱼，而是一种银色的、如梭子般的小鱼，其行动快如闪电，速度比体积超过它上百倍的大鲤鱼有过之而无不及。

吸引鱼群的，不是其他，正是那如血染的红藻。红藻在不停地撤退中——说是撤退，实则是鱼群在不停地消灭着眼前的红藻，使得尚存的红藻位置越来越低、数量越来越少，形成了僧多粥少的局面，于是鱼群疯狂地追向残余的红藻。

令冷寒铁心头微微吃惊的是，红藻似乎是被人操纵一般，它们的分布并非如普通自然植物那般杂乱无章，而是带有某种特定的路线。大鲤鱼带着冷寒铁七绕八拐，很快进入水底的废墟丛林中。这里到处都是断壁颓垣，粗大的石条经过数千年的水流冲刷、水汽侵袭，上面坑坑洼洼的，尽是“伤痕”。这些“伤痕”几乎都被水草覆盖住了。丰茂的水草吸引了大批的鱼、虾与贝类等水底生物居住在其间，构成了一个和谐的水底世界。不过如此也带来了一个问题，原本水底建筑的格局与形状被部分破坏掉，让人无法分辨清楚其面目。一旦贸然进入，很容易就被迷惑掉了，分不清身在何处。

由于水中浮力的作用，大鲤鱼虽然身负冷寒铁，但压力并不大，游行速度和灵活性未受多大影响。被大鲤鱼在水底驮着行进了两三百米，冷寒铁始终睁大眼睛，一方面在查找刘开山的下落；另外一方面则留意起了四周的环境。他发现大鲤鱼至少潜入到水底三四十米的深处，行进的路线隐隐地带有某种变化规律。虽然冷寒铁不懂《奇门遁甲》，但还是可以判断出这是一种古老的阵形。因为冷寒铁注意到，水底中的建筑并非连成片，而是错落有致，而且在许多空缺处都矗立着石墙或者石柱。这些石墙和石柱的作用毫无疑问乃是为了干扰人的视线与判断，让人分不清自己在水底的位置。这个阵形如果放在陆地上，都可以轻易地把人困住，更何况是在视线极弱的水底。冷寒铁可以断定，如果没有大鲤鱼的“领路”，他是决计无法闯过石阵，或者说，他们中的任何成员都无法做到。即便他们可以破解阵形，也缺少足够的氧气。越是这般深思，他就越对废墟的建造者感到一种由衷的敬畏。

红藻越往水底深处就越稀疏，于是抢食的鱼儿就越加地疯狂，许多鱼儿之间甚至拼死搏杀。这时大鲤鱼的优势就体现出来了：它横冲直撞，偌大的身躯使得它在水下没有敌手，除了同类。冷寒铁见到刘开山所骑的那只大鲤鱼。他想催动自己身下的大鲤鱼朝其冲撞过去，但大鲤鱼并非马儿，不会受人控制。冷寒铁掀动它鱼鳃的做法，令它大加难受与反感，于是猛地朝着石壁窜了过去，在即将撞到石壁的时候猛然一个掉头，“哗啦啦”的激流拍打在冷寒铁的身上，差点儿将他从鱼背上掀落下去。虽然冷寒铁夹紧双腿，躲过大鲤鱼的攻击，但却也导致他与刘开山的距离进一步拉大了。最为要命的是，鱼群的争斗让水底一片混乱，水也变得浑浊起来，冷寒铁的视线只有一米左右，根本无法辨识刘开山究竟去了何方。

红藻的诱惑远远地大于冷寒铁的存在。他身下的大鲤鱼在无法甩开冷寒铁这个“拖油瓶”之后，立即一个曳尾，转身跟随大部队追逐红藻去了。整支鱼群的领头者，依然是那些状若梭子的小鱼。

冷寒铁有一点困惑。从眼前的情形来看，红藻应该就像一棵树一样，从水底往上生长，再在水面上开枝散叶，形成巨大的“冠”。可是为什么鱼群不会在红藻刚刚生长的时候开始抢吃，而非要等到红藻在河面上形成规模之后才开始呢？难道它们懂得克制欲望，要等到红藻长大了、长肥了才开始进食？如果说大鲤鱼有这等的轻微智力，冷寒铁还有点相信，毕竟看它们的体形就知道其已修炼多年，但其他的小鱼也有同样的“觉悟”，这让冷寒铁感到有些匪夷所思。

不过冷寒铁眼下更为操心的是自己的命运。因为他发现水底的复杂程度远远超过他之前的预期，而随着肺中的氧气一点儿一点儿地消耗殆尽，他感觉整个肺都像在燃烧一般，如果再没有新鲜的空气进来，恐怕自己就要炸掉了。可是且不说水底的石阵无从识别，就算他老马识途可以破解石阵的奥秘，但从水底到河面至少也要三五分钟的时间，恐怕他还没游到一半，就要耗尽氧气而永沉水底了。

但冷寒铁深知越是危难时刻越不能慌张，否则会将氧气耗得更快。他转动大脑，想着在水底有哪些方法可以找到氧气。但除了天上掉下来一个氧气瓶外，他想不出其他任何的法子。不过在内心深处，他隐隐地相信水底下一定存有氧气的，只是可能被自己忽略掉了。答案很简单，刘开山虽然是土匪，但却不是亡命之徒。金殿价值连城，他可以赌上自己的性命来搏一把，但却不会让自己身陷危境不能自拔。因为在先前，冷寒铁清楚地看到，刘开山与他一样，乃是只身跳进水中的。

红藻还在消退中，挑逗着鱼群步步深入。依旧是梭子鱼在领头，大鲤鱼在中间横冲直撞，其他鱼群尾随在两者之后。后面的鱼群实际上已经分食不到红藻了，可是它们却仿佛被一股魔力牵引着，依旧不停地向前冲，只是有许多跟不上梭子鱼和大鲤鱼，于是整个鱼群的规模在逐渐消减中。

在断壁颓垣之中穿行，冷寒铁感觉至少又下降了 5 米。在陆地上 5 米只是小距离，但在水底、在缺氧的状态下，5 米是一种巨大的挑战。因为这意味着更大的水压，让人的心脏负荷更大的压力。冷寒铁开始出现耳鸣，眼前开始一片模糊，大脑里就像有无数根针扎着一样，这种状态仿若被唐僧念经紧箍咒收紧的孙悟空。他觉得大脑深处的理智被押送上了刑场，即将遭受斩首之刑——一旦被斩断，他就将会像一截木头般，坠落到水底，尸身化为鱼群的饲料，白骨与泥沙混为一体。

就在这生死攸关的时候，冷寒铁隐约地感觉有人撞了他一下，然后有个软绵绵的东西被塞进他的手中。他聚集起残存的一点力气，睁开眼睛，只见手上多了一个扎紧的鹿尿泡。鹿尿泡！灌满了空气的鹿尿泡！救命的鹿尿泡！冷寒铁已无暇去想鹿尿泡的来历，急忙将鹿尿泡的顶端含在嘴里，然后调动指尖的力量，解开扎紧的绳子。一股带着尿腥气的空气灌入到他的肺中。对于他来说，这污浊不堪的空气，却是他吸过的最甜美的空气！他深深地吸了两口。只两口，就将整个鹿尿泡里的空气吸得一干二净。他的干渴的肺、身体与大脑，被新鲜空气的甘霖瞬间浇透了。灵魂与理智重新被召唤回了他的身体。这是异常奇妙的体验。他感觉自己是死过一回然后重新活了过来。

冷寒铁转过头去，眼前霍然出现了一个巨大的身影。再定睛望去，竟然是看上去傻乎乎的卜开乔！他肥胖的身躯亦贴在一条大鲤鱼身上，幸好这条大鲤鱼比冷寒铁所选的大鲤鱼更长更伟壮，这才不至于被他压趴下去。饶是如此，大鲤鱼的行动速度仍被卜开乔所拖累，因此落在了大部队的后头。在卜开乔的裤腰上，挂着一个动物的尿泡——很显然，他是跟冷寒铁学的，将尿泡作为氧气储存罐来使用。

引起冷寒铁注意的是，卜开乔的身影在水底下被波光晃动着，有些变形，因此看上去显得异常巨大。他的心头不由得一动，然而在水底，他根本无从发声示警，只能下意识地夹紧了腿，让自己整个人几乎与大鲤鱼贴在一起：水光的荡漾说明，在这附近有着旋涡式的出口！

狂乱的鱼群遮住了他的视线。在他还来不及对环境做出判断的时候，就感觉到水底下仿佛有一双大手伸了出来，抓住他和大鲤鱼，用力地往前扯去。紧接着，水流变得湍急，冲刷得他根本无法睁开双眼。他只能在一片惊惶之中，他被激流卷裹着，往前漂移。

冷寒铁紧贴在大鲤鱼的身上，鼓起嘴巴，调整着呼吸，竭力让刚刚吸入的空气在体内缓缓扩散，避免其过快地消耗尽。在两眼一抹黑的情境下，接下来发生的事情远远地超出了他的预料。他只觉得水流陡然一紧，接着又骤然松弛，整个身体仿佛被带入了瀑布中，连人带鱼一起跌入一个深渊中。这个落差至少有3米以上，并且是猝不及防的。尽管冷寒铁心头有所警惕，但仍然被颠得从大鲤鱼身上飞了出去，只剩下手中从大鲤鱼身上抠下来的几片鱼鳞。

这一跌，将冷寒铁紧含住的一口气拍散了。他心头暗暗叫苦，但很快他就有一个惊喜的发现：他可以浮出水面，呼吸到新鲜的空气！

这个发现令他欣喜若狂。他急忙睁开双眼。待视力适应了眼前的环境，他惊奇地发现自己正置身于一座溶洞之中，洞顶上有各种发光的晶石，如同一盏盏小灯泡一般，将整个溶洞的轮廓隐约地勾勒了出来。

不过冷寒铁做的第一件事就是转头去看来时的路，只见在溶洞的洞口，敞开着一个3米左右高，5米左右宽的裂缝，水流正“哗啦啦”地从中流下，形成一道瀑布。溶洞内应该是有暗道通往外面的，巨量的水流流入洞中，很快就被排泄出去了，使得整个溶洞不至于被水流吞没。

从冷寒铁在水底的经历几乎可以判定，这个洞口是突然被打开的！因为之前的水流一直都十分平缓，只有在刚才的一瞬间忽然有一股巨大的吸力传来，将整个水流搅动。可是什么力量可以打开如此沉重的洞门？难道是刘开山不成？

对哦，刘开山人在何方呢？冷寒铁举目四望，可是流水滔滔，何处有他的踪影？就在这时，他的耳畔忽然传来一阵呻吟声。顺着声音的方向望去，他看见一具肥胖的身躯正吃力地从溶洞的角落里撑起——除了卜开乔外还有谁？

冷寒铁游了过去，在距离他大概1米的距离处止住了，淡淡地道：“你没事吧？”

卜开乔揉着自己的肩膀，嘟囔道：“大鱼啊大鱼，就算你不让人骑，也不至于这么狠心，把我撞向墙壁吧！唉，真是感谢我的这一身肥肉，替我的骨头挡了一劫……”

冷寒铁见状，不觉心安了，轻松地问道：“你看清刚才是怎么进来的吗？”

卜开乔不无好气地道：“若看清的话，我还能摔得这么惨吗？”

冷寒铁微微点点头，询问道：“那你见过刘大当家的没？”

“刘大当家的？他也在这里？”卜开乔讶然地抬头，出声大喊，“刘大土匪，大土匪，你在吗……”声音在溶洞里回荡着，再一点一点地被水流所消融，很快他戛然止声，而是换成了一种惊异，“是你关的门吗？”

冷寒铁心头一颤，扭头望去，只见就在短短的时间里，来时的洞口竟然已经悄无声息地合拢上了。溶洞里水流晃荡，失去了原本的滔滔之势，变成了一潭死水，很显然，其出水口也被封住了。亦即，他们被封在这数百平方米的溶洞中了。

冷寒铁很快就稳住了心神。不管如何，眼下的情形总比先前在水底几乎憋死的情况好多了，至少有空气可以呼吸、有水可以饮用，还有鱼儿可以捕捞用来充饥，短时间里不必担心有生命之虞。只要有时间，就有机会找到逃生的通道。

他转向卜开乔，问道：“你怎么跟来的？后面还有谁？”

卜开乔答非所问，用手比画着：“这么大的鱼啊！我从来没有吃过这么大的鱼，我好想吃。可是鱼太大了，我根本抓不住它。对哦，我的大鱼呢？它怎么把我丢弃在了这里，自己却跑掉了？鱼儿，大鱼，你给我出来……”卜开乔大呼小叫着，淌着水四处寻找起了大鲤鱼。

冷寒铁轻轻地叹了一口气，不去想卜开乔的口是心非，而开始认真地查找起出口来。他自幼经过训练，耳目远非常人所比，进入这水底洞穴中，虽然有水流的干扰，可是让人悄无声息地关在里面，这着实让他有几分惊诧。这地底下藏有机关是毋庸置疑的，但上千年乃至数千年的光阴过去，这些浸泡在水中的机关竟然还可以顺畅开合如斯，实在令人惊叹不已！并且他可以确认的是，鬼谷子留下来的“引天雷，水见血”秘诀与洞穴机关的开启之间定然有着关联。从早上在岸上观察到的情形来看，那些神秘的红藻应该就是“水见血”的兆象。那么红藻出现的意义，是否就是吸引着大鲤鱼穿越水底迷宫般的路径，进入这洞穴之中呢？另外，洞穴的机关开启究竟是由大鲤鱼触发，还是由刘开山操控的？冷寒铁心中倾向于第一个答案。倘若刘开山知晓机关所在，那么他又何必大费周折地自贬身份，混入寻宝队伍中？倘若机关是由大鲤鱼控制的，那么或许他们只要顺着大鲤鱼的行动轨迹，就有机会找到机关所在，从而打开它。

洞穴有四五百平方米的面积。虽然处在地底中，但因为有着发光晶石的照耀，依稀可以看清它的整个轮廓。让冷寒铁失望的是，他花了近两个时辰，仔细地查找了每一个角落，也敲打了每一处岩石，却始终没有找到任何机关的蛛丝马迹。

卜开乔又进入了没心没肺的模式，四处抓鱼。从他们进入河水中计起已有两个多小时，一路上的折腾搅得他饥肠辘辘——“我的早饭都还没吃呢！”他嘟囔着，撬下一块发光晶石照明，跑到水里去寻鱼、捕鱼。

“哈哈，看我不抓到你们才怪呢！”卜开乔伸出胖乎乎的手，对准水底的几条小鱼抓去，可是很快他“嗷”的一声收回了手，“这是什么怪鱼啊，怎么抓不住？”

冷寒铁抬头看了一眼他，本打算不去理他，可是很快被他下一句话给吸引住了，“咦，这鱼好像是藏在一条管道中。”

“管道？”冷寒铁身躯一振，急忙淌水过来。借着晶石发出的微弱光芒，他看见水底下有几条小鱼——正是那些先前追赶红藻的队伍中的那些如梭子一般的领头鱼。这些小鱼仿佛被施了魔法一般地定住在水底，一动不动。冷寒铁伸出手去触摸，却发现指尖和小鱼始终存在着一点距离。卜开乔说的对，小鱼乃是藏身于一条几近透明的管道之中的！

几近透明的管道！这个发现让冷寒铁微微吸了口凉气。在他的印象中，世间最为剔透的莫过于宝石与玻璃，可是它们的纯净度与眼前的这条管道相比，简直就是东施与西施的区别！如果不是伸手去触摸，世人是决计无法察觉到这个管道的存在的！

冷寒铁用石块从溶洞上砸下来几块发光晶石，将它们铺陈在水底下，然后将自己尽量地贴近于水面。观察了片刻，他抬起头，看了卜开乔一眼，脸色微微苍白——他终于参透了机关的奥秘！可是这也宣告他们几乎是不可能破解这个机关的！

卜开乔似乎更关心那几条鱼的命运，焦急地问道："怎样，可以把鱼捞出来吗？我饿了。"

冷寒铁站立在水中，仰望着头顶上的钟乳石，情绪迷茫。良久，他吐出了一口气，道："你恐怕永远吃不到这些鱼了。它们的命运就是来充当这整个机关的钥匙。"

"钥匙？"卜开乔有几分摸不着头脑。他俯下身去，仔细地观察起来，"哦，这管道里有些小钩钩啊，好像这些鱼儿就是卡在这里面……咦，这前面还有鱼儿啊，这些鱼儿还更大……它们怎么也都一动不动……"

这是世界上最精妙的机关！恰如冷寒铁所言，维系全套机关的，正是这些梭子鱼。准确地说，是梭子鱼与红藻联合构成了"开门"的钥匙。红藻的始发地正是这些透明的管道。在平常，红藻都是处于一种蛰伏的状态，如同沉睡的巨龙，蜷缩在狭小的管道里，不声不响、不生不灭。当闪电的电流被引导到水中时，大量的水分子被强电流分解成氢和氧。在富氧的催化下，红藻苏醒了。苏醒了的红藻会从带电的水流中快速地汲取营养，进入分裂、生殖过程。这种分裂、生殖是以几何倍数增长的，简单地说，起初只有一个红藻，但很快就变成两个，两个变四个，四个变八个……很快地这些红藻就铺满了水底。

但这时的红藻并没有具备蛊惑鱼心的魅力。倘若有人此时潜下水中，最多惊叹一句"红色的水草啊"。只有等到红藻浮上水面，与空气接触后，才会产生新的化学变化，散发出一种独特的气味。这种气味就像鱼儿的春药，或者说毒品一般，会强烈刺激鱼儿的大脑，令其产生兴奋感，同时开始拼命地追逐红藻。而促成红藻从水底飘向水面的，正是大鲤鱼！

被闪电电过的大鲤鱼，会处于一种半癫狂的状态。它们会在水底“激动”地来回游窜。在这个过程中，大鲤鱼的身上难免会沾染上红藻，并将其带到富氧的水面上——倘若没有大鲤鱼作为“媒介”，那么红藻会在耗尽水底的氧气之后迅速死去，重新陷入干枯蛰伏的状态中。在水面上，红藻得以“呼吸”到更多更加充分的氧气，于是开始飞速成长，很快它们覆盖到了大半个河面。这个时候，红藻的气味将彻底地释放出来。这种带有诱惑力的气味吸引着水底成千上万的鱼儿前来啄食。在吃光了水面上的红藻之后，鱼儿将涌向水底中的红藻，其中打头的正是速度最快的梭子鱼。这些梭子鱼紧随着红藻生长的方向追逐，直至进入透明的管道。

在透明的管道中，有一套精妙绝伦的机关！透明的管道被设计成喇叭口的形状，即前面部分更加开阔，越靠近洞底就越狭小。当梭子鱼带领着群鱼进入到透明的管道中时，那些身材较大的鱼儿就直接被“拒绝”在了管道之外，只有身材修长的梭子鱼可以顺利进入。梭子鱼的游动会触动管道中那些数量庞大、形状细小的机关齿轮。这些齿轮开始运作，并一级级地传导出去，类似于杠杆的作用，直至推动地底的岩洞门缓缓地打开。越接近地心深处，管道越窄，进入的梭子鱼也就越小，数量也越少。那些大一点的鱼儿，多半就被卡在管道中，成了殉葬品——准确地说，它们的尸体将成为机关最好的保护者，因为挡住了管道，后面的鱼儿将无法进入，于是机关也就卡住在某种状态中。直至这些鱼儿的肉被水浪腐蚀精光，骨骼渐渐地被冲刷出来，这时机关才可以重新进入“备战”的状态中。

这些机关是精妙的，亦是精细的，而且又隐藏在水底下。面对它，冷寒铁如同老虎吃刺猬——无从下手。因为这个管道看似透明、脆弱，实则坚不可摧，如果要将其打开，必须使用暴力。而暴力在摧毁管道的同时，必然也会摧毁其中的机关。即便他们可以找到窍门把管道打开而不损伤机关，流水的力量也将轻易地瓦解掉机关的平衡性。冷寒铁吃过几次亏，深知这种机关并不是只有一个开与关的功能，往往还带有自我摧毁的设计，即如果打开方法不对，机关就有可能将这整个水底世界毁灭，包括贸然闯入者。

冷寒铁跌坐在水中，一种沮丧感涌向心头。他不惧怕任何武力，可是对于这种雕花式的精密机关却是束手无策。

卜开乔则依然一副没心没肺的样子，淌着水在四处搜寻："鱼儿，鱼儿都到哪里去了呢？"

冷寒铁本来想出言批驳他，却忽然心头一动，任其四处晃荡。

醉翁之意不在酒，只在于山水之间。卜开乔如果真是要寻找鱼儿充饥，那么大可以将他先前骑的那条大鲤鱼捕捉上来。因为那条大鲤鱼背负着卜开乔200多斤的肉体，从3米多高的洞口跌落下来，又刚好撞到石壁上，虽然它皮糙肉厚，却也被这大力撞得奄奄一息。卜开乔手持黄金匕首，以他的身手，要制服大鲤鱼乃是轻而易举的事。但卜开乔却舍近求远，手持发光晶石在不停地四处寻找，这就说明他的目的根本不是在找吃的，而是在寻找金殿的入口，或者是逃出这座地底水牢的出口！

想通了这一点，冷寒铁也就不阻止卜开乔的个人行为了。虽然卜开乔在许多方面不如冷寒铁，但他对于细节的超强观察力和惊人的记忆力却让冷寒铁自叹弗如。先前若不是卜开乔眼尖，冷寒铁是决计无法发现隐藏在水中的机关的。

果然，不多时卜开乔有了新的发现，他惊呼道："哎呀，这里有个小洞，那些鱼儿会不会从这洞里跑掉的？"

冷寒铁的眉头一挑，站起身，走向卜开乔处，赶忙问："在哪里？"

卜开乔以手指着水底，努努嘴道："喏，在那里呢！"

冷寒铁凝聚起所有的目力，才勉强看出在水底下有一个小旋涡，他伸手细细地摸过，发现地底下有一个拇指大小的漏洞，不禁苦笑道："也真是服了你的眼神，水底下这么一个小洞竟然也逃不出你的法眼。不过这么小的洞，能有什么用呢？”

卜开乔嘻嘻一笑道：“这些小鱼是追逐机关进来的，那你说它们有没有可能从这个小洞找到机关所在呢？”

冷寒铁眨了下眼，心头一动，抓住卜开乔的肩膀，道：“你的意思是……我明白了。”

卜开乔说的没错，这个机关是靠小鱼来触动的，可是很显然，那条透明的管道并非机关的全部。因为仅凭那么细小的一个机关，即便再精妙，也不可能在巨大的水压之下打开石门。所以只有一种可能：透明管道连接着另外一套大型的机关。这个机关显然就在管道的附近，最大的可能就是在管道的下面！也就是说，真正控制洞门的机关，极有可能在他们的脚下！

冷寒铁的精神不由得为之一振，但提脚踩了踩地之后，他又泄了气：这地面至少有一两米厚。如果他们手头上有炸药包的话，或许还可能将其炸开，但眼下他们两个人只有一把黄金匕首、一把浸水了的意大利伯莱塔 M1934 式 9 毫米半自动手枪，再无其他可供使用的器械，又如何能砸开地面呢？

卜开乔仿佛看出了他的心思，咧嘴笑道：“既然这水流能送鱼儿进去，也就能送我们进去。只是我们需要将洞口开大一点儿。”

冷寒铁直截了当地问他：“你有什么高见？”

卜开乔没有回答，只是仰起头，望着洞顶。

冷寒铁跟着仰起头，顺着卜开乔的目光望去，心中顿时有了答案。

他们身处的乃是溶洞，溶洞的上方，除了发光的晶石外，还有众多倒垂的钟乳石。这些钟乳石有的像凌空的玉柱、有的像倒悬的雨云，更多的则像孤悬在空中的长戟锋刃。倘若可以想办法将这些石钟乳撬下来，令其如同一把巨大的凿子砸在地面上，那么就有机会扩大地面的缝隙。或许他们可以因此进入下一层的空间中。

可是如何将巨大的钟乳石从高空中撬下来呢？这又是一个难题。

冷寒铁试着蹲下身来，让卜开乔踩在他的肩膀上，然后伸手抱住一根钟乳石，用力地摇晃。可是即便加上卜开乔自身的重量，也只是让钟乳石微微颤动了下，想要让它与洞顶脱离开来，还差十万八千里。

冷寒铁有点心急，让卜开乔整个人紧紧地抱住钟乳石，然后自己吊在卜开乔的身上，想要以两个人的体重加力量来撼动钟乳石，可是卜开乔却在哇哇大叫："哎呀，不行不行，我的手脚都快要断了……"

无奈之下，冷寒铁只好与卜开乔换了个位置，他在上面抱住钟乳石，卜开乔在下面拽住他的双腿，然后再蜷缩起他自己的双腿，让两个人的重量全都搭在钟乳石上。冷寒铁再努力在空中摇晃身体，如同钟摆一般，增大对钟乳石的压力。二人费了九牛二虎之力，终于掰断了一根钟乳石，连人带石一起从空中跌落下来。可是因为有人的牵绊，加上地面水流的浮力缓冲，钟乳石并未呈现出多大的威力，只是沉钝地砸落在地上，震颤得整个地面抖动了下，并未将地面撞出个洞。相反，反倒将冷寒铁的双臂、胸膛摩擦出了一身的血沫，还险些砸断了卜开乔的腿。

"不行不行，这样地面没有砸开，我们反倒先死了。"卜开乔喘着粗气道，"你能不能找个斯文一点的方法？"

"斯文？"冷寒铁不无好气地瞪了一眼卜开乔，"你以为我就想累得像条狗啊？你要是有办法你就提出来。"

卜开乔挠了挠头，叹了口气，懒洋洋地道："算了算了，我还是先填饱肚子再说吧，我都快要饿扁了。喂，我们来分工好不好？我来找食物，你来找柴火。"

"柴火？"冷寒铁反问，他一肚子的不爽，调侃道："可以啊。我可以去搜查一下看能不能找到一两颗树种种下，然后我们等上十年、八年后把它砍了，就有柴火了。就是还不知道这里面有没有土壤供它生长。"

卜开乔嘟囔道："你找找看呗，也许有被水冲进来的木材。"

冷寒铁的太阳穴猛地一跳，"木材"二字提醒了他，他激动地说："对啊，或许我们真的可以换个斯文点的办法，用木材来试一试……"

冷寒铁的这个思维转换乃是受到古代开采石头方法的启发：在炸药尚未被发明的时代，人们开采石料时，首先用火烧烤岩石，使其温度升高，体积膨胀，再用冷水浇在高温的岩石上，岩石的体积急剧收缩，形成缝隙，再在缝隙中打入木塞。多次重复后。就可以把岩石撬开了。

从某种意义上讲，他们要做的事，与采石接近：同样的是要将一整片的石头分裂开，进而将其撬下。不过在水底下，他们不可能给石头加热，但目前石头已经有了裂缝，那么他们需要做的事，就是打入木楔，利用木头遇水会膨胀的现象，扩大地底石头的裂痕。

想到此，冷寒铁精神一振，找了两颗发光晶石在手中，开始四处搜寻木头。皇天不负有心人，他在溶洞的最里边捡到了一截碗口粗细的木头。这木头应该是水松一类的枯枝，尽管在水中浸泡了有段时间，但却并没有腐烂。冷寒铁如获至宝，将它捞起，然后比画了一下溶洞地面的缝隙大小，用黄金匕首削出一个差不多尺寸的木楔。不过他并没有直接将木楔打入缝隙间，而是放在钟乳石上进行阴干。因为如果靠人的蛮力敲击将这木楔打入地面，无法产生多大的功效，所以必须利用木头膨胀的现象，那个足以开山裂石。

冷寒铁抱起先前他们摇落下来的钟乳石，奋力地将其撞向地面。经过数十次反复的敲打后，他的两条手臂被震得发麻，钟乳石也碎裂成了一块块小石片，冷寒铁终于硬生生地在地面敲出了一条小裂缝。他比画着裂缝的尺寸，又做了几个木楔。

接下来，冷寒铁他们能做的事，就是等待木头风干，准确地说是阴干。因为溶洞里没有风，许多时候他们只能用嘴巴吹气来呵走沁在木头内部的水分。这耗去了他们两日的光阴。

暗无天日的地底中，冷寒铁和卜开乔像两只老鼠守着缸里的一点米，慢慢地数着的时间如同米粒一般，一点儿一点儿地消失。可是冷寒铁却感觉心里有一种宁静，仿佛一口老井。很久很久了，他没有享受过这样的寂静时光。无人打扰，没有枪声干扰，忘了任务、忘了今夕是何夕，甚至忘了身在何方。躺在冰冷的钟乳石上，望着头顶上星星点点的发光晶石，往事如一缕缕清风般的从他身边掠过。这些风中，夹杂着老屋外洋槐花的香气，也夹杂着袅袅炊烟的热气，锅里豆角爆开的脆响，以及母亲身上夹杂着檀香的气味。这些气味让他安心，亦让他沉沦。紧接着，洞穴内吹过一阵凛冽的寒风，带着浓烈的腥气，腥气来源于血水，正在流淌的或者是已经干涸的血水。那些枪林弹雨的军旅岁月、那些出生入死执行任务的日子、那些暗藏杀机的险境机关，在他的血液中凝结，聚成了一块血栓，堵塞住他的大脑，让他无法进入某片神秘之域——他忘了那个神秘之域里究竟有什么，他只是从记忆深处嗅见了一股浓烈的血腥气。这些血腥气就像一个携带着耀眼白光的幽灵，在他的脑海中恣意踏行，无法捕捉。他想起医生说过的话："人的大脑具有自动防御机制。它将过滤掉那些足以摧毁大脑理智的内容，将其关进大脑的小黑屋里，并上了锁。除非当它确信这些内容不会再对人造成致命性的伤害，或者当人面临更大的威胁时，它才可能将这些内容释放出来——但毫无疑问的是，无论是哪一种情况，这些内容的释放将带来惊涛骇浪般的袭击，即便不会把人的理智小舢板撕碎永沉海底，至少也要将其摔打得四分五裂。"对于记忆来说，如此浓烈的血腥气被当作无害的内容释放出来，可见被关入小黑屋中的"元凶"是多么的凶残可怖！

冷寒铁伸手擦去了额头的一点冰凉，将注意力转向眼前的处境。他开始有点担心起在陆地上等候的王微奕等人，不知道他们现在的状况如何，会不会遭到躲藏在暗处的灰衣人武藤道空的偷袭，会不会与冷寒铁他们从此陷入两个不同的时空，永不再相见。他感觉自己的心被微微扯动了下，胃酸一直翻滚到了嗓子眼间——那是相思的味道："卜开乔，鱼弄好了吗？"

卜开乔捧着一块鱼肉过来，那是从大鲤鱼身上切割下来的，嘟囔道："你说这好不容易有鱼有水了，却又没火，想要煮锅鱼汤都不行。唉，这年头想要当个吃好点的胖子，真是难。"

冷寒铁抓过鱼肉，大口大口地吞下。生的鲤鱼肉带有一股土腥气，可是他却觉得有一种痛快，因为土腥气刚好掩盖掉心头的血腥气，吃完一块，他问道：“还有吗，再给来块。”

“哎呀呀，你的胃口竟然比我还好？真是不得了。”卜开乔说着又取过一大块鱼肉过来，好奇地问：“你说如果我们弄开这机关，能去哪里呢？就是金殿吗？”

“你想是哪里就是哪里吧！”冷寒铁不太耐烦地回答道，接着又说：“反正不可能是天堂。”

“你说我们还有机会见到染尘姐姐他们吗？几天没见，我挺想念他们的。”

“有缘自然会再相见。如果无缘的话，那就在地狱里见吧！”

“地狱？”卜开乔嘟起了嘴，“不是恶人才下地狱的吗？我们算是恶人吗？”

“杀人、放火、夺宝、掘人坟墓，哪一样不是恶事？哪一样你又没有参与？”

“放屁！明明这些事都是你做的，好不？我只是跟在你屁股后面做做样子而已。”

“这条鱼总是你杀的吧？同样的一条生命，杀人是杀，杀鱼难道就不是杀？”

卜开乔不禁结舌，半晌之后他悻然道：“地狱就地狱吧，反正有你们一起做伴，也不会太过无聊。你说地狱里有没有寻宝活动？有的话也许我们还可以把地狱掀个底朝天。”

冷寒铁沉默了下，反问道：“你想象中的地狱是什么模样的呢？”

“地狱嘛，肯定尽是吓唬人的玩意儿，比如什么刀砍斧劈、火烧油煎，听说还有什么碾磨子把人榨成肉渣、把人倒插进粪坑里啥的。哎，你说死得惨一点也就算了，这个吃粪，呸呸呸，着实有点让人恶心。”

“那如果……冷寒铁犹豫了一下，道：“如果是杀了至亲的人呢？”

卜开乔不觉地脖子一缩，惊问道：“冷长官你什么意思？你该不会是觉得鱼肉太腥臭难吃，想要杀了我来吃人肉吧？我告诉你，我虽然看着白白胖胖，可肉却是臭的，比那些鱼要臭上百倍千倍……”

溶洞内，死水微澜，偶尔会从钟乳石上滴水下来，发出“叮咚”的声音，荡漾开一个微小的涟漪。冷寒铁感觉灵魂仿佛被置身于炭火之上，炙得焦红，一滴水滴滴落在上面，立刻会冒起一缕青烟。他“呼”地站起身，跳入水中，发话：“别多废话。木头干得差不多了，该干活了。”

冷寒铁将木楔钉入地面的缝隙间。顿时原本往下渗着的水立刻失去了目标，只能围绕着木楔打转，就像一群饥饿的狼包围住一只柔弱的羊一般。冷寒铁就希望羊的血肉能够激起狼群的兽性，让其冲决而出。

但与狼群快速吞噬羊不同的是，让木头浸泡膨胀来撑开石缝这是一个漫长的过程。冷寒铁觉得耐心快要耗尽的时候，终于感受到死水重新恢复了一点活力——这说明地面的裂痕正在扩大中。

一块小小的木头，在浸水之后，竟然可以产生惊人的膨胀力，可以撬开石头的裂缝！这些缝隙就像爬山虎一般，悄悄地在地面上蜿蜒蔓延。但它们只容许水流渗透进去，远未达到让人穿行的地步。

“这样子行不行啊？”卜开乔挠着头道，“照这个石头裂开的速度，想要让我爬过至少要十年八年的时间吧？就算我可以等，那些木头能等吗？恐怕它们早就在水底里烂掉了。”

“那你有什么好办法？”

“要是有个炸弹炸它一把就好了。”卜开乔仰着头道，“要不天上劈下个雷吧！”

冷寒铁郁闷地道：“天上霹雷，那还不如天上掉块巨石，直接把地面砸开呢！”

不得不承认，卜开乔的话里总是藏有玄机。“天上掉石头”的想法从冷寒铁的脑海中闪过，很快划开一道灵光：天上不可能掉石头，但可以掉钟乳石啊！当然了，似他们先前那般用蛮力将钟乳石硬拽下来的做法无疑是不可取的，需要另辟蹊径。

冷寒铁在溶洞里四处搜寻，惊喜地找到了一截绳子，这大概是先前刘开山用来绑缚大鲤鱼所用的。一条绳子，对于寻常人而言不过是个最普通的工具，可是对于身陷困境中的冷寒铁他们而言，无异于雪中送炭。有了绳子，他就找到了击落钟乳石的高效办法：他将绳子打了个套索，选好一根石钟乳，将绳索套在上面，然后整个人飞身而起，拽住绳子，如猿猴抓住青藤在林间飘荡一般，将自己整个人荡起来，在即将抵达另外一根钟乳石的时候，双腿猛地踹出，巨大的反弹力将他弹向另外一侧，随即他再踹上另外一根钟乳石。如此往复施力，很快，一些钟乳石在他猛力地攻击之下，轰然坠地。

上次他与卜开乔合力拽掉的钟乳石，由于多了人的羁绊，加上水流的干扰，因此对地面的冲击力量有限，而现在这些钟乳石从空中直接坠地，其冲击力强了许多。很快，地面上的裂痕扩大开来。水流从缝隙里流下去，对石缝的扩大起了推波助澜的作用。而积压在溶洞内的水位不断在下降，那些从空中坠落的钟乳石就少了些缓冲之力，撞击到地面的声音更加响亮，所产生的重锤效应也更加强烈。

终于在冷寒铁踹断第六根钟乳石后，他如愿以偿地听到了一声如山崩地裂般的巨响：地面坍塌了，坍塌的地面携裹着巨量的流水，像一个在战场上被击倒的战士般，颓然倒落下去。那情形，状若山崩时的泥石流，将龟缩在一旁的卜开乔惊得差点跌倒在地，不过他没忘记冷寒铁所交代的任务，第一时间里就去看透明管里的机关，待看清眼前的情景后他不觉倒吸了一口气。

“冷大，冷大，你快来看，这里面的指针在转动！”卜开乔急急地大叫着。

冷寒铁最为担心的事情出现了：地面坍塌引起的震动，触发了透明管内的机关。从设计者的角度来说，这种震动相当于暴力敲击，机关只可能是逆向触发，而不可能是正向打开，也就是说，这种情况下机关启动只可能是往最糟糕的方向动。如果他们无法及时制止机关启动，那么等待他们的只可能是灭顶之灾。

冷寒铁在空中的位置距离透明管有十几米远，而他的脚下已经是一个巨大的旋涡。即便他跳下，也会被水流拽动，即便没被旋涡卷进去，也会身形不稳。等他挣脱旋涡的吸力再奔至透明管旁，恐怕机关早就启动完毕。况且透明管坚逾金石，精妙无比，即便他在侧怕也无能为力。

电闪火光间，冷寒铁陡然想起一物，急忙探手往腰间摸去，然后抛向卜开乔，并大喊：“接住！”

卜开乔的动作同样迅捷，伸手抓住冷寒铁抛来之物——却是那把黄金匕首。他几乎是不假思索地一把将匕首戳入透明管中，刀锋朝外，刀背向内。所有的动作如行云流水般一气呵成。

他的动作再快，却还是快不过机关的启动。整个地底颤抖了一下，就像被一个巨人抱住摇晃了几下，紧接着一阵死寂。这种死寂却是最催人心肝的，因为那接近于死神的无声大笑。在令人窒息的十多秒钟过后，突然溶洞的四壁有巨量的流水喷涌而出，紧接着卜开乔脚底下的地面陡然裂开了一道约 0.5 米宽的缝隙。

四面八方有激越的水流喷涌，冲击得人摇摇欲坠，这时脚底下地面又突然开裂，即便是反应再灵敏的人也无法躲开这样的变故。卜开乔瞬间从缝隙间跌落了进去。所幸他身体肥胖，在水流骤然冲击之下，可以勉强挺住了一秒钟，而这宝贵的一秒钟让他对脚底下的震颤做出了反应，在地面开裂的时候及时地伸出手臂，刚好卡在裂缝上。

但最为侥幸的是他及时地止住了机关的连锁反应，让机关只开启了 $^{1}/3$，也就是说，从四面八方喷溅进来的水流不及设计流量的 $^{1}/3$，而原本应该完全裂开的地面也仅仅开了 0.5 米左右，否则的话他早就被水流冲进地底去了。但尽管如此，那些四射出来的水流拍打在他的脸上，都让他难以呼吸，甚至连呼救声也都被呛得咽了进去。

如果没有冷寒铁及时施以援手，卜开乔恐怕难逃坠落的命运。在丢出黄金匕首的刹那，冷寒铁就开始行动。他双臂交替用力，攀上头顶的钟乳石，解开绳索，让自己像一个秤砣一般的直直坠下。接着他右臂一抖，手中的绳索如章鱼的触须一般卷住一根钟乳石，然后整个人在空中掠出一道弧形，纵身跃过旋涡处，落在安全的地面。当机关启动，水花四射时，他伸手扶住钟乳石，然后手中的绳索飞出，精准地套住卜开乔。他大喝一声：“用力抓住！”卜开乔心领神会，用一手扶地支住身体，腾出另外一只手抓住绳索。借助绳索的力量，他终于从裂缝中跃出，被冷寒铁拖拽着，一直来到他的身侧。

卜开乔用手抹了一下脸上的水珠，大口地喘着气，道：“天哪，太可怕了，天崩地裂！我们只不过把地面砸了个洞而已，怎么会遭这么大的天谴？”

冷寒铁没心思与他乱扯，直截了当地问道：“刚才地面裂开，你看到下面是什么了吗？”

卜开乔毫不迟疑地道：“绞肉机！”

“什么意思？”冷寒铁微微地皱起眉头，严肃地问道：“是锋利的刀刃吗？”

“不是的。”卜开乔边说边比画着，接着又说“就是两个很大的齿轮靠在一起，人如果掉下去，就会被齿轮咬住，一点儿一点儿，绞成肉渣渣。”

冷寒铁瞬间明白过来：底下果然是整个机关的控制室，或者说机关的所在地。上层只是传递信号，下层才是机关开始运作的地方。无论是打开石壁灌水进来，抑或者是打开洞口，全都是靠一连串的齿轮来完成。卜开乔先前所处的脚底下，或者说透明管的下方，应该是其中的一个齿轮。人如果破坏透明管，那么瞬间机关便会启动，地面裂开，猝不及防的人将直接掉入齿轮中，被绞得粉身碎骨，而且齿轮夹住了异物，也将引发自我毁灭的程序。

他不禁暗自赞叹机关设计者的心思之缜密、手段之毒辣，超乎常人。

倘若他们不是手上刚好有一把削铁如泥的黄金匕首，可以切割开坚硬如铁的透明管，及时制止住机关的开启，这一刻恐怕不仅卜开乔已经化为一摊肉泥，恐怕他也难逃一劫。

他的眼睛下意识地瞥向透明管处，然后忧从心来：黄金匕首卡在透明管里，那么该如何取出呢？如果贸然取出，难免会触动机关；可若是将匕首留在这水底深处，却未免也有点暴殄天物。他的内心深处忍不住踌躇起来。

从岩壁中喷出的水流似乎无穷无尽。这些水流的冲击力不容小觑，黄金匕首被它们冲刷得微微颤动，若是持续冲上片刻，恐怕就要被冲倒了。

冷寒铁沉吟了一下，对卜开乔道："你帮我拉住这绳索，慢慢地放，注意别让它脱落。"说完，他将绳索的末端缠绕在腰间，顶着激越的水流，朝着透明管边上的漏洞蹒跚走去。水流持续地注入，超出了洞口的泄水能力，造成地面全都被淹没在水中。冷寒铁只能从水面的旋涡来判定中心口。

未到旋涡中心，冷寒铁已经摇摇欲坠。那些水流从高处冲落下来，淋在人的身上，如同一只掌力雄厚的大手，不停地推着冷寒铁。若不是腰间的绳索牵引，冷寒铁恐怕早就被冲入旋涡之中了。

勉强地抵达旋涡中心边缘，冷寒铁深吸了一口气，蹲下身去，将脑袋探入水中。可是胡乱拍溅的水花让他根本无法睁开眼。无奈之下，他只能往前再挪了一步。顿时旋涡的力量爆发，几乎是将他推搡着卷入激流之中。所幸卜开乔虽然看着憨笨，可是力大无穷，牢牢地拽住绳索，使得冷寒铁不至于被直接冲落洞中。

冷寒铁在水底艰难地转了个身，让自己的背对着水流，紧接着顺着水流的方向猛地一个扑倒，将半个身体探入旋涡之中，然后双手紧紧地抓住洞口的两边，抵住水流的力量，再强自睁开双眼，朝地底下望去。

恰如卜开乔所言，底下是一排排的齿轮，它们最大的直径有3米左右，最小的也有0.5米。这些齿轮不知道是用什么材质制成的，可以历经数千年的时光侵蚀依然精光闪闪，契合无间，至今仍发挥着正常的功效。而让冷寒铁揪心的是，持续的水流冲击对齿轮造成了巨大的压力，它们正在缓慢地进行咬合。很显然，防止它们完全运转起来的，正是黄金匕首。倘若黄金匕首脱落，齿轮将全速启动，那时所有的机关将全都打开，后果不堪设想。

冷寒铁尝试着想要钻进洞口，从齿轮边缘越过，进入地底空间，无奈水流湍急，他根本难以稳住身形。如果贸然下洞，稍有不慎触碰到齿轮，那时不仅冷寒铁将丧生在齿轮的绞合之下，更有可能触发机关的毁灭功能。

犹豫了片刻，冷寒铁从水流中挣扎着起身，对卜开乔大喊道：“拉我起来！”

卜开乔双手交替使力，一点儿一点儿地将冷寒铁拉了回来。但很快冷寒铁又大喊：“松绳子！”

卜开乔不明所以，松开了绳子。

冷寒铁淌着水，朝先前他们砸开的那个洞穴走去。这里尽管也是水流滔滔，但因为没有从天喷溅下来的激流，因此行走起来便轻松许多了。冷寒铁如法炮制，走到洞口边上，探头朝里面望去。无奈里面黑漆漆的一片，没有半点儿光芒，什么都看不见。

冷寒铁站起身，在水中捡了一些掉落的发光晶石，丢进水洞中，随后再将脑袋探入水中。借着晶石的映照，他发现下面是个巨大的深洞。这个深洞距离地面大概有七八米高，地面被“哗啦哗啦”灌入的流水所遮掩，看不清究竟是什么样的，但可以确定的是，地面上没有齿轮，也就是并非机关所在地。

冷寒铁决定从这里进去，探究内中的格局。从洞口到洞底有七八米的高度，相当于从两层楼的楼顶跳下，这对于冷寒铁而言，毫无压力，只是因为水流的遮掩，他无法看清地面是否有什么障碍。冷寒铁只能估算着，水流从洞口冲下来的力量，要远超过他跳下的冲力。既然水流不会引发机关，那么他跳下应该也是安全的。

然而冷寒铁跳下去时，却意外地摔倒了。

滑倒他的，并非是重重机关，或者是凹凸不平的地面，而是一条尺许长的鱼。鱼被他踩得肚破肠流而亡，而他也被滑得一个踉跄向前扑倒。他下意识地伸手去扶墙壁，却不料入手处却并非想象中的那般坚硬，而是活动的，往内侧收缩了一下。

冷寒铁不由得大叫了一声“糟糕”——这定然是处机关所在！果然只听得地穴深处隐隐传来“嘎嘎”的声音。冷寒铁屏住呼吸，提起全身的精气神，观察着四周的情景，准备随时逃离。无奈虽然他先前投下了一些发光晶石，但笼在水底下，能见度不高，只能照见方寸之地，无法照见地穴深处。

等待的时间显得异常的漫长，但实则从冷寒铁按动机关到其弹跳出来，前后不过5秒左右的时间。就在冷寒铁心头惴惴的时候，忽然眼前一亮，这种感觉好像被人蒙上双眼带入了一个房间，然后解开眼罩，率先映入眼帘的乃是一大功率的电灯泡，照得人双眼一阵刺痛，只能重新闭上。待薄薄的眼皮后面的眼球勉强适应了光的亮度之后，冷寒铁以手遮额，睁开了双眼。

这并非幻觉，而是真实的情景！在与他相距大概五六米的墙壁上，伸出了一支如蛇状的灯，发光的乃是蛇的信子。只是冷寒铁难以辨清那究竟是用什么来作为光源的。因为光的形状呈纺锤形，然后由这个纺锤形再往外扩展光芒，像极了火苗，可是它却不似寻常的火苗那样随风飘动，而是纹丝不动，并且没有任何黑烟冒出。若是说它是电灯吧，那又如何将光芒凝聚成纺锤形的呢？冷寒铁所见过的电灯光芒全都是散射型的，只有灯泡带有形状。可是这个纺锤形明显不是灯泡的形状。

不过一路上冷寒铁见多了各种离奇古怪的事件，只要确认这盏灯不会带来人身威胁，其他的什么形状、什么原理他倒也没有太放在心上。就在他刚刚准备举步往前走之时，忽然感觉到遮在额角上的手掌一阵刺痛，紧接着头皮上也有一股热浪袭来，不觉暗叫一声“糟糕”，急忙一头栽进脚底的水流中。在他趴倒的瞬间，眼角瞥见被他踩死的鱼漂浮在脚边，于是一脚将其勾起，不偏不倚刚好鱼鳃挂在灯的“蛇信子”上。很快一股烧焦的气息传了出来，不过鱼身也成功地遮掩住了灯光。冷寒铁在水中一个猛子窜出了十余米，待感到头顶有激流冲击下来，知晓前边就是机关的齿轮所在，才停了下来。犹豫了下，他从水中举起一只手，确定没有传来烧灼感后，整个人这才从水中站起了身。

他回眸望去，只见仅仅数秒间，一条湿润鲜嫩的鱼已被烤得焦黑，甚至开始燃烧起来，不觉有几分骇然，不知道这灯究竟是用什么材质制成的，竟然如此厉害。所幸洞中有巨量的水流持续冲刷而下，对灯光所散发出来的热量起到了一定的隔绝作用。但最初，冷寒铁没有及时发现灯的古怪，于是不仅头发被烧掉一部分了，裸露的手掌也被灼伤。很难想象，如果这里面没有注入水，那么灯启动之后，进入这地穴中的人会是什么样的悲惨命运。大概也就是跟那条死鱼差不多吧，瞬间被点燃全身，烧成一堆炭粉。

只是一盏灯，就如此厉害，那么内中的机关若是全部发动起来，不知道该有多么惊天动地！冷寒铁兀地感到心头一阵发怵。他可以直面千军万马而毫不变色，可是在这地底下，面对古人高深莫测的智慧，他由衷地感受到了个人力量的渺小与无力。在这个地底世界的制造者眼中，冷寒铁大概就是如一只偶然闯入的蝼蚁般吧，他们轻轻伸出一只脚就可以将其踩得粉碎。即便这些人早已逝去，可是他们的气场却依然笼罩在洞穴之中，如同一把达摩克利斯之剑悬挂在冷寒铁的头上，令他倍感压力。

水帘虽然可以隔绝蛇灯的热量，却无法隔绝它的光芒。冷寒铁可以清楚地看见整个地穴内的场景：与他们先前在上面所看到的天然溶洞不同，这里面的洞穴经过了人工的精心打磨，墙面十分光滑，甚至让人怀疑自己乃是站在一个平整花岗岩砌成的巨大房间里。立在他眼前的，乃是一个足有三四米高的巨大齿轮，齿轮下面连接着五个依次逐渐缩小的齿轮，其中最小的那个直径在 0.5 米左右，紧贴着岩壁，一条透明管从岩壁的最上方垂落下来，与它紧密相连。所有的齿轮，都看不到任何的机关或是手柄。

“难道这些机关只可能从上层进行操控？”冷寒铁的心头浮现出一个疑问。但这个想法很快就被他否定了。因为怎么看，这里都更像个控制室。如果只是为摆放这些齿轮，那么制造者根本不必大费周章地将这里面打磨得如此光滑。很显然，这里在过去应该还有其他用途，只是后来被废弃了，只剩下这一排排的齿轮，千百年间静默地伫立在此地，等待着有缘人将它们重新唤醒。

冷寒铁仔细地观察着齿轮，除了发现它们是用某种不生锈的合金打造，然后彼此通过一条同样是合金材质但却质地柔软的“皮带”相连在一起外，再无任何发现。看来要么是机关的操控设备藏在暗处、要么就是另有玄机。

冷寒铁以手撑了下“皮带”，带动齿轮微微颤动，不觉心凛。在这种情况下，稍微碰到“皮带”，都有可能触发机关。只是很奇怪，齿轮为何能够承受住水流的冲击而没有自己启动？或许它内部有一个特殊的平衡装置……冷寒铁在心头权衡了下，倘若他想要检查石洞尽头的石壁，必须绕过齿轮。一种方法是从大齿轮的“皮带”下钻过，还有一种就是从小齿轮上方跃过。他很快就做出了第二个选择，稍微小跑了两步，猛地一个纵身，双脚蹬上小齿轮上方的石壁，想要借那一蹬之力飞跃齿轮。然而令他大吃一惊的是，脚下所踩中的，并非想象中的坚硬石壁，而是十分腻滑，并且十分脆弱的物质，直接崩塌了！如此的话，他相当于一脚踩空，想要借的力被石壁直接卸掉，整个人顿时一个倒栽葱地跌了下来。

多年的训练，让冷寒铁能冷静应变一切突发情况。在身体即将触碰到齿轮之际，他猛地一拧身，硬生生地在空中做了个翻滚，堪堪避开齿轮，然后右手伸出着地，撑住了整个躯体。入手的触感却让他的身体忍不住一颤，惊异地扭头转向石壁，眼中闪过不可思议之色。

温暖的水流，让他的记忆陡然回到了四年前——准确地说，是 1945 年的 3 月 24 日。冷寒铁被军部派往日本暗杀一名日军的官员。当时该官员正在北海道的湖上冰雪温泉里泡着温泉。四名荷枪实弹的卫士分散在四边，守卫着他。冷寒铁裹着一件浴袍，脚穿一双木屐，如同一名游客般悠闲地走了过来。离他最近的卫士端着枪走了过来，用日语喝令他离开。冷寒铁点点头，微微弯腰说了声：“哈依”。卫士扬了下手，示意他快走。就在这时，卫士忽地感觉到有一片白布从天而降，未等他做出反应，脖子处一凉，却是一把匕首刺入了他脖子的大动脉中。匕首飞快地被拔了出来，夹带着一溜的血珠，如惊鸿般地径自飞向距离最远的那名卫士，刺穿了他的喉管。另外的那两名卫士反应过来，刚刚想要开枪，却不料脑门上如受到巨锤撞击，整个人顿时后仰倒地——却是分别中了一只木屐。坚硬的木屐砸开了他们的颅骨，破碎的头骨片直接嵌入了脑膜中，眼见得只有出的气，没有入的气了。日本官员大惊，刚想反抗，却发觉咽喉被一双如铁钩般的手卡住了。他来不及发出一声惨叫，整个脖子就被硬生生拧断了。

作为军统最为倚重的特工，冷寒铁极少被授命执行暗杀的任务。这次冷寒铁所暗杀的日本官员加藤由一，乃是日本天皇身侧的一名智囊，虽然官阶不高，但却能够影响日本的政策走向。日本虽然在战场上接连失利，首都东京更是遭受到了美军的轰炸，但却困兽犹斗，不肯投降。加藤由一乃是坚定的死战派，一直力劝天皇不可投降，他诡辩道：“倘若是我等投降，最多不过是接受军事法庭的审判，抑或一死；若是天皇您投降，那不仅是我大日本帝国的百世耻辱，亦将使国民对天皇的忠诚信仰崩溃。由此大日本帝国将沦为一盘散沙，成为国际上第三流的国家，日本民族成为末等民族。为了大日本帝国的荣耀，为了天皇的无上尊严，我等唯有力战到底。哪怕东京变成一堆瓦砾、哪怕日本国内遍地战火，只要我大日本尚有一人存活，战斗就仍将继续下去！”也是因为加藤由一这类官员的死撑，使得天皇举棋不定。

此时的轴心三国，已经摇摇欲坠。希特勒深知大势已去，下令德国自毁；意大利败局已定，墨索里尼仓皇逃窜；美国开始进攻日本本土；而苏联也对在东北的日本军磨刀霍霍。蒋介石希望能够加速日本的败亡，让中国早日结束延绵了十四年的战火，同时也为将来“战后”的格局划分赢得讨价还价的筹码，因此急于给日本有力的一击。但他并不想再在正面战场上对日本发动大规模的反攻战，因为多年与日本交手的经验告诉他，虽然日本离大限已经不远了，但仍是一只有着利爪的老虎，一只足以伤人的老虎。这种情形之下，暗杀日本的主战派官员，就成了上上之选。而能够圆满执行这种任务的，冷寒铁无疑是最佳人选。

于是冷寒铁动身前往日本，一击即中，完美猎杀了主战派的加藤由一，并且整场战斗全都是悄无声息的，没有枪声、没有呼号，不会惊动守在附近的日本部队——如果不是两名女游客无意中撞进来，见到满地的血腥尖叫了起来的话，那么冷寒铁完全可以从容地撤退。

女游客的尖叫声给冷寒铁添了些许的麻烦。他伸手捡起一根枯木枝，拗断了，兵分两路掷向女游客。不偏不倚，树枝正中她们的额头，顿时将其砸晕了过去。随即他深呼吸了一下，跃入温泉中。

女游客的叫声招引来了附近的日本驻军。大概 5 分钟后他们就赶到，可是面对的只有满地的鲜血，五具尸体和两名昏迷的女游客。他们又费了大概 10 分钟时间才将女游客弄醒，及至他们弄清了杀人者，也大致猜出杀人者的逃离路线，但冷寒铁已经消失在那一片热气氤氲之中了。

冷寒铁在水中游了大概一公里之后，从温泉起身，赤身裸足地踏入岸上的冰天雪地中。湖中温泉的热潮融化了岸边的积雪。不过前日里刚下过一场大雪，因此仍有不少冰碴儿、雪沫从岸边滚落下来，混入温泉中。于是水岸交接之处，冷热流混合在一起，形成了一种独特的体验。

冰火两重天的体验让冷寒铁记忆深新，如今这份记忆在地底下被悄然唤醒。触手所及处，他可以清晰地感受到水中的寒热流在交融——热流乃是墙上蛇灯的热浪所致，而寒流却是来自墙壁——没错，被他踩塌的墙壁乃是一堵冰墙，然而却在悄然之间融化了，并且融化的速度惊人。

能够造成冰墙融化的，只可能是高温。可是冷寒铁能够安然地站在冰墙旁，便可知蛇灯对于冰墙的影响有限。再说了，即便是高温烘烤，那么厚的冰墙也不可能瞬间瓦解。

一缕危机感窜入冷寒铁的大脑中。他往冰墙上丢了一粒发光晶石。晶石上带有他的体温。只一眨眼的工夫，发光晶石便失去了光芒，变成了一块普通的石头。冷寒铁大吃一惊，定睛望去，发现发光晶石并非被抹去了光芒，而是其光芒被遮掩了——在其表面上，密密麻麻地覆盖上了一层红藻。

这里是红藻的源头！红藻对于温度或者说热能十分敏感。在平常的时候，它们被禁锢在冰中，进入到冬眠的状态，而一旦有热浪涌进，它们便会立刻苏醒。苏醒了的红藻其繁殖能力快得惊人，只需要数秒的时间就可以将冰块寸寸“割裂”掉。之后拆除掉了“围墙”的红藻将沿着热流飞快地“行走”。如果冷寒铁没有及时发现红藻的话，恐怕不多时他将被蜂拥而来的红藻淹没。

整个地穴的机关，就设在红藻的中心！任何人想要破坏机关，首先就得融化冰墙。但融化冰墙必然会唤醒红藻。而冰中红藻乃是先前冷寒铁他们在河面上见到的红藻的母体，其繁殖能力超强，并且天性逐热，于是体温远高于地穴温度的人类将成为猎物并迅速被其扑杀。这个机关的设计堪称无懈可击！

冷寒铁几乎只有一秒钟的时间能用来决定下一步该怎么走，究竟是冒险冲进红藻密布的控制室中，抑或是抽身而退。因为借助蛇灯发出的光芒，他看见红藻以飞快的速度在洞穴内开始攻城略地。只是一瞬间，它们竟然已经攀爬到了蛇灯的位置，并在上面安营扎寨。令人吃惊的是，蛇灯的热浪对于红藻没有起到任何作用。很快地，蛇灯就被红藻层层覆盖住了，原来的光芒渐渐变淡。

不过红藻对齿轮似乎有几分“忌惮”，几乎全都绕着它们走。此外，冷寒铁头上“哗啦哗啦”浇灌下来的流水也在一定程度上冲散了红藻的进攻。因此站在流水下、齿轮旁的冷寒铁一时之间倒还性命无虞。但他不可能永远都站在齿轮旁寻求庇护。

很快地，红藻逼迫冷寒铁不得不做出选择：控制室内，暴涨的红藻以其几何倍数级的繁殖能力成功地启动了机关！“嘎嘎嘎”的机关启动声就连“哗啦啦”的流水声都无法掩盖住。机关带动冷寒铁身旁的齿轮飞快地旋转起来，然而它们只旋转了一圈，就像被什么东西卡住了似的，猛然地一震，止住了——冷寒铁立即想到插在透明管处的黄金匕首。很显然，正是它干扰了机关的开启，另外亦可以推算出，机关现在是朝着与先前相反的方向在运转。

就在齿轮转动的同时，蛇灯在机关的催动下亦开始“撤退”。在机关的设计中，此时它应该被收进原来的藏身之处，也就是石壁内的一个黑色匣子内，在那里红藻失去了氧气和水流，终被成为灰烬。可是机关的中断同样波及了它。蛇灯只有小半部分“退回”进了黑色匣子内。而黑色匣子同样带有开合的机关。虽然蛇灯只收拢一半，但黑色匣子却无法感知，它只顾遵照自己的设计开始闭合，顿时将蛇灯夹住。蛇灯虽然是金属制作的，但在地底下存放了数千年有些老化，一时间经受不起挤压的力量，爆裂了开来！

蛇灯的爆炸威力，相当于一枚炸弹。顿时，洞穴内山崩地裂，乱石迸飞。蛇灯所在的岩壁，被炸得四分五裂，尤为重要的是，黑色匣子亦被炸开了，内中蕴藏的燃料瞬间被点燃，形成滔天的热浪，如同一只凶猛的火兽，吞没了整个洞穴，包括控制室。燃烧的火苗几乎是在一刹那间将洞内的氧气全都吸光了。那些红藻虽然能够忍耐高温，但却承受不起缺氧与热浪的冲击，被烤死了大半。整个洞穴内散发出一股腥臭的气味，令人作呕。

在黑色匣子机关启动的时候，冷寒铁嗅到一股危险的气息。待蛇灯被夹碎的声音传出，他意识到情形不妙，当机立断卧倒在地。巨大的齿轮替他挡住了乱飞的石块，滚滚的水流则代他洗去大半的热浪。但爆炸所产生的猛烈震动，却还是让他的胸口如受重锤击打一般，气血翻涌不止。最为严重的是，控制室的机关亦在猛烈爆炸中，被摧毁了大半。顿时，失去控制的机关如同脱缰的野马一般，骤然启动。冷寒铁身边的齿轮无声地转动起来，带动他头顶上的“水帘洞”开始飞快地闭合着。

几乎是不假思索，冷寒铁直立起身，双足跃起，右脚尖在皮带上点了一下。皮带的快速滑动所带来的惯性将他往前甩去。冷寒铁急忙左足踏出，在往上滚动的皮带上再次轻踏了一脚，然后借势整个人一个拔高，如同一只燕子般地从行将合拢的“水帘洞”里飞快地窜出，重新跃到上一层的空间里。

这其实是非常冒险的一种行为！倘若他没有稳好身躯，很容易就被飞快滑动的皮带带入齿轮中，那时就算他是铜筋铁骨，也要被绞得粉身碎骨。可这实属无奈之举。如果他没有冒险冲出，一旦“水帘洞”闭拢，那么他就只能从来时的路返回。而那里正是蛇灯的爆炸中心，烈火冲天，简直就是人间地狱。冷寒铁只要一从水中起身，恐怕就要立即被烧成一块焦炭了。

十一

上层空间里，卜开乔抱着根石笋，哭丧着脸问冷寒铁：“你在下面动了什么，怎么感觉天崩地裂的？你是不是准备将这里全都给炸毁，给我俩当坟墓？”

冷寒铁原本以为机关启动，石门将重新打开，他们可以顺着原路返回了。可是令他失望的是，石门依然紧闭，相反溶洞的四周打开了十余个“天窗”，流水正在“哗哗”地往内涌来。这些“天窗”只有 30 厘米左右的宽度，成人根本无法钻出去。如此的话，流水将挤占他们在溶洞内的空间，一旦水流淹没这里，他们将被活活地淹死。

转眼之间，洞内的流水已经抬高了近 2 米。冷寒铁顾不得回答卜开乔的问题，取过一枚发光晶石握在手中，深吸了一口气，潜入水底，来到原来透明管处。黄金匕首依然插在透明管内，紧紧地别住机关的轴承。不过随着水流不断地注入，水压增强，水波荡漾之下黄金匕首随时都有可能被冲开。

眼见机关已经被启动了，局面完全不受他们的控制，冷寒铁也不管三七二十一，直接将黄金匕首拔下。顿时，有流水渗入进透明管中，搅得里面的轴承转动起来。有更多的“天窗”被打开了。流水注入的速度陡然大增。不过多亏总机关控制室被蛇灯的爆炸摧毁大半，原本的自我毁灭程序失灵了，否则在这种情况下，整座溶洞将被直接摧毁而变成一座水底废墟，里面的所有生物也将全都被埋葬。

冷寒铁手执黄金匕首，浮出水面。卜开乔犹然在那里“哇哇”大叫：“你搞的什么鬼啊，怎么又增加了这么多的流水口？你是不是担心我们死得不够快啊？”

冷寒铁置若罔闻。他观察了一下距离他最近的“天窗”约莫有2米的高度，于是伸手抠住石壁上凸起的石块，手脚并用，没两下就爬到了“天窗”处。他以手摸了下“天窗”，不由地暗暗叫苦，“天窗”的四周都是四五十厘米厚的石头，根本不是他手中的黄金匕首所能挖开的。

“天窗”不是出路，石门又紧闭着，难道他们就只能坐以待毙吗？

“要死了，要死了！”卜开乔见流水瞬间又涨了近1米，逼近冷寒铁的脚踝，着急地大叫道：“哎哎哎，你倒是快想办法，让我们出去啊！我可不想成为江里的那些死人，全身浮肿得像个猪头。呸呸呸，不能侮辱猪头，毕竟猪头肉还是很好吃的。”

冷寒铁居高临下盯视着卜开乔，反问道：“你觉得我们该怎么逃出去呢？”

“当然是开门出去啊。”

“这里有门吗？”

“那……就钻洞喽！”

“这里已经开了许多洞。”

“这么小的洞，你当我是老鼠啊？怎么游得出去？”

“那你有什么办法把洞口开大些？”

“为什么要我想办法呢？你不是头儿吗？这个时候不是应该由你出面来解决问题吗？”

“你想出去的话，你就得想办法。反正你比我胖，到时卡住的肯定是你。”

卜开乔瞪了冷寒铁一眼，不满地说：“你尽欺负我们这些老实的胖子。哎哎哎，那我把洞口砸开可以吧？”

冷寒铁等的就是这一句，立马爽快地说：“可以。那你就行动吧！”

那个……卜开乔挠着头，抱怨道："那你让我用什么砸呢？总不能用我的脑袋吧？我的脑袋虽然够大，可是不够硬。你练过气功，要不还是你来吧！"

冷寒铁无意再跟他瞎扯，于是直接道："绳子呢？"

卜开乔倒是一直将绳子牢牢地握在手中，闻言将其提起大声说道："在这里呢！你可以拿绳子当神鞭使吗？"

"找块大石头拴住！"冷寒铁命令道。

卜开乔嘟囔着，却还是潜下水去，不多时从水底冒出了头，用商量的口吻问道："绑在了一根石笋上，行不？"

"活动的？"

"嗯！"卜开乔点了下头。

"那就行。你把绳子丢给我，然后你在下面推动石笋。"

卜开乔不满地道："为什么你要指挥我当苦力？"

"少废话！你是想当苦力还是想当死人？"

卜开乔顿时闭上了嘴。他将绳子高高地抛向冷寒铁。冷寒铁接住绳子，站在空中，操控着绳子提起石笋，同时指挥卜开乔在下方踩着水，以肩膀扛住石笋，退到他的身后。石笋重达 100 多斤，不过有水的浮力帮衬，加上卜开乔力大无穷，因此两人操作起来并不觉得吃力。

卜开乔踩在一个石头上，距离最近的洞口约莫有 3 米远。

"我数三下，然后你就跟抛射鱼雷一样地将石笋掷出，明白不？一二三……

几乎是在同一瞬间，卜开乔猛力地将石笋推了出去，而冷寒铁则运动臂力，将绳索晃荡起来，牵扯着石笋如同一枚重锤一般，狠狠地砸向狭小的水流洞口。

石笋被砸得四分五裂，而洞口也在这重击之下被生生砸开了一个大口子。这在冷寒铁的预料之中。虽然他先前用手触摸到的水流洞口边缘都是石头，但他知道，既然洞口有机关在控制，那么就说明其是中空。

只要以大力敲打，就有机会将其破开。

大量的流水顿时从扩大了尺寸的洞口流了进来，将冷寒铁他俩所处的位置淹没了。不过冷寒铁和卜开乔早有准备，伸手紧紧地抱住石笋，稳住身体。及至水流完全没过他们的头顶后，水流变成了暗流，不再那么湍急时，冷寒铁扯了一下卜开乔，示意抓紧时间赶紧游出。

冷寒铁轻易地从洞口游了出去，可是卜开乔肥胖的身躯却被卡住了。冷寒铁最后是连扯带拽，硬将他从洞口里拉了出来。所幸是在水底，谁都无法开口，所以倒也省去了听闻卜开乔的鬼哭狼嚎。只是这般折腾之下，他们憋住的一口气几乎耗尽。所幸冷寒铁早有准备，将先前卜开乔携带的两个尿泡全都灌满了空气，于是在水底里将其含住，解开了，深深地吸上一口气，然后往上游去。与他所预料的不同，水底下一片漆黑，仿佛他们掉入了墨染的深水池中。冷寒铁初时以为是天黑的缘故，但转念一想隐隐地觉得不对。虽然在水底下，但冷寒铁却有一个内在的生物钟。他估算现在应该是下午 2:00—3:00，就算水再深，但也应该有点光才对。

没有了光亮，那么就意味着他们在水底下找不到方向。这是一个致命的问题。要知道他们所携带的尿泡，最多只够他们再吸上一口。仅仅两口气，他们撑死了也就是游上三五百米，所以冷寒铁原本想看能否找到法子，垂直上游，在氧气耗尽之前破水而出，毕竟河流的深度最多只有三五十米，比起他们先前跟大鲤鱼走的路线要短得多，那个至少有上千米。

但眼前的情形直接打乱了冷寒铁的计划。不过他很快就做出决定：逆着水流的方向而行！虽然不知道他身处何方，但他能够感受到有流水从他的身边流过，冲进那些被打开了的小洞里。既然有流水，那就说明他们极有可能还在岩洞里，并且岩洞与外相通。只要逆水而行，就有可能找到出口。

才游了几米，冷寒铁的脚便被卜开乔拉扯了一下。他急忙停下，回头去看卜开乔。无奈水底下伸手不见五指，他根本无法看清卜开乔想要表达什么。不过冷寒铁很快就感知到卜开乔将他的双脚扭转了一个方向。“难道他是要我掉转一个方向？”冷寒铁狐疑地顺着卜开乔的指引，在水底下掉转了一个方向，然后继续游动。

在他一口气将尽之时，一个拐弯，终于见到了久违的光明，不觉心头大振，急忙朝着光明的方向奋力游去。谁知道他的双脚再度被卜开乔扯动了下。这次，他再也没有什么犹豫，停了下来等待卜开乔的“指示”。卜开乔却没有给他任何指点，而是如同一条灵活的海豚般的加速从他身边掠了过去。冷寒铁顿时醒悟过来：卜开乔是想要在他的前面领路。

光明在眼前越扩越大。冷寒铁吸尽尿泡内的最后一口空气，然后憋足了劲儿，穿过光明的入口——那像极一个石砌的无框房门。出了“房门”，眼前顿时豁然开朗。那种黑麻麻、雾蒙蒙的感觉一扫而光。阳光从水面上直射下来，在水底拉出一条条浮动的细纹，仿佛无数条的鱼儿在水底扑腾。

借着光芒，冷寒铁看清了他们周遭的环境：果不其然，在他的身后，乃是一座巨大的石堡，整个石堡只有不到 $^1/5$ 露了出来，其余的全都深埋在水底的泥沙中。他们刚刚游出的，正是石堡的一个门。似乎这样的门还有好几个。冷寒铁在心里微微盘算了一下，倘若按照他先前所选定的方向，应该也可以出来，不过那个门与他现在的位置刚好呈直角。

“莫非这些门有什么含义？”不过冷寒铁无暇思索这些问题，因为他很快就发现，虽然他抛开了身后的石堡“约束”，但却面临着一排排石柱的“禁锢”。这些石柱每支露在外面的有 3 米左右高，浸没在水底淤泥内的就不知还有多深。它们相互交错着排列，看似杂乱无章，但实则蕴含某种阵法，或说类似于某个迷宫。倘若人一步踏错，就有可能永陷其中。冷寒铁在心头有点怀疑其效果，毕竟他们是在水底，不必如在陆地般只能在一个平面的位置穿行，而可以向上游动，脱离开石柱的范围。在陆地上，平地拔高 3 米就超越了人类的极限，可是在水中这却并非难事，一个猛子都可以超越这个高度。

凭着这种想法，冷寒铁选择在水中向上攀爬。谁知他刚刚一拔高，就感觉到有一股暗流涌来，将他冲离了前进的方向，险些坠入另外的石柱群中。幸亏卜开乔及时拉住了他，他才勉强稳住了身躯。他的心头不觉惊怵不已。很显然，这些石柱隐含着某种高深的阵法，这些阵法可以影响到水流。亦即，即使是在水中，这个阵法依然会被催动，将人困死在里面。他开始明白卜开乔为什么要牵引着他从这个门出来。极有可能先前他所选择的那个门乃是阵法的死门，一旦踏出去，就很有可能被阵法所杀。而即便他们选择了生门出来，但若是走位不对，也依然有可能被置于死地。

卜开乔似乎胸有成竹。他肥胖的身躯在石阵里灵巧地穿梭着。冷寒铁不敢有丝毫怠慢，亦步亦趋地紧紧跟随。果然，先前那种激流涌动的感觉消失了。一路上风平浪静，就像在游泳池里游泳一般。但冷寒铁心头却没有丝毫放松，因为他看到周边的水色变得暗黑沉郁。实在很难想象，倘若他们游错一步，坠入阵法之中，将是怎样的一番光景。

在陆地上，冷寒铁有足够的身手进行腾挪与对抗，但在水底，视线微弱，水波干扰，最为重要的是，氧气远远不足，稍有差池就会有灭顶之灾。冷寒铁从来没有像现在这般依赖一个人来引路，甚至可以说完全将自己的命运托付给了卜开乔。他实在难以想象，卜开乔究竟是怎么从水底下找到走出生门的方法的。起初他以为是卜开乔凭借强大的记忆力，记住了他们来时路上的每一个细节，但随着游走的深入，他发现这条路与他们先前骑着大鲤鱼走过的路径并不一致。莫非卜开乔先前早就研究过这水底的阵法?

刘开山知道水底的机关奥妙，卜开乔知道水底的阵法……冷寒铁忽然感觉到一种不自在。在这支队伍中，他一直视自己为领袖，并且深信他从军统处接收到的信息，应该是有关金殿最为全面、最为深入的线索。但眼下他才明白，自己在这场金殿寻宝之旅中，只是一个小卒，被人利用的小卒。几乎是下意识地，他与卜开乔拉开了一点距离。但旋即他就感觉到眼前一黑，一股压迫感直冲他的胸口，将他挤压得差点张开了嘴巴，把肺腔里仅有的一点空气吐出去了。所幸他见稍有不对立刻就调整了姿势，让自己保持与卜开乔一致的步伐，那种压迫感便转瞬即逝。

冷寒铁的心不由得“怦怦”跳了起来。这水下石阵的诡秘与凌厉，实在是超出他的想象。看来他除了信任卜开乔外，别无选择。

就在他紧随卜开乔之际，又有新的变故出现：一条足有 5 米长的大鲤鱼朝着他们的方向横冲直撞了过来。大鲤鱼的出现，搅乱了水流，遮迷了视野，并且逼迫冷寒铁和卜开乔不得不脱离原来的路线，赶快闪避。

石阵内的水流对大鲤鱼这样的巨型生物能起到一定的干扰作用，但并不能阻止它的行动，因此大鲤鱼可以肆意地横冲直撞。可是冷寒铁他们一脱离既定的路线，顿时感觉整个人就像断了线的风筝，身不由己地翻滚起来。不过卜开乔明显要比冷寒铁好得多。他在水中很快就找回了感觉，手脚并用，通过不停地变化身体姿势，一会儿侧翻，一会儿仰游，一会儿整个身体蜷曲起来，很快在水中稳住了身躯，重新回到了原来的路线上，并开始发力，加速朝着水面方向逃去。

冷寒铁的状态却没有这么乐观。他感觉自己就像置身在瀑布之下，大量的水流不停地拍打着他的身躯，企图撬开他紧闭的口鼻，并从中灌进去。他竭力地想要平稳住呼吸，因为他深知越是危险的时刻就越需要冷静，否则一旦气息乱了，那么他就只能葬身水底。无奈树欲静而风不止。大鲤鱼失去了卜开乔这个目标，于是将注意力全部转向了冷寒铁，在水底斜掠了个身，如同一道铜墙铁壁般地朝着冷寒铁挤压了过来。

冷寒铁被乱入的水流搅得头昏脑涨，更为严重的是，他被冲撞进了阵形中，四肢仿佛是被人禁锢住了，无法自由舒展。因此尽管他可以感受到大鲤鱼冲过来时掀动起的剧烈水流，却无法躲避，只能闭上双眼，凭着自己的血肉之躯来对抗大鲤鱼的惊人一撞！

与铜筋铁骨、体态庞大的大鲤鱼相比，强壮如牛的冷寒铁在水底下只相当于一只待宰的羔羊。倘若大鲤鱼冲撞上冷寒铁，即使他身体再强健也要骨断筋折！彪悍如冷寒铁者，自然不会坐视这样的厄运降临在自己身上。在大鲤鱼冲过来之际，冷寒铁已将黄金匕首拔出，握在手中。在大鲤鱼离他尚有 0.5 米左右距离的时候，冷寒铁率先发难，用手中的黄金匕首刺向大鲤鱼的右眼。遭受此重创的大鲤鱼吃痛之下，再也顾不上袭击冷寒铁了，急忙掉头，往水底深处窜去。

冷寒铁四肢僵硬，无法及时将黄金匕首从大鲤鱼的眼窝中拔出，被它的这一个摆尾掉头带动甩到大鲤鱼的背上。他不敢怠慢，急忙用双脚夹住大鲤鱼的背，左手抓住它的鱼鳍，努力地将身体贴紧住大鲤鱼，防止大鲤鱼快速游动时将自己掀落下来。他深知，水底的机关对于大鲤鱼这样的巨兽起不到作用，但困住一个人却是绰绰有余。倘若他被大鲤鱼甩落下来，掉入“死门”中，那么只有死路一条。另外，黄金匕首被卡在鱼骨间，无法拔下，他也舍不得放手将其遗弃。这个黄金匕首乃是举世无双的利器，一路上陪着他披荆斩棘，渡过多次难关，冷寒铁即便是舍弃自己的性命都舍不得遗弃它。

可是大鲤鱼往水底深处窜去，这样的话将会冷寒铁拖离水面越来越远。而他只有口中的半口气，加上大鲤鱼流出的血丝缭绕在他的周围，干扰了他的气息调整，因此他最多只可能再支撑三分钟。超过这个时限他又无法攀升于水面上，难免会溺水而亡！

冷寒铁深知，若是任由大鲤鱼向水底深处穿行，那么每前进一米他就加深一层危险，因此自救刻不容缓。他毫不犹豫地将手中的匕首在鱼眼中搅动了一下。顿时，剧烈的疼痛让大鱼失去了控制，而且四处弥漫的血水也遮迷了它的视线。于是乎，失控的大鲤鱼猛地往前一窜，一头撞在一根石柱上。这个力量如此之大，不仅将鱼头撞得稀烂，也将冷寒铁甩了出去，更重要的是，将那一根在水底浸泡了至少上千年、重以吨计的石柱给撞倒了！

石柱的倒塌，仿佛引发了多米诺效应。一连串的气泡从石柱底下的淤泥中涌出，越来越多、越来越大。起初它们只有大鱼吐出的泡泡般大小，到最后竟然足有气球般大。这些气泡遇到水压，迸裂开，散发出一股刺鼻的气味。整个水底顿时陷入一种末日情景中：淤泥四溅，水流混浊，气味难闻，而且河水的流势被打乱了，到处都是乱转的旋涡。这种情形，很像大鲤鱼将水底中某个沉睡的巨人的双眼给戳瞎了，于是他在水底下狂乱发泄，挥舞着双手，猛跺着双脚，一连串的咒骂从他的嘴里喷出，仿佛恨不得要将伤害他的人掘地三尺找出来，再碎尸万段来泄愤。一时间，整个水底布满了难以言传的杀机。

大鲤鱼的大力一撞，将它自己撞得头破血流而亡，也将冷寒铁甩出了数米远，直至撞到另外一根石柱上才停下。冷寒铁强忍住的半口气被拍散了，鲜血从他的口中溢出。氧气耗尽，身受重伤，困在水底，无力挣扎……“我命休矣”的喟叹从他仅余的一点灵台中飘出，很快就淹没在一连串的气泡中。

在之前陷入水底遭日本尸体围攻时，冷寒铁同样险象环生，但那时他至少还残余着一口气，这口气支撑住着他调动身体进入龟息功，可是眼下，他的最后一口气却被那剧烈的一撞给击溃掉了。于是，他只能如同一名溺亡者一般，含着绝望缓缓地下坠，往冰冷的、混浊的水底沉坠下去，直至撞到了另外一具尸体——与冷寒铁“同归于尽”的大鲤鱼被搅动的水流往前送了约 5 米，庞大的身躯刚好卡在两根石柱上，挡住了冷寒铁的去路。它如矛的鱼鳍勾住了冷寒铁的衣角，如同一名送客而出的妓女，倚在门口，咬着手帕的一角，一只手牵着刚刚恩爱过的客人的胳膊，你要记得再过来看我哦……含情牵挂的背后，是深深的厌恶与疲倦。而冷寒铁则如同是被迷魂汤灌倒的嫖客，对于妓女的假意挽留丝毫不拒绝，于是就安伏在大鲤鱼阔厚的背上，安静得没有发出一丝声响。

相比于水底的风云变幻，这样的安静注定只是一个瞬间而已。几乎在冷寒铁的身躯刚刚贴近大鲤鱼背上的同时，水底的那些泡泡就酝酿出了一场惊天动地的爆炸：那些石柱镇压下的淤泥中，一股猛烈如雷霆的气流从泡泡之中喷涌而出，将整个水域瞬间掀得底朝天。那些看似牢不可破的石柱，被连根拔起，在水底相互撞击，发出沉闷的声音。而远比石柱轻得多的大鲤鱼和冷寒铁，则径自被从水底抛向天空，然后如被箭射中的孤雁般一头栽下。

整个水域仿若被烧开了一般。在地底下积聚了数千年的毒气全都喷涌而出，数不清的气泡横铺在水面上，泛着红白黑相间的光泽——红色是水中鱼儿贡献的，白色乃是水沫的颜色，至于黑色则是从水底喷出的看似淤泥，却又要比淤泥轻得多，乃至可以浮在水面上。

在这场浩劫中，冷寒铁恰好有大鲤鱼充当肉垫，因此虽然被喷射到高空中，但却只是被震动内脏，并未被地底冒出的灼热气流灼烧到。不过虽然如此，剧烈的震荡还是让他闭过气，如同一根木头一般的从空中直直坠落。倘若掉入水中，处于昏迷状态中的他将再度沉进水底，难逃溺亡的命运。

也许是冷寒铁命太硬，阎王老爷也不敢收留他吧；也许是许多年之前，母亲向佛祖虔诚的祈祷起到了作用，就在冷寒铁的身体即将接触到水面的时候，从不远处飞来一条绳索，硬生生地拽住他的身躯，再横向拉扯过去。

在突然的变故之间，能够做出这个反应与准度的，只有一人，那便是惯于在草原上用绳索套马的巴库勒！

此时的巴库勒，面容憔悴，双颊凹陷，很显然在最近的日子里，他遭了不少的罪。不过眉宇间的那股彪悍之气却丝毫不减，而他的出手，依然是那么坚定有力，可以穿过漫天水汽的遮迷，准确地套住冷寒铁。

与他“同舟共济”的有王微奕、唐翼、楚天开、花染尘、林从熙，甚至还有如同肥大的落汤鸡一般的卜开乔，唯独不见了重伤的陈枕流——或许他已经不在人世了吧！

橡皮艇上所有的人，看上去都透着一股疲态。这种疲态，不仅是体力上的透支，更是精神上重压的结果。如今，从天而降的冷寒铁躺在他们的身边，给他们萎靡的精神状态带来一丝振奋。不过水底下发生的新变故，让他们来不及享受半点喜悦，就不得不重新进入紧张的备战中了。

整个河水就像被烧开了似的，不停地往外冒着泡泡，同时有大量的黑色物质漂浮上来，将整个河面染成一片乌黑，仿佛水底下住着一只巨型的章鱼，被先前的爆炸惊醒，在不停地朝外吐墨汁。眼下的情境实属危急万分，随时可能爆发新一轮的爆炸。如果爆炸发生在橡皮艇周围，将其顶翻过去，人一旦落入黑色的河水中，恐怕只能是凶多吉少。

巴库勒他们顾不上照顾冷寒铁，急忙抓起手中一切可以利用的工具，包括船桨、铝锅、长篙等，拼命往岸边划去，希望可以在下一场水底大爆炸来临之前赶至岸边。

空气中弥漫着一股刺鼻的气味。有无数的鱼儿翻着肚皮，从水底浮了上来。就连一直在河面上伺机捕食的白颈鹳也都悲鸣了数声，扔下遍地的鲜鱼美味，振翅高飞了远远地离开这片水域。

巴库勒他们感觉河水变得越来越黏稠，划起来越来越吃力。更令人恐惧的是，水面上的那些黑色物质似乎带有一定的腐蚀性，溅到人的皮肤上，火辣辣的疼，而橡皮艇亦被腐蚀得坑坑洼洼。大家手底下不觉都加强了力度，竭尽全力地想让橡皮艇尽快泊岸。

可是就在这时，一声清脆的枪声从河岸处传出，打断了众人的协调动作。所幸的是，在枪响的一瞬间，橡皮艇刚好经过一个水底的旋涡，被带动着朝下滑行了大概 20 厘米，于是子弹擦着巴库勒的头皮而过，刨开了他头顶上的一绺头发，留下一道淡淡的血迹。

“混蛋！”巴库勒怒骂了一声，然而慑于子弹主人的冷酷与准头，不得不伏下身去，躲避着下一颗可能发射出的子弹。唯有一个娇弱的身躯却站了起来，手中举着一个包裹，高喊：“住手！这里面有你想要的寻宝图。如果你再开枪的话我就将它丢进水中，让它彻底销毁！”

站着的是花染尘，日本“战后”留在中国的潜伏组里的老六，而她对着喊话的无疑正是灰衣人武藤道空！这是一条凶残的野狼！一路上给他们的行动制造了无数麻烦，可偏偏又在此刻危难之际再度狭路相逢了。

狭路相逢勇者胜。如果说灰衣人是一条野狼的话，那么冷寒铁无异于是一只老虎。有冷寒铁在的寻宝队，灰衣人数度挑起战端全都铩羽而归。可是一旦缺少冷寒铁这个主心骨、定海神针，巴库勒一行老弱病残就远非灰衣人的对手，这也是他们这几天一直任由橡皮艇漂泊在河面上的主要原因。因为花染尘、王微奕身体虚弱，已无法适应快速转移，而唐翼双腕断筋，巴库勒失去一掌，楚天开被闪电击中后一直未能完全恢复，因此面对强大的对手，他们无奈之下只好选择了撤退。丛林的环境太过复杂，灰衣人又拥有一流的追踪术，加上巴库勒他们不想与冷寒铁断掉联系，于是经过一番简短的商议之后，他们选择在河面上漂泊。因为唐翼判断出灰衣人所持的武器乃是日本百式冲锋枪，其有效射程是 120 米。只要他们与灰衣人保持适当的距离，就可以保全自己的安全。这两日他们在河流上漂泊，倚着花染尘的超强耳力躲避开了灰衣人，一直平安无事。

眼下情况危急，明知灰衣人在岸边伏击，他们也不得不冒险向岸边靠拢。花染尘的叫喊给了灰衣人一丝犹豫，但根本无法解除他的敌视状态，于是很快他就改变了策略，在短暂地停止了射击之后，改为瞄准橡皮艇！一旦橡皮艇被击沉，艇上所有的人都将难逃一死。

巴库勒怒骂了一声，不顾一切地从橡皮艇上站起身，朝着枪声处开了一枪。然而未等他找到确切的目标，又有一颗子弹朝着他迎面飞来。巴库勒尚来不及做出反应，一双大手便将他一把扯了下来。

“冷大，你醒了？”巴库勒惊喜交加。

就在巴库勒他们奋力划船之际，王微奕和林从熙也不闲着，对冷寒铁进行施救，一个用力按压，一个进行人工呼吸。

冷寒铁原本是因为缺氧昏迷过去呛了些水，然后被先前的激流喷射震动了内脏，从而加重了他的昏迷。不过因为抢救及时，加上他的身体底子好，所以不多时就清醒了过来。虽然他没能辨清周围的形势，但根据耳畔传来的枪声他做出判断，知道有人在对他们发动攻击，而眼见巴库勒置身于险境之中，于是伸手扯了他一下。

未等巴库勒他们表达进一步的关心，冷寒铁便抓起枪，闪身起来，瞄也不瞄，“啪啪啪”地抬手就是三枪。及至他俯身，重新躲进橡皮艇内，河岸对面才传出一声枪响——冷寒铁虽然可以克制住灰衣人，但一时间却无法给他致命的打击。

“是那个日本人？”冷寒铁问巴库勒，待得到明确的答复之后，他将橡皮艇上的背囊略微举高一点，从远处看像极某个人露出的肩膀。水面黑雾弥漫，视线隐约。灰衣人果然上当了，枪声全都循着背囊而来。

冷寒铁趁机在橡皮艇的另外一侧直起了身，然后“啪啪”的又是两枪——这次他根本没有对准灰衣人，而是第一枪打在一串野葡萄的藤蔓之上，令其摔落在地，另外一枪则是打在离藤蔓大概 3 米远的树上的马蜂巢！

正所谓“捅了马蜂巢”意味着极大的麻烦一般，大量的马蜂从破损的蜂巢里涌出，如同一阵乌云般地在河岸处四散而开，寻找破坏它们巢穴的罪魁祸首。野葡萄摔落在地的芬芳很快地将它们吸引了过去，进而让它们“顺便”找到了灰衣人，将其“群殴”一顿——这是冷寒铁的设想。因此当他看到成群的马蜂朝着野葡萄方向蜂拥而去之时，心情有一点微微的紧张，不由得在心里预测灰衣人将会从哪一个方向逃窜出来，因为身处如此巨量的马蜂包围中，若没有及时逃离有可能就会被活活蜇死。如果他是灰衣人，那么定然会在子弹与马蜂之间选择前者，毕竟被子弹杀死远要比被马蜂蜇死少许多痛苦。

刚进入神农架时，冷寒铁被马蜂蜇过一次。当时正是灰衣人率领野人所抛出的，用来对抗冷寒铁他们，没想到时隔一个多月后，冷寒铁会以牙还牙，回敬给了灰衣人一窝马蜂。神农架的马蜂比寻常的马蜂要大一些，毒性也强一点。冷寒铁当时被蜇了五六口，脸颊发肿，大脑微微发晕。所以冷寒铁判定，灰衣人应该无法忍受群蜂乱蛰，因为那比刀割更难受。

但令冷寒铁意外的是，他并没有等到狼狈逃出的灰衣人，等到的却是几声清脆的枪响。枪声乃是从马蜂密布的空隙里射出的。很显然，灰衣人处在马蜂的包围之中，可是他却丝毫没有退却的意思。这种做法，分明是同归于尽的选择!

冷寒铁心头不由得一凛，而更令他忧惧的是，灰衣人的这三枪并非对准人，而依然坚持先前的选择：瞄准橡皮艇。橡皮艇虽然弹性十足，可是因为仅隔二三十米的距离，还是被子弹生生撕扯帮忙了一个口子。

河水顿时灌进了橡皮艇里。林从熙手忙脚乱地脱下衣服，想要塞住那个孔。谁知道河中央再度射出一道激流。虽然没有射在橡皮艇上，却将整个河面再度搅动得各种水花翻生。有波浪跃过了橡皮艇，洒落在每个人的身上，还带来一股刺鼻的气味和发烫的触感。

河水的温度在升高中！倘若水温持续升高，恐怕整艘橡皮艇就算没有漏水，也将被烤软，从而失去原有的浮载能力。到那时，艇上的一拨人将全都变成开水锅里的青蛙——不过他们未必有青蛙的弹跳力，可以躲开水中的危险。

冷寒铁当机立断，大声喝道："大家快下船！"说完，他猛地一扯艇上的缆绳，顿时整条橡皮艇侧倾了过来，艇上人纷纷落入水中。冷寒铁一只手拉住身边的王微奕令其不至于沉没水底，另外一只手擎住橡皮艇，尽力地稳住橡皮艇确保其不会倒扣过来，"大家推着橡皮艇走！"

巴库勒和唐翼率先反应过来，齐齐伸出手扶住橡皮艇，将其如同一张巨大的盾牌一般挡在众人的前面，推着它往岸边游去。

橡皮艇的船底较船身更厚，且嵌有钢板，足以抵挡住子弹的射击，可是他们淌入的河流，却灼热得让人心惊。很难想象，水底下究竟有什么热源，竟然可以将这么一大段河水给烧热了，说不定一会儿还将煮开，到时整条河流都将变成一大锅黑色的浓汤!

河岸处又传来两声枪响。冷寒铁听得出来，枪响的位置已经发生了变化，很显然灰衣人在撤退中。倘若他们先前再多坚持几分钟，或许灰衣人就可能毙命于马蜂的围攻下——当然了，不排除灰衣人有防治马蜂的方法，毕竟他能够在神农架生活数年，还征服了桀骜难驯的野人，可见他对于野外生活不仅有着极强的适应能力，并且还拥有与低等动物打交道的能力。

虽然冷寒铁判断灰衣人已经撤离，但他不敢冒险，只能与众人一起继续推着橡皮艇往河岸走。河水齐腰深，水浪炙热，并且众人明显地感觉到身上有一股被烧灼的疼痛感，这种疼痛感与热水烫伤的感觉不同，更接近于化学制品腐蚀所带来的痛感。这让冷寒铁等人不由得感到忧心，齐齐发力，加速前进。

河岸终于近在眼前了。冷寒铁与巴库勒等低语了两句，随后手执手枪，从橡皮艇后面跃出，在地上飞快地翻滚了一下，闪身到一棵大树之后，随即他如同一只轻灵的麋鹿一般，在林间跳跃穿梭，很快就来到灰衣人先前的藏身之处。成群的马蜂犹然在徘徊着不去，见到有新的“敌人”过来，齐齐围攻了上来。冷寒铁早有准备，背倚着一棵大树防止灰衣人从背后打冷枪，然后扯下身上的衣衫，将其抡起来，朝着马蜂扫去。普普通通的一件衣衫，浸了水之后，被冷寒铁挥舞起来，不亚于一片铁幕。衣衫所到之处，马蜂纷纷坠地，不多时，黑压压一片的马蜂被冷寒铁消灭了近半，其余的马蜂见势不妙，慌忙逃窜。

冷寒铁俯身观察灰衣人先前的藏身之处，那是位于两棵树之间的一块石头后面。石头前方长着数棵矮小而稀疏的树，这些树并不会阻碍灰衣人的视线，但却会干扰冷寒铁他们的射击，确实是一个藏身的好地方。但是对于马蜂而言，这里却也是一个容易攻击的位置，因为没有太多的可遮掩的地方。冷寒铁在地上捡到了数十只被捏扁了的马蜂。可见当时灰衣人并没有躲开马蜂的攻击，只是为了不沦为冷寒铁的射击目标，才硬生生地挨了下马蜂的蛰咬，最后在冷寒铁他们藏身于橡皮艇之后他才选择了撤离。这份忍耐力实在令人惊叹。虽然单只马蜂的毒性不大，但倘若数十只乃至数百只的马蜂一起蜇人，其毒液可以直接作用于肾小球、肾小管，引起急性肾功能衰竭。最为重要的是，马蜂蜇人的痛感比针扎有过之而无不及，因此正常人面对马蜂的进攻都容易慌乱不已。冷寒铁估计如果自己遇到这种场景，只能说可以保持清醒，有克制地撤退而不暴露自己，但却着实难以再分心与分身来开枪。他有点儿怀疑灰衣人是否身上带有止痛药，否则怎么可能在这种情形下依旧保持进攻的姿态呢？

确认了暂时安全后，巴库勒率领着王微奕等人急忙登上河岸。大家卷起裤管一看，不觉全都暗吸了一口气，只见腿上布满了小水泡，最为严重的是皮肤隐隐地有一层发黑。

“这水里面究竟撒了什么，竟然有毒？”林从熙捂着腿，龇牙咧嘴地道：“这水是流动性的，要往里面投进多少毒药才能做到这一点啊？”

王微奕叹息道：“这毒应该就是以水为媒介，可以顺着水流而自动地扩散。这里面的玄机，唉，着实不是我等凡夫俗子所能理解与做到的。”

就在这时，河面上又是一声巨响，只见一条水柱冲天而起，在空中向上冲了大概十余米后，如仙女散花一般地垂落下来，部分水珠甚至溅到相距近十米的巴库勒等人身上。所幸大家早有准备，举起袖子遮在脸上，避免了面部被灼伤的危险。

巴库勒急忙招呼大家往岸边树林深处撤退。林从熙忍不住回头望了一眼，突然惊叫了起来：“天哪，那是什么？”

莽莽丛林，渺渺水域，酝酿着一场新的风云激荡。远古文明与今人智慧之间的较量，即将徐徐拉开最后的帷幕……

（《莽荒诡境Ⅴ》大结局近期上市，敬请期待。）

为促进中国本土科幻文学更好发展，《虫》MOOK系列图书面向全球华语科幻作者、书迷广泛征集科幻短篇、中篇、长篇原创作品。

我们郑重承诺，对于来稿每稿必复。

投稿邮箱：bfwhzf@163.com

科幻作者、读者交流群：QQ 群 1：16812541

QQ 群 2：28184811

扫一扫走进科幻，关注《虫》MOOK 更多资讯。